Steven D. Braidford

Badische Hunde

Lynn Deyonges erster Fall

Ein Mordbaden-Krimi

Steven D. Braidford

Badische Hunde

Kriminalroman

Zu diesem Buch gibt es eine Karte, die
Sie auf meiner Homepage unter
https://steven-braidford.de
herunterladen können:

Der Ritt des Széchenyi

Sollte diese Publikation Links auf Webseiten Dritter enthalten, so übernehme ich für deren Inhalte keine Haftung, da ich mir diese nicht zu eigen mache, sondern lediglich auf deren Stand zum Zeitpunkt der Erstveröffentlichung verweise.

2. Auflage

Dianekis Verlag

ISBN: 978-3-910975-03-3

Steven D. Braidford
c/o Gwendolyn Wynter Autorenimpressum
An der Alten Burg 5
64367 Mühltal

Hund

„… Die über die ganze Erde verstreut vorkommenden Hundearten (sind) … die eigentlichen Hunde … Zur letztern Abtheilung gehört der Haushund … der treueste Freund, den der Mensch unter den Thieren jemals auffand … Kein anderes Hausthier … überrascht in demselben Verhältnisse wie der Hund durch Spuren von Intelligenz und große Sinnesschärfe … Leicht lernt der Hund … auf eigene Faust … (zu handeln)."

Nach Brockhaus, zwölfte Auflage 1877, Band acht.

Wusste man damals etwas über Internetsicherheit?

PERSONENVERZEICHNIS

Historische Persönlichkeiten

Es waren natürlich viel mehr – bekannte und uns nicht bekannte – Namen an der Völkerschlacht bei Leipzig beteiligt, von den Befehlshabern bis zu den Soldaten insgesamt etwa fünfhunderttausend Mann. Aber da ich nur eine kleine Gruppe beschreibe, mögen mir Historiker und Geschichtsinteressierte bitte nachsehen, dass ich in meinem Buch leider nicht alles vollständig abbilden konnte.

In der Französischen Armee

Napoleon Bonaparte, Kaiser und Oberbefehlshaber
Marmont, Marschall
Michel Ney, Marschall
Bertrand, Marschall

In der Armee der Alliierten

von Schwarzenberg, Feldmarschall und Oberbefehlshaber
Széchenyi, Rittmeister
als besonderer Gast: Gaia, eine Bracke, eine Hündin, deren Existenz rein spekulativ ist
Blücher, General der Schlesischen Armee
Bernadotte, General der Schwedischen Armee
Giulay, Befehlshaber alliierter Truppen vor Lindenau
Langeron, Befehlshaber unter Blücher
Yorck, General der Alliierten

Liste der Personen, die mehr als einmal auftauchen

Mitarbeiter der Firma XFU (Extended Financial Units)

Peer Lindner, Gründer und Firmenleitung
Dorothea Kastner, seine Sekretärin
Eugen Markwort, verantwortlich für Sicherheit
Steffen Ehrhardt, verantwortlich für Sicherheit
Doris Meier-Krapp, Personalchefin
Gerald Bohm, Abteilungsleiter
Marc Stetter, sein Stellvertreter
Charlotte Schultze
Klaus Remmer
Tanja Gräbele
Silke Kremers-Brandt
Jens Sievert
Kay Falke
Hans-Erich Lamers
Michael Sempp
Nadine Rauenstein
Gerhard Lober
Jost Kant
Christian Butterbrodt
Ursula Droste, pensionierte Mitarbeiterin
Richard Kramer, pensionierter Mitarbeiter

Angehörige und Nachbarn

Hertha Bauer, Schreinerin und Freundin von Ursula Droste
Ellinor Lindner, Ehefrau von Peer Lindner
Hanna Bohm, Ehefrau von Gerald Bohm
Iris Stetter, Ehefrau von Marc Stetter

Ellen Falke, Ehefrau von Kay Falke
Annelene Kramer, Ehefrau von Richard Kramer
Robert Sievert, Vater von Jens Sievert
Mona Sievert, Ehefrau von Jens Sievert
Dorothea Gräbele, Mutter von Tanja Gräbele
Eva Klein, älteste Schwester von Tanja Gräbele
Nicole Wehremann, Freundin von Christian Butterbrodt
Biele Hertwig, Bäckereifachverkäuferin
Lara Wittek, wichtige Zeugin
Lars Wittek, ihr Ehemann
Laura Bönigheim, wichtige Zeugin
Evelyne Adam, Hausangestellte der Lindners

Fritz Lang, Nachbar der Bohms
Anke Butterbrodt, Nachbarin von Ursula Droste und Mutter von Christian Butterbrodt
Robert Völker, Nachbar von Ursula Droste
Herr Krause, Besitzer der Autoverwertung Alsental

Mitarbeiter der Polizei
Abteilung Kapitaldelikte

Lynn Deyonge, Kriminalkommissarin
Matthias Tregnat, Kriminalhauptkommissar
Julian Hofmann, Kriminalkommissar
Hermann Weingarten, Kriminalhauptkommissar
Kai Monsert, Kriminalkommissar
Regina Serber, Kriminalkommissarin
Sven Sorge, Kriminalkommissar
Ulvi Jähn, Kriminaloberkommissar
Andreas Reitmann, Kriminalkommissar
Ralf Luber, Kommissariatsleiter

Vera Hermsen, stellvertretende Kommissariatsleiterin

Servicedienststellen
Peter Nördner, Leiter der Spurensicherung
Winfried Keller, Team Peter Nördner
Die Mitarbeiter des Kriminaldauerdienstes

Abteilung Wirtschaftskriminalität
Herbert Geisenstein, Kriminalhauptkommissar
Katja Bobart, Kriminalhauptkommissarin
Mats Uhrich, technischer IT-Mitarbeiter auf Probe

Rüdiger Gerber, Einsatzpolizei
Johannes Hübner, Einsatzpolizei
Erika Wagner, Einsatzpolizei
Timo Setzer, Einsatzpolizei Alsental

Mitarbeiter des Psychosomatik II- und Yoga-Centers Heidelberg
Christine Hallenstein, Stationsärztin
Ricarda Henlein, Stationspsychologin

PROLOG

16. Oktober 1813, nachmittags.

Napoleon Bonaparte war sich sicher, dass er die Schlacht gewinnen würde, die später als Völkerschlacht bei Leipzig in die Geschichte eingehen würde. Im Süden von Leipzig hatte er General Schwarzenberg zurückgedrängt, den Oberbefehlshaber der alliierten Truppen. Schwarzenberg musste sich unter einigen Verlusten zurückziehen. Im Westen hatten die alliierten Truppen Stellung bezogen. Im Osten gab es alliierte Verbände, die wegen des schwierigen Geländes nur schwer die französischen Truppen angreifen konnten. Im Norden waren die alliierten Generäle Yorck und Bernadotte laut Napoleons Kundschaftern zu weit weg, um heute noch in die Schlacht eingreifen zu können. Nur von seinem Heerführer Marmont hatte Napoleon noch keine Nachricht. General Blücher hatte mit seinem Heer Marmont und dessen Truppen nordöstlich von Leipzig gestellt. Napoleon erwartete die Nachricht, dass Blüchers Truppen aufgerieben worden seien und damit nicht mehr in die Schlacht eingreifen können würden. Niemand wäre in der Lage, seine Armeen zu besiegen.

Vergessen war nun dieses furchtbare Jahr 1812, in dem sich Napoleon aus Russland zurückziehen musste, obwohl er Moskau schon eingenommen hatte. Die eigenen Bewohner hatten ihre Stadt angezündet und auch alle Vorräte weggeschafft. Dann begann der russische Winter. Ausgehungert und ohne Hoffnung hatte er sich mit seinem Heer auf den Rückweg über Preußen nach Frankreich gemacht. Die meisten seiner sechshunderttausend Soldaten waren erfroren, verhungert oder, von Krankheiten erschöpft, gestorben.

Nun war das alles vergessen. Er hatte mehr als zweihundertfünfzigtausend Soldaten ausheben lassen und war bei Leipzig zu dem Entschluss gekommen, dass ein weiteres Vorrücken nach Berlin vorerst nicht möglich war und hatte sich den alliierten Truppen gestellt. Die französischen Verbände und ihre Verbündeten bildeten einen Ring um Leipzig und hielten es besetzt. Die alliierten Truppen hatten sich in einem größeren Ring darum positioniert.

Marmont hatte anscheinend Blüchers überstürztes Handeln ausgenutzt, der nicht auf die Hilfe von Bernadotte und Yorck gewartet hatte. Jetzt benötigte Napoleon nur noch die Nachricht, wie stark die Truppen von General Blücher tatsächlich dezimiert waren. Der alte Haudegen musste vollständig aufgerieben werden; zu groß waren Blüchers taktisches Geschick und Kampfgeist. Danach würde er wissen, wie viele Truppen er für die heranrückenden Armeen von Bernadotte und Yorck im Norden und für die festsitzenden Verbände im Süden aufstellen könnte und würde die alliierten Truppen vollständig aufreiben. Der Weg nach Berlin war danach frei!

Dann kam der Bote, den Napoleon erwartet hatte. Bonaparte hoffte auf die Mitteilung, dass Marmont und Ney Blüchers Heer vernichtet hatten, so dass Marmont die Stellung im Norden Leipzigs festigen konnte und ihm Ney mit seinen Soldaten bei Wachau zu Hilfe eilen würde.

Die Nachricht übertraf allerdings die schlimmsten Erwartungen. Blüchers Heer war zwar zur Hälfte vernichtet worden, aber Marmont war von Blücher vollständig aufgerieben worden. Diese Truppe bestand praktisch nicht mehr. Marschall Ney war Marmont zu Hilfe geeilt und hatte die Hälfte seiner Männer verloren. Ney, der eigentlich auf dem Weg nach Süden zur Verstärkung gegen Schwarzenberg kommen sollte.

Abends erwachte Napoleons Feldherrengeist von Neuem. Er würde einen Teil seiner Soldaten zur Verstärkung gegen das restliche Heer von Blücher schicken. Das konnte er sich leisten, da Schwarzenberg nicht in der Lage sein würde, seine weit um Leipzig verstreuten Truppen koordinieren zu können.

Napoleon Bonaparte wusste zu diesem Zeitpunkt noch nicht, wie sehr er sich irren sollte.

EIN SONNTAG IM SPÄTJAHR 2018

Die Grundfarbe war Gelb. Neuzeit im Spätjahr 2018. Alsental in Nordbaden. Napoleon hatte kurz seine Arbeit unterbrochen, um ins Bad zu gehen. Es war ein sehr schöner, in hellen Cremefarben und modern eingerichteter Raum. Das Handtuch mit den leuchtend gelben Mustern und der gelben Hintergrundfarbe sprang ihn geradezu an, als er die Badezimmertür hinter sich schloss. Es wollte so gar nicht zu den vielen Warmtönen passen. Aber er war nicht wegen einer Stilberatung hier. Ursula Droste bewies sonst in allen Einrichtungsfragen ein feines Händchen. Sie war eine ehemalige Mitarbeiterin der Firma XFU in Alsental. XFU bildete das Kürzel für den Namen „Extended Financial Units" und stellte unter anderem Software für betriebliche Abrechnungen her, und Ursula Droste war seine ehemalige Kollegin und Vorgesetzte.

Sie war achtundsiebzig Jahre alt, seit acht Jahren im Ruhestand und unterhielt weiterhin Kontakt zu ihrer ehemaligen Firma. Unter den Mitarbeitern ihrer Abteilung gab es nur diejenigen, die sie mochten und die, die Ursula Droste nicht ausstehen konnten. Sie hatte einen scharfen, analytischen Verstand und ein Wesen, das Widerspruch nicht zuließ. Aber alle schätzten gleichermaßen ihre überaus technischen Fähigkeiten.

Ursula Droste liebte es, jeden Sachverhalt überaus brillant darzulegen. Sie hatte Napoleon durch ihre Arbeit sehr weit vorangebracht, wie er immer wieder feststellen musste; XFU gehörte zu den Marktführern der Branche. Ursula Droste war erst mit siebzig Jahren in Rente gegangen, da ihr die Arbeit Spaß machte und von der Firma gebraucht wurde.

Vor zwei Jahren war sie gestürzt und lag mehr als vierundzwanzig Stunden in ihrem Haus, bis eine Freundin, die zu Besuch gekommen war, den Rettungsdienst alarmieren konnte. Nach dem Schlaganfall fühlte sich Ursula Droste sehr unsicher und hatte Furcht davor, über einen längeren Zeitraum allein zu sein. So hatte die ehemalige Abteilung beschlossen, dass eine Betreuung für Ursula Droste eingerichtet werden sollte. Das Risiko zu stürzen und über einen längeren Zeitraum nicht gefunden zu werden, schien über den Sonntag am größten zu sein und so bekam sie jeden Sonntag von neun bis elf Uhr Besuch von einem Mitarbeiter ihrer ehemaligen Abteilung. Es waren vierzehn Freiwillige, die sich die Besuche, wie sie genannt wurden, unter sich aufteilten. Betreuung konnte man es nicht nennen, denn jeder, der zu ihr kam, schätzte ihren scheinbar unerschöpflichen Fundus an Wissen und hoffte auf ein Gespräch mit ihr.

Daher gab es auch so gut wie nie eine Absage für die Betreuung von Ursula Droste. Nur für diesen Sonntag musste Jens Sievert absagen, weil sich sein Vater durch einen Sturz am Bordstein beim Überqueren einer Straße verletzt hatte. Napoleon hatte Ursula Droste beim Einkaufen getroffen und sie hatte ihn gefragt, ob er am Sonntag für Jens einspringen könnte. Er hatte spontan zugesagt, da er hoffte noch etwas erledigen zu können, was ihm sehr wichtig war.

Da für die Besuche immer die Zeit von neun bis elf Uhr morgens vorgesehen war, gab es für jeden der vierzehn Mitarbeiter zwei bis vier Sonntage im Jahr, die er bei Ursula Droste verbrachte. Manche, die sie besser kannten, machten die Sonntagsbesuche auch öfter im Jahr. So blieb es bei zweimal im Jahr für Napoleon.

Im Moment stand Napoleon unter Zeitdruck. Er hatte sich den Namen selbst gegeben, da der ursprüngliche Träger dieses Namens ein riesiges Netzwerk an Spionen aufgebaut hatte und er selbst für seine Auftraggeber die Firma XFU ausspionierte. Seine

Auftraggeber waren Firmen im In- und Ausland, die von den Entwicklungsergebnissen von XFU, die Napoleon lange vor der Veröffentlichung in Form von Software an sie weitergab, einen unschätzbaren Vorteil hatten. Diese Auftraggeber konnten auf diese Weise die Funktionen in ihre eigenen Programme einbauen.

Er selbst arbeitete allerdings ohne großes Spionagenetzwerk und allein, was die Sache leichter machte. So blieb das Risiko geringer, entdeckt zu werden. Er stand am Waschbecken, wusch sich die Hände und sinnierte darüber, was in letzter Zeit bei seiner Spionagetätigkeit alles passiert und fehlgeschlagen war.

Vor drei Jahren hatte ihn sein Auftraggeber bei einem Kongress angesprochen und ihm das Angebot gemacht, die neueste Softwareversion von XFU, die noch nicht veröffentlicht worden war, an ihn zu liefern. Dazu noch die Entwicklungsergebnisse der neuen Funktionen. Zunächst hatte Napoleon entrüstet abgelehnt. Das Angebot war allerdings unschlagbar gut, so dass er den Auftrag annahm. Nach der Übergabe von Software und Daten an seine Auftraggeber wartete er in den Folgemonaten, ob sich eine Reaktion von XFU zeigen würde. Es passierte aber nichts, weder intern noch in der Presse wurde auf den Datendiebstahl reagiert. Somit zerstreuten sich seine letzten Zweifel.

Er konnte das Geld aus seiner Spionagetätigkeit gut gebrauchen, da verschiedene Bereiche in seinem Leben immer wieder eine Investition erforderten. Das viele Geld war jedoch nicht gut für seine Spielleidenschaft gewesen. Obwohl er hohe Summen verlor, schaffte er es nicht damit aufzuhören. Daher kam es gelegen, dass vor einem Monat die neueste Version von XFU fertiggestellt worden war, die er umgehend an seinen Auftraggeber geliefert hatte.

Napoleons Auftraggeber war diesmal jedoch unzufrieden und weigerte sich, die Lieferung zu bezahlen. Er behauptete, dass die neueste Version ohne Funktion sei, und forderte ihn letzten Freitag dazu auf, ihm die richtige Version zu liefern. Die Zeit bei Ursula

Droste am heutigen Sonntag wollte er nutzen, um noch einmal den Server nach einer anderen Version zu durchsuchen.

Dieser Server war ein Rechner, der eigentlich geheim war, weil auf ihm die neuesten Versionen und Entwicklungsergebnisse von XFU gespeichert wurden. Bei seiner Arbeit war er zufällig auf eine elektronische Notiz von Ursula Droste gestoßen, in der die Funktion des Rechners und ein anonymer Zugang beschrieben wurden. Diesen anonymen Zugang nutzte Napoleon, um von außerhalb der Firma auf den Rechner zuzugreifen und die neuesten Versionen und Entwicklungsergebnisse für sich zu kopieren, ohne dass er bei dem Datendiebstahl entdeckt wurde. Wenn er jetzt aus dem Bad kam, wollte er sich die neue Version zur Veröffentlichung noch einmal anschauen. Er, Napoleon, war zwar gut, aber nicht unfehlbar. Wahrscheinlich hatte er beim Kopieren nur die falsche Version erwischt.

Als er aus dem Badezimmer trat, erwartete ihn eine böse Überraschung. Ursula Droste stand mit zornesrotem Gesicht vor dem kleinen Büro, in das sich die jeweilige Person, die sie betreute, zurückziehen durfte. Sie hatte beide Arme in die Hüfte gestemmt, schob das Kinn energisch vor und nahm eine kämpferische Haltung ein.

»Du bist also der Spion!«, schleuderte sie ihm mit zusammengekniffenen Augen entgegen. »Peer hat mir schon davon erzählt, dass vor drei Jahren die neueste Version von XFU lange vor der Markteinführung gestohlen wurde und die neuesten Funktionen bei der Konkurrenz aufgetaucht sind!«

Mit Peer meinte Ursula Droste den Gründer und Chef des Unternehmens XFU, Peer Lindner. Peer Lindner hatte vor zwei Jahren auch die Betreuung organisiert. Also war der Datendiebstahl zwar bekannt geworden, wurde aber von der Firma geheim gehalten! Napoleon war so überrumpelt, dass er keine Antwort fand.

»Das hat die Firma viel Geld gekostet!«, brüllte sie jetzt los. »So etwas hätte ich nicht von Dir gedacht«, fügte sie noch verächtlich hinzu.

»Ich weiß wirklich nicht, was Du meinst!«, kam von Napoleon gedehnt und sehr wenig überzeugend zurück. Er zog die Stirn kraus und drehte die Handflächen nach außen.

»So eine Unverschämtheit!«, schrie Ursula Droste weiter. »Glaubst Du, ich erkenne nicht, was Du da am Rechner machst? Du greifst auf die Entwicklungsergebnisse von XFU zu und willst sie auf Dein Notebook kopieren, um sie an die Konkurrenz weiterzugeben«.

Der Boden schien sich unter seinen Füßen zu bewegen und er schloss konsterniert die Augen. Er war zu unvorsichtig gewesen und hatte sein Notebook nicht gesperrt. Und Ursula Droste hatte natürlich die Strukturen am Bildschirm sofort erkannt, als sie ins Zimmer kam, um ihm einen Kaffee anzubieten.

»Diesen Server habe ich vor vielen Jahren persönlich eingerichtet!«, fügte Ursula Droste noch hinzu.

Mittlerweile war auch Hertha Bauer, Ursula Drostes Freundin und spontaner Besuch, aus der Küche gekommen und hatte sich neben Ursula aufgebaut. Die Abteilung hatte entschieden, dass man die vollen zwei Stunden bei Ursula Droste bleibt, auch wenn Besuch anwesend sein sollte. Man konnte sich jederzeit in das kleine Büro zurückziehen.

In Napoleon keimte Panik auf. Er war zu selbstsicher und damit unvorsichtig geworden. Wie sollte er diese Situation lösen? Er spürte die gleiche Handlungsunfähigkeit, die ihn schon sein ganzes Leben begleitete und die ihm in schwierigen Situationen seinen Kopf lahmlegte und Jähzorn in ihm aufsteigen ließ.

»Ich werde umgehend Peer anrufen«, sagte Ursula Droste verächtlich.

»Das wirst Du nicht!«, brüllte Napoleon los und stürmte auf Ursula Droste zu, die schon das Mobilteil ihres Haustelefons in der

Hand hatte, um es ihr wegzunehmen. Er fühlte unbezähmbare Wut in sich aufsteigen.

Hertha Bauer stellte sich ihm in den Weg. Er versuchte sich an der kleinen Frau vorbeizudrängeln, wurde aber mühelos von ihr in die Küche geschoben. Normalerweise wäre ihr das nicht gelungen, da er ganz gut trainiert war. Aber er war völlig perplex durch das resolute Auftreten dieser Frau. Sie war zwar schon Mitte sechzig, aber noch als Schreinerin tätig, was ihr viel Kraft verlieh. Damit hatte er nicht gerechnet. Er war völlig überrumpelt. Halbherzig versuchte er Hertha Bauer wegzustoßen. Sie baute sich in der Küchentür auf und ließ ihn nicht durch. Es entstand ein Gerangel, das er verlor; sie stieß ihn unbarmherzig zurück, sooft er es versuchte. Im Flur hatte Ursula Droste schon die Nummer gewählt und hielt sich das Telefon ans Ohr.

Napoleon fühlte die Wut immer stärker in sich aufsteigen. Es war diese Wut, die sich sehr oft seiner bemächtigte und die ihn schon sein ganzes Leben lang begleitete. Er war machtlos und würde gleich auffliegen. Die Situation entglitt ihm zunehmend. In seiner Hilflosigkeit breitete er die Arme aus. Seine Hand stieß dabei an den Kerzenhalter, der auf der Arbeitsplatte neben der Spüle stand. Er konnte nicht mehr klar denken. In seiner Verzweiflung nahm er den Halter am schwungvoll geformten Messing und schlug damit nach Hertha Bauer. Er traf sie mit dem schweren Marmorfuß an der Schläfe. Sie fing an zu schwanken und griff sich an den Kopf. Dann fiel sie vornüber. Für einen Moment schaute er ungläubig auf das, was er getan hatte. Dann fielen bei Napoleon alle Hemmschwellen.

Ursula Droste hatte sich mittlerweile abgewendet und sich das andere Ohr zugehalten, um besser hören zu können, wenn Peer Lindner abheben würde.

Sie hatte die furchtbare Szene noch nicht realisiert.

»Hallo Peer«, sagte Ursula Droste in den Hörer.

Napoleon zwängte sich an der am Boden liegenden Hertha Bauer vorbei. Den Kerzenständer hatte er immer noch in der Hand. Seine Wut verwandelte sich in eisige Kälte.

»Du, ich weiß jetzt, wer …«

Weiter kam Ursula Droste nicht. Napoleon schlug ein weiteres Mal zu. Innerhalb kürzester Zeit war er völlig emotionslos geworden. Ein furchtbarer Schlag traf Ursula Droste am Hinterkopf. Ihr glitt das Telefon aus der Hand, sie stürzte mit der Stirn auf die Kommode im Flur vor ihr und schlug auf dem Boden auf. Napoleon starrte wie abwesend auf die Szene. Der letzte Schlag dröhnte wie des Schmiedes Hammer auf den Amboss in seinen Ohren. Das Geräusch in seinem Kopf verstärkte sich zu einem heulenden Rauschen. In seiner Brust spürte er einen ungeheuerlichen Druck. Er konnte nichts mehr in seinem Gesichtsfeld erblicken. Alles schien in ein grässliches Hell getaucht. Er fühlte die Sekunden wie Ewigkeiten an sich vorbeiziehen.

Dann kam er wieder zu sich, schwer atmend, leicht vornübergebeugt, die Arme leicht abgewinkelt gestreckt. Das Quäken der Stimme aus dem Telefon rüttelte ihn auf. Ein Gefühl von Leben kehrte in Brust und Arme zurück. Das Blickfeld war wieder da und bot das ganze Grauen dieser Szenerie. Seine Haltung wurde wieder aufrecht. Die Zeit meldete sich als gnadenloser Fortlauf und ließ ihn noch einmal frösteln. Die überschrittene Grenze ließ sich nicht mehr rückgängig machen. Er trat mit dem Schuhabsatz auf das Telefon. Die Beleuchtung der Tastatur erlosch und die Stimme brach ab. Von nun an gab es kein Zurück mehr. Er schaute auf die beiden Frauen. Hertha Bauer lag auf der Seite, die Augen waren halb geöffnet. Sie war tot. Ursula Droste lag auf dem Bauch, aus ihrer Nase strömte Blut. Sie atmete noch ein paar Mal schwer, dann stoppte die Atmung. Der Blutstrom hörte auf. Ursula Droste war ebenfalls tot.

Napoleon bekam ein letztes Mal einen Anflug von Reue. Er

verwarf sie allerdings auf der Stelle wieder. Hier würde ihn niemand mehr verraten. Aber er musste weg.

»Fang endlich wieder an zu denken«, sagte er zu sich selbst. »Du musst raus hier. So schnell wie möglich«, flüsterte er, als könnte ihn jemand hören.

Den Kerzenständer stellte er auf die Arbeitsplatte und wollte ins Büro gehen. Seine Gedanken wurden immer klarer. Peer würde vorbeikommen oder jemanden dafür beauftragen. Also musste er seine Sachen schnappen und schnell das Haus verlassen. Er hielt kurz inne, nahm dann das Küchenhandtuch und wischte um die schwungvolle Riffelung herum den Kerzenständer ab, wo er ihn berührt hatte. Die Fingerabdrücke müssten damit beseitigt sein.

»Das müsste eigentlich reichen«, sagte er zu sich selbst.

Er klappte sein Notebook zu und zog seine Jacke an. Was musste er noch erledigen? Egal! Erst einmal raus hier. Auf dem Weg zur Haustür achtete er darauf, dass er nicht in die Blutlache an Ursula Drostes Kopf trat. Er schaute durch das kleine Seitenfenster im Windfang auf die Straße. Es war neblig. Ein Austräger von Werbung ging gerade auf der gegenüberliegenden Straßenseite von Haus zu Haus. Es erschien ihm quälend langsam. Der Austräger war weg. Napoleon zog die Kapuze seiner Jacke tief ins Gesicht und trat aus dem Haus. Grau und dunkel hing das Vordach über dem Eingang in dem nebligen Morgen.

In normalem Tempo ging er durch das niedrige Gartentor und zog es hinter sich zu. Das Herz klopfte ihm bis zum Hals und der Pulsschlag dröhnte in seinen Ohren. Er wandte sich nach links den Gehweg entlang bis zu seinem Auto. Seine Schritte wurden schneller, bis er am Fahrzeug angekommen war. Die Entriegelung über den Schlüssel ließ die Blinker zweimal aufleuchten, was ihn zusammenfahren ließ und einen Schauer über den Rücken jagte. Das Grauen, das er zu spüren begann, breitete sich als betäubendes Kribbeln in seinem Bauch aus.

»Weiteratmen! Ruhig bleiben«, flüsterte er sich selbst zu.

Beim Einsteigen sah er sich verstohlen um, ob er jemanden am Fenster sehen würde. Das Starten des Motors kam ihm für diese Situation viel zu laut vor und er erschrak abermals. Das Herz schlug noch stärker. Er fuhr los. Es kam ihm kein anderes Fahrzeug entgegen und es folgte ihm auch keines. Jetzt nach links abbiegen und an XFU vorbei. Danach erst einmal auf die Ortsumgehung. Als er an XFU vorbeifuhr, waren die Fenster vor Nebel kaum zu erkennen. Er würde nie an seinen Arbeitsplatz zurückkehren können, stellte er voller Panik fest. Der Gedanke daran ließ ihn abermals erschaudern. Er fuhr einfach weiter.

Richard Kramer stand in der Küche und bereitete sich und seiner Frau den Kaffee für das Frühstück vor. Er genoss seinen Ruhestand mit seiner Frau Annelene. Seit einunddreißig Jahren wohnte er nun schon in Alsental. Beim Gedanken an die Zeit, in der er von Hannover nach Alsental gezogen war, kam ihm die Erkenntnis, dass er seit über dreißig Jahren enorm viel Glück in seinem Leben gehabt hatte. Davor hatte er als Elektroinstallateur gearbeitet und war bei einem Auftrag in einer Industriehalle fünf Meter in die Tiefe gestürzt. Koma, Knochenbrüche und Organverletzungen waren die Folge.

Nach mehreren erfolgreichen Operationen in Hannover, wo er so weit stabilisiert wurde, dass er transportiert werden konnte, wurde er nach Heidelberg verlegt, wo man ihm in weiteren Operationen Knochen, Gelenke und Lunge wiederherstellte. Durch die Kopfverletzungen war die Koordination seiner Bewegungen verloren gegangen, so dass er erneut Essen und Laufen lernen musste.

Während der Reha lernte er Peer Lindner kennen, einen Informatiker, der für seine damals noch junge Firma einen zuverlässigen Hausmeister suchte, vorzugsweise einen ausgebildeten Elektriker. Er musste unwillkürlich lächeln. Hausmeister wurde das damals noch genannt! Richard und Peer hatten sich als Leidensgenossen auf derselben Station während der Reha kennengelernt, nur dass Peer seine Verletzungen beim Skifahren davongetragen hatte. Das Angebot, das Peer ihm machte, war für Richards Verhältnisse unschlagbar gut, so dass er es annahm und mit Annelene ein halbes Jahr später von Hannover nach Alsental in eine Mietwohnung zog.

Ein älterer Herr in der Nachbarschaft bat ihn damals hin und wieder um Hilfe beim Einkaufen. Daraus entwickelte sich ein gutes Verhältnis, fast schon eine Freundschaft, so dass Robert Sievert, so hieß der ältere Herr, ihm sein Haus kurze Zeit später zum Kauf anbot, das Familie Kramer damals gerne annahm. Sieverts eigene Kinder, Lena, Claudia und Jens, wollten es nicht übernehmen, denn seine Töchter hatten schon ihren Lebensmittelpunkt in einer anderen Gegend aufgebaut und Jens fühlte sich noch zu jung, um sich alleine um das Haus zu kümmern.

Robert Sievert zog damals zu seiner ältesten Tochter in die Einliegerwohnung ihres Hauses in Süddeutschland. Die Kinder von Robert waren Richard immer schon sehr sympathisch gewesen und mit Jens pflegte er bis heute noch immer Kontakt. Jens Sievert hatte mittlerweile eine eigene Familie gegründet und ein Haus in der Neubausiedlung am Stadtrand von Alsental bezogen. Damals, nachdem Richard und Annelene Kramer das Haus von Robert Sievert gekauft hatten, waren sie auch Eltern geworden. Sie hatten einen Sohn und eine Tochter im Abstand von drei Jahren bekommen. Aber nun waren auch sie beide schon lange ausgezogen.

Gedankenverloren schweifte sein Blick aus dem Fenster in den nebelverhangenen Sonntagmorgen. Er sah Jens Sievert am Haus vorbeigehen. Sein Gang war etwas fremd, fast schon unsicher. Die Kapuze hatte er tief ins Gesicht gezogen. Kurze Zeit später sah er ihn mit seinem dunkelblauen Kombi vorbeifahren. Jens gehörte zu dem Team, das Ursula Droste jeden Sonntag von neun bis elf Uhr betreute. Ein Schlüssel zu Ursulas Haus war bei Richard deponiert, seit sie damals gestürzt war. Als ehemaliger Kollege und Nachbar machte er das gerne für sie.

Jens schien es eilig zu haben, denn normalerweise schaute er kurz auf ein kleines Schwätzchen in seinem ehemaligen Elternhaus vorbei. Außerdem war es noch nicht einmal zehn Uhr. Gab es etwa ein Problem mit der Schwangerschaft seiner Frau? Oder war sein Vater krank? Richard würde es sicher in naher Zukunft erfahren.

Richard Kramer legte die Eier in das kochende Wasser. Jens hatte eine noch junge Familie. Das dritte Kind sollte im März auf die Welt kommen. Er hatte ihn schon immer gemocht und kannte ihn, seit er siebzehn Jahre alt war. Jens war jetzt siebenundvierzig, seine Frau Ende dreißig. Er war der Jüngste der drei Kinder von Robert Sievert und hatte seinen Vater gerne unterstützt. Robert musste bereits Mitte neunzig sein. Aber als Jens damals auszog und zum Studieren nach Karlsruhe ging, wollte der Vater nicht mehr alleine das Haus versorgen und hatte es an Familie Kramer verkauft. Jens fing nach seinem Studium bei XFU als Entwickler an.

Als die Eier fertig waren, kam auch Annelene zum Frühstück.

»Guten Morgen«, flötete sie und gab ihm einen Kuss. »Das ist aber schön, dass Du Frühstück gemacht hast.«

»Den Kuss habe ich mir verdient«, grinste er.

Sie musste lachen und sie setzten sich zum Frühstück.

»Jens ist gerade vorbeigegangen, ohne auch nur Richtung Fenster zu schauen«, sagte Richard. »Das war wirklich eigenartig. Sein Gang war ganz komisch.«

»Sicher nur der neblige Morgen«, entgegnete Annelene. »Aber ist es für den Abbruch bei Ursula nicht eine Stunde zu früh?«

»Das ist es ja, was mich so wundert«, sinnierte Richard. »Vielleicht ist etwas mit seiner schwangeren Frau oder seinem Vater!«

»Oh, ich hatte es ganz vergessen, dir zu sagen! Sein Vater ist gestern gestürzt und Jens wollte so schnell wie möglich hinfahren«, gab Annelene schuldbewusst zurück. »Gestern war doch etwas viel los! Sonst hätte ich es nicht vergessen, es dir zu sagen. Mona hatte angerufen.«

Mona war die Frau von Jens Sievert.

»Macht ja nichts. Wir können diesmal sowieso nicht helfen. Dafür wohnt Robert zu weit weg. Und wir sind auch nicht mehr die Jüngsten!«

Sie mussten beide lachen.

Draußen hörte man Reifen quietschen. Wer bremste so heftig an einem Sonntagmorgen?

»Ich hoffe, das hat nichts mit Ursula zu tun«, sagte Annelene.

Die Antwort darauf bekamen sie beide sehr rasch. Eine Minute später klingelte jemand Sturm. Gerald Bohm, auch Mitarbeiter bei XFU, stand vor der Tür.

»Ursula macht nicht auf!«, presste Gerald ohne Gruß und keuchend heraus. »Peer hat mich gerade angerufen, ob ich nachsehen könnte. Jens macht eigentlich den Besuch heute, aber es macht keiner auf. Komm schnell.«

Richard nahm den Schlüssel aus dem Kästchen und folgte Gerald. Sie hasteten nach rechts zum Haus von Ursula Droste.

Gerald hatte die Abteilung vor acht Jahren nach dem Ausscheiden von Ursula übernommen und leitete ein Team von fünfundzwanzig Leuten. Die Besuche bei Ursula machte er aber immer noch.

Als sie die Tür öffneten, bot sich ihnen ein Bild des Grauens. Ursula Droste lag auf dem Bauch, mit dem Kopf neben der Kommode. Um ihr Gesicht hatte sich eine Blutlache gebildet. Man sah die Beine einer zweiten Frau, die im Durchgang zur Küche lag. Gerald fasste sich zuerst wieder und eilte zu der Frau. Er erkannte Hertha Bauer, die Freundin von Ursula Droste. Sie lag auf der rechten Seite. Ihre Augen waren halb geöffnet. Der Arm war schlaff und sie hatte keinen Puls mehr. Er drehte sich zu Ursula um. Ihr Kopf war von ihm weggedreht. Sie atmete nicht mehr und hatte ebenfalls keinen Puls mehr. Gerald setzte sich zwischen beide Frauen, winkelte die Beine an und nahm die Hände vor sein Gesicht. Richard wurde übel, er drehte sich um und wollte nach draußen gehen, sank aber nur zu Boden.

»Jens, was hast Du getan!«, flüsterte er entsetzt. »So etwas hätte ich ihm nie zugetraut«, fügte er hinzu und starrte auf den zusammengesunkenen Gerald.

Gerald fasste sich langsam wieder. Er rieb sich die Stirn.

»Wir müssen die Polizei rufen.«

Lynn Deyonge betrat die Kriminalpolizeidirektion Heidelberg. Sie gehörte seit einem halben Jahr zum K1, der Abteilung für Kapitaldelikte. Vera Hermsen, die stellvertretende Chefin des K1, hatte sie kurz zuvor angerufen und zu einer Einsatzbesprechung gebeten. Lynn arbeitete hauptsächlich im Kriminalkommissariat Mannheim. Am heutigen Sonntag waren natürlich nicht alle Kollegen anwesend, so dass die Besprechung nur in Heidelberg stattfand.

Vor einigen Jahren wurden die Kriminalpolizeidirektionen Mannheim und Heidelberg zu einer Organisationseinheit zusammengefasst. Übrig blieb die Kriminalpolizeidirektion Heidelberg und aus der Kriminalpolizeidirektion Mannheim wurde das Kriminalkommissariat Mannheim als örtlich zuständige Stelle.

Seit Lynn vor einem halben Jahr in Mannheim angefangen hatte, gab es noch keinen Einsatz für sie an einem Sonntag. Heute war sie froh über die Abwechslung, denn seit ihrer Trennung von Luka vor drei Wochen empfand sie die Tage und vor allem die Wochenenden als öd und leer. Der neblige Dunst an diesem wolkenverhangenen Sonntag half auch nicht, um ihrer Stimmung Auftrieb zu geben, auch wenn der gestrige Abend mit ihrer Nachbarin Daja und deren Tochter sehr schön gewesen war.

Treffpunkt war in Lubers Büro. Wenn der Chef der Abteilung selbst anwesend sein sollte, dann musste es ein außergewöhnlicher

Fall sein. Lynn hatte noch keinen festen Partner und so arbeitete sie abwechselnd mit ihren Kollegen zusammen. Mit Ralf Luber, dem Chef der Abteilung, hatte sie noch keinen Einsatz gehabt.

Ihr Einstand in Mannheim war damals leichter als erwartet. Lynn hatte durch ihre Erfahrung in Bremen mit mehr Widerstand gerechnet. Aber außer ein paar Sticheleien, die jeder Neuling über sich ergehen lassen musste, gab es keine verbalen Angriffe.

Das war zum Beginn als Kriminalkommissarin in Bremen ganz anders. Damals vor sechs Jahren wurde sie argwöhnisch betrachtet und man prophezeite ihr, dass sie es als Frau wegen der Schwere der Verbrechen nicht schaffen würde. Lynn fand, das war ein vorgeschobenes Argument, um sie nicht in die männerdominierte Welt vordringen zu lassen. So hatte man sie anfangs versucht ins Büro abzuschieben.

Direkt nach ihrem Einstand kam dann eine Phase, in der mehrere Morde innerhalb kurzer Zeit begangen wurden, und so war sie von Anfang an mit an der Verbrechenslösung beteiligt. Mit ihrer Kampfsporterfahrung hatte Lynn einen der Hauptverdächtigen in einem Bandenkrieg ausschalten und festnehmen können, während ihre beiden Kollegen den zweiten Hauptverdächtigen festnahmen. Danach wurde es leichter für sie.

Nach zwei Jahren hatte sie dann über eine Freundin diesen Typen aus Mannheim kennengelernt und in den folgenden Wochen öfter gesehen. So entwickelte sich eine lockere Freundschaft, in der Luka oft in der Freundesgruppe dabei war, bis ihre Freundin Ella einmal verlauten ließ, dass Luka im Moment auffallend oft in Bremen sei.

In diesem Moment fingen bei Lynn Bauchkribbeln und Herzklopfen an, wenn sie nur an Luka dachte. Bis zu jenem Abend, als sie allein ins Kino gingen, weil alle anderen abgesagt hatten. Dort hatten sie sich zum ersten Mal geküsst. Lynn konnte sich noch nicht einmal mehr an den Film erinnern.

In den folgenden Jahren besuchten sich Lynn und Luka sooft es ging. Bis zu jenem Freitag in Mannheim, als Luka fragte, ob sie nicht nach Mannheim ziehen wollte. Erst war sie skeptisch, aber es ließ ihre Beziehung noch einmal stärker werden. Und sie mochte Lukas Freundeskreis und seine Freunde mochten sie. Es war kein übereilter Beschluss. Lynn hatte mit ihren Freunden in Bremen darüber gesprochen und die merkten, wie ernst es Lynn damit war. So zog sie vor etwa einem halben Jahr nach Mannheim in eine hübsche kleine Wohnung an den Lauergärten. Ihre Bewerbung war in Mannheim erfolgreich, da zwei Stellen frei wurden und sie aufgrund ihrer Beurteilung und Qualifikation sofort übernommen worden war.

Lynn hatte erwartet, dass in Mannheim wegen der Größe der Stadt viel weniger für die Kriminalpolizei zu tun wäre und außerdem die Nähe zu Luka die Beziehung noch tiefer werden lassen würde. Leider begann sich Luka aber immer stärker von ihr zu entfernen, da er sich eingeschränkt fühlte, wie er sagte. Sein Freundeskreis reagierte auch komisch, als sie auf einmal in der Nähe wohnte und öfter bei Luka war und auch an den Unternehmungen teilnahm. So gerieten sie schon nach wenigen Monaten in eine Phase voll Streitereien. Der Versuch mit mehr Abstand zwischen ihnen wollte das alte Gefühl der Liebe und Verbundenheit nicht wieder herstellen und so hatten sie sich vor drei Wochen getrennt.

In der Zeit danach fühlte Lynn sich elend. Die viele Arbeit half ihr über die schwere Zeit der Trennung hinweg. Es hatte sich nämlich herausgestellt, dass der Großraum Mannheim den Verbrechen in Bremen um nichts nachstand, obwohl Mannheim nur etwa die Hälfte der Einwohnerzahl von Bremen hatte. Lediglich die Verbrechen im Zusammenhang mit den Seeleuten fielen weg.

Vera Hermsen hatte eine überaus gute Menschenkenntnis. Kurz nach jenem schrecklichen Wochenende, an dem sie und Luka sich getrennt hatten, wurde sie von Vera direkt auf ihren Liebeskummer angesprochen. Sie hatte Lynn in einen Teamraum gebeten und Lynn nahm an, dass es sich um eine Dienstbesprechung handeln würde. Umso überraschter war sie, als Vera ihr mitteilte, dass sie sich einige Zeit zuvor genauso gefühlt hatte, als ihre Lebensgefährtin sich von ihr getrennt hatte.

Lynn fand es zuerst merkwürdig, dass Vera ihr so unverblümt von ihrem Privatleben erzählt hatte.

»Vertrautheit schafft Abgrenzung«, hatte Vera dazu gesagt.

Was sie damit meinte, begriff Lynn erst so langsam in den folgenden beiden Wochen. Sie lernte ihre Kollegen besser einzuschätzen, wenn sie Dinge über sie wusste, mit denen sie deren Stimmungslage besser beurteilen konnte. Darin war Lynn bisher noch nie gut gewesen.

»Sei mal ein bisschen offener und geh' auf die Leute zu«, hatte ihre Mutter öfter zu ihr gesagt.

Sie und Vera unterhielten sich sehr lange an jenem Dienstag vor fast drei Wochen und anschließend hatte Lynn das Gefühl, dass sie eine Vertrauensperson gefunden hatte. Doch nach Dienstschluss blieb ihr Kummer grenzenlos. Lynn empfand ihr Inneres als ein alle Emotionen aufsaugendes Universum, so leer meldeten sich Körper und Kopf.

Nach Abschluss des letzten Mordfalls war noch eine Menge Büroarbeit zu erledigen, die sich durch die vielen Einsätze aufgestaut hatte. So vergrub sie sich hinter Rechner und Akten und fühlte sich wenig lebendig.

Am letzten Freitag kam Lynn zu dem Entschluss, dass sie ihre Tage wieder mehr gestalten wollte anstatt nur herumzusitzen und Trübsal zu blasen. So ging sie am gestrigen Samstagmorgen auf den Mannheimer Markt und kaufte für ein Abendessen ein, das sie und ihre Nachbarin Daja Rohin spontan beschlossen hatten.

An einem Stand deckte sie sich mit Zucchini, Tomaten, Kartoffeln, Möhren und frischen Pilzen sowie einigen Kräutern für einen

Gemüseauflauf ein. Als die Verkäuferin den Preis nannte, machte Lynn ein so erstauntes Gesicht, dass die Verkäuferin laut loslachte. Den Preis hatte sie nämlich im Mannheimer Dialekt genannt, den Lynn noch nicht verstand, da sie mit ihren Arbeitskollegen hochdeutsch sprach. Die Marktfrau nahm grinsend einen Zettel und schrieb den Preis darauf, den Lynn bezahlte und sich verabschiedete.

Daja Rohin und ihre zwölfjährige Tochter Paula blieben bis zum Abend bei Lynn. Mit einem Kartenspiel wurde der Nachmittag eröffnet, bei dem sehr viel gelacht wurde. Beim Kochen war die Stimmung schon sehr gelöst. Nach dem Essen legten sie noch eine Spielrunde ein, bevor sich Daja und Paula verabschiedeten und in ihre Wohnung auf dem gleichen Gang direkt gegenüber zurückkehrten.

Danach fühlte sich Lynn schon wieder etwas kompletter und sie hatte nicht das Gefühl, dass ihr Inneres wie ein verschlossener, rumorender Tresor war. Bis zum Einschlafen hatten ihre Gedanken die Erlaubnis sich frei zu entfalten und sie stellte fest, dass sie über Mannheim und seine Umgebung fast noch nichts wusste. Nur einen Besuch im Mannheimer Schloss und den für alle Fremden verpflichtenden Besuch in Heidelberg und seiner berühmten Schlossanlage hatten sie und Luka bisher gemacht.

Etwas wenig für ein halbes Jahr in Mannheim, wie Lynn fand. Vom Dialekt verstand sie ebenso wenig wie von der Stadt. Das würde sie in nächster Zeit schleunigst ändern. Monnemerisch, wie die Sprache hier genannt wurde, bestand für sie noch aus vielen unverständlichen Lauten. Immerhin hatte sie herausgefunden, dass die ch-Laute wie in „ich“ oder „herrlich“ durch sch-Laute ersetzt wurden. Die Sprache sei unter dem Einfluss der vielen Zuwanderer aus früheren Jahrhunderten entstanden, hatte ihr einer von Lukas Freunden erklärt.

Was Monnemerisch allerdings mit Hugenotten und deren

Französisch zu tun haben sollte, hatte sich für Lynn noch nicht erschlossen. Bei den Fällen, an denen sie bisher gearbeitet hatte, war auch noch keine Person dabei gewesen, die nur Mannheimer Dialekt sprach, oder es gaben sich zumindest alle Mühe deutlich zu sprechen.

Vera Hermsen kam ihr auf der Treppe zu ihrer Büroetage mit Matthias Tregnat und Ulvi Jähn entgegen.

»Hallo Lynn«, grüßte sie und blieb stehen. Die beiden anderen Kollegen nickten nur kurz und eilten die Treppe hoch.

»Wir sollen sofort zu Ralf ins Büro kommen. Es gibt heute offenbar drei Fälle, bei denen wir ermitteln werden.«

»Das wird dann wohl nichts mit Stadterkundung«, erwiderte Lynn. »Was für Fälle haben wir denn?«

»Ich weiß es selbst noch nicht. Neben Euch dreien sind noch Regina, Andreas und Sven anwesend. Sie sind schon in Ralfs Büro.«

Ulvi Jähn war ihr Empfangskomitee, als Lynn vor einem halben Jahr in Mannheim anfing. An diesem Montag waren fast alle unterwegs gewesen. Ulvi war sehr aufgeschlossen und sie hatten sich von Anfang an gut verstanden.

Matthias Tregnat war für Lynn undurchschaubar. Seine Kleidung konnte man fast schon nachlässig nennen. Er trug am liebsten Pullover, am besten denselben wochenlang. Dazu war immer eine Lederjacke dabei, die angeblich fünfundzwanzig Jahre alt war. Lynn hatte Matthias bisher nur bei Vorbesprechungen gesehen, von denen er dann wie ein Geist wieder verschwunden war, noch ehe sie endeten. Seine äußere Erscheinung unterschied sich extrem von seinem Wesen. Seine Kommentare in den Besprechungen waren schnell, klar und scharfsinnig, fast schon beißend. Sie wusste nie, ob Matthias Tregnat gerade nachdachte oder schlechte Laune hatte. Auch nicht, ob er seine Kollegen bewusst oder unbewusst ignorierte.

Also hatte Lynn beschlossen, eine Gelegenheit abzuwarten, um mal mit ihm zu sprechen. Bisher wollte keine Situation für ein paar Worte herhalten. Wahrscheinlich wäre Mannheim eher verbrechensfrei, bevor es zu einer Unterhaltung kommen würde. Er nahm zudem kein Blatt vor den Mund, auch nicht bei seinem Chef Ralf Luber.

Regina Serber war die dritte Frau im Team und ebenso wie Lynn begeisterte Kampfsportlerin.

Andreas Reitmann und Sven Sorge arbeiteten am liebsten zusammen, was ihnen den Spitznamen „die Zwillinge" einbrachte. Wann immer von einem Zwilling die Rede war, war der andere nicht weit.

Vera Hermsen ging voraus und öffnete die Tür, ohne anzuklopfen. Schon von Weitem konnten sie die erregten Stimmen aus Lubers Büro hören.

»Ich brauche Ulvi heute in Heidelberg«, sagte Ralf laut und bestimmt. »Es gibt einige Zeugen türkischer Herkunft und wir benötigen dort einen Muttersprachler.«

Ulvi hatte Lynn einmal erzählt, dass er zweisprachig aufgewachsen war. Sein Vater war Deutscher, seine Mutter türkischer Herkunft. Als Lynn ihn fragte, wie es denn war, mit Eltern unterschiedlicher Herkunft aufgewachsen zu sein, gab es eine kurze Pause im Gespräch. Lynn dachte schon, sie hätte einen wunden Punkt bei Ulvi berührt. Aber er grinste nur und sagte, dass es überhaupt kein Problem gegeben hatte, weil seine Mutter eh die Hosen anhätte.

»Bei Gefahr jegliche Diskussion überflüssig«, hatte er gesagt und sie brachen beide in Gelächter aus.

»Sven kennt sich vor Ort am besten aus«, fuhr Ralf fort. »Deshalb wird er diesen Fall mit Ulvi bearbeiten. Beide sind heute in Heidelberg. Regina und Andreas gehen nach Waldhof. Dort wurde eine tote Person am Carl-Benz-Bad aufgefunden. Vermutlich ein Obdachloser. Todesursache für die Kollegen vom Einsatz vor Ort unklar.«

Eine Pause entstand. Demnach würde Lynn heute mit Matthias Tregnat einen weiteren Fall bearbeiten. Sie erwartete einen spröden Tag voller Sinnesschärfe, Genauigkeit und Stille. Matthias Tregnat setzte zum Sprechen an.

»Keine Alleingänge heute«, kam ihm Luber zuvor, der diese Reaktion voraussah. Und daraufhin vermittelnd: »Es ist ein Doppelmord im Umfeld von XFU passiert. Möglicherweise durch einen Mitarbeiter an Mitarbeitern. Fahrt hin und macht Euch ein Bild von der Situation vor Ort. Rechnet mit Presse. Ein Verdächtiger befindet sich auf dem Polizeirevier Alsental in Gewahrsam. Wir sprechen auf jeden Fall noch heute über eure Ermittlungen.«

Das war richtig ungewöhnlich, dass dies noch einmal betont wurde. Der Fall musste öffentlichen Sprengstoff bergen, wenn dies noch einmal Erwähnung fand. XFU musste ein wichtiger Arbeitgeber in der Region sein. Lynn hatte bisher nur von der Firma als Softwareschmiede gehört, aber keine Ahnung von der Größe von XFU noch vom Anwendungsbereich der Software.

»Gibt es noch Fragen?« Ralf Luber blickte in die Runde.

»Was macht ein Obdachloser so weit draußen? Da sind noch nicht einmal Geschäfte in der Nähe«, fragte Regina.

»Es liegen keine Personendaten vor. Ermittelt das vor Ort«, erläuterte Ralf. »Der äußere Zustand des Mannes gibt keine Hinweise auf eine Erkrankung oder ein Gewaltverbrechen.«

Also war die Spurensicherung schon vor Ort, fuhr es Lynn durch den Kopf. Regina Serber und Andreas Reitmann verließen das Büro, Ulvi und Sven besprachen sich noch flüsternd am Fenster.

»Welcher Art war denn die Tat bei XFU? Raub? Beziehungstat?«, fragte Lynn. Luber zog die Stirn kraus. »Na ja, wenn es eventuell von Mitarbeitern an Mitarbeitern war und XFU anscheinend sehr wichtig und damit heikel ist, wäre es gut, möglichst viel darüber zu erfahren, wie die Tat begangen wurde«, ergänzte Lynn.

»Das ist eine gute Frage«, erwiderte Ralf. »Wir wissen, dass eine Person kurz nach der Tat den Tatort verlassen hat. Sie wurde beim Verlassen des Tatortes gesehen und erkannt und in Gewahrsam genommen, als die Kollegen zum Wohnort der Person kamen. Die Person wollte gerade wegfahren. Den Rest von den Kollegen vor Ort. Die Spurensicherung ist schon unterwegs, auch wenn es hier ein klarer Fall zu sein scheint.«

»Wenn es so klar ist, wieso zwei Leute?«, startete Matthias Tregnat den nächsten Versuch.

»Keine Alleingänge. Klares Vorgehen. Ihr stimmt euch ab!«, gab Luber zurück. Er unterstrich seine Entscheidung, indem er die Handkante seiner rechten Hand von oben nach unten schlug.

»Ich will einen Zwischenstand vor sechzehn Uhr. Der Fall wird sicher in den Medien auftauchen. Wir werden noch heute Abend eine Pressekonferenz geben müssen.«

Das war es also. Für die Herausgabe an die Presse musste alles hieb- und stichfest sein. Keine Alleingänge, hatte Luber gesagt. Es würde leichter sein, Lynns sechsundachtzigjährigen Großvater zu überreden, Skispringen zu lernen, als Matthias von einem Alleingang abzuhalten. Jedenfalls erwartete sie so etwas in der Art.

Sie traten auf den Gang und ließen einen sichtlich angespannten Ralf Luber in seinem Büro zurück. Vera Hermsen trat zu Lynn und Matthias.

»Ihr werdet mit viel Presse vor Ort rechnen müssen«, wiederholte sie Lubers Worte. »Wir brauchen die Ergebnisse so schnell wie möglich.«

»Dann bis später am Telefon«, erwiderte Matthias Tregnat. Lynn musste grinsen. Das war schon der dritte vollständige Satz von Matthias heute.

»Wir fahren sofort los«, bestimmte Matthias. »Wir nehmen gemeinsam ein Fahrzeug und können uns auf der Fahrt nach Alsental abstimmen.«

Oh ja, abstimmen heißt reden, dachte Lynn bei sich. Immerhin hatte Matthias gerade den Beweis erbracht, dass er auch Nebensätze bilden konnte.

Napoleon lief in seinem Arbeitszimmer hin und her. Die Schreibtischlampe weigerte sich, auf dem Weg Richtung Fenster von seinen Augen fixiert zu werden, ebenso die Stiftebox im Regal auf dem Rückweg Richtung Wand. Die Gedanken wollten sich in keine Form pressen lassen. Alles schien wild und verstörend. Seine Frau klopfte an die Tür.

»Was ist denn heute Morgen los?«, fragte sie. »Ich höre dich die ganze Zeit hin- und herlaufen.«

Sie stand gerne spät auf, wenn die Kinder bei den Großeltern übernachteten. Abenteuerwochenende wurde es genannt. Eigentlich hatten sie sich gestern Abend aussprechen wollen. Ihre Beziehung kriselte. Aber er war unzugänglich und abweisend gewesen. So war sie früh ins Bett gegangen.

»Mach mal die Nachrichten an. Da ist irgendwas mit der Firma«, gähnte sie. »Mord oder so.«

Sie ging aus dem Raum und Napoleon schaltete den Fernseher ein. Die Nachricht lief schon durch den Nachrichtensender.

»… geschah ein Doppelmord in Alsental. Die Umstände sind laut Polizei noch unklar. Ein Tatverdächtiger wurde in seinem Haus festgenommen.«

Ja natürlich. Die Polizei musste Jens Sievert verhaftet haben. Der heutige Besuch wäre eigentlich dessen Aufgabe gewesen. Und Jens Sievert fuhr einen ähnlichen dunkelblauen Kombi wie er heute Morgen. Napoleon schaltete den Fernseher wieder ab. Sein Gelächter war böse und lief nur leise in ihn herein.

Ich muss den Kombi loswerden und den Van wieder holen. Aber jetzt habe ich Zeit. Ha, Jens, du Saubermann! Immer korrekt und fleißig. Endlich hat es dich erwischt. Du wolltest ja nicht auf meinen Kurs einschwenken. Etwas Schlimmeres als dich gibt es nicht. Ich verachte deine ganze ehrliche, integre Art. Wie willst du es jemals zu etwas bringen? Du bist ein Nichts, so wie die ganze Abteilung! Was ich in der Firma nicht geschafft habe, mache ich einfach jetzt. Mich werden alle kennenlernen. Keiner kann mich mehr an meinem Vorhaben hindern. Endlich kann ich wieder klar denken. Und niemand wird mich erwischen. Schließlich bin ich Napoleon.

Die Fahrt nach Alsental war wie erwartet fast gesprächslos verlaufen. Viel gab es über den Fall ja noch nicht zu sagen. Der Nebel nahm stetig zu. Die nordbadische Ebene gab an diesem Morgen keine landschaftlichen Geheimnisse preis, und in Alsental war die Sichtweite unter einhundert Meter. Sie ließen sich vom Navi zum Einsatzort lotsen. Schon eine Querstraße vorher war klar, dass es den erwarteten großen Presseauflauf geben würde. Die Wagen verschiedener Sender parkten teilweise auf der Fahrbahn. So stellten Lynn Deyonge und Matthias Tregnat ihren Dienstwagen eine Straße weiter ab und gingen den Rest zu Fuß. Eine große Menschenmenge stand schon um den von Einsatzwagen und Bändern freigehaltenen Bereich herum. Lynn und Matthias bahnten sich ihren Weg hindurch. Nachdem sie sich ausgewiesen hatten, wurden sie durch die Absperrungen zum Haus gelassen. Die Blaulichter von Polizeiautos und Rettungswagen zogen lange Bahnen durch den Nebel.

Matthias Tregnat wandte sich an einen Polizisten am rot-weißen Plastikband.

»Die Absperrung wird erweitert. Ich will kein Publikum in dieser Nähe. Je ein Wagen an beide Enden der Straße.«

Der so Angesprochene gab die Anweisung über das Funkgerät am Revers an die Kollegen weiter. Das Band wurde von Einsatzkräften an je einem Ende vom Zaun auf jeder Straßenseite gelöst und langsam vom Haus von Ursula Droste weggeführt. In der

Mitte lief ein Polizist mit Megafon und wies die Leute an sich zurückzuziehen. Die Menge murrte, wich aber langsam zurück. Lynn ahnte durch den Dunst, dass es auf der anderen Seite des Hauses genauso ablief. Im Hauseingang stand ein weiterer Uniformierter und grüßte. Die Spurensicherung war schon im Haus und beschrieb die grauenvolle Szenerie in das Diktiergerät.

»Guten Morgen, Peter«, sagte Lynn zu dem einen.

»Guten Morgen Lynn, guten Morgen Matthias«, gab der knapp zurück.

Lynn sah auf dem Boden lang ausgestreckt eine Frau mit grauem Haar. Sie lag auf dem Bauch, der Kopf war leicht nach rechts gedreht. Um das Gesicht hatte sich eine Blutlache gebildet. Am Hinterkopf war halb rechts in Stirnhöhe eine starke Deformierung. Lynn empfand die Sinnlosigkeit der Tat plötzlich als ungerecht. Sie spürte Wut und Trauer gleichzeitig in sich aufsteigen. Das Alter der Toten schätzte sie auf siebzig bis achtzig Jahre. Selbst im Tod merkte man ihr eine aufrechte Haltung an, das Gesicht sah von der Seite entspannt aus. Beim Schlag musste sie augenblicklich das Bewusstsein verloren haben, denn der linke Arm lag unter ihrer linken Hüfte und der rechte Arm rechts am Körper mit leicht aufgestütztem Handgelenk.

Zeit zum Abfangen des Sturzes hatte sie keine mehr gehabt. Lynn atmete einmal tief durch. Sie glaubte hinter Matthias Tregnats kraus gezogener Stirn Nachdenken und tiefe Abscheu zu erkennen.

Die andere Frau lag auf der rechten Körperseite im Durchgang zur Küche. Die Augen waren leicht geöffnet. Über der linken Schläfe war eine grauenhaft tiefe Wunde zu sehen. Ihre rechte Hand lag unter ihrem Gesicht. Sie musste sich noch an den Kopf gegriffen haben. Ihre Unterarme ließen auf eine enorme Körperkraft schließen. Zudem hatte sie breite Schultern. Die ganze Statur hatte etwas von einer Handwerkerin.

Lynn überfiel eine tiefe Traurigkeit. Niemand sollte so sterben müssen. Ihr Unbehagen versuchte sie mit leichten Bewegungen der Schultern in den Griff zu bekommen. Auch nach den Jahren bei der Mordkommission berührte ein solches Verbrechen sie immer noch zutiefst.

»Was habt ihr bisher untersucht?« Der barsche Ton von Matthias Tregnat riss sie aus ihren Gedanken.

»Noch nichts«, antwortete Peter Nördner. »Wir haben auf euch gewartet und erst einmal dokumentiert.« Er drehte die Hand mit dem Diktiergerät leicht nach außen.

Matthias setzte zum Sprechen an, sagte aber kein Wort, sondern blickte zu Lynn. Sie sah, dass ihn die abscheuliche Tat völlig einnahm. Er atmete tief durch und versuchte es wieder.

»Ist etwas über die Tatwaffe bekannt?«

»Es war wohl der Kerzenständer auf der Arbeitsplatte. Unten am Rand sieht man Blut und Haare. Der Täter hat ihn auf der Arbeitsplatte um die eigene Achse gedreht. Die Spuren sind um den Marmorfuß des Ständers herum auf der Oberfläche verteilt.« Peter Nördner beendete dann seine Ausführung. »Möglicherweise hat er die Riffelung mit irgendetwas abgewischt.«

Matthias machte eine Pause und atmete tief durch.

»Was sagst du zu dem Fundort hier, Lynn?«

Lynn weitete leicht die Augen. Das war bisher jetzt mehr Kommunikation als im ganzen letzten halben Jahr. Matthias rieb sich die Stirn. Dies hier machte ihm sichtlich zu schaffen und er versuchte wohl etwas Zeit zu bekommen, um seine Fassung zurückzugewinnen.

»Ich vermute, es war keine geplante Tat. Der Täter hat den Kerzenständer nicht abgewaschen, obwohl die Spüle direkt daneben ist. Es würde mich nicht wundern, wenn wir mehr Spuren von ihm finden«, führte sie aus. Sie nahm den Ständer in beide behandschuhte Hände, darauf achtend, dass sie weder die Riffelung im Messing noch den Marmorfuß berührte, und prüfte sein Gewicht.

»Ziemlich schwer.« Dann blickte sie auf den Boden. »Das Telefon hat er anscheinend zertreten. Beim Herunterfallen entstehen nicht solche Schäden.«

Der Deckel und das Display des Gerätes waren herausgesprungen. Zwei der Tasten hingen heraus. Ein Riss zog sich diagonal über das Gehäuse. Lynn war froh um diese Frage, das Antworten brachte ihre Fassung zurück. Sie blickte auf die sehr gepflegten Möbel und zog die Stirn kraus.

»Das ganze Haus wirkt sehr gepflegt. Ich hoffe, die Reinigung war nicht zu gründlich«, erriet Matthias ihre Gedanken. Und zu Peter Nördner: »Ist die Identität der beiden Toten schon geklärt?«

»Die Frau im Flur ist Ursula Droste. Ihr gehört das Haus. Bei der Leiche in der Küche handelt es sich um Hertha Bauer, eine Freundin von Frau Droste und Schreinerin mit eigenem Betrieb in Alsental. Der Nachbar hat einen Schlüssel und fand die beiden so vor. Mehr konnte er nicht herausbringen, der Schock sitzt zu tief. Ein weiterer Zeuge war dabei. Beide sind im Haus des Nachbarn ein paar Häuser weiter.« Peter Nördner war fertig.

»Hat eine der Toten ein Auto?«, fragte Matthias.

»Ja, beide. Sie stehen draußen in der Einfahrt und vor dem Gelände.«

»Nehmt euch anschließend beide Fahrzeuge vor. Vielleicht wurden sie aufgebrochen.«

Lynn und Matthias wandten sich ab Richtung Ausgang.

»Lass uns erst mal dem Nachbarn einen Besuch abstatten.« Matthias ließ sich das Wohnhaus von dem Beamten vor der Tür beschreiben. Vor dem Haus des Zeugen stand ein weiterer Polizist. Sie grüßten und betraten das Haus. Ein Sanitäter war anwesend und bot seine Hilfe an. Die drei Anwesenden lehnten ab, obwohl die Frau weinend und völlig aufgelöst am Esstisch saß. Ein Mann saß neben ihr und versuchte, sie zu beruhigen.

Beide wurden halb von Matthias verdeckt, der vor Lynn die

Küche betreten hatte und nun schräg vor ihr stand. Ein weiterer Mann lehnte an der Arbeitsplatte. Mit vor dem Oberkörper verschränkten Armen und immer noch um Fassung ringend sah er Lynn und Matthias entgegen. Seine nach oben gezogene Stirn ließ die Augen fragend und abwesend erscheinen. Lynn schätzte dessen Alter um die fünfzig. Seine Statur war schlank und erinnerte sie an ihre eigenen sportlichen Aktivitäten. Allen stand der Schreck noch ins Gesicht geschrieben.

»Tregnat, Mordkommission«, hörte sie Matthias sagen.

Der Mann an der Küchenzeile stellte sich als Gerald Bohm vor.

»Wir sind die Kramers«, antwortete der Mann am Tisch. »Wir wohnen hier.«

Ich muss mich ja nicht vorstellen, dachte Lynn bei sich und wusste im gleichen Moment, dass Matthias gar nicht daran dachte es für sie zu tun. Also hielt sie sich zurück. An seiner Haltung erkannte sie, dass er eine neue Eingebung hatte.

»Darf ich Sie bitte draußen sprechen«, sagte er zu Gerald Bohm und warf ihr im Vorbeigehen einen Blick mit fast unmerklichem Nicken Richtung den Kramers zu. Die Zeugen zu trennen war wirklich keine schlechte Idee.

Als beide draußen waren, trat Lynn an den Tisch zu den Kramers und holte es nach sich vorzustellen. Sie schätzte beide auf Ende sechzig, war sich aber nicht ganz sicher. Herr Kramer hatte graues, schütteres Haar. Sein leicht nach vorne gebeugter Oberkörper gab einen leichten Haltungsfehler preis und sein Gesicht war fahl, was aber nicht die Grundfarbe zu sein schien. Vielmehr wirkte er wie jemand, der sehr gerne in der Natur unterwegs war. Die Augen waren hell und wach, aber sehr traurig.

Der Tränenstrom bei Frau Kramer versiegte allmählich. Neben den an die Nase und vor den Mund gefalteten Händen erschienen rot geweinte Augen. Ihr Gesicht war völlig aufgelöst. Auch ihre Haut wirkte unter dem Kummer so wie bei jemandem, der täglich draußen war. Die Betrachtung des Dienstausweises schien beide abzulenken, so dass Lynn sich langsam gegenüber setzte und den beiden in die Augen sah. Wenn die beiden genauso viel redeten wie ihr werter Kollege, dann würde das Gespräch ungefähr so erfolgreich verlaufen wie Konzentrationsübungen nach einem ungeplant zwölfstündigen Arbeitstag.

Als hätten die Kramers ihre Gedanken gelesen, fingen beide gleichzeitig an zu sprechen.

»Wenn mir das einer …«

»Wir hätten …« Annelene Kramer hielt inne.

»Wenn mir das gestern einer gesagt hätte, was heute passiert, hätte ich ihn für verrückt erklärt.« Mit einem nach Worten suchenden Blick tastete Richard Kramer den Tisch ab. Seine Hände blieben an den Oberarmen seiner Frau, was sie sichtlich ruhiger werden ließ. »Niemals wäre ich auf den Gedanken gekommen, dass Jens zu so etwas fähig ist.«

Die entstehende Pause nutzte Lynn zu einer Frage. »Sie meinen den Mann, den Sie gesehen haben?«

»Ja, Jens Sievert«, fuhr Kramer tief ausatmend fort. »Ich habe gerade das Frühstück vorbereitet, als er am Fenster vorbeieilte.«

Fassungslos und nach weiteren Gedanken suchend entstand eine Pause, die Lynn nutzte, um die Stimmung zu heben. »Frühstück am Sonntag finde ich einen tollen Service«, lächelte sie Annelene Kramer an.

Dies entlockte ihr eine kleine Mundbewegung. Die sich zu einem Lächeln formenden Lippen froren jedoch gleich wieder ein. Aber auch bei ihr löste sich damit ein Gedankenstau.

»Wissen Sie«, startete Annelene erfolglos und wischte sich unter den Augen die Haut glatt. »Wissen Sie, wir kennen Jens schon so lange, wie wir hier wohnen. Er ist in diesem Haus aufgewachsen. Immer noch ist ihm von Zeit zu Zeit ein Besuch bei uns wichtig.«

Na bitte. Geht doch. Sie möchten erzählen. Also ließ Lynn das

Paar fortfahren.

»Ich habe mich gewundert, dass Jens heute nicht kurz vorbeigeschaut hat. Nicht einmal zum Haus hat er geschaut. Dabei lässt er normal keine Gelegenheit aus …«

»Er erzählt doch so gerne mit uns und wir hören am liebsten Geschichten von seinen Kindern«, ergänzte Annelene sein Stocken. »Manchmal bringt er die Kinder sogar mit. Die beiden sind wirklich süß. Wissen Sie, unsere Enkel sehen wir nicht so oft. Die Kinder wohnen weit weg.« Ihr Blick wurde wieder dunkel. »Aber was er heute getan hat …«

»Können Sie sich vorstellen, was Herr Sievert bei Frau Droste wollte?«, überbrückte Lynn.

»Er gehört doch zu der Truppe, die Ursula betreut.«

Pause. »Betreute.«

»Beruflich betreute?«

»Wie man es nimmt.« Bisher hatte Richard teilnahmslos vor sich hingestarrt. Doch jetzt kam Leben in sein Gesicht. »Beide haben in der gleichen Firma gearbeitet. Bei XFU.«

»Ein ehemaliger Mitarbeiter, der eine ehemalige Mitarbeiterin betreut?« Lynn war erstaunt.

»Betreuung kann man das eigentlich nicht nennen. Eher Besuche. Das hat Peer organisiert. Nachdem Ursula vor Jahren gestürzt war und mehr als einen Tag hilflos in ihrem Haus lag.«

»Peer?«

»Peer Lindner. Der Gründer von XFU. Ursula war lange Zeit seine wichtigste Mitarbeiterin.«

»Und seine schwierigste«, ergänzte Annelene. »Jens arbeitet übrigens noch dort.«

»Wie oft hat Herr Sievert denn Frau Droste betreut?« Und korrigierte sich gleich. »… besucht?« Von so etwas hatte Lynn noch nie gehört.

»Oh, das war eine ganze Truppe. Immer Sonntagmorgen und

immer abwechselnd.« Richard schaute überlegend nach oben. »Das war der Zeitraum, an dem Ursula am längsten allein war. Ich meine, Samstagabend Karten spielen. Sonntag Ruhe. Montag weiter. Die Leute kamen immer sonntags von neun bis elf.«

»Frau Droste wurde immer von mehreren Personen betreut … besucht?«

»Nein. Die haben sich das aufgeteilt. Jeder war mal dran. Manche wollten das einfach öfter machen. Wissen Sie, Ursula war etwas schwierig.«

Lynn legte den Kopf ein wenig schief und zog die Augenbrauen zusammen. Also erklärte Richard.

»Wissenschaftlerin. Eine der ersten Physikerinnen im Land. Diskussion gerne, aber Entscheidungen nur bei ihr.«

»Oh ja, Jens kann ein Lied davon singen.« Annelene presste die Lippen zusammen. »Sie war auch keine angenehme Nachbarin. Wir wohnen zum Glück drei Häuser weiter.«

»Wie unangenehm war sie denn?«

»Alles musste immer picobello sein. Fast schon steril. Auch bei den Nachbarn. Das hat sie notfalls mit einer Klage durchgesetzt. Der Garten war eigentlich nutzlos. Betreten verboten. Auch für Eichhörnchen und Vögel. Kein Grashalm wächst ungeplant.«

»Und Herr Sievert hat sie trotzdem besucht.«

Zwei fragende Blicke.

»Sie sagten, er kam nicht mit ihr aus.« In diesem Moment ärgerte sich Lynn, dass sie das Gespräch in diese Richtung lenkte. Es wäre besser gewesen, die Kramers einfach erzählen zu lassen. Richard bügelte den Fehler sofort wieder aus.

»Niemand kam mit ihr aus. Auch ihre Kollegen nicht. Aber alle suchen das Gespräch mit ihr. Mit dem Kopf ist sie immer noch bei den Projekten. Und sie ist ein Fundus schier unerschöpflichen Wissens, hat Peer immer gesagt.«

»Mit achtundsiebzig Jahren?«

»Sie ist erst mit siebzig in Rente gegangen. Halb freiwillig.« Denkende Unterbrechung. »Wenig freiwillig.« Er schloss den Mund und atmete scharf durch die Nase aus. »Peer hat sie mehr oder weniger hinauskomplimentiert. In den Entscheidungen wurde sie immer starrsinniger. Mitarbeiter haben gekündigt oder sich in andere Abteilungen versetzen lassen. Zudem war ihr letztes Projekt nicht durchführbar.«

»Inwiefern?«

»So genau weiß ich das nicht. Es war irgendwie technisch nicht machbar.«

»Gehörte Jens Sievert zum Projektteam?«

»Ja.«

»Gab es auch zwischen ihm und Frau Droste Streit?«

»Ja. Aber das war lange, bevor sie in Rente ging. Das Thema war schon lange beigelegt. Jens hat es nie wieder erwähnt.«

»Worum ging es in dem Streit?«

»Ursula hat seine Leistungen nicht anerkannt. Sie sagte, es sei das Ergebnis des Teams. Jens war damals sehr enttäuscht.«

»Kannten Herr Sievert und Frau Droste sich privat?«

Richard Kramer überlegte kurz. »Nein, da war nichts. Alter und Interessen waren viel zu weit auseinander. Außerdem …«

Sie wurden unterbrochen. Matthias Tregnat trat durch die Tür in die Küche. Anscheinend hatte er davor gewartet. Er zog die Stirn hoch und deutete kurz auf sein rechtes Ohr, zum Zeichen, dass er genug gehört hatte. Die Unterbrechung beendete das Gespräch, die Kramers starrten zur Tür. Das war ärgerlich. Lynn hätte gerne noch mehr über Jens Sievert erfahren. Aber es gab wohl einen Grund für die Unterbrechung. Also verabschiedete sie sich von beiden und folgte Matthias auf die Straße.

»Die Dienststelle hier in Alsental hat mich gerade angerufen. Als

Bohm den ersten Kollegen vor Ort den Fall geschildert hat, haben sie umgehend einen Wagen zu Sieverts Haus geschickt. Er war gerade dabei, einen Koffer ins Auto zu packen und loszufahren. Sie haben ihn sofort mitgenommen. Er ist auf dem Polizeirevier.«

Die Neuigkeiten hatten wohl den Redefluss in Gang gesetzt. Lynn war dennoch verärgert über die Unterbrechung.

»Die beiden waren gerade im Redefluss. Ich hätte gerne noch mehr über Sievert, Droste und die übrigen Beteiligten erfahren.«

Matthias kehrte zu seinem gewohnten Schema zurück. »Wir haben genug Informationen. Lass uns Sievert befragen.«

»Wir hätten noch mehr über die Leute erfahren können.«

»Wir wissen genug: Sievert weg. Bohm vor. Nachschauen und Tote finden.«

Er schaffte es sogar, nur in Halbsätzen zu reden. Welch eine Begabung.

»Lass uns kurz Peter Nördner über den Tatort befragen. Vielleicht hat er ja noch etwas für uns.« Sie wandte sich zum Haus von Ursula Droste, ohne seine Reaktion abzuwarten. Drinnen herrschte gespenstische Ruhe. Peter Nördner war im Arbeitszimmer. Lynn fragte nach seinen Untersuchungen.

»Also das Haus ist penibel gereinigt worden. Nur im Bad sind Fingerabdrücke von drei Personen. Dann noch bunte Faserspuren an der Riffelung des Kerzenständers. Die hat der Täter mit irgendetwas abgewischt. Eventuell mit einem Tuch. Er könnte auch seinen Pullover benutzt haben.«

»Sonst nichts?«, kam es aus Lynns Rücken. Matthias war ihr also gefolgt.

»Doch. Der Schreibtisch ist die Hölle. So klinisch rein, wie das ganze Haus ist, so wenig gepflegt ist der Schreibtisch im Arbeitszimmer. Dort haben wir Abdrücke von mehr als zehn Personen gefunden. Die meisten davon übereinander, daher haben wir ganz viele Teilabdrücke. Die Zuordnung wird dauern.«

Draußen fiel auf, dass Alsental heute nichts von seiner Stadt preisgeben würde. Der Nebel wurde noch dichter. An den Absperrungen hatten sich die Menschenmassen vervielfacht. Das bildete sich wie ein plattes Gemälde durch die Nebelwand ab. Die Kamerateams hatten ihre Positionen ans andere Ende der Straße verlagert, um näher am Tatort sein zu können. So konnten Lynn und Matthias unbehelligt wegfahren.

Napoleon lief in seinem Arbeitszimmer weiter auf und ab. Seine Stimmung und der neblige Tag machten die Ecken seines Büros auch nicht interessanter. Verächtlich grinste ihn die Rückenlehne seines Schreibtischstuhls an. Nach einem Tritt flog das Teil wie ein ungeübter Rollschuhfahrer gegen den Schreibtisch. Lange würde er seiner Frau das Märchen von den stabilen Familienfinanzen nicht mehr vorspielen können. Ein Erfolg mit dem Diebstahl der neuen Software von XFU musste her. Also beschloss er seufzend, sich dem Rechner von XFU wieder zu widmen, auf dem die neueste Version abgespeichert worden war.

Dass man ihn bei seinem Tun erwischen würde, war nahezu unmöglich. Sein Notebook war auf einen falschen Namen eingerichtet. Der Zugriff auf den XFU-Rechner mit der neuesten Version erfolgte über das mobile Internet. Dafür nutzte er ein Smartphone mit einer Prepaid-Karte der älteren Generation. Das hieß, sie konnte damals noch auf einen falschen Namen registriert werden. Heute war das nicht mehr möglich. Wenn XFU überprüfen würde, wer auf den Rechner zugegriffen hatte, dann würden sie nur die Namen seiner Phantasie herausfinden. Und einen Adam Begler als Inhaber der mobilen Karte oder Veith Hausdur als Besitzer des Notebooks gab es in Alsental nicht. Aber nicht einmal das hatte XFU geschafft.

Tja, Peer, jetzt hält deine besserwisserische Mitarbeiterin endlich den Mund. Was hast du jemals an ihr gefunden? Das letzte Projekt ging in die Binsen. Millionenschaden. Sie hat die Zugangsdaten für den anonymen Zugang rumliegen lassen. Millionenschaden. Viele Mitarbeiter haben wegen ihr gekündigt und das Wissen, das sie hatten, mitgenommen. Vielleicht Millionenschaden. Und ich bin direkt vor dem Abschluss meines nächsten Coups. Keiner kann mich dabei erwischen. Das Grauen, das mich vorhin noch erfasst hat, ist einer Ruhe gewichen, die ich so schon lange nicht mehr gespürt habe. Der Nächste, der mir in die Quere kommt, wird genauso enden. Und du weißt nicht, mit wem du es zu tun hast. Denn ich bin Napoleon.

Das Polizeirevier von Alsental war in einem ehemaligen Privathaus in der Stadtmitte untergebracht und eigentlich für einen Ort von achttausend Einwohnern konzipiert. Durch seinen Aufbau war es möglich, breitere Türen einzubauen und Sicherungsanlagen zu installieren. Die Stadt hatte es in den Siebzigern von einer alteingesessenen Familie erworben, deren letzter Nachkomme sein Leben in einer größeren Stadt geplant hatte. Die schmucke Fassade mit seinem hohen Giebel ließ nicht auf ein solches Gebäude schließen, man erkannte es nur an seinem kleinen Leuchtschild mit weißer Schrift und blauem Hintergrund.

Mittlerweile schrieb man das Jahr 2018 und der Ort Alsental hatte sich durch XFU auf eine stattliche Anzahl von neunzehntausend Einwohnern vergrößert. Das ließ den Ortskern wie eine kleine Insel in einem Meer aus Neubaugebieten erscheinen. Die maximal mögliche Größe von Alsental war noch nicht erreicht. Nur Umweltverbände und nicht verkaufswillige Bauern verhinderten eine Expansion über seine jetzigen Ortsränder hinaus.

Lynn und Matthias betraten das Gebäude und wiesen sich aus, nachdem ihnen ein genervter uniformierter Beamter klarmachen wollte, dass die Presse keinen Zutritt zum Polizeigebäude hatte.

Tregnat und Presse, grinste Lynn in sich hinein. Ein

nebensatzloser Bericht in der Zeitung, gespickt mit Halbsätzen. Sein Erfolg als Journalist wäre gesichert.

Ein Kollege brachte sie zu einem Raum, der als Verhörraum genutzt werden musste, obwohl es keine Möglichkeit gab, durch eine verspiegelte Wand dem Verhör als unbeteiligter Beamter zu folgen. Es würden sowieso keine weiteren Befragungen erfolgen.

Gegenüber dem Verhörraum gab es einen Besprechungsraum, in dem sich vier Kollegen bei geöffneter Tür besprachen. Lynn und Matthias betraten den Raum und grüßten. Zu ihrer Überraschung waren die vier als Verstärkung nach Alsental geschickt worden und Regina Serber war dabei. Es kam außerdem heraus, dass die Bereitschaft von zwei weiteren Gemeinden zur Unterstützung an den Absperrungen, bei der Festnahme und im Polizeirevier zusammengezogen worden waren. Die Kollegin und drei Kollegen füllten schon die Hälfte des Raumes aus. Regina Serber und Kai Monsert hatten Jens Sievert auf das Polizeirevier zur Befragung mitgenommen. Entsetzen und Verwunderung seien die Reaktionen von Jens Sievert und seiner Frau gewesen, berichteten sie.

Lynn und Matthias betraten den Verhörraum. Jens Sievert saß auf einem Stuhl am Tisch, die Arme hinter dem Kopf verschränkt, bleich und die Augen geschlossen. Der Beamte, der zur Bewachung im Raum war, ging bei ihrem Eintreten hinaus.

Nachdem sie sich vorgestellt hatten, kam Matthias Tregnat ohne Umschweife zur Sache.

»Herr Sievert, Sie wurden gesehen, als Sie heute Morgen Ihren Wagen in der Lauffener Straße bestiegen und weggefahren sind. Was haben Sie dort gemacht?«

Jens Sievert fuhr sich mit der linken Hand über die Stirn in die leicht licht werdenden Haare.

»Ich war heute noch gar nicht dort. Nach dem Aufstehen habe ich Brötchen geholt, mich dabei verquatscht und bin wieder nach

Hause gefahren. Meine Frau und ich haben dann gefrühstückt. Danach wollte ich zu meinem kranken Vater am Bodensee fahren. Beim Einladen des Autos haben mich Ihre Leute angesprochen und mitgenommen. Das habe ich aber alles schon Ihren Kollegen erzählt.«

Das klang wie auswendig gelernt. Er hatte aber auch drei Stunden Zeit gehabt, um sich den Ablauf zurechtzulegen. Sein Gesicht wurde bleich und Tränen traten in seine Augen. Die Stimme wurde leise.

»Hören Sie, das ist ein Wochenende voller Albträume. Mein Vater ist Freitag gestürzt und liegt jetzt im Krankenhaus. Er ist Mitte neunzig. Es kann sein, dass er das nicht überlebt, und ich möchte ihn sehen. Meine ehemalige Kollegin wurde ermordet. Eine sehr geschätzte Kollegin. Und jetzt sitze ich hier, weil mich angeblich jemand gesehen hat, wie ich weggefahren bin.«

»Sie hatten ziemlichen Streit mit Ihrer „geschätzten" Kollegin. Und dadurch berufliche Nachteile«, hakte Lynn nach.

»Das ist zehn Jahre her. Kurz danach wurde Ursula in Rente geschickt. Von Peer persönlich. Und meine Leistungen wurden seitdem anerkannt. Und Ursula hatte immer Streit. Mit jedem.«

»Wird das nicht irgendwann ein Streit zu viel?«

»Das war eben ihre Art mit anderen umzugehen. Deswegen habe ich das höchstens zweimal im Jahr gemacht.«

»Und jedes Mal wurde es ein Stückchen schlimmer?«

»Nein! Ich hatte damit abgeschlossen. Zu Ursula bin ich nur gegangen, weil Peer das verlangt hat«, brüllte Sievert heraus. Die Tränen verstärkten sich. Er legte die Hand über die Augen und atmete laut ein.

Die Tür öffnete sich und Regina Serber steckte den Kopf durch die Tür.

»Lynn, kommst du mal?«

Mit den Lippen formte sie »wichtig«.

Lynn ließ Matthias und Jens Sievert allein.

»Vorne im Eingangsbereich warten drei Zeugen. Sie behaupten, dass sie mit Jens Sievert vor einer Bäckerei gestanden haben.«

»Kannst du die drei trennen?«, gab Lynn als Anweisung. »Ich weiß, es ist etwas eng hier. Aber lasst sie nicht mehr miteinander reden. Verteilt sie im Haus. Wir kommen gleich.«

Das Wasser aus dem Automaten war kalt. Der Magen meldete grollend seinen Bedarf an. Kein Wunder, denn das Frühstück war dünn gewesen und die Uhr zeigte drei Uhr nachmittags. Die Befragung der Zeugen hatte Vorrang. Entschlossen trat sie wieder in den Verhörraum.

»Herr Sievert, Sie wurden dabei gesehen!«

»Das kann nicht sein«, schrie der Angesprochene zurück. »Ich hab nur eins zu sagen: Mein-Vater-ist-krank-und-ich-muss-hin-und-sitz-hier-rum-und-muss-mir-Scheiß-an-hö-ren!« Den Satz schrie er abgehackt Silbe für Silbe hinaus und knallte bei jedem Wort die flachen Hände wütend auf den Tisch.

Die Spannung war zum Zerreißen.

Lynn nutzte die Sturmunterbrechung, um sich zu räuspern und Matthias mit einem Fingerzeig nach draußen zu bitten. Der Kollege in Uniform kam wieder herein und löste sie ab.

»Drei Zeugen wollen mit Sievert zur Tatzeit vor einer Bäckerei gestanden haben. Lass sie uns befragen.«

Unwillig winkte Matthias ab.

»Trennt sie. Später dann.«

»Wir müssen uns anhören, was sie zu sagen haben. Mit dem da kommen wir nicht weiter.« Sie zeigte mit dem Daumen auf die Tür, hinter der Sievert saß.

»Okay. Den Ersten zusammen. Dann jeder einen.«

Das war ein guter Plan. So konnten sie die Aussagen direkt vergleichen. Lara Wittek wartete im Besprechungsraum. Ihre langen Haare hatte sie wild hochgesteckt. Das war wohl dem Umstand geschuldet, dass der Sonntag jäh unterbrochen worden war. Die Jacke hatte sie noch an, es war auch nur eine für diese Jahreszeit zu dünne Bluse darunter zu sehen. Nach der kurzen Vorstellungsrunde legte sie sofort los.

»Mona hat mich gerade angerufen, dass Jens verhaftet wurde. In den Nachrichten haben sie gebracht, was passiert ist. Das kann aber gar nicht sein. Wir standen mit Jens vor der Bäckerei und haben uns verquatscht.«

»Jens Sievert wurde nicht verhaftet«. Matthias überließ Lynn das Reden. »Er ist zur Befragung hier. Und Mona ist …?«

»Mona Sievert. Die Frau von Jens. Sie ist total aufgelöst. Um zehn Uhr soll Jens die Tat begangen haben. Da standen wir noch vor der Bäckerei.«

»Vor welcher Bäckerei?«

»Bäckerei Strömer. Direkt vor dem Eingang. Ich nehme an, Biele hat uns gesehen.«

»Biele?«

»Biele Hertwig. Die Verkäuferin.«

»Sind Sie eine Kollegin von Herrn Sievert?«

»Nein, unsere Kinder gehen in denselben Kindergarten. Mein Mann und ich sind heute zusammen zur Bäckerei gelaufen.«

»Und Ihre Kinder waren allein zu Hause?«

»Nein«, lachte Lara kurz. »Oma-Opa-Wochenende. Das ist immer ein riesiges Abenteuer. Das dürfte dieses Wochenende bei den Sieverts auch so sein. Und bei vielen anderen Familien auch.«

Fragende Blicke.

»Nach dem Kindergartenfest am Freitag haben die Großeltern die Kleinen eingesammelt. Und wir hatten Wochenende.«

»Was hatten Sie denn so Wichtiges vor der Bäckerei zu besprechen?«

»Das Übliche. Der Vater von Jens ist krank. Mein Mann wechselt die Abteilung. Die Kinder machen Bronzeabzeichen. Laura holt demnächst ihren Masterabschluss nach. Das Fußballfest der Kinder steht an.« Sie grinste. »Und so weiter.« Und nach einigen Sekunden Ruhe. »Sie haben den Falschen. Und wenn wir noch ein wenig warten, dann werden sich mindestens noch zehn Leute melden, die uns dort gesehen haben.«

Lynn beschlich der leise Verdacht, dass sie wieder am Anfang standen. Ihr Magen quittierte die Situation mit einem dumpfen Grollen. Frau Wittek lachte.

»Gehen Sie in den Alsen. Die haben eine gute Hausmannsküche.«

Tatsächlich ergab die Befragung von Lars Wittek und Laura Bönigheim keine andere Erkenntnis. Als Lynn und Matthias die Aussagen im Besprechungsraum abglichen, kam bei allen das Gleiche heraus. Matthias gab sich noch nicht geschlagen.

»Wir müssen sicher sein. Einer zur Verkäuferin, einer organisiert die Fingerabdrücke des Badezimmers.« Er schaute sie fragend an.

Es war klar, dass er nicht zur Verkäuferin wollte.

Mit den Adressen fuhr sie erst an der Bäckerei vorbei. Sie war schon geschlossen. An der Wohnung von Frau Hertwig hatte sie mehr Glück. Diese wartete in der Tür, als Lynn die Treppe hochkam und sich vorstellte. Den Ausweis betrachtete sie mit Stirnrunzeln.

»Sind Sie wegen der Mordsache hier? Da kann ich Ihnen nicht helfen. Die Frau wohnt am anderen Ende von Alsental.«

»Ich habe nur ein paar Fragen zu Ihren Kunden. Darf ich reinkommen?«

»Bitte«, sagte sie argwöhnisch. »Aber ich werde mich nicht über meine Kunden aushorchen lassen.«

Das Gegenteil war der Fall. Auf die Frage, ob ein paar Kunden länger in der Bäckerei anwesend waren, hatte Biele Hertwig nicht nur eine Antwort.

»Ach wissen Sie, es kommen so viele Kunden, dass ich sie mir gar nicht alle merken kann. Frau Müller zum Beispiel war heute schon ganz früh da, obwohl sie sonst immer erst gegen zwölf kommt. Sie macht mit ihrer Freundin heute nämlich eine Weinprobe. Und Herr Gegner hat endlich seine Bandagen ab und kann wieder die Treppe hoch zur Bäckerei laufen. Er hat ja so eine hübsche Frau und seine Kinder sind auch im Schwimmkurs ...«

Lynns Gedanken drifteten unwillkürlich ab, ihr Hunger zwang sie einfach dazu. Hatte eine Bäckerin auch Brot zu Hause? Oder sie würde es wie in dieser frechen Geschichte aus dem Mittelalter machen, in der ein Krieg ausbrach, weil die Menschen des einen Volkes den Wagentreck der Nachbarn überfielen und die Brötchen stahlen. Wie hieß die Geschichte doch gleich? Ach ja, Gargantua und Pantagruël.

Da war doch der Name. Fast hätte sie das richtige Stichwort verpasst. Oder täuschte sie sich? Sie zwang sich zuzuhören.

»... und die vier standen eine Ewigkeit draußen rum und haben gequatscht. Wissen Sie, es gibt ja Leute, die hören gar nicht auf zu reden. Was die vier gesagt haben, konnte ich natürlich nicht hören. Aber der Vater von Herrn Sievert ist ja so schwer erkrankt. Und das in seinem Alter, fünfundneunzig ist er. Das hat mir Frau Elmer am Freitag erzählt. Da kauft sie für die ganze Woche Brot und friert es ein. Unsere Kinder gehen in den gleichen Kindergarten. Er ist ein so netter Mann, der Jens. Das fand Lara auch mal. Die beiden waren während des Studiums ein Paar. Aber das ist lange her. Heute heißt Lara nicht mehr Meier, sondern Wittek. Ihr Mann arbeitet auch bei XFU. So wie Jens. Der Herr Wittek stand auch vor der Tür. Nur die vierte, die ganz junge, die kenne ich noch nicht ...«

»Frau Hertwig«, setzte Lynn in normalem Tonfall an.

»... ich glaube, die heißt Laura. Sie hat schon Kinder, wissen Sie, und sie studiert noch …«

»Frau Hertwig«, kam jetzt in einem Tonfall, der keinen Widerspruch zuließ. Biele Hertwig erwachte aus ihrer Trance und nahm sofort eine aufrechte Sitzhaltung an. »Wie lange standen denn die vier vor der Tür?«

»Ach, so genau weiß ich das nicht. Also Frau Erlemann kommt jeden Sonntag kurz nach neun und holt ihre Bestellung ab. Da stand die Gruppe schon draußen. Und als der Herr Kohl sagte, dass er keine Zeit mehr hat, da war es kurz nach zehn und sie standen immer noch da. Herr Kohl ist auch so einer, der nie aufhört zu reden. Die vier haben sich um zwanzig nach zehn verabschiedet. So Umarmung und Küsschen, wissen Sie. Das weiß ich so genau, weil die Anna neue Brötchen von hinten gebracht hat, die ich vor dem Verkauf noch angesetzt habe. Da hat der Wecker geklingelt. Und dann kam noch jemand herein, den ich schon lange nicht mehr …«

»Frau Hertwig, vielen Dank für Ihre Auskunft. Sie haben mir sehr geholfen.« Der Tonfall war diesmal fast schon barsch.

»Sie lassen einen auch nicht ausreden. Ich hätte gerne kurz zu Ende erzählt.«

»Ich würde nichts lieber tun, als Ihnen weiter zuzuhören«, log Lynn. »Nur wartet leider ein Fall auf mich.«

»Ja, das sehe ich auch immer im Fernsehen, wenn die Kommissare versuchen den Fall zu lösen. Das dauert nämlich …«

»Auf Wiedersehen, Frau Hertwig.« Lynn machte, dass sie rauskam. Noch nie hatte sie sich so sehr nach nebensatzloser Kommunikation gesehnt.

Im Auto musste sie noch die Buchstabensuppe von eben richtig ordnen. Wie war das? Kurz nach neun bis zwanzig nach zehn. Und jeder Zeuge sagte das Gleiche.

Kurz nach halb vier erreichte Lynn das Polizeirevier. Matthias

Tregnat hatte ähnlich schlechte Nachrichten.

»Die Fingerabdrücke im Badezimmer stammen von Frau Droste, Frau Bauer und einer dritten Person. Nicht von Jens Sievert. Am Schreibtisch sind noch sehr viel mehr Spuren. Mindestens fünfzehn Personen. Das war der einzige Gegenstand, der nie gereinigt werden durfte.«

Diese Aussage würde als Roman in die Geschichte eingehen. Fünf Sätze plus einen Nebensatz. Jetzt musste sie aber was essen, sonst würde sie sich Matthias gegenüber verplappern.

»Lass uns Ralf anrufen. Er hat gleich Pressekonferenz.«

»Okay, Plan: Anrufen, essen, weitermachen, zurückfahren.«

Keine überflüssigen Worte. Sie hätte ihn in diesem Moment fast umarmen können.

Ralf Luber musste schlucken, als Matthias berichtete.

»Es hat sich herausgestellt, dass der Befragte gar nicht am Tatort war. Er war nicht mal in der Nähe. Dafür gibt es mehr als fünf Zeugen. Wir wissen also nicht, wer die dritte Person war, die sich bei Ursula Droste im Haus aufgehalten hat.«

»Wie geht ihr weiter vor?«

»Wir befragen die Zeugen noch einmal, mit denen wir heute schon Kontakt hatten und versuchen herauszufinden, wie viele Personen infrage kommen. Die haben ein System aufgebaut, um die Besuche bei Frau Droste planen zu können. Damit sie nicht so lange liegt, wenn sie noch einmal stürzt.«

»So einen Service hätte ich später auch gerne von meinem ehemaligen Arbeitgeber«, lachte Ralf. »Die Obduktion ist für morgen um elf angesetzt.«

Sie mussten beide dabei sein. Es gab schönere Pflichten in diesem Beruf. Die Stadterkundung Mannheims musste demnach ein weiteres Mal verschoben werden.

Der Alsen war ein alter Gasthof, der vor Kurzem modernisiert und um einen Wintergarten erweitert worden war. Der Nebel kroch über die Fenster wie ein Tuch, das langsam über die Scheiben gezogen wird. Matthias bemerkte, dass es langsam auch Zeit wäre zu essen, weil er nicht mehr klar denken könne und dies auch sein Sprachzentrum beeinflussen würde. Lynn musste innerlich grinsen, erwartete aber keine großen Reden nach dem Essen.

Sie bestellte sich ein Lachsfilet mit Salzkartoffeln und Remoulade und überlegte sich, was sie danach nehmen würde, wenn die Portion zu klein wäre. Doch ihre Befürchtung erwies sich als unbegründet. Nach dem Essen fühlte sie sich für neue Abenteuer bereit.

»Wir werden zunächst die direkten Nachbarn von Ursula Droste befragen. Danach zu den Kramers. Wird sie bestimmt freuen, dass ihr Liebling nicht vor Ort war.« Das war fast schon eine Rede.

Lynn hätte jetzt gerne den restlichen Abend zu Hause verbracht. Aber gegen trübe Gedanken war die Tatstadt vielleicht das bessere Mittel.

»Kramer ist schon Jahre raus aus dem Beruf. Mal sehen, wie viele er von den Kollegen kennt, die immer zu Droste kamen.« Sie erweiterte ihre Idee noch. »Danach sollten wir auch noch zu Gerald Bohm und Peer Lindner. Mir ist nicht klar, wie er die Lage einschätzt.« Und ob das alles war, dachte sie noch.

Sein fragender Blick ließ sie laut weiterdenken.

»Wieso macht Lindner das? Profitiert er weiterhin von ihrem Wissen? Arbeitet sie noch für ihn?«

»Ich sehe schon, du wirst prima in Lindners Befragung aufgehen.«

Lynn musste lachen. Dann fuhr er ernster fort.

»Ich werde Bohm noch einmal befragen. Der Typ hat mir vorhin anscheinend etwas verschwiegen. Hatte ich das Gefühl. Und wieso war er so schnell am Tatort?«

»Na, dann wissen wir ja beide, was wir zu tun haben.«

»Aufbruch. Zahlen.«

Da war sie wieder, die vertraute Kommunikation. Beim Bezahlen ließen sich Gesprächsfetzen von den Tischen in der Nähe aufschnappen. Alles drehte sich nur um den Doppelmord. Unerkannt konnten sie das Restaurant verlassen. Das würde sich unter Umständen morgen ändern.

Die Befragung der direkten Nachbarn erwies sich als wenig hilfreich. Anke Butterbrodt wohnte rechts von Frau Droste und ihre größte Befürchtung war, ob demnächst Bälle über den Zaun auf ihren Rasen fliegen würden. Lynn schätzte sie auf etwa achtzig Jahre. Ihre gefärbten langen Haare verliehen ihr etwas jugendhaftes, was aber nicht zu ihrem abgehärmten Gesicht passte. Der stark geschminkte Teint unterstrich noch diese Wirkung. Die Dämmerung ließ einen ähnlich aufgeräumten Vorgarten wie bei Frau Droste erkennen.

Herr Völker, der zur linken Drostes wohnte, war zunächst sehr abweisend, weil er sie für Presseleute hielt, die schon einmal bei ihm geklingelt hatten, bevor die Absperrung erweitert worden war. Robert Völker lebte wie Droste und Butterbrodt allein. Man merkte ihm an, dass er ruhebedürftig war. Auch ihn schätzte Lynn auf um die achtzig. Sein schlurfender Gang und die abwesende Art ließen ihn über jeden Verdacht erhaben sein.

Die Reaktion der Kramers stellte alles bis heute erlebte in den Schatten. Annelene fiel Matthias in die Arme, nachdem sie die Besucher erkannt hatte. Er verharrte nur. Ein Frosch in Kältestarre hätte agil gegen ihn gewirkt. Seine große Gestalt im Türrahmen verhinderte, dass Lynn das gleiche Schicksal ereilte. Der Rücken verdeckte ihr breites Grinsen.

»Ich bin ja so glücklich, dass Jens es nicht war«, bat sie die Besucher freudestrahlend herein. »Mona hat uns vor einer Stunde angerufen.«

Ihrer Bitte um eine Unterredung kamen die Kramers gerne nach. Auf die Frage nach den anderen Personen, die Ursula Droste jeden Sonntag besuchten, reagierte Richard entrüstet.

»Also ich kann mir gar nicht vorstellen, dass es einer von denen gewesen sein könnte. Das sind alles aufgeschlossene junge Leute, auch wenn ich nicht alle mit Namen kenne.«

»Uns würde es wirklich helfen, wenn Sie sich an Namen erinnern könnten«, kam es etwas ungeduldig von Tregnat.

Richard Kramer nahm eine abwehrende Haltung ein.

Lynn hakte ein.

»Wir müssen die Personen überprüfen und ausschließen. Gibt es denn gemeinsame Bekannte mit Frau Bauer?« Damit lenkte sie erst einmal von den Kollegen ab.

»Die Kartenspieler«, warf Annelene ein. »Da sind noch zwei, mit denen sie immer gespielt haben.« Die Augen bewegten sich nachdenkend hin und her. Matthias setzte zum Sprechen an. Lynn bewegte den Zeigefinger ihrer rechten Hand, was er sofort verstand. Sein Oberkörper ging zurück an die Lehne. Diesen beiden musste man Zeit zum Überlegen gewähren.

»Das sind Ruth und Fritz als Stammspieler. Und Andreas, wenn einer verhindert war.«

Lynn legte den Kopf leicht schief. Diese Geste hatte sie sich angewöhnt, wenn eine Befragung ins Stocken geriet, und sie sah die Zeugen dabei auffordernd und freundlich an. In vielen Fällen funktionierte es. Die Aufforderung wurde auch sofort verstanden.

»Ruth Giesemann und Fritz Wendler. Wie ist denn Andreas' Nachname?«

»Mir fällt es auch nicht ein. Er gehört nicht zu unseren Bekannten. Allerdings schließe ich alle drei aus.«

»Wieso, Herr Kramer?«

»Sie werden es verstehen, wenn Sie sie sehen. Fritz hat einen

Gehstock, Ruth läuft leicht gebückt und Andreas sitzt im Rollstuhl. Der Mann, der am Fenster vorbeigelaufen ist, war sportlich.«

»Und die Namen der Besucher?«

»Oh je. Also Gerald und Jens kennen Sie bereits.«

»Gerald Bohm und Jens Sievert?« Lynn notierte sich die Namen in ihr Notizbuch.

»Dann der Kleine von der Butterbrodt.«

»Der Nachbarin?«

»Ja, aber Christian redet nicht mehr mit seiner Mutter. Sie macht ihm nur Vorhaltungen. Keine Familie, alleinstehend. Das ist schlimm mit den beiden.«

Lynn beschloss, hier noch einmal bei Frau Butterbrodt nachzuhaken. Annelene saß nur noch glücklich-teilnahmslos daneben.

»Die Tanja noch. Das ist eine ganz junge. Den Nachnamen weiß ich nicht.«

Annelene verzog das Gesicht.

»Frau Kremers-Brandt noch«, sagte sie spitz. »Will gesiezt werden. Auch in der Firma. Und redet nicht mit einem, wenn man sie trifft.«

»Lass mal, Annelene, vielleicht ist sie ja nur unsicher.« Er drehte sich wieder zu Lynn. »Michael Sempp und der Holländer. Jost Kant. Die beiden sind Ulknudeln. Haben immer einen Spaß drauf.« Kurze Pause. »Mehr fallen mir im Moment nicht ein.«

»Wie heißt denn der Langzeitkranke, von dem Jens erzählt hat?« Annelene unterstützte gut.

»Ach ja, Klaus Remmer. Ist in der Klinik in Heidelberg. Und dann ist da noch Charly. Sie hat mal ihre drei Kinder mitgebracht.« Richard lachte auf beim Erzählen. »Danach wurde eine Putzkolonne fürs Haus und zwei Gärtner für den angeblich verwüsteten Rasen herbeordert.«

»Das war lustig«, stimmte Annelene in das Gelächter ein. »Es war noch nicht einmal zu sehen, dass Fremde da waren.«

Richard wurde wieder ernst. »Da sind noch mehr, die sind im Lauf der Zeit dazugekommen. Aber ich kenne nicht alle. Es müssen noch fünf oder sechs weitere sein.«

Lynn und Matthias standen auf.

»Einer fällt mir noch ein. Wie heißt denn der nette mit den zwei Kindern, der Stellvertreter von Gerald?«

Richard Kramer grinste. »Meine Frau hat ihr Herz an Marc Stetter verloren.«

»Ach Quatsch.« Ein Klaps mit dem Handrücken traf seinen Arm. »Er grüßt nur immer so nett.«

Matthias verdrehte die Augen. Gut, dass er schon Richtung Ausgang blickte.

Draußen war es inzwischen stockdunkel. Der größte Teil der Menge hatte es vorgezogen, sich zu wärmeren Orten zu begeben. Nur die Presse und Kameras waren noch zu sehen. Die aufsteigende Kälte umwaberte inzwischen die Beine und ließ kein Wohlfühlgefühl mehr zu.

In Ursula Drostes Haus kämpfte Peter Nördner noch immer mit dem Schreibtisch. Die mittelbraune Tischplatte wirkte so, als hätte ein Kind Phantasiefiguren mit Klebeband darauf dekoriert. Die Schreibtischunterlage mit den klaren Plastikrändern und dem Kalender in der Mitte überzog ein dunkles Puder, was sie aussehen ließ, als hätte sie seit Jahren im Keller gelegen.

»Scheint so, als bleibt es bei fünfzehn. Hier bin ich gleich fertig. Dann wird das Haus versiegelt und es geht zurück nach Heidelberg. Wir sehen uns morgen früh«, komplimentierte Peter Nördner sie eilig hinaus.

Vor der Haustür drehte sich Matthias noch einmal um.

»Wir müssen Lindner und Bohm gleichzeitig befragen.«

Lynn schaute ihn irritiert an.

»Bohm hat heute Mittag Andeutungen gemacht, dass die meisten sich nicht mit Ursula Droste verstanden haben. Hat aber nochmal betont, er und Lindner hätten das gleiche Problem mit ihr gehabt. Und hat gleich danach behauptet, es sei alles in Ordnung gewesen. Heute Morgen habe ich dem noch keine Beachtung geschenkt. Wir müssen wissen, was für eine Bedeutung das hat.«

»Und wir müssen auch wissen, weshalb Bohm nach dem Mord so schnell hier war«, fügte sie hinzu. »Ich kann mir gerade nicht vorstellen, weshalb eine Mitarbeiterin Jahre nach ihrer Pensionierung noch Schwierigkeiten machen sollte. Ging es um Geld? Macht? Einfluss? Machtmissbrauch? Oder etwas Persönliches?«

»Beide dürfen sich nicht darüber abstimmen, was sie sagen wollen. Wenn sie es nicht sogar schon getan haben.«

Peer Lindner und Gerald Bohm wohnten am anderen Ende von Alsental in einer älteren Neubausiedlung. Dennoch wirkte die Gegend sehr modern gegenüber der Straße aus dem alten Ortskern. Die Wege endeten nicht selten in einem Wendehammer. Links und rechts wechselten sich Reihenhäuser und Einfamilienhäuser ab, am Ende gab es große Grundstücke. Lindner und Bohm wohnten jeweils in einer Wende und hatten große Einfahrten, lagen aber drei Straßen auseinander.

Matthias setzte Lynn etwa hundert Meter vor Lindners Haus ab und fuhr weiter zu Bohm. Der Nebel war immer noch dicht und verschluckte viele Geräusche. So hörte man das Auto nach wenigen Metern nicht mehr und ihre Schritte klangen auch nur gedämpft. Lynn kam sich wie ein Raubtier vor, das sich im Schutz der Dunkelheit an sein Opfer anschleicht. Prompt wurde sie unfreiwillige Zeugin einer häuslichen Szene, als sie an das Gartentor der Lindners trat. Die Tür aus lackiertem Eisen hatte viele geschwungene Elemente als Verzierungen, was nur an zwei Stellen einen Blick in den Vorgarten zuließ. Direkt daneben befand sich die Einfahrt mit dem gleich gestalteten und anscheinend soeben geschlossenen Rolltor.

»Firma, Firma, Firma. Das ganze Wochenende ist schon wieder weg«, ertönte eine laute, ärgerliche Frauenstimme. »Wie geht das jetzt weiter? Weihnachten zu Hause, danach wieder wohnhaft bei XFU?«

Bis Weihnachten dauerte es noch sieben Wochen.

»Ich war doch schon seit zwei Jahren nicht mehr am Wochenende in der Firma. Nur zu den Jahresabschlüssen. Seit Freitag ist wieder auf unsere Daten zugegriffen worden. Dazu noch der Mord an Ursula heute. Ich weiß selbst nicht, wo mir der Kopf steht.«

»Du meinst, euer Spion ist schon wieder aktiv?«, klang es schon etwas milder. »Hört das denn nie auf?«

»Wir haben alles im Griff. Diesmal wird nichts bei der Konkurrenz auftauchen.«

»Ich will unser Familienwochenende für uns. Nicht für die Firma. So wie früher mache ich es nicht mehr mit!«

»Keine Sorge, Schatz. Das war eine Ausnahme.«

Die Stimmen klangen zunehmend gedämpfter.

»Elli hat dich vermisst. Ihre Kleine ist ja so süß. Sie fängt an zu krabbeln.«

Die Haustür schlug zu. Spionage und der Tod einer ehemaligen Mitarbeiterin innerhalb von zwei Tagen. Das konnte auch Zufall sein. Aber Lynn glaubte nicht an Zufälle. Sie überlegte, ob die Nachricht für Matthias hilfreich sein könnte. Dann wurde sie entdeckt.

Schnelle Schritte näherten sich dem Gartentor von innen und eine Männerstimme brüllte: »Stehenbleiben. Die Polizei ist alarmiert.« Sicherlich hatte Lindner ihre Anwesenheit über eine Kamera bemerkt. »Was wollen Sie hier?«

»Die Polizei ist schon da«, konterte Lynn mit ruhiger Stimme. »Deyonge von der Kriminalpolizei.«

»Ausweis in den Briefkasten!«, forderte er barsch.

Der Tonfall überspielte sicherlich auch Unsicherheit und Angst. Sie hielt den Ausweis vor das Gartentor und beleuchtete ihn mit der Taschenlampe ihres Smartphones.

»Sie sind wegen Ursula hier.« Das Ausatmen klang spürbar erleichtert. »Kommen Sie herein.«

Ein kaum hörbares Summen ertönte und das Gartentor öffnete sich.

»Gehen wir ins Haus. Draußen ist's mir heute zu ungemütlich und zu neblig.«

Der Eingang sah von außen ein wenig gedrungen aus, da er schmal und zweistöckig angebaut war. Nach innen öffnete sich ein hoher, weiter hinten breiter werdender Raum. Die Zwischendecke war im Vorraum weggelassen worden und in der Mauer sah man bis oben viele kleine und große Fenster, die wie wache, schwarze Augen auf sie herabblickten. Die Decke schmückte eine Reihe von Dachfenstern. Nach der inneren Tür öffnete sich der Eingangsbereich, der fließend in eine offene Küche und das Wohnzimmer überging. Diskret wanden sich ein Gang und eine Treppe in die anderen Bereiche des Hauses. Sie betraten die Küche.

»Ellinor, das ist Frau Deyonge von der Kriminalpolizei. Sie ist wegen Ursula hier.«

Zwei feindselige Augen starrten Lynn entgegen.

»Na ja«, klang es verächtlich. »Dann muss das wohl sein. Der Sonntag ist sowieso gelaufen.«

Die Sportsachen im Eingangsbereich und ihr Outfit verrieten, dass sie lieber Tennis spielen gegangen wäre. Ellinor Lindner hatte ihre Haare zu einem Pferdeschwanz zusammengebunden. Der gesenkte Blick und die verschränkten Arme deuteten an, dass sie nicht an der Unterhaltung teilnehmen würde. Peer Lindner übernahm die Initiative.

»Ich glaube wir können es kurz machen: heute Morgen kurz nach zehn rief Ursula an und wollte mir etwas mitteilen, aber die Verbindung brach sofort ab. Meinen Rückruf hat sie nicht entgegengenommen. Also habe ich angenommen, dass sie wieder gestürzt ist. Gerald ist nach meinem Anruf sofort bei ihr vorbeigefahren. Gegen elf hat er angerufen und erzählt, dass sie erschlagen worden ist.«

»Gegen elf hat er bei mir angerufen. Du warst ja schon in der Firma«, kommentierte Ellinor vorwurfsvoll.

»Weil wir noch eine wichtige Sache zu bearbeiten hatten.«

»Es gibt immer nur wichtige Sachen in der Firma.«

»Das war seit zwei Jahren das erste Mal!«

»Und am Jahresende?«

»Hatten wir Jahresabschluss. Da geht es nicht anders.«

Ihr Blick wurde noch finsterer und sie lehnte sich gegen die Arbeitsplatte als Zeichen, dass sie nichts mehr zu sagen hatte.

»Wieso ruft Ihre ehemalige Mitarbeiterin ausgerechnet bei Ihnen an?«

»Ha!«, lachte Ellinor Lindner. »Das ist eine sehr gute Frage. Dör Hörr kömmert söch ja um alles selbst!«

Lynn musste innerlich schmunzeln.

»Du weißt genau, dass Ursula meine wichtigste Mitarbeiterin war.«

»Was machte sie denn so wichtig für Sie?«, hakte Lynn nach.

»Durch ihre Arbeit konnten wir mehr als zwanzig Jahre lang Grundlagen schaffen für unsere heutige Software.«

»Und für ihr letztes Projekt«, kommentierte Ellinor spitz.

Lynn schaute Peer Lindner fragend an.

»Das letzte Projekt war technisch nicht realisierbar. Die nötige Rechnerleistung steht noch nicht zur Verfügung.«

»Soweit ich weiß, ist Frau Droste seit zehn Jahren im Ruhestand.

Die Technik ist doch enorm gewachsen.«

»Für diesen Zweck benötigen wir andere Rechner. Und die gibt es noch nicht.«

»Wieso war Frau Droste denn so wichtig?«

»Ursula hat sich den technischen Problemen gewidmet, die unsere Software verursacht. Die lastet Rechnersysteme stark aus und muss deshalb auf mehrere Rechner verteilt werden. Das hat sie gelöst. Ohne sie wäre XFU heute nicht so erfolgreich.«

Lynn wollte das Thema nicht weiter vertiefen.

»Was hat es mit der Betreuung von Frau Droste auf sich?«

»Vor acht Jahren hatte sie einen Schlaganfall und lag mehr als vierundzwanzig Stunden in ihrem Haus, bevor sie gefunden wurde.« Aha. Lindner wehrte sich also nicht gegen den Begriff »Betreuung«. »Die Idee zur Betreuung ist aus einem Witz entstanden. Irgendjemand meinte bei einem Meeting, wir holen sie in die Firma, lassen sie weiterarbeiten und überwachen sie automatisch. Ein anderer schlug vor, dies bei ihr zu Hause zu tun. So wurde der Plan geboren und Ursula war dankbar für diese Form der Unterstützung.«

»Und Ihre Angestellten haben das freiwillig gemacht?«, fragte Lynn ungläubig.

»Einige haben sich sogar darum gerissen. Ursulas technischer Verstand ist grenzenlos. So kam während der Betreuung immer ein Gespräch zustande. Und Ursula konnte weiterhin dabei sein.«

»Ist das nicht ein Sicherheitsrisiko?«

Vier große Augen starrten sie an.

»Immerhin wird ja Wissen aus der Firma getragen. Hatten Sie keine Angst, dass das in falsche Hände gerät?«, schob Lynn nach.

Verlegenheit machte sich breit. Sie hatte ins Schwarze getroffen. Peer Lindner presste die Lippen zusammen, fuhr dann aber fort. »Leider hatten wir einen Spionagefall vor drei Jahren. Unsere neueste Entwicklung ist Monate vor der Veröffentlichung bei der

Konkurrenz aufgetaucht.«

»Und was hat Frau Droste damit zu tun?«

»Wir mussten feststellen, dass sich jemand mit ihren Zugangsdaten auf dem Rechner angemeldet hatte, auf dem wir fertige Software speichern. Dabei wurden große Datenmengen kopiert.«

»Das war demnach nicht Frau Droste?«

»Nein. Die Polizei hat in ihrem Haus ermittelt. Ihr Rechner kam nicht infrage. Und zu der betreffenden Uhrzeit war sie auf einem Ausflug.«

»Und wer außer Frau Droste hatte diese Zugangsdaten noch?«

»Das wissen wir nicht. Wir vermuten, dass sich der Name und das Passwort versehentlich in ihren Unterlagen befand.«

»Wer außer Frau Droste konnte auf die Unterlagen zugreifen?«

»Nach Ursulas Ausscheiden haben wir ihre Ergebnisse jedem in der Abteilung zur Verfügung gestellt. Nach dem Vorfall mit dem Datendiebstahl haben wir den Zugriff darauf eingeschränkt.«

»Wie kann ich mir das vorstellen?«

»Also die Unterlagen sind auf unseren Servern gespeichert. Man kann einen Zugriff darauf beantragen.«

»Wie viele Leute kommen dafür infrage?«

»Bisher haben wir das dreißig Angestellten ermöglicht.«

»Davor waren es mehr?«

»Möglich wäre es, dass auch andere diese Wissensquelle genutzt haben.«

Eigentlich bin ich nicht bei der Spionageabwehr, dachte Lynn belustigt. Das konnte ja heiter werden.

»… war es bis dahin möglich, dass sie auch Dateien löschen konnten«, vollendete Peer seinen Satz.

Das hieß nur eines: »Man kann also nicht feststellen, wer was wann in den Unterlagen geändert hat?«

»Jetzt schon. Vor drei Jahren haben wir das nach dem Datendiebstahl entsprechend eingerichtet.«

»Können die Daten nicht trotzdem weiter gestohlen werden?«

»Wir haben auch unser Sicherheitskonzept angepasst. Diebstahl unmöglich.«

Lynn bezweifelte es, sagte aber nichts dazu und machte einen Neuanfang.

»Wie viele Personen kommen für die Betreuung infrage?«

»Gerald sagte mir, es sind vierzehn.«

»Von denen brauche ich eine Namensliste. Arbeiten noch alle im Unternehmen?«

»Ja. Aber ich kann mir nicht vorstellen, dass es einer von meinen Leuten war!« Jetzt war er sprachlos. »Sie glauben doch nicht ernsthaft, dass es einer von meinen Leuten war?«

»Ich glaube gar nichts. Ich ermittle nur.«

Und dachte bei sich: Daten weg mit Zugang von Ursula Droste. Droste tot. Und hatte eine Idee.

»Wann war denn die letzte Anmeldung mit dem Zugang von Frau Droste?«

»Am Freitag. Abends, nachdem wir die Fertigstellung der neuen Version bekannt gegeben haben.«

»Und wurden wieder Daten gestohlen?«

»Wie gesagt, das ist unmöglich.«

Wenn ihr die Erfahrung eines gelehrt hatte: nichts ist unmöglich.

»Wer hatte am Sonntag eigentlich Dienst bei Frau Droste?«

»Gerald sagte heute Morgen, dass Jens Sievert bei ihr war. Vorhin rief er mich an und teilte mir mit, dass Jens abgesagt hatte. Direkt bei Ursula. Wir wissen nicht, wen sie daraufhin angesprochen hat. Sie hat nicht Bescheid gesagt und wird wohl jemanden direkt angesprochen haben.«

Sie standen also wirklich wieder am Anfang ihrer Ermittlungen, wenn Matthias nichts bei Bohm in Erfahrung bringen konnte.

»Wieso haben Sie Gerald Bohm nach dem Verbindungsabbruch

benachrichtigt?«

»Er hat die Liste mit den Namen und organisiert die Betreuung.«

»Organisiert?«

»Nur pro forma. Ist eigentlich ein Selbstläufer.« Er dachte nach. »Zu selbstständig. Aber man kann nicht alles überwachen.«

Sagte ein IT-Fachmann. Eigentlich beruhigend. Oder beunruhigend?

Als sie nach der Verabschiedung vom Gartentor zum Treffpunkt lief, an dem Matthias sie wieder einsammeln würde, wunderte sie sich, dass Peer Lindner so offen zu ihr gewesen war. War er das wirklich? Entweder verdeckte er damit noch andere Tatsachen und versuchte, einfach nur abzulenken. Vielleicht war er auch nur bestürzt und wollte sich nichts anmerken lassen.

Der Wagen stand schon an der vermuteten Stelle.

»Na endlich.«

»Das war sehr aufschlussreich. Lindner hatte Gesprächsbedarf.«

»Und Bohm mauert, wo's nur geht.«

»Wir benötigen von ihm noch eine Liste mit den Mitarbeitern, die für eine Betreuung infrage kommen.«

»Hab ich schon. Ralf meint, wir sollen gleich durchstarten. Die vier Kollegen warten schon. Und wir werden die Kollegen der Kriminaldauerinspektion aus Heidelberg hinzuziehen. Besprechung um acht.«

Ein Teil der Presse hatte mittlerweile seinen Aufenthaltsort vor die Polizeistation Alsental verlagert. Der Nebel und die zunehmende Kälte zwangen sie dazu, in ihren Wagen zu warten. So konnten Lynn und Matthias die Polizeistation unbehelligt betreten.

Regina Serber wartete bereits im Besprechungsraum mit den anderen Kollegen, Julian Hofmann, Hermann Weingarten und Kai Monsert. Lynn erläuterte kurz die Situation.

»Jens Sievert war nicht an der Tat beteiligt. Das wurde durch einige Zeugen bestätigt. Außerdem passen seine Fingerabdrücke nicht zu denen aus dem Badezimmer. Jetzt ist Sievert raus und wir haben dreizehn weitere Personen, die wir überprüfen müssen. Frau Droste wurde einmal die Woche, sonntags, von ehemaligen Kollegen besucht. Immer von neun bis elf Uhr, um das Risiko zu minimieren, dass sie lange liegt, wenn sie mal stürzt. Jens Sievert hatte abgesagt und jemand anderes ist diesen Sonntag zu ihr gekommen. Wir gehen davon aus, dass es auch der Mörder war. Es kam zum Streit und zur Tat. Frau Droste und ihre Bekannte wurden mit einem Kerzenständer erschlagen. Das ist die Lage.«

Es kam keine Frage aus der Runde. Daher fuhr sie fort.

»Von den dreizehn übrigen Personen haben wir gerade zwei befragt. Peer Lindner und einen seiner Mitarbeiter, Gerald Bohm. Die übrigen zwölf werden wir heute Abend noch besuchen.«

Matthias Tregnat betrat den Raum.

»Die Liste mit den Personen. Die Kollegen von der Kriminaldauerinspektion überprüfen alle Personen und ihre Familien nach Fahrzeugen. Ist ein blauer Kombi. Jeder übernimmt zwei oder drei Mitarbeiter. Fragen: wer hat einen blauen Kombi und das Übliche: wer war wo wann heute. Ein Zettel pro Mitarbeiter und angepinnt.«

Er verließ wieder den Raum. Lynn teilte die XFU-Mitarbeiter in drei Gruppen auf und jeder zog los.

Als sie gegen Mitternacht die Ergebnisse der Befragungen zusammentrugen, füllte sich das Whiteboard sehr schnell und der Inhalt wurde unübersichtlich. Matthias Tregnat lief schon eine ganze Weile auf und ab. Schließlich bellte er los.

»Übersicht!«

Aha, dachte Lynn, auch er beherrschte die Technik des Einwortsatzes. Sie spürte, dass eine Nachfrage zu nichts führen würde. Also wartete sie, bis Matthias nach einer gedehnten Pause weitersprach.

»Übersicht aller Personen. Links mit dunkelblauem Kombi.

Rechts ohne.«

Das sah schon besser aus. Jens Sievert blieb auf der Pinnwand, wurde aber ganz unten angeheftet. Sie sprachen alle Ergebnisse durch und Regina Serber führte aus.

»Klaus Remmer ist laut Ehefrau seit zwei Monaten Patient des Psychosomatik II- und Yoga-Centers in Heidelberg. Der Kombi steht dort im Parkhaus.«

Mit diesem Begriff konnte niemand etwas anfangen.

»Was versteht man unter Psychosomatik?«, fragte Lynn. »Ist das eine geschlossene Abteilung?«

»Nein. Laut Ehefrau ist das eine Abteilung für Patienten, die nach einer Erkrankung nicht mehr auf die Beine kommen. Mehr weiß ich auch nicht.«

Julian Hofmann blickte in die Runde.

»Ein weiterer Langzeitausfall ist Charlotte Schultze. Sie wurde nach einem Unfall operiert und befindet sich in einer Rehaklinik in Südbayern. Hat aber keinen Kombi. Hans-Erich Lamers hat einen dunkelblauen Kombi, ist aber nicht zu Hause. Er kommt erst heute Nacht aus dem Urlaub zurück.«

»Christian Butterbrodt war eine komische Befragung«, fuhr Kai Monsert fort. »Er war nicht zu Hause. Die Nachbarin hat mir den Tipp gegeben, es bei der Freundin zu versuchen. Das ist Frau Nicole Wehremann und sie hat sich etwas komisch ausgedrückt, fast schon sich selbst widersprochen.«

Die Konzentration der Gruppe war auf dem Tiefpunkt. Jetzt nach Mitternacht hörte sich Kai Monsert völlig unverständlich an.

»Babbel mol Daitsch!«, warf Matthias ein.

Lynn sah ihn an und erstarrte in ihrer Haltung. Was war das? Gelächter füllte den Raum. Auf Matthias war Verlass. Er würde die Gruppe noch einmal befeuern.

»Das heißt: sprich mal Deutsch. Im Sinne von drück dich bitte genauer aus.«

Ihr Kopf hob und senkte sich langsam, aha-nickend und akzeptierend.

»Wo in deinem Satz war denn das Bitte?«, fand sie ihre Sprache wieder.

»Das wird in Mannheim nicht benötigt. Bitte ist automatisch in jedem Satz eingebaut. Mannemerisch ist deswegen die höflichste Sprache der Welt.«

Die Gedanken der Gruppe hatten sich von dem Fall gelöst. Danach konnten sie frisch weitermachen.

»Heißt das nicht Monnemerisch?«

»Das kommt darauf an, wo du dich in Mannheim befindest. Beides ist richtig.« Und an Kai Monsert gewandt: »Also?«

»Als ich sie gefragt habe, ob sie weiß, wo sich Christian Butterbrodt aufhält, hat sie ausweichend geantwortet. Und sie hat einen dunkelblauen Kombi.«

Matthias zog die Brauen hoch. »Also kommt Christian Butterbrodt zu den Kombifahrern. Silke Kremers-Brandt ist laut Nachbarn seit einer Woche auf Verwandtenurlaub in Norddeutschland. Kommt nächsten Sonntag wieder. Wird überprüft. Gerald Bohm hat ebenfalls einen dunkelblauen Kombi. Steht aber mit Motorschaden in der Werkstatt. Wird ebenfalls überprüft.«

Es entstand eine Pause. Hatten sie alle Mitarbeiter durch? Wer konnte sich noch konzentrieren?

Lynn wagte nach einer gefühlten Ewigkeit einen Neuanfang.

»Fassen wir also zusammen: Die Kombifahrer, die infrage kommen, sind: Klaus Remmer, Hans-Erich Lamers und Christian Butterbrodt. Folgende Kombifahrer sind fürs Erste raus: Jens Sievert, Silke Kremers-Brandt und Gerald Bohm. Keine Kombifahrer sind: Michael Sempp, Gerhard Lober, Jost Kant, Nadine Rauenstein, Tanja Gräbele, Marc Stetter und Kay Falke.« Sie atmete durch und fügte dann noch hinzu: »Sowie Charlotte Schultze.«

»Peer Lindner behalten wir weiter im Hinterkopf.«

»Wieso das?«

»Er hat für meine Begriffe zu viel erzählt. Bohm zu wenig. Ist schon komisch. Verursacht mir Kopfschmerzen.«

»Ich übernehme jetzt Klaus Remmer und fahre nach Heidelberg.« Lynn war zwar unendlich müde, wollte aber noch nicht aufgeben. »Wir müssen wissen, ob sein Wagen bewegt wurde.«

»Wir haben schon angefragt. Auswertung erst morgen ab acht möglich. Er befindet sich auf seiner Station. Vermutlich läuft er nicht weg.«

Matthias grinste.

»Also bin ich morgen früh um acht im Psychosomatik II- und Yoga-Center, um halb elf in der Pathologie und danach wieder hier.«

»Heimfahrt.«

Die Fahrt nach Mannheim verlief trotz Müdigkeit diskussionsreich.

»Nach Bohms Aussage stellte ich mir folgende Frage: wollte oder konnte er mir nichts sagen? Und wieso war er so schnell am Ort des Geschehens? Sicher, sein Verein ist in der Nähe von Drostes Haus.«

»Sein Wagen ist doch in Reparatur!«

»Er kam auch mit einem Van. Und Lindner erzählt gleich alles. Ist doch komisch.«

»Vielleicht macht er sich Sorgen, dass es mit dem Datendiebstahl zusammenhängt.«

Bis zur Ausfahrt Mannheim war danach Ruhe.

»Wieso wohnst du eigentlich so nah am Kommissariat?«

»Mir gefällt die Ecke und ich liebe den Blick auf die Lauergärten. Meine Nachbarn denken, ich arbeite fürs Finanzamt.«

Beide mussten lachen.

DER DARAUF FOLGENDE MONTAG

Nach einer viel zu kurzen Nacht machte Lynn Deyonge sich auf den Weg nach Heidelberg. Die Daten aus den Überwachungskameras lagen schon vor. Klaus Remmer hatte am Sonntag um neun Uhr dreißig das Parkhaus verlassen und war um zehn Uhr dreißig zurückgekehrt. Bei sehr schneller Fahrt hätte er die Strecke nach Alsental bewältigen können, da sonntags kaum Verkehr war.

Sie beschloss, den Patienten zu befragen. Allerdings durfte sie die Station nicht betreten, sondern wurde in einen modern eingerichteten Meetingraum geführt.

Die beiden Frauen, die das Zimmer betraten, stellten sich als Dr. Christine Hallenstein und die Psychologin Ricarda Henlein vor.

»Ich hatte eigentlich erwartet, Herrn Remmer zu sprechen, ich ermittle in einem Mordfall.«

»Herr Remmer war sehr betroffen, als er von der Tat in Alsental erfuhr. Allerdings ersparen wir unseren Patienten unnötige Belastungen. Und zur Tat wird er wohl keine Auskunft geben können.«

»Herr Remmer gilt als Verdächtiger in dem Mordfall. Er hat mit seinem Wagen am Sonntag vor der Tatzeit das Parkhaus verlassen und ist eine halbe Stunde nach der Tat wiedergekommen.«

»Herr Remmer hat einen geplanten Ausflug zum Königstuhl gemacht.«

»Wieso geplant?«

»Die Patienten werden langsam wieder an ihren Alltag

herangeführt. Dazu gehören auch selbstständige Ausflüge.«

»Was kann ich mir unter einer psychosomatischen Klinik vorstellen?«

»Es kommt vor, dass eine Krankheit die Kräfte eines Patienten übersteigt. Wir helfen ihm dann, wieder in sein gewohntes Leben zurückzufinden. Dazu bieten wir verschieden Therapien an und stimmen sie auf den Patienten ab.«

»Dennoch muss ich ihn befragen.«

Die Psychologin Ricarda Henlein mischte sich ein.

»An Herrn Remmers Verhalten konnten wir nichts Ungewöhnliches oder eine Veränderung feststellen. Wenn Sie konkrete Maßnahmen wie Fingerabdrücke nehmen oder eine Befragung durchführen wollen, dann besorgen Sie sich einen richterlichen Beschluss. Wir werden ihn keiner unnötigen Belastung aussetzen.«

Das klang kämpferisch. Vermittelnd fügte sie hinzu: »Herr Remmer ist ein sehr sensibler und momentan nicht belastbarer Patient. Es ist kaum vorstellbar, dass er so eine Untat durchzieht, ohne dass man ihm etwas anmerkt.«

Hier war nichts zu machen. Lynn hinterließ ihre Karte für den Fall, dass es doch noch Kontaktbedarf geben sollte.

Sie blieb in Heidelberg und fuhr umgehend in die Rechtsmedizin. Als ermittelnde Kommissarin musste sie der Untersuchung beiwohnen. Als sie die beiden älteren Damen auf den Obduktionstischen sah, überkam sie die gleiche Traurigkeit wie am Vortag ob dieser sinnlosen Tat.

Der Pathologe stellte als Todesursache die Verletzungen am Kopf fest, die durch die Schläge mit dem Kerzenständer entstanden waren. Es gab bei beiden Frauen keine weiteren Verletzungen.

Einer dunklen Vorahnung vertrauend, fuhr sie nach Mannheim, packte zu Hause noch ein paar Sachen in die Reisetasche und warf sie auf den Rücksitz ihres Wagens. Auf dem Weg von Mannheim nach Alsental erreichte sie der Anruf von Matthias Tregnat.

»Bohm und Lindner sind heute früh noch vor acht in der Firma gewesen. Überprüf mal auf dem Rückweg, ob der Wagen von Bohm in der Werkstatt steht.«

Lynn überging seine Unhöflichkeit, weil sie wusste, dass es seine Art war, mit Menschen umzugehen.

Die Werkstatt war ein freier Betrieb und nicht einer bestimmten Automarke angeschlossen. Dementsprechend dünn war auch die Personaldecke. Sie bestand aus einem Fahrzeugmechaniker, der bei ihrem Eintreten aus der Werkstatt kam und sich die noch öligen Hände abwischte. Nachdem sie sich ausgewiesen hatte, bat sie darum, den Kombi zu sehen.

»Aha«, war seine einzige Reaktion und er nahm sein Smartphone zur Hand und wählte.

»Schick mir mal ‘n Foto vom Kombi ohne Motor. Mit Nummernschild. Die Bullen wollen wissen, wo die Karre vom jungen Bohm is.«

Nur wenige Sekunden nach dem Anruf kam die Nachricht.

»Da«, sagte er und drehte ihr den Bildschirm seines Telefons zu.

Lynn stellte fest, dass Einwortsatz steigerungsfähig war und dieser Mann es perfekt beherrschte. Das Bild zeigte einen dunkelblauen Kombi ohne Front und Motor auf der Hebebühne. Das schwebende Fahrzeug erinnerte an einen Walhai, der mit geöffnetem Maul durch das Meer schwamm. Der traurige Anblick eines Eisenrosses. Sie bat darum, den Bildschirm abfotografieren zu dürfen. Der Mann nickte.

»Seit wann steht der Wagen schon bei Ihnen?«

»Weiß ich nich. Der Chef hat ihn letzte Woche rübergeschafft in die Außenwerkstatt. Da is mehr Platz für die Langzeitler.« Er lachte, als hätte er einen tollen Witz gemacht.

Sie bedankte sich und fuhr Richtung Polizeistation, wo sie mit den Kollegen die weiteren Schritte besprechen wollte.

Alsental zeigte sich heute von seiner sonnigen Seite. Wäre der Anlass ihres Besuches kein trauriger gewesen, hätte Lynn Deyonge den Ort sicher schmuck gefunden. Auch wenn der heiße Sommer mit seinen ausbleibenden Niederschlägen hier seine Spuren hinterlassen hatte. Alle Wiesen und Freiflächen waren verdorrt. Da konnte auch die Feuchtigkeit der letzten Tage nicht helfen. Die ausgetrocknete Weite des Landes vermittelte etwas von einer Steppenlandschaft kurz vor der Regenzeit.

Matthias Tregnat rief sie an, und da alle momentan Pause machten, wählten sie als Treffpunkt wieder das Alsen. Bei einem ausgiebigen Mittagessen mit Schupfnudeln, Sauerkraut und groben Bratwürstchen stellte Lynn fest, dass der Südwesten kulinarische Vorzüge bot. An die Kombination Schupfnudeln mit Apfelmus musste sie sich allerdings noch gewöhnen. Gerichte wie hier bekam man in Bremen so nicht zu essen. Beim Kaffee fühlten sich beide wieder gestärkt genug, um die Ergebnisse des Morgens zu besprechen.

»Eine Stunde Zeit für die Fahrt von Heidelberg nach Alsental und zurück samt Mord wäre knapp, würden aber genügen. Dagegen spricht, dass Klaus Remmer nicht für einen Besuch bei Frau Droste infrage gekommen wäre. Für eine geplante Tat wäre dieser Zeitpunkt der allerschlechteste gewesen.«

»Lass es uns durchgehen.« Matthias schloss die Augen. »Geplant, Frau Droste zu beseitigen. Motiv: Risiko, Datendieb, Datenleck oder alles zusammen. Wer wäre besser geeignet als ein angeblich Langzeitkranker aus Heidelberg.«

»Der Plan steht. Der eigentliche Besucher bei Droste ist der Planer oder er ist zumindest eingeweiht«, spann Lynn den Faden weiter.

»Also Bohm hat Dienst und ist bei Droste im Haus. Remmer

kommt. Bohm geht. Remmer erschlägt Droste. Bohm bleibt in der Nähe. Falls was schiefgeht.« Matthias blickte sie auffordernd an. Also machte Lynn weiter.

»Lindner plant und koordiniert. Anruf von Droste bei Lindner. Das war unerwartet. Bohm ist aber in der Nähe und kann sofort eingreifen. Remmer haut ab zurück nach Heidelberg. Bohm fährt vor und Richard Kramer wird zum perfekten Zeugen.«

»Rolle von Sievert?«

»Gute Frage. Hm. Jens Sievert wird für XFU unbequem, weil er am Datendiebstahl beteiligt ist. Er muss weg. Die Absage erreicht Bohm. Der informiert Lindner. Und Lindner erkennt, was dies für ein glücklicher Zufall ist. Er sieht den perfekten Zeitpunkt für seinen Plan. Zwei Fliegen mit einer Klappe.«

»Lynn Deyonge! Du wärst ein durchtriebener Verbrecher! Von dir möchte ich nicht bedroht werden.«

Sie mussten beide lachen.

»Aber warum Sievert? Wieso wird er unbequem? Warum dieser Aufwand? Welches Risiko wird hier bewusst in Kauf genommen?« Lynns Fragen waren richtig.

»Das müssen wir herausfinden. Bei Bohm komme ich zudem nicht weiter. Wir brauchen Informationen über sein privates Umfeld. Von den anderen möglichen Tätern übrigens auch. Das geht alles ins Private hinein. Entweder Bohm mauert oder er weiß gar nichts.«

»Wenn Bohm wirklich nichts weiß, wen hat Lindner dann überhaupt in den Datendiebstahl eingeweiht? Entweder sie sind ein Team oder Lindner hält Bohm bewusst aus der Sache heraus. Ich übernehme jetzt also die beiden.«

»Bohm hat ’nen Anwaltstermin in Mannheim. Ist um vier wieder bei XFU.«

»Was ist mit Christian Butterbrodt?«

»Ist weiterhin nicht auffindbar. Lass uns den Rest mit den

Kollegen im Besprechungsraum klären.«

Da war aber noch etwas, das Lynn unbedingt wissen musste.

»Du sprichst doch richtig Mannemerisch, oder?«, fragte sie Matthias.

Der nickte. Also erzählte sie ihm von ihrer Bezahlung des Gemüses auf dem Markt und dem Erlebnis mit der Marktfrau.

»Und den Preis, den sie nannte, habe ich nicht verstanden. Könntest du ihn mir vielleicht übersetzen?«

»Mal sehen. Wie lautete er denn?«

Lynn nahm ihr Notizbuch und schrieb die Zahl auf eine leere Seite. Matthias schaute kurz auf die Ziffern.

»Dreiedswonsischseschdsisch. Ist klar, oder?«, grinste er.

Sie musste lachen. Es hörte sich genauso an wie bei der Marktfrau. Nur eine Oktave tiefer.

»Also das soll die Übersetzung für dreiundzwanzigsechzig sein? Sag's bitte noch mal!«

Matthias wiederholte den Betrag auf Mannemerisch.

»Lass mich mal versuchen«, sagte Lynn. »Dreiundzwonzigsechzisch.«

»Nahezu perfekt!«, sagte Matthias. Er war wirklich ein ausgezeichneter Lügner. Lynns Aussprache klang grauenvoll in seinen Ohren.

Der Raum in der Polizeistation Alsental war mittlerweile für einen Dauerarbeitsplatz hergerichtet worden. Getränkekisten, Kekse, Schreib- und Büromaterial sowie die unverzichtbare Kaffeemaschine füllten die Tische und den Raum darunter. Gläser, Tassen, Teller und eine Dose mit blind zusammengewürfeltem Besteck machten das Ensemble komplett.

Regina Serber hatte die Überprüfung der Abwesenden übernommen.

»Charlotte Schultze befindet sich tatsächlich in der Klinik in

Südbayern. Ihre Verletzung und die drei Kinder haben sie fest im Griff. Der Mann ist anscheinend keine große Hilfe, obwohl oder vielleicht, gerade weil er von dort aus arbeitet. Wenn sie jemandem was antut, dann nicht hier. Waren ihre Worte.«

Die Gruppe grinste.

»Hans-Erich Lamers, von allen nur HaE genannt, nutzt heute noch die Wellnessvorzüge der Eifel. Kommt nachmittags zurück.«

Das Grinsen der Kollegen verschwand und einige trommelten missbilligend mit dem Zeigefinger auf den Tisch.

»Die Anwesenheit von Silke Kremers-Brandt bei ihren Verwandten in Rostock konnte bestätigt werden.« Regina Serber schnaufte kurz durch. »Christian Butterbrodt ist weiterhin unauffindbar. Er war weder in der Firma noch bei Nicole Wehremann anzutreffen. Die Nachbarn an seinem Wohnort haben ihn selbst seit Wochen nicht mehr gesehen.«

Damit wanderten auf dem Whiteboard die Schilder mit den Namen von Charlotte Schultze, Silke Kremers-Brandt und HaE Lamers aus der Liste der zu überprüfenden Personen an das untere Ende der Tafel.

Lynn Deyonge berichtete über die Ergebnisse aus der Rechtsmedizin, dass Ursula Droste und Hertha Bauer an den Schlägen auf den Kopf gestorben waren und sonst keine Spuren von Misshandlungen aufwiesen.

Das Resultat der Spurensicherung ließ sich knapp vortragen: es waren Fingerabdrücke von fünfzehn Personen festgestellt worden, von denen bisher noch niemand ermittlungstechnisch erfasst worden war. In und an den Privatfahrzeugen der Getöteten wurden keine anderen Fingerabdrücke und Spuren als von den beiden Opfern selbst festgestellt.

Ihre Ausführung des Gesprächs mit der Ärztin und der Psychologin des Psychosomatik II- und Yoga-Centers in Heidelberg ließ die Anwesenden verständnisvoll nicken. Alle kannten diese

Situation. Kein Arzt ließ die Befragung eines Patienten zu, wenn er die Gefährdung der Genesung vermutete, solange kein richterlicher Beschluss vorlag oder sie als Verdächtige zur Fahndung ausgeschrieben waren. Für beides war die Beweislage einfach zu dünn, als dass sich Richter und Staatsanwalt darauf einlassen würden.

Tregnats Sätze fielen gewohnt knapp aus, besonders wenn er dabei über den Fall grübelte.

»Bohm war schon um halb acht in der Firma. Lindner auch. Um elf hat Bohm die Firma verlassen. Laut Ehefrau erst ein Anwaltstermin in Mannheim. Danach Holzlieferung nach Hause. Gegen Abend geht er wieder in die Firma.« Er berichtete auch über das Gespräch am Vorabend und seine These, dass Gerald Bohm zu knapp in seinen Aussagen war.

Mit diesen Spuren- und Ermittlungsergebnissen teilten sie die zu befragenden Personen neu unter sich auf. Matthias Tregnat hatte dabei die Führung übernommen. Lynn würde die Bohms noch einmal befragen. Da alle mit Ursula Droste durch die Sonntagsbesuche auch persönlich bekannt waren, wurden die Ermittlungen von der Arbeitsstelle auf das private Umfeld ausgeweitet.

Matthias übernahm die Fortsetzung der Befragung weiterer Mitarbeiter der Abteilung bei XFU, die in Ursula Drostes Team gewesen und regelmäßig zu ihr gekommen waren. Außerdem hatte er noch einen Termin in Mannheim, bei dem er als leitender Ermittler vor Gericht aussagen musste. Der Rest des Tages würde dabei in Anspruch genommen werden.

Die Befragung des Umfelds der übrigen Mitarbeiter von XFU wurde unter den Kollegen Regina Serber, Julian Hofmann, Hermann Weingarten und Kai Monsert aufgeteilt.

Lynn beschloss, sich vor der Befragung der Bohms im Haus von Ursula Droste umzusehen. Dieser Fall war so komplex, dass sie hoffte, weitere Hinweise auf ein geplantes Verbrechen an Ursula

Droste zu finden. Nach den Befragungen und durch die Zusammenfassungen der Kollegen wurde ihr der Fall zunehmend verworrener und schien aus immer mehr Beteiligten zu bestehen.

Arbeiteten Gerald Bohm und Peer Lindner tatsächlich zusammen? Wenn ja, wo war der Zusammenhang zu finden? Gemeinsame Interessen zum Schutz der Firma? Oder nur um nicht entdeckt zu werden? Hatte Peer Lindner das nötig?

Nachdem sie die Übersicht des Jahresabschlusses gelesen hatte, wurde ihr klar, dass XFU finanziell mehr als gut da-stand und gerüstet für die Zukunft schien. Die Verluste durch den Datendiebstahl hatten sich wohl in Grenzen gehalten. Lynn musste also mehr über das Verhältnis zwischen Bohm und Lindner herausfinden. Und über die Zusammenarbeit zwischen Bohm und seiner Abteilung. Er war als Abteilungsleiter die Nummer eins. Gab es eine Nummer zwei? Gestaltete sich die Abteilung in Teams und verschiedene Teamleiter? Wie war die Stimmung in der Abteilung? Wie würde die Personalleiterin die Situation bewerten? Woran ließen sich später Unstimmigkeiten in den Aussagen der Mitarbeiter von Bohms Abteilung erkennen? Was meinte Peer mit „absoluter Sicherheit“ der Software, die auf dem vor acht Jahren dazu extra eingerichteten Datenserver gespeichert wurden? War ein Server nur ein Rechner mit bestimmten Aufgaben? Vor ihr lag noch viel Recherchearbeit.

In der gemeinsamen Besprechung hatte Ralf Luber schon grünes Licht für die Aufteilung der Arbeit und das weitere Vorgehen der Gruppe gegeben. Er betonte noch einmal die Brisanz des Falles. Hier durften keine Spekulationen nach außen, also an die Presse, dringen. Man hatte Ralf angemerkt, dass er gerne vor Ort gewesen wäre. Die beiden anderen Fälle vom Wochenende aus Mannheim und Heidelberg lasteten die Abteilung jedoch vollkommen aus, so dass er im Büro in Heidelberg blieb und von hier aus die Koordination übernahm. Auch Vera Hermsen musste in

Heidelberg bleiben. Ihre Aufgabe bestand in der Zusammenführung der Ergebnisse, die vom Kriminaldauerdienst in Heidelberg, der Rechtsmedizin, der Spurensicherung und den Kriminaltechnikern kam.

Inzwischen stand die Sonne schon sehr tief. Als Lynn in die Lauffener Straße abbog, sah sie schon von Weitem die Schmierereien an der Hauswand und an dem mit Hammerschlägen verzierten kupfernen Briefkasten. »Nie wieder Schikane«, war mit roter Farbe auf die Hauswand gesprüht. Die roten Punkte auf dem Briefkasten und das aus dem Schlitz heraushängende Werbeblatt erinnerten an eine Fratze, die die Zunge herausstreckt.

Der Verfall der Gartenordnung wurde ebenfalls eingeläutet, da die Amseln auf der Suche nach Nahrung den Rindenmulch über den Gehweg verteilten und niemand ihn akkurat zurückkehrte. Das Schränkchen im Eingangsbereich hatte auch an Ansehnlichkeit verloren, da die Spurensicherung nicht alle Gegenstände wieder zurückgeräumt hatte.

Ursula Droste war alleinstehend gewesen. Den Wohnzimmerschrank und das Sideboard im Flur zierten je ein Bild von der Kartenrunde und ein gemeinsames Urlaubsbild von Hertha Bauer, deren Mann und Ursula Droste. Man sah eine mit Natursteinen belegte Terrasse, das Meer in der Ferne und die unverwechselbare Landschaft der Toskana. Die Möbel in italienischem Stil. Weitere handgemalte Bilder hingen an den Wänden jedes Wohnraumes, die Farben und Linien sorgfältig aufeinander abgestimmt, keine bestimmten Motive, sondern stilvolle Flächen. Unterschrieben mit U. D. und IdaQ. Es war ein Ambiente, in dem Lynn sich ebenfalls wohlfühlen würde, auch wenn die Schränke nicht ganz nach ihrem Geschmack waren. Vermutlich angeschafft beim Hausbezug, anscheinend frühe Achtzigerjahre. Das einzige Möbelstück, das nicht hierhin passte, war der Schreibtisch im Büro. Echtholzplatte lackiert, vier Füße an den Ecken und ein Schubladenschränkchen unter die Tischplatte gehängt. Tisch in Buche. Schubladen in Eiche. Rot kombiniert mit Braun. Die Funktionalität war hier maßgebend und erinnerte sie an ihren eigenen selbst gebauten Studentenschreibtisch. Außerdem fiel auf, dass der Arbeitsplatz schon seit Jahren nicht mehr abgewischt worden war. Als einzige Waffe gegen Staub kamen Buchstapel zu Hilfe, die über den ganzen Tisch verstreut standen, jeder mindestens einen halben Meter hoch. Eine Stehlampe aus Messing lieferte das nötige Licht.

Lynn ging in den Flur und stellte sich vor, wo eventuell die beiden Frauen gestanden hatten. Hertha Bauer hatte im Durchgang vom Flur in die Küche gelegen. Die Umrisse von Ursula Droste waren im Flur parallel zum Sideboard abgeklebt. Das Telefon hatte zertrümmert neben ihr gelegen. Abdruck und Abrieb auf Tastatur und Display ließen darauf schließen, dass es jemand mit dem Fuß zerstampft hatte. Was war hier also passiert?

Die Gruppe hatte nicht am Esstisch zusammengesessen. Hier waren nur Spuren von den beiden Frauen sichergestellt worden. Die drei hatten vielleicht in der Küche zusammengestanden. Es kam zu einer Überwerfung. Droste rief bei Lindner an. Die angeblichen Worte waren: »Peer, ich weiß jetzt, wer …« Danach war die Verbindung abgerissen. Der Täter hatte die beiden Frauen erschlagen. Wollte Bauer ihn vielleicht daran hindern, auf Droste loszugehen? Ihr kräftiger, vom Schreinern gestärkter Körper gab ihr die Möglichkeit dazu.

Der Gegner war nach dieser Theorie also eher schwächlich gewesen. Im Bad waren Spuren am Toilettendeckel sowie am Einhandmischhebel zu finden, allerdings nur unvollständige Teilabdrücke. Wie wenn man das Equipment im Bad nur an den Ecken antippt. Eine Identifizierung wäre durchaus möglich. Die Türklinken von Bad, Büro und Eingang hatte der Täter mit seinem Ärmel abgewischt. Worüber war die Gruppe in Streit geraten?

Für eine geplante Tat hätte der Täter sicherlich eine Waffe mitgebracht. War er von der Anwesenheit von Hertha Bauer irritiert worden? Und nur Ursula Droste hätte erschlagen werden sollen? Der Täter verließ das Haus durch die Eingangstür. Alle anderen Zugänge und Fenster waren verschlossen gewesen. Er wandte sich nach links und ging zu seinem Wagen. So jedenfalls laut Aussage von Richard Kramer. Dabei kam er an dessen Küchenfenster vorbei, stieg in seinen dunkelblauen Kombi und fuhr weg. Nach einigen Minuten klingelte Gerald Bohm bei den Kramers. Und der Doppelmord wurde entdeckt.

Wenn Bohm tatsächlich der Täter war, dann wäre der dunkelblaue Kombi nicht sein eigener Wagen. Entweder er stellte den Kombi ab und fuhr mit der Familienkutsche wieder her. Oder das Verbrechen wurde von jemand anderem begangen.

Jens Sievert war raus. Fürs Erste. Was war mit Christian Butterbrodt? War er für die Schmierereien verantwortlich? Er sprach nicht mehr mit seiner Mutter, die die direkte Nachbarin von Droste war. Und wieso hätte er Ursula Droste etwas antun sollen?

Eine Frau kam nach Lynns Ansicht eher nicht infrage für den Mord. Die Schläge waren mit äußerster Brutalität ausgeführt worden. Sie behielt diese Möglichkeit aber weiter im Hinterkopf.

Da waren jetzt einige Notizen zusammengekommen. Sie würde sie immer wieder durchgehen und gegeneinander abwägen.

Es dämmerte schon, als Lynn den Tatort verließ. Sie hatte sich einen Plan zurechtgelegt. Zuerst würde Frau Bohm befragt werden, da die Ermittlungen auf das private Umfeld erweitert worden waren. Danach käme die Fahrt zu Nicole Wehremann. Und Peer Lindner müsste sie ebenfalls noch einmal kontaktieren.

Wohnhaus und Grundstück der Bohms passten exakt zu den äußerst knappen, aber sehr genauen Beschreibungen von Matthias Tregnat. Die Lage erinnerte sie an das Wohnhaus der Lindners. Es war allerdings keine hohe Umzäunung vorhanden und der Eingangsbereich war nicht um einen Vorbau erweitert worden.

Die Frau, die die Tür öffnete, war bestimmt fünfzehn Jahre jünger als Gerald Bohm und stellte sich als Hanna Bohm vor. Ein Junge und ein Mädchen erschienen mit einem Spielzeug im Arm an der Eingangstür. Lynn schätzte ihr Alter auf etwa vier Jahre. Nachdem sie sich ausgewiesen hatte, wurde Lynn hereingebeten. Neben der Tür sah sie gegenüber der Garderobe den Schriftzug „Familie Bohm“ und darunter die Fotos von Gerald und Hanna Bohm, zwei erwachsenen Kindern und den beiden Kleinen.

Hanna Bohm stellte die Kinder, die sich an ihren Beinen festklammerten, als Ben und Ida vor. Sie waren wie ihre Mutter strohblond, hatten lockige Haare und sehr neugierige Blicke. Die Falten um die Augen und die Grübchen bei Hanna ließen Lynn darauf schließen, dass diese Frau viel lachte. Außerdem hatte sie wie Lynn selbst keinerlei Schminke aufgetragen. Lynns Blick ruhte wohl etwas zu lange auf der Fotowand, denn Hanna Bohm lachte silbern auf und nahm die Frage vorweg.

»Ja, wir haben noch einmal Nachzügler bekommen, als Paul und Sarah fünfzehn und vierzehn waren. Ich war bei den beiden ersten Anfang zwanzig und bei den Zwillingen Ende dreißig.« Sie schloss die Tür. »Und um noch eine weitere Frage zu beantworten: ich bin zweiundvierzig und Gerald ist fünfundfünfzig. Passt aber alles.«

War die lebenslustige Art nur aufgesetzt?

Aus der Küche ertönte ein Klappern und eine Frau kam auf Hanna Bohm zu.

»Für das Abendessen habe ich alles gerichtet. Ich werde jetzt gehen.«

»Das ist Steffi«, stellte Frau Bohm die etwa fünfunddreißig Jahre alte Frau vor. »Sie hilft uns im Haushalt, weil ich wieder arbeite. Ich weiß nicht, was ich ohne sie machen würde.«

Das Kompliment entlockte Steffi Brandt ein dankbares Lächeln.

»Ist ja nur drei Mal die Woche«, wiegelte sie ab.

Als Steffi gegangen war, setzten sie sich an den Esstisch. Nach der Belehrung, dass durch die Betreuung von Droste auch im privaten Umfeld sowie im Arbeitsumfeld ermittelt werde, kamen sie gleich zur Sache.

»Ich kannte Ursula privat kaum«, beantwortete Hanna Lynns Frage. »In der Anfangszeit bin ich zwei Mal pro Woche für sie einkaufen gegangen. Kurz nach dem Schlaganfall. Das habe ich allerdings sehr schnell abgestellt.«

»Wieso?«

»Ursula hatte nie ein gutes Wort übrig. Jeden hat sie behandelt wie eine Gutsherrin ihre Bediensteten. Das waren Anweisungen in einem Tonfall …«

Hanna schenkte Ida etwas Tee in ihren Becher, der dankbar angenommen wurde.

»Sind Ihre anderen Kinder auch zu Hause?«

»Die beiden studieren in Mannheim und Frankfurt. Sarah war sogar etwas früher mit dem Abitur fertig. Sie hat die erste Klasse übersprungen. Nach dem Schulabschluss konnte man sie kaum aufhalten und sie ist sofort nach Frankfurt gezogen.«

Lynns Blick wanderte zu Ida.

»Nicht wegen der Zwillinge. Sie war einfach reif dafür. Paul dagegen ist noch ein Jahr zu Hause geblieben und hat ein FSJ gemacht.« Sie interpretierte Lynns fragende Miene richtig. »Freiwilliges Soziales Jahr. Er studiert Sprachen auf Lehramt.«

Lynn interessierte aber noch etwas anderes.

»Hat Ihr Mann mal mit Frau Droste zusammengearbeitet?«

»Sie war seine Chefin. Und hat ihn das spüren lassen. Jeden hat sie das spüren lassen. Gerald hat eine Weile sehr unter ihr gelitten.«

»Wieso?«

»Er wollte etwas aus der Entwicklung für die Firma zum Patent anmelden. Eine Methode, die er sich ausgedacht hatte. Aber Ursula hatte entschieden, dass es der ganzen Abteilung zugutekommen sollte. Das war sehr unfair ihm gegenüber. Die Idee war seine persönliche Leistung.«

»Wann war das?«

»Vor etwa fünfzehn Jahren. Danach hat er innerhalb der Firma gewechselt und wurde vor etwa acht Jahren gefragt, ob er nach Ursulas Ausscheiden deren Abteilung übernimmt. Das war eine echte Überraschung für ihn. Und er sagte zu. Und hat auch die Organisation der Betreuung übernommen.«

»Wie kam es eigentlich dazu?«, gab Lynn sich unwissend.

»Die Idee ist auf einer Firmenfeier entstanden. Jemand meinte, man könnte Ursula im Krankenbett durch die Firma schieben oder so. Ein anderer meinte dann wohl, es wäre leichter sie zu Hause zu besuchen. So wurde beschlossen, die Hausbesuche zu organisieren. Peer hat Gerald dann gefragt, ob er das übernehmen will. Er konnte schlecht ablehnen.«

»Es war also immer ein ungutes Gefühl dabei?«

»Nur am Anfang. Die anderen aus der Abteilung haben sich darum gerissen, so dass es zum Selbstläufer wurde. Jeder hat auf ein Gespräch mit Ursula gehofft. Auch wenn sie die Menschen immer ihre Überlegenheit spüren ließ. Sie war für die XFUler eine Quelle des Wissens.«

»Hat Ihr Mann auch Dienste übernommen?«

»In den letzten zwei Jahren nicht mehr. Aber er blieb immer Ansprechpartner.«

»Und wie war in dieser Zeit sein Verhältnis zu ihr?«

»Gerald hat immer gesagt, dass sie ihm nichts anhaben kann. Und ich glaube es ihm. Da ist nichts, was in ihm arbeitet oder ihn belastet.«

Lynn war da nicht so sicher. Wieso benutzte er das Wort „anhaben"? Hatte Droste ihn gequält?

»Gab es in letzter Zeit unschöne Vorkommnisse in der Firma?«

Lynn gab in puncto Datendiebstahl kein Wissen preis.

»Soweit ich weiß, nicht.«

»Mama, ich hab Hunger«, kam es aus der Spielecke im Wohnzimmer.

»Es gibt gleich was zu essen, Schatz.«

Auch Ida fing an, auf Hannas Schoß unruhig hin und her zu rutschen.

»Wann kann ich heute Ihren Mann sprechen?«

»Er wollte eigentlich längst hier sein. Mit einer Ladung Holz.«

Sie deutete auf einen Ofen mit Glasscheibe und Edelstahlrohr bis zur Decke.

»Dann werde ich später noch einmal vorbeikommen.«

»Gerald geht nach dem Abladen wieder in die Firma. Die haben da irgendeine Besprechung. Abteilungschefs und Firmenleitung.«

Bei der Verabschiedung erwartete Lynn eine faustdicke Überraschung. Gerald Bohm fuhr mit einer Ladung Spaltholz auf einem Anhänger vor, den er mit einem dunkelblauen Kombi zog.

»Ist das ein Ersatzwagen für Ihr kaputtes Auto?«

»Den hier leihe ich mir von Fritz nur, wenn ich ihn brauche. Machen wir gegenseitig so.«

»Ich hätte noch ein paar Fragen an Sie. Wo können wir uns unterhalten?«

»Tut mir leid, ich muss gleich wieder in die Firma. Den Hänger stelle ich nur im Hof ab. Gegen neun heute Abend bin ich wieder zurück.«

Da Lynns Fragen an Christian Butterbrodt dringender waren, bestand sie nicht auf die sofortige Befragung. Ein älterer Herr um die siebzig trat gegenüber aus dem Haus.

»Fritz Lang, der Besitzer des Wagens«, kommentierte Bohm.

Lynn ging auf den Mann zu, noch bevor er sich Bohm nähern konnte. Nachdem sie sich ausgewiesen hatte, gab Fritz Lang zur

Antwort, er sei am gestrigen Sonntag in Bad Schönborn im Thermalbad gewesen. Mit dem blauen Kombi sei er gefahren. Es sei sein einziger Wagen. Außerdem wäre er auf der Hinfahrt in einer Geschwindigkeitskontrolle geblitzt worden. Das musste natürlich überprüft werden.

Nicole Wehremann wohnte am anderen Ende von Alsental in einem Mehrfamilienhaus. Sie öffnete erst nach einer Weile und hatte ein Handtuch um den Kopf geschlagen, sonst aber Alltagskleidung an. Nach Shampoo roch es nicht. Sie wirkte sehr unsicher und nestelte unaufhörlich am Reißverschluss ihrer Strickjacke. Da sie Lynn nicht in den Wohnraum bat, blieben sie vor der Abstellkammer im Flur stehen.

»Mein Kollege hat Sie gestern nach Christian Butterbrodt gefragt. Hat er sich mittlerweile bei Ihnen gemeldet?«

»Ich habe keine Ahnung, wo er ist. Erreichbar ist er komischerweise auch nicht.«

Das kam nicht sehr überzeugend rüber. Lynn setzte zur nächsten Frage an, als in der Küche Porzellan klimperte. Mit einem energischen Schritt schob sie sich an Nicole Wehremann vorbei und ging in die Küche. Das war ein abgetrennter Raum ohne eine zweite Tür. Auf der Spüle lag ein Teller, der wohl zum Trocknen an die Fliesen gelehnt und umgefallen war. Es hielt sich kein weiterer Mensch hier auf. Im Spülwasser lagen halb eingetaucht zwei Trinkgläser und zwei Kaffeepötte.

»Wer war noch hier?«

Nicole Wehremann rang um Fassung.

»Das war Geschirr von gestern.«

Konnte sein.

»Haben Sie etwas dagegen, mir die übrigen Räume zu zeigen?«

Sie gingen zurück in den Flur und Nicole Wehremann öffnete nacheinander die Türen zum Wohnzimmer, Bad, Schlafzimmer,

Büro, Abstellkammer und WC.

»Ich bin alleine«, kam es etwas zu triumphierend. Lynn ging aus der Wohnungstür in den Hausflur und stieg die halbe Treppe hoch, um in das obere Stockwerk zu sehen. Sie sah auch die Kellertreppe hinunter. Niemand war zu sehen. Derjenige hätte das Haus auch schon verlassen können. Dann kam sie zurück in die Wohnung.

»Ich habe Sie vorhin belehrt, dass wir sowohl im privaten Umfeld als auch im Arbeitsumfeld von Frau Droste ermitteln und Sie dazu befragt werden. Wo ist Herr Butterbrodt?«, fragte sie diesmal mit Nachdruck.

»Ich weiß es nicht.«

So kam sie bei dieser Frau nicht weiter. Irgendwie musste sie Nicole Wehremann zum Reden bringen. Der schüchterne, fast ängstliche Blick hatte sich wieder eingestellt.

Und noch etwas störte Lynn, was ihr beim Gang durch die Zimmer aufgefallen war. Sie wusste nur nicht mehr, was es war. Die Befragung war jetzt wichtiger. Später würde sie darüber nachdenken.

Mit verschränkten Armen und zusammengezogenen Schultern ließ Nicole die Welt wissen, dass sie nicht bereit war, ihren Panzer zu öffnen. Lynn musste ihr wohl oder übel jedes weitere Wort aus der Nase ziehen. Also versuchte sie es mit einem Türöffner.

»Haben Sie vor, zusammenzuziehen?«

Nicole öffnete ein wenig ihre Haltung. Das Kinn hob sich. Ein Leuchten in ihren Augen verriet Lynn, dass sie gerne darüber reden wollte.

»Ja, schon im nächsten halben Jahr. Christian ist der Mann, mit dem ich zusammenleben möchte.«

»Belastet der Streit mit Frau Butterbrodt Ihr Verhältnis zu Christian?«

»Zwischen uns ist alles in Ordnung. Schon weil Christian beim Streit mit seiner Mutter immer auf meiner Seite steht.«

»Kannten Sie Ursula Droste?«

»Ich hab sie ein paar Mal gesehen, wenn wir Christians Mutter besucht haben. Aber das habe ich ausgeblendet.«

»Weshalb?«

»Aus Frau Drostes Haus kam immer nur eine Frau mit abwertenden Blicken. Gekrönt wurde das danach durch Geschrei im Haus seiner Mutter. Das Verhältnis der beiden ist furchtbar.«

Lynn entgegnete nichts, sondern legte nur den Kopf leicht schief.

»Christian konnte ihr nichts recht machen. Nur Informatiker. Kein Mediziner. Keine akademische Freundin. Danke. Nie wieder.«

Lynn verstand ihren Frust.

»Es besteht also kein Kontakt zur Mutter?«

»Das letzte Mal hat er vor einem halben Jahr Frau Droste besucht. Danach kam die obligatorische Kopfwäsche bei seiner Mutter. Jedes Mal braucht er danach mehrere Tage, um sich wieder zu erholen.« Sie blinzelte eine Träne weg.

»Teilen Sie mir bitte mit, sobald Sie etwas von Herrn Butterbrodt hören. Er gilt als Verdächtiger, wenn er sich der Befragung entzieht.«

Nicole Wehremann verschloss sich wieder.

Vor dem Haus ließ Lynns Magen ein dumpfes Grollen erklingen. Sie ging im Licht der Außenlampe ihre Notizen durch. Wenn er sich nicht meldete, würden sie nicht drum herumkommen, nach Christian Butterbrodt suchen zu lassen. Aber was war ihr in der Wohnung beim Gang durch die Zimmer aufgefallen? Möbel? Kleidung? Bilder? Sie kam nicht mehr darauf.

Vera rief an und teilte ihr mit, dass Ralf Luber eine erneute Dienstbesprechung für einundzwanzig Uhr angesetzt hatte. Es hatte anscheinend neue wichtige Erkenntnisse gegeben, die nicht warten konnten. Lynn fuhr zur Polizeistation Alsental, um vorher die Ergebnisse des Tages mit den Kollegen zusammenzufassen. Danach würde sie etwas zu Essen suchen und anschließend Gerald Bohm befragen.

Die Kollegen saßen schon im Besprechungsraum und diskutierten miteinander. Matthias Tregnat hatte sich an den Kaffeetisch verzogen und ging hier seine Notizen durch.

»Ralf will, dass wir ihn dazu holen. Sobald wir vollzählig sind«, begrüßte Matthias sie.

In der Besprechung eröffnete Ralf Luber ihnen, dass sie morgen einen Kollegen von der Wirtschaftskriminalität aus Mannheim treffen würden. In der Polizeistation um zwölf Uhr mittags.

»XFU hat einen erneuten Versuch des Zugriffs auf den Datenserver registriert und die Kollegen von der Wirtschaftskriminalität hinzugezogen. Mats Uhrich wird morgen früh bei XFU seine Überprüfungen durchführen und uns die Ergebnisse in der Dienstbesprechung um zwölf mitteilen. Es ist wichtig, dass nach außen noch kein Zusammenhang zwischen Mord und Datendiebstahl hergestellt wird.«

»Das hat Peer Lindner, der Firmenchef, mir gegenüber aber gestern erwähnt. Weil die Zugangsdaten von Ursula Droste für den Datendiebstahl benutzt wurden.« Lynn deutete an, dass es schwierig sein würde, dies zu trennen.

»Weiß ich aus euren Berichten, Lynn. Aber XFU und die Kollegen aus der Wirtschaftskriminalität wollen zum momentanen Zeitpunkt verhindern, dass der Datendiebstahl in die Öffentlichkeit gezogen wird. Die Kollegen, um die Ermittlungen nicht zu gefährden. Und XFU, um keine zusätzlichen Angriffe auf ihre Systeme zu provozieren.«

»Neuer Kollege?«

»Wie bitte, Matthias?«

»Ich kenne keinen Mats Uhrich. Sonst aber alle.«

»Der ist seit diesem Monat dabei. Soll ein Informatik-As sein. Er wird sich die Systeme anschauen, die Protokolle der Zugriffe zeigen lassen und mit etwas Glück selbst die Zugriffe überprüfen können. Dafür fährt er extra hin. Mats will herausfinden, ob der Zugriff auf den Datenspeicher nicht doch von Ursula Drostes Rechner gekommen sein kann.«

»Also kein Austausch mit dem Kollegen, solange wir bei XFU vor Ort sind?«

»Nein, Matthias. Wenn ein Zusammenhang zwischen Mord und Datendiebstahl hergestellt werden kann, werden wir eine Durchsuchung beantragen.«

»Schadet sich XFU nicht selbst damit, wenn der Zusammenhang hergestellt werden könnte? Immerhin geraten sie so auch in den Fokus der Ermittlungen bei Droste.«

»Lynn, Peer Lindner ist sich absolut sicher, dass Ursula Droste nichts, aber auch gar nichts mit dem Datendiebstahl zu tun haben kann. Sieht so aus, dass Lindner mit offenen Karten spielt.«

»Oder er kocht sein eigenes Süppchen und legt eine falsche Spur.«

»Mit etwas Glück werden wir es morgen feststellen«, gab sich Ralf sicher.

»Noch mal zu Uhrich: Informatik-As. Bisher in der freien Wirtschaft. Entsprechende Verdienste. Was will der bei den Wirtschaftsdelikten?«

»Die Stelle war ausgeschrieben. Mats Uhrich hatte selbst Anzeige erstattet wegen eines Hackerangriffs auf seine Systeme. Und gleich selbst die Antwort geliefert. Da haben sie ihn gefragt, ob er nicht gleich selbst bei uns mitmachen möchte. Und da Mats sowieso kürzertreten will, hat er zugestimmt.«

Matthias beließ es bei der Information und beschloss, den Kollegen morgen selbst kennenzulernen. Danach berichtete jeder einzeln über die Ergebnisse des Tages, welche neuen Vermutungen sich ergeben hatten und welche Fragen geklärt werden konnten. Leider war die Klärung noch in der Minderheit. Der Fall baute sich langsam ziemlich groß auf.

Ralf Luber fasste zusammen.

»Julian, wenn HaE Lamers Alibi nicht überprüft werden kann, weil er alleine zum Ausspannen in der Eifel war, werden wir ihn weiter im Auge behalten. Überprüft die Hotelrechnung. Befragt die Angestellten und Gäste.«

»Die Hotelrechnung wurde uns schon zugesandt. HaE Lamers war dort. Auf der Rechnung stehen auch Wellnessangebote. Die Liste mit den Zeiten, wann er sie jeweils in Anspruch genommen hat, wird uns zugeschickt.«

»Wenn Butterbrodt sich bis morgen früh nicht gemeldet hat, werde ich die Fahndung nach ihm beantragen. Und lass uns Bohm unter Druck setzen. Verhältnis zum Arbeitgeber. Zur Ehefrau. Wir müssen wissen, ob er uns an der Nase herumführt. Und bleib an Lindner dran.«

Das hatte Lynn sowieso vor.

Damit beendete Ralf die Dienstbesprechung.

Wie auf ein Zeichen fing Lynns Magen wieder an zu grollen. Die Kollegin draußen gab ihnen den Tipp, es im AlsenInn zu versuchen, da alle anderen schon keine Speisen mehr anboten.

Das AlsenInn entpuppte sich als Hotel, ein moderner Glaspalast am Rande von Alsental in der Nähe von XFU. Es war gehoben ausgestattet und bot Konferenz- und Besprechungsräume für bis zu einhundertfünfzig Personen an. Die Zimmerpreise der Einzelzimmer waren moderat. Lynn schätzte anhand der außen beleuchteten Fenster, dass das Hotel zur Hälfte belegt war.

Das Restaurant wurde noch von einigen Gästen besucht. Bis ein Uhr morgens bot es warme Speisen auf seiner Nachtkarte an. Frisch gestärkt machten Lynn und Matthias sich auf den Weg zu

Gerald Bohm. Matthias wollte nur zuhören und sich so ein zweites Bild von dem mit Informationen geizenden und recht zurückhaltenden Gerald Bohm machen.

Die Begrüßung durch Hanna Bohm fiel dieses Mal weniger freundlich aus. Sie empfing die Kommissare im Schlafanzug und machte auch keine Anstalten dies zu ändern.

»Es ist halb elf und ich war auf dem Weg ins Bett. Was wollen Sie von uns? Das ist das dritte oder vierte Mal innerhalb von vierundzwanzig Stunden.«

»Wir müssen Ihren Mann noch einmal sprechen!« Lynn hatte keine Lust, sich dafür zu rechtfertigen. Und sie würde bestimmt nicht die Karten auf den Tisch legen und zugeben, dass Gerald Bohm neben zwei anderen Personen immer mehr in den Fokus der Ermittlungen rutschte, zusammen mit Klaus Remmer und Christian Butterbrodt.

»Gerald ist schon im Bett. Als Sie um zehn immer noch nicht da waren, hat er sich hingelegt. Muss das jetzt sein?«

»Ja, bitte.« Lynn wollte nicht gleich mit einer Vorladung drohen.

Bohm hatte noch nicht geschlafen und wiederholte stoisch wie mürrisch die Antworten, die er gestern schon Matthias gegeben hatte. Auf die Frage nach besonderen Vorkommnissen in der Firma hatte er erst mal keine Antwort.

»Was meinen Sie mit „besonderen Vorkommnissen“?«

»Hat sich jemand nach Ursula Droste erkundigt?«

»Das war heute Thema Nummer eins. Ursula war zwanzig Jahre lang leitende Angestellte.«

»Haben Leute nach ihr gefragt, von denen man es nicht erwartet hätte?«

»Bei mir jedenfalls nicht.«

»Sind sonst ungewöhnliche Dinge vorgefallen?«

Bohm blieb bei seiner Einsilbigkeit und ließ sich jeden Wurm einzeln aus der Nase ziehen. Irgendwann musste er doch auf den

Zusammenhang zwischen Mord und Datendiebstahl kommen. Er war leitender Angestellter. Oder wollte er nicht darauf kommen? Sollte er nicht? Es konnte nicht sein, dass er davon nichts mitbekommen hatte. Noch hielt sich Lynn an Lubers Anweisung und brachte die beiden Fälle, Mord und Datendiebstahl, nicht in Zusammenhang.

Bohm wischte auch diese Fragen vom Tisch wie ein lästiges Insekt, verschränkte die Arme und schloss die Augen zum Zeichen, dass er sich in die innere Emigration zurückzog.

»Will er nichts wissen, weiß er nichts oder ist er einfach nur gerissen?«, fragte Lynn, als sie im Auto saßen, und schüttelte den Kopf.

»Das frag ich mich seit gestern. Die gleichen Antworten. Klang aber nicht wie auswendiggelernt.«

Eine Stunde und keine Antworten, die sie weitergebracht hätten. Er war wirklich eine harte Nuss. Aber sie würden sie schon knacken. Matthias machte sich auf den Weg nach Mannheim, als er sie an ihrem Auto abgesetzt hatte. Er hatte morgen früh einen Termin im Büro und würde gegen halb elf in Alsental eintreffen.

Lynn beschloss, noch einmal bei Nicole Wehremann vorbeizufahren, und hoffte etwas durch die beleuchteten Fenster sehen zu können, etwa Christian Butterbrodt oder einen Hinweis auf ihn. Die Fenster der Wohnung waren allerdings dunkel. Der Sichtschutz durch die Rollläden fehlte, so dass man mit dem Licht der Straßenlaterne Möbel und Lampen ansatzweise sehen konnte. Die Fenster der Wohnung darunter, darüber und gegenüber hatten herabgelassene Rollläden, durch deren Ritze man noch Licht sah. Sie würde morgen früh noch einmal vorbeikommen und nach Christian Butterbrodt Ausschau halten.

Mittlerweile zeigte die Uhr halb eins. Die Fahrt nach Mannheim und morgens wieder zurück würden je mindestens eine dreiviertel

Stunde dauern. Von der Nacht bliebe so gut wie nichts übrig. Also fuhr Lynn ins AlsenInn und buchte ein Einzelzimmer mit Frühstück. Die Vermutung mit der Reisetasche hatte sich bewährt. Erschöpft sank sie in einen traumlosen Schlaf.

HaE, das hättest du nicht tun sollen. Was schnüffelst du auch in Sachen herum, die dich nichts angehen. Was willst du denn über mich in Erfahrung gebracht haben? Soll das eine Erpressung werden? Ich bin jetzt so weit gekommen. Von dir lasse ich mir nicht diese Einnahmequelle versauen. Die Pläne stehen fest. Meine Ehe ist am Ende. Meine Kinder sind mir lästig. Mein Umfeld bedeutet mir nichts. Sobald ich die richtige Version gefunden habe, nehme ich das Geld und setze mich ab. Das Grauen, das ich vor morgen empfinde, diese tiefe, ziehende Leere, schreckt mich nicht mehr. Im Gegenteil. Ich bin gespannt, wer dabei noch alles draufgehen muss. Die Flucht wird mir glücken. Der Neuanfang wird mir glücken. Ich werde mich durchsetzen. Denn ich bin Napoleon.

DER DARAUF FOLGENDE DIENSTAG

Nachdem auch diese Nacht viel zu kurz gewesen war, fühlte sich Lynn kein bisschen erholt. Dafür war das Frühstück gut und reichhaltig.

Gegen sieben Uhr stand sie vor dem Haus, in dem Nicole Wehremann wohnte. Ihre Wohnung schien unverändert. Kein Fenster durch einen Rollladen verschlossen und dunkel. In den anderen Wohnungen brannte ebenfalls kein Licht. Eine einsam streunende Katze lief durch den Vorgarten und verschwand über den Zaun zum Nachbargrundstück. Wenn Christian Butterbrodt heute von hier aus in die Firma fahren würde, könnte sie ihn abpassen und befragen.

Es geschah aber nichts, bis um dreiviertel acht Ralf Luber anrief.

»Es wurde ein Toter auf einem der Parkdecks bei XFU gefunden. Fahr sofort hin. Ruf mich zurück, sobald du etwas weißt. Parkdeck 4b.«

Als Lynn in die Straße bei XFU einbog, sah sie schon von Weitem die Kollegen vor dem für weitere Zufahrten gesperrten Parkdeck stehen.

XFU bestand aus einem Hauptgebäude, das um mehrere Nebengebäude erweitert worden war, die parallel zur Straße vom Hauptgebäude wegführten. Alle Gebäude waren über mehrere geschlossene Brücken miteinander verbunden, für jedes Stockwerk ein Gang. Gegenüber von jedem Gebäude stand auf der anderen Straßenseite ein mehrgeschossiges Parkdeck. Die Zufahrten waren frei, jeder durfte hier parken. Da die Gegend nur aus XFU-

Gebäuden bestand, wäre eine Zufahrtskontrolle auch überflüssig.

Zwei Beamte hatten sich vor den Treppenaufgängen des Parkdecks 4 postiert, damit kein Unbefugter mehr auf die Parkebenen gelangen konnte.

Lynn stellte ihr Fahrzeug vor dem Parkdeck ab und ließ sich die Richtung zum Fundort zeigen. Der Tote lag in der Parkebene b, die die nächste Parkzone über dem Erdgeschoss bildete. Sie lief die Auffahrt hoch, um nicht eventuelle Spuren im Treppenhaus zu zerstören. Im Einsatzwagen am Treppenhaus saß eine Frau. Der Wagen war außer Sichtweite zum Fundort der Leiche geparkt. Lynn nahm an, dass es sich um die Frau handelte, die den Toten gefunden hatte. Die Hände hielt sie vor das Gesicht. Die Schultern bewegten sich auf und ab. Eine Polizistin beugte sich zu ihr und redete leise auf sie ein, ohne erkennbare Regung der Frau. Hier war wohl erst mal nichts zu machen.

Also begutachtete Lynn den Tatort. Die Leiche war ein Mann mittleren Alters, der auf der Seite lag. Da er ihr sein unversehrtes Gesicht zeigte, konnte man zuerst nur erahnen, dass es sich um Kopfverletzungen handelte. Zu der Leiche führte eine Schleifspur, die ihren Ursprung an einer großen Blutlache im Gang vor einem der Parkplätze hatte. Die Lage des Mannes ließ darauf schließen, dass der Täter ihn an einem Arm weg vom Gang hin zu dem vergitterten Rand der nach außen offenen Parkebene fortgeschleift hatte. Lynn ging mit einigem Abstand um den Toten herum, bis das Außengitter ihr den Weg versperrte. Dennoch genügte ihr diese Position, um die tiefen Verletzungen am Hinterkopf erkennen zu können. Der Mann war erschlagen worden. Lynn vermutete einen Schläger oder eine Metallstange. Sie sah sich um. Auf den ersten Blick lag nichts dergleichen am Fundort.

Hinter der Blutlache befanden sich Reifenspuren. Es sah so aus, als sei der Wagen beim Ausparken durch die Blutlache gesteuert worden, da ein Reifenprofil auf dem Boden erkennbar war.

Lynn ging zurück zum Streifenwagen, wo die Frau mittlerweile zusammengekauert und laut schluchzend auf dem Rücksitz saß. Bei ihr war immer noch die Polizistin und redete beruhigend auf sie ein. Als sie Lynn bemerkte, stieg sie aus dem Wagen und beide gingen ein paar Schritte zur Seite, so dass die Frau auf dem Rücksitz nicht ihr Gespräch mitverfolgen konnte.

»Sie bekommt keinen Ton mehr heraus. Aber als wir eintrafen, hat sie noch mit uns geredet. Ich habe es notiert.« Die Polizistin riss ein Blatt aus ihrem Notizbuch und reichte es Lynn.

»Der Tote heißt angeblich Hans-Erich Lamers. Sie hatte sich noch beim Einfahren ins Parkhaus gewundert, dass ihr ein Wagen entgegenkam. Normalerweise fährt um diese Uhrzeit keiner hinaus.«

»Um kurz vor halb acht ist sie hereingefahren?«

»Ja, und ihr kam ein dunkelblauer Kombi entgegen.«

Lange Zeit zum Verdauen der Nachricht hatte Lynn nicht. Sie verständigte sofort Ralf Luber.

»Hast du heute Morgen vor Nicole Wehremanns Haus einen dunkelblauen Kombi gesehen?«

»Er stand nicht mehr da. Und die Wohnung war unverändert dunkel und die Rollläden oben.«

»Ich beantrage sofort eine Fahndung nach Christian Butterbrodt. Ach ja, Lynn?«

»Ja?«

»Befragungen ab jetzt nur noch zu zweit. Bis wir den Fall gelöst haben.«

Lynn holte tief Luft. Sie hörte laute Stimmen aus Richtung des Parkdeckeingangs. Durch die Gitter konnte man unten vor dem Eingang zwei Pressewagen sehen. Sie fragte sich, wann die Nachrichtenleute wohl vor einem Mord am Tatort eintreffen würden. Die Nachricht dürfte auch schon in den Medien zu hören sein.

Ihr Mobiltelefon klingelte. Auf dem Display erschien eine

Nummer, die sie nicht kannte. Nicole Wehremann war dran. Ihre Stimme verriet, dass sie geweint hatte.

»Wir haben es gerade in den Nachrichten gehört. Ich habe Christian überredet, sich zu stellen. Er ist bei mir. Seit Freitag schon.«

»Sie rühren sich nicht von der Stelle! Wir sind gleich bei Ihnen.«

Lynn forderte Unterstützung von der Polizeistation Alsental an und raste los. Unterwegs informierte sie Ralf Luber.

»Keine Alleingänge!«, hatte er ihr noch einmal eingeschärft.

Sie kam gleichzeitig mit dem Einsatzfahrzeug an der Wohnung von Nicole Wehremann an. Die Fenster waren immer noch dunkel, was aber mittlerweile im Morgenlicht weniger auffiel. Der Türsummer ertönte, aber keiner reagierte auf das Klingeln oder Klopfen an der Wohnungstür. Lynn hörte im Stockwerk darüber eine Tür aufgehen.

»Wir sind hier oben«, kam es zaghaft von Nicole Wehremann. »Er sitzt am Esstisch. Bitte tun Sie ihm nichts.«

Sie rannten nach oben. Lynn zog die Frau in den Hausflur und die beiden Kollegen stürmten in die Wohnung. Hinter Nicole hatte ein Kind gestanden, das nun mit der Mutter in den Hausflur gerissen wurde, weil es sich am Hosenbein festgeklammert hatte. Jetzt fiel es ihr schlagartig wieder ein! Was ihr an der Wohnung aufgefallen war. Im Büro hinter der Tür war eine Bahn Tapete zu sehen gewesen, die wohl mal ein Teil einer Kindertapete gewesen sein konnte. Bunte geometrische Formen hatten die Oberfläche geziert, was nicht gleich nach klassischer Kinderzimmerausstattung ausgesehen hatte. Bei der Renovierung hatte anscheinend keiner mehr Zeit gehabt, das letzte Stück Wand zu bearbeiten. Vielleicht hatte hier auch ein Regal gestanden. Das passte nicht zur Wohnung darunter, in der sie Nicole Wehremann und Christian Butterbrodt vermutet hatten. Hier gab es kein Kinderzimmer und auch sonst hatte man keine Utensilien oder Spielzeuge gesehen, die auf ein

Kind schließen ließen.

Als Lynn die Küche betrat, durchsuchten die beiden Kollegen Christian Butterbrodt nach Waffen. Er hatte keine bei sich. Im folgenden Gespräch stellte sich heraus, dass das Mehrfamilienhaus Nicoles Eltern gehörte. Nicole und Christian planten, aus beiden Wohnungen eine Maisonettewohnung zu machen. Beide gaben an, dass Christian seit Freitag das Haus nicht verlassen und sich in der oberen Wohnung aufgehalten hatte. Und dass Christian sich wegen des Ärgers mit seiner Mutter und den Streitereien von Ursula Droste mit ebendieser nicht traute, sich bei der Polizei zu melden, um nicht in den Fokus der Ermittlungen zu geraten. Damit hatte er allerdings genau das Gegenteil erreicht.

Butterbrodt ließ sich widerstandslos festnehmen. Die Überprüfung der Aussagen war nötig. Auch wenn Lynn vermutete, dass bei der Untersuchung der Fingerabdrücke keine Übereinstimmung mit denen am Tatort festgestellt werden würde.

Der dunkelblaue Kombi von Nicole Wehremann war in einer nahegelegenen Garage untergestellt. Bei einer ersten Überprüfung war das Auto eiskalt und für mehrere Stunden nicht bewegt worden. Das Ergebnis teilte sie umgehend Ralf Luber mit.

»Tja, da kann man nichts machen! Butterbrodt wird wohl unschuldig sein. Was für eine dämliche Aktion, sich zu verstecken.«

Lynn konnte ihm nur zustimmen.

»Wir sollten uns dem nächsten Verdächtigen zuwenden. Ich möchte Klaus Remmer überprüfen lassen.«

Vera Hermsen, die stellvertretende Chefin des K1, hatte das nach ihrem ersten Anruf schon veranlasst. Sie hatte beim Kriminaldauerdienst die Bewegungsdaten, also die Überprüfung der Ein- und Ausfahrten des Parkhauses am Psychosomatik II- und Yoga-Center in Heidelberg, von Klaus Remmers dunkelblauen Kombi angefordert, so dass sie bald mit den Ergebnissen zu rechnen hofften.

Doch zunächst schloss Lynn zu Peter und seinem Team in Hans-Erich Lamers Wohnung auf. Hier stand allerdings nur ein nahezu unausgepackter Koffer auf dem Seitenschränkchen neben dem Bett. Gegessen hatte Lamers in den letzten Tagen wohl außerhalb. Die Wohnung hätte wie eine Junggesellenwohnung gewirkt, wenn nicht ein voll eingerichtetes Jugendzimmer neben dem Wohnzimmer gewesen wäre.

Lynn musste grinsen. An der Wand über dem Bett hing ein Poster von Iron Maiden. Da war doch dunkel irgendetwas aus ihrer eigenen Jugend? Nur kurz. Aber immerhin... Anscheinend nutzte das erwachsene Kind von Lamers das Zimmer noch während seiner Besuche. Der Rechner im Wohnzimmer und das Arbeitsnotebook mussten noch untersucht werden, vor allem auf Hinweise auf den Täter. Hoffentlich würden die E-Mails Aufschluss darüber geben. Lynn verabschiedete sich und machte sich auf den Weg nach Heidelberg.

Obwohl im angegebenen Zeitraum der Verkehr durch die Ankunft des Klinikpersonals sehr stark war, wurde das Ergebnis schnell geliefert. Klaus Remmer hatte mit seinem Wagen um sechs Uhr dreißig das Parkhaus verlassen und war gerade eben wieder zurückgekehrt. Lynn machte sich sofort auf nach Heidelberg. Für die Überprüfung von Klaus Remmer wurden zwei Kollegen aus Heidelberg angefordert. Sie hatten es hier mit einem berechnenden und eiskalten Mörder zu tun. Jeder Kontakt musste daher mit der größten Vorsicht hergestellt werden.

Lynn benötigte eine Stunde, um von Alsental durch den dichten Verkehr bis zur Klinik in Heidelberg zu kommen. Die Kollegen warteten schon im Untergeschoss vor der Patienteneinlieferung. Sie ließen sich zur Station führen, auf der Klaus Remmer lag. Auf Nachfrage kamen die Ärztin Christine Hallenstein und die Psychologin Ricarda Henlein sofort zu ihnen in den Aufenthaltsbereich vor der Station. Lynn erklärte kurz die Situation und dass sie Klaus Remmer zu dritt in seinem Zimmer aufsuchen und überprüfen würden. Ricarda Henlein protestierte und erklärte, dass Remmer einen geplanten Ausflug gemacht hatte. Das war jetzt nebensächlich. Lynn war auf der Suche nach einem Mörder. Wenn Klaus Remmer der Täter war, dann hatten sie es hier mit einem eiskalten Killer zu tun.

Die übrigen Patienten, die sich im Gemeinschaftsbereich der Station aufgehalten hatten, wurden vom Stationspfleger in ihre Zimmer geschickt.

Als die Zimmertür aufgerissen wurde und Klaus Remmer eine Frau um die dreißig und zwei Polizisten hereinstürmen sah, entgleiste ihm das Gesicht und er ließ vor Schreck das Smartphone fallen, auf dem er gerade Bilder ansah. Bei der obligatorischen Durchsuchung der Person und des Zimmers wurden keine Waffen festgestellt.

Lynn wies ihn an, sich an den Tisch im Zimmer zu setzen. Ein Kollege postierte sich an der Zimmertür, der andere am Fenster hinter Remmer. Wo er heute Morgen hingefahren sei und wo am Sonntag. Remmers Miene heiterte sich von Frage zu Frage auf.

»Ich habe heute die Ebene während des Sonnenaufgangs fotografiert. Dafür bin ich zum Kurpfalzblick in Schriesheim gefahren. Ein toller Aussichtspunkt, von dem man nach Westen bis Mannheim und bis in den Pfälzer Wald blicken kann, wenn das Wetter mitspielt.«

Er zeigte Lynn die Fotos, die er gemacht hatte. Der Schatten wich von Bild zu Bild vom Pfälzer Wald über Ludwigshafen und Mannheim immer mehr Richtung Heidelberg zurück und tauchte die Landschaft in gleißendes Licht. Sie musste zugeben, dass ihm tolle Panoramafotos gelungen waren. Danach kamen die Fotos vom Königstuhl. Remmer hatte eigentlich vor, über den sich auflösenden Nebel zu fotografieren. Leider war es am Sonntag den ganzen Tag neblig geblieben. So hatte er nur ein paar Fotos von den Gebäuden im Nebel gemacht und dabei unterschiedliche Perspektiven ausprobiert.

Danach erzählte er über seine Zeit bei XFU, wie er sich überarbeitet hatte, die Enttäuschungen im Job und wie er nach einer schweren Infektion nicht mehr fit werden wollte. Er schilderte ihr seine Zeit im Krankenhaus, wie er lernen musste, sich wieder an normale Tagesrhythmen zu gewöhnen und welche Lehren er daraus zog.

»Und damit bin ich auch an meinem wichtigsten Punkt angekommen.« Remmer entsperrte erneut sein Smartphone.

Das letzte Foto des Sonntags zeigte das Bild eines handgeschriebenen Papiers, das er vergrößerte und ihr zum Lesen gab. Lynn war erstaunt. Es war seine Kündigung bei XFU. Klaus Remmer machte anscheinend Schluss mit seiner bisherigen Lebensweise.

»Ich habe gestern gehört, dass XFU zu den beliebtesten Arbeitgebern gehört und dass jeder eigentlich dort arbeiten möchte.«

»Das stimmt auch«, gab Remmer zurück. »Aber die Arbeitsphilosophie bei XFU entwickelt sich sehr dynamisch. Die meisten arbeiten gerne länger und bringen sich über ihre Arbeitszeit hinaus ein. Für mich ist das aber nichts. Ich musste hier im Krankenhaus lernen, das zu akzeptieren. Sechzig Stunden pro Woche arbeiten kann ich nicht mehr. Deshalb bin ich auf dem Rückweg vom Kurpfalzblick noch bei der Post vorbeigefahren und habe den Brief per Einschreiben abgeschickt.«

Anfangs setzte Ricarda Henlein mehrmals an, einzugreifen. Als sie aber merkte, wie entspannt Klaus Remmer die Fragen beantwortete, hielt sie sich weiter im Hintergrund und beobachtete die Szene.

»Also hat nicht XFU die Mehrarbeit von Ihnen verlangt?«

»Nein. Ich habe hier gelernt, dass andere, persönliche Mechanismen, die ich mir vor langer Zeit angeeignet habe, zu meiner

Situation beigetragen haben. Ich habe mich selbst vollkommen überlastet. Die Infektion hat mir lediglich den Rest gegeben.«

»Und was haben Sie als Nächstes vor?« Kurze Pause. »Wenn ich fragen darf«, schob Lynn hinterher.

»Ich werde noch einmal einen neuen Beruf erlernen. Einen, in dem ich anders arbeiten kann und in dem ich nicht Gefahr laufe, mich so zu überlasten, wie ich es die letzten Jahre getan habe.«

Ricarda Henlein räusperte sich als Zeichen dafür, dass keine Zeit für weitere Fragen mehr war.

Vor der Zimmertür von Klaus Remmer blieben sie noch kurz stehen. Lynn war aufgefallen, dass es in dem Zimmer keinen Fernseher gab. Und draußen vor den Zimmern war ein Aufenthaltsbereich für etwa zwanzig Patienten mit rechteckigen Tischen angeordnet, was eine große Fläche bildete. Auf den Tischen gab es Bücher, Zeitschriften, Zeichenutensilien, ein Smartphone lag herrenlos an einem Platz und Getränke standen auf den Tischen. Auf der Fensterbank, die die komplette Glasfront des offenen Raumes säumte, standen Spiele, Bücher und weitere Schreibutensilien. Sie sprach die Psychologin darauf an. Die Ärztin Christine Hallenstein hatte sich schon verabschiedet und ihre Kollegen waren schon auf dem Weg zum nächsten Einsatz.

Ricarda Henlein bat Lynn in ihr Büro. Es war ein kleines, höchstens vier Quadratmeter großes Zimmer mit einem Schreibtisch in der Mitte und einer Sitzecke am Fenster. Beide nahmen dort Platz.

»Ich kann Ihnen keine Patientenauskunft geben«, nahm Ricarda vorweg.

»Das ist mir klar. Mir ist nur aufgefallen, dass diese Station nicht wie eine Krankenhausstation eingerichtet ist. Kein Fernseher im Zimmer. Der riesige Aufenthaltsbereich in der Mitte der Station. Die Schilder mit dem Durchgangsverbot an den beiden Eingängen zur Station.«

»Die Schilder sind nur für die Essenszeiten da. Es wurde nur versäumt sie wegzuräumen. Normalerweise übernimmt immer ein Patient diese Aufgabe, sie aufzustellen und nach dem Essen wieder an die Seite zu stellen. Die Patienten organisieren sich mit bestimmten Aufgaben teilweise selbst. Dazu trägt auch der Gemeinschaftsbereich bei, in dem die Mahlzeiten gemeinsam eingenommen werden.«

»Wenn ich das richtig verstanden habe, gehört diese Station nicht zur Psychiatrie und ist auch keine psychologische Station.«

»Psychosomatik hat nichts mit Psychiatrie zu tun. Unsere Patienten sind hier mit sehr unterschiedlichen Symptomen und Krankheiten. Es gibt Krebspatienten. Wir behandeln Menschen mit Untergewicht, aber auch mit Übergewicht. Oft ist nicht sicher, ob die Erkrankung körperlich oder seelisch bedingt oder beides ist. Das versuchen wir herauszufinden und behandeln es auch. Jeder einzelne Patient erhält dafür einen maßgeschneiderten Therapieplan.«

»Und dazu gehören auch Ausflüge, wie zum Beispiel die von Herrn Remmer?«

»Das kommt auf die Person an«, antwortete Ricarda, ohne auf das Thema Remmer einzugehen. »Bei manchen Patienten ist es notwendig, Schritt für Schritt wieder in ihr Alltagsleben zurückzufinden. Ob solche Ausfahrten dazugehören, hängt ganz vom Patienten ab.«

Als Lynn sich verabschiedete, war ihr klar, dass sie zwar eine ganz neue Welt entdeckt, aber auch keinen Verdächtigen mehr hatte. HaE Lamers war tot, Klaus Remmer war zu den Tatzeitpunkten in Heidelberg und Christian Butterbrodt konnte wahrscheinlich keine Tatbeteiligung nachgewiesen werden.

Als ob es Gedankenübertragung wäre, rief Vera Hermsen an und bestätigte, dass die Fingerabdrücke am Tatort nicht mit denen von Butterbrodt übereinstimmten.

Lynn Deyonge fröstelte es ein wenig, als sie sich in ihrem Fahrersitz zurücklehnte und kurz die Augen schloss. Die beiden letzten

Nächte waren sehr kurz gewesen. Der Kopf fühlte sich leer an und wollte sich partout nicht zum Nachdenken überreden lassen. Wie immer würde eine kleine Auszeit helfen. Nun zeigte die Uhr kurz nach zehn und die Spurensicherung war gerade erst am Tatort auf dem Parkdeck bei XFU eingetroffen. Matthias Tregnats Termin war sehr kurz ausgefallen. Zusammen mit der Spurensicherung machte er sich ein Bild von der Lage und über den möglichen Tathergang.

Lynn konnte sich also eine kurze Verschnaufpause gönnen. Sie stieg wieder aus dem Wagen und ging die Treppe hoch zum Haupteingang der anderen Klinik. Direkt daneben befand sich abgezäunt ein Gartengelände. Sie lief den Zaun entlang bis zu einem niedrigen Eingangstor. Botanischer Garten Heidelberg war auf dem Schild zu lesen. Auf einem freien Platz im Gelände befanden sich mehrere Becken, in denen Schilf wuchs. Sie wurden Stück für Stück von Mitarbeitern des Instituts ausgeräumt und winterfest gemacht. Einige Bäume trugen noch Blätter, aber die Jahreszeit kündigte das Ende der Laubsaison an.

Auf einer Parkbank ließ sie sich nieder, verschränkte die Hände im Nacken und schloss die Augen. Nach wenigen Minuten kehrte ihre Konzentration zurück.

Sie brauchten jetzt einen Plan. Wo würde sie anfangen? Wen zuerst befragen? Klar war, dass sie nur direkt im XFU-Umfeld die Ermittlungen starten konnte. Beginnen würde sie mit Bohm, danach zu Lindner gehen und dann die Personalchefin befragen.

Kam von den Leuten, die Ursula Droste sonntags betreuten oder besuchten, wie auch immer man es nennen wollte, sonst noch jemand in Frage? Das galt es herauszufinden. Der Ehemann hatte am Sonntag von der Nachricht über den Tod seiner Frau, Hertha Bauer, und Ursula Droste einen Nervenzusammenbruch erlitten und befand sich in ärztlicher Behandlung im Krankenhaus. Außerdem war er zur Tatzeit am Sonntag, gegen zehn Uhr morgens, auf einer Veranstaltung gewesen. Das hatten verschiedene Zeugen schon bestätigt.

Bohm. Immer wieder Bohm. Lynns Gefühl sagte ihr, dass er nicht für die Morde infrage kam. Aber hier zählten letztendlich nur Fakten. Bohm. Was verheimlichte er? Oder wusste er wirklich von nichts? War er in der Firma oder privat frustriert? Vielleicht in beiden Lebensbereichen? Gab es Schwierigkeiten zwischen Hanna und Gerald Bohm?

Lindner. Was heckte Lindner aus? Hatte er eine falsche Spur gelegt und machte sein eigenes Ding? Ohne Rücksicht auf Verluste? Die Firma lief gut. Bis vor dem letzten Wochenende war die Beziehung zu Ellinor auch in Ordnung. So jedenfalls seine Version.

Was wurde hier durcheinandergeworfen? Waren die Daten wirklich so sicher, wie Lindner behauptete?

Wer kam noch infrage?

Mit diesen Notizen fühlte sie sich schon besser und machte sich zurück auf den Weg nach Alsental. Kurz vor der Ausfahrt erreichte sie der Anruf von Matthias Tregnat.

»Mats Uhrich ist schon in der Polizeistation Alsental. Du kommst wann?«

Die vertraute knappe Kommunikation von Matthias heiterte sie schon etwas auf.

»Ich bin kurz vor der Ausfahrt Alsental. Ihr könnt auf mich warten. Bin gleich da.«

Mats Uhrich war Mitte dreißig, hochgewachsen und er legte viel Wert auf seine Kleidung. Er trug Jeans, Hemd, Sakko und Designerschuhe. Sein Blick hatte etwas Lauerndes, das Lynn nicht einzuordnen wusste. Da er wieder nach Heidelberg zurückmusste, begann er über seine Ermittlungsergebnisse zu berichten.

Er hatte die Protokolle über die Zugriffe auf den Datenspeicher analysiert. Dann sprach er über die Häufigkeit, wann die einzelnen Nutzer auf den Rechner zugegriffen hatten, wie viel Datenverkehr jeder Einzelne dabei verursacht hatte und dass er es mit den Administratoren von XFU durchgesprochen hatte.

Bis auf den Zugriff mit Ursula Drostes Anmeldedaten konnten alle anderen Zugriffe erklärt werden. Der Rechner, der dabei benutzt wurde und mit dem auf den Datenspeicher zugegriffen wurde, gehörte nicht zur XFU-Ausstattung. Die Einwahl erfolgte über mobiles Internet mittels einer Telefonkarte. Den Namen, auf den die Telefonkarte lief, gab es nicht. Die Auswertung des Telefonanbieters hatte ergeben, dass die mobile Karte nur in der Umgebung von Alsental eingesetzt wurde und dabei in zwei verschiedenen Funkzellen eingewählt war. Eine genaue Ortung ließe sich aber nur mit einem IMSI-Catcher bewerkstelligen. Dies schloss Mats aber aus, da der Rechner nie lang genug über mobiles Internet eingewählt war, um eine Ortung durchzuführen.

Lynn fasste es für sich zusammen: der Datendieb hatte die Telefonkarte auf einen falschen Namen eingerichtet, griff damit auf den Datenspeicher von XFU zu und war damit nicht ermittelbar. Dazu hatte sie noch eine Frage.

»Mobile Telefonkarten können doch nicht mehr mit falschem Namen eingerichtet werden?«

»Richtig. Aber noch nicht sehr lange. Diese Karte wurde schon vor Längerem eingerichtet. Der Datendieb hat bisher noch keinen Fehler gemacht.«

»Irgendein Fehler wird immer gemacht. Was ist mit den übrigen Auswertungen?«, richtete der über den Bildschirm zugeschaltete Ralf Luber sein Wort an Mats Uhrich.

»Es konnte noch nicht weiter ausgewertet werden. Die Besprechungen wurden unterbrochen, da der Firmenchef die Abteilungsleiter zu einer nicht geplanten Sitzung zusammengerufen hat. Also habe ich mich auf den Weg hierher gemacht.«

»Wie wirst du weiter vorgehen?«

»Ich muss für die Auswertungen nicht vor Ort sein, da ich

genügend Informationen und Material zur Verfügung habe. Ein weiterer Besuch bei XFU ist nicht geplant.«

»Wie steht es mit der Sicherheit des Datenspeichers, wenn jemand Unbefugtes darauf zugreifen will?«, mischte sich Lynn in die Unterhaltung ein.

»Meiner Meinung nach sehr sicher. Ein Zugriff ist nur mit den schon eingerichteten Anmeldedaten möglich. Es gibt zehn Nutzer bei XFU, die eine Berechtigung dazu haben. Plus den von Ursula Droste.«

»Wieso sperren die den Zugang von Ursula Droste nicht, damit keine Daten mehr gestohlen werden können?«

»XFU erhofft sich so, dass der Datendieb irgendwann einen Fehler macht und sich verrät.«

»Die Daten können bis dahin doch trotzdem abgegriffen werden?«

»XFU verbietet sich hier eine Einmischung. Meiner Meinung nach sind sie beratungsresistent.«

Das ergab für Lynn keinen Sinn. Die Daten, also die neueste Softwareversion von XFU, konnte doch weiterhin gestohlen und der Konkurrenz zugespielt werden! Sie beschloss, der Sache nachzugehen, wenn sie Peer Lindner später befragen würde.

Mats Uhrich blickte in die Runde. Seine Augen verrieten, dass er nicht wusste, wie die Besprechung fortgesetzt werden würde. Es sah so aus, als erwartete er weitere Informationen.

Außerdem hatte sein Gesicht immer noch etwas Lauerndes. Wie jemand, der versuchte, Gesprächen zuzuhören, die ihn nichts angingen. Lynn konnte sein Verhalten nicht richtig einordnen. Wahrscheinlich ist es nur die fehlende Erfahrung im Polizeidienst, sagte sie sich.

Um den Kollegen nicht hinauskomplimentieren zu müssen, läutete Ralf eine Pause von zehn Minuten ein. Personen außerhalb des Kommissariats sollten kein Zugang zu den laufenden

Ermittlungsergebnissen gegeben werden. Lynn verabschiedete sich förmlich von ihm, was er als Zeichen nahm, um sich auf den Weg nach Heidelberg zu machen.

Ralf Luber teilte die Gruppe für die weiteren Befragungen ein. Lynn und Matthias würden dies bei XFU direkt fortsetzen. Regina, Kay, Hermann und Julian sollten die Personen im privaten Umfeld der Leute befragen, die Ursula Droste besucht hatten.

Zunächst fuhren Lynn und Matthias zum Tatort im Parkdeck 4, Parkebene b, da Peter Nördner signalisiert hatte, dass er die Untersuchung beinahe abgeschlossen hatte. HaE Lamers war mit drei Schlägen auf den Hinterkopf getötet worden, vermutlich als er sich über etwas beugte, wahrscheinlich über etwas am geöffneten Kofferraum. Danach lag er stark blutend hinter dem Wagen und wurde vom Täter an den Rand des Parkdecks geschleift, wo er verstarb. Beim Ausparken wurde das Fahrzeug, vermutlich der dunkelblaue Kombi, der beim Ausfahren aus dem Parkhaus gesehen wurde, durch die Blutlache gelenkt und hinterließ eine deutliche Reifenspur. Weitere Befunde würde es erst morgenfrüh um neun bei der Obduktion in der Gerichtsmedizin geben. Lynn war froh, dass sie im AlsenInn schon ausgecheckt hatte. Die kommende Nacht würde sie wieder in ihrem Bett schlafen.

Die Eingangstür des Haupteingangs von XFU war für von außen kommende Besucher gesperrt. Lynn war sich nicht sicher, ob man damit den Täter nicht in der Firma eingesperrt hatte. Ein Wolf unter Schafen? Hoffentlich nicht.

Sie suchten zunächst die Personalchefin von XFU, Doris Meier-Krapp, auf. Dabei platzten sie in ein Meeting mit ihrer Abteilung, das mit dem Hinweis auf eine alternative Vorladung in die Kriminalinspektion Heidelberg beendet wurde.

»Aber nur weil Heidelberg so weit weg ist«, hatte Frau Meier-Krapp unwirsch gesagt.

Das Gespräch zog sich über die Personen, die Ursula Droste betreut hatten, in die Länge, und erwies sich weder als hilfreich noch als ergiebig. Doris Meier-Krapp hatte nur lobende Worte über die Mitarbeiter dieser Abteilung übrig und sie bedauerte, dass Klaus Remmer nun schon seit einem halben Jahr fehlte. Lynn rechnete nach. Demnach war er schon vier Monate krank gewesen, bevor er in die Klinik gegangen war. Die Kündigung war natürlich noch nicht angekommen. Lynn behielt diese Information aber für sich.

Frau Meier-Krapp zeigte sich untröstlich über die Ermordung von HaE Lamers und die Umstände seines Todes. Erschütterung sah allerdings anders aus. Sie hätte ihn einmal gesprochen, als sie vor sechs Jahren diesen Posten übernommen hatte. HaE Lamers war alleinstehend und wollte in einem Jahr in Vorruhestand gehen. Mit knapp siebenundfünfzig. Der Mann hätte das Leben noch in vollen Zügen genießen können. Lynn fand es traurig, dass es so jäh und brutal unterbrochen worden war. Über Feinde von HaE Lamers hätte sie keine Information. Die Beurteilungen gaben auch keine Unstimmigkeiten in seinem Arbeitsleben her.

Angesprochen auf Ursula Droste, hätte sie keinen persönlichen Kontakt zu ihr gehabt, da sie erst nach deren Ausscheiden bei XFU angefangen hatte. Sie hätte über sie gehört, dass sie als Chefin ein wenig schwierig gewesen sein soll, aber keine spezielle Information oder ein bestimmtes Ereignis darüber gehört. Trotzdem hätte jeder gerne mit ihr zusammengearbeitet.

Als sie Frau Doris Meier-Krapp verließen, waren sie so schlau wie vorher.

»Na das ist ja mal eine gut aufgestellte Firma«, meinte Lynn lakonisch, als sie zu der Abteilung von Gerald Bohm unterwegs waren. »Keine Streitereien, keine Unstimmigkeiten, keinen Ärger. Nur zwei Tote. Dann noch ein anderer, der mit seiner Patentanmeldung übergangen wurde. Ein weiterer, der gekündigt hat und nur ein kleiner Datendieb und vermutlich noch ein Mörder. Gute Stimmung. Hier werde ich mich bewerben.«

Lynns Müdigkeit schlug sich in Sarkasmus nieder.

»So habe ich dich noch nicht gesehen«, meinte Matthias.

»Warte mal, bis ich Hunger kriege. Dann falle ich Menschen an.«

»Gut. Dann werde ich mich von dir fernhalten. Du Lindner, ich Bohm und dann zusammen den Rest.«

Das war ein annehmbarer und detailliert ausgetüftelter Plan. Lynn war begeistert.

»Den Rest natürlich nach der Nahrungsaufnahme.«

Jetzt war der Plan perfekt. Ihre Wege trennten sich und Lynn ließ sich am Empfang den Weg zu Peer Lindners Büro zeigen. Da dieser Bereich für niemanden zugänglich war, wurde Lynn angemeldet und von seiner Sekretärin, Frau Dorothea Kastner, erwartet.

»Er ist in einem Meeting. Können Sie bitte hier warten?«, sagte sie und deutete auf einen Stuhl in einem offenen Besprechungsraum. Lynn dachte gar nicht daran, hier ihre Zeit abzusitzen.

»Ich möchte ihn sofort sprechen. Es ist dringend«, sagte sie barscher, als es eigentlich klingen sollte.

Kurze Zeit später erschien Peer Lindner.

Die Begrüßung fiel aus.

»Ich bin in einem Meeting. Ermittelt die Polizei in dringenden Fällen immer erst einen halben Tag nach dem Tod des Opfers?«

Damit kam er Lynn gerade richtig.

»Schickt XFU immer einen Mörder in seine Abteilung und schließt dann die Eingangstüren ab, damit er ungestört weitermachen kann?«, konterte sie.

»Touché.« Lindner gab sich geschlagen. »Was soll ich machen. Wir können nicht alle Angestellten nach Hause schicken.« Er rieb sich die Stirn. »Der Tod von HaE und Ursula geht mir an die Nieren. Und trotzdem muss ich als Chef weitermachen wie bisher.

Außerdem ist unser Datendieb wieder aktiv.«

»Wieso haben Sie mir gestern eigentlich die Geschichte von der Spionage erzählt und dann bei unserer Behörde darauf bestanden, dass die Fälle für die Öffentlichkeit getrennt bleiben?«

»Ich dachte, dass Sie so vielleicht einen Zusammenhang herstellen könnten. Ihre Fragen waren viel gezielter als die Ihres Kollegen.«

Lynn überging das Kompliment. Sie wollte sich von Lindner nicht benutzen lassen.

»Sie kannten also Hans-Erich Lamers persönlich?«

»Ja. Er kam, als wir noch keine fünfzig Mitarbeiter hatten.«

»Und wie viele haben Sie jetzt?«

»Etwa viertausendfünfhundert. Wir sind schnell gewachsen.«

»Mit Ihrer Abrechnungssoftware?«

»Auch. Wir investieren ebenso in neue Technologien. Künstliche Intelligenz. Ausstattung und Steuerung von Robotern. Richtig groß sind wir erst damit geworden.«

»Wieso ist Lamers nie aufgestiegen?«

»Das wollte er nicht. Vor zwanzig Jahren war er mal Teamleiter. Dann ist er von dem Posten zurückgetreten und hat sich wieder der Technik gewidmet.«

»Das wurde akzeptiert?«

»Natürlich. Wir haben gesehen, wie ihn die Leitung überfordert hat.«

Lynn gab ihm noch etwas Raum und hörte zu, wie HaE Lamers sich in die Firma eingebracht hatte, dass er gerade ein Projekt beendet hatte und keine weiteren Aufgaben mehr übernehmen würde, weil er in einem Jahr gedachte in den Vorruhestand zu gehen. Und dass er keinen Streit in oder mit der Firma hatte.

»Und privat?«

»Da kannte ich ihn ein wenig. Er war alleinstehend, seit ich ihn kenne. Er hat mit seiner Freundin zwar ein Kind großgezogen, aber in getrennten Wohnungen. Als das Kind erwachsen war, wurde er wieder solo.«

Lynn schwenkte noch auf das andere große Thema um.

»Sie bieten Ihren Datenserver einem Spion an, damit Sie ihn erwischen können. Welcher dann massiv Daten kopiert. Vermutlich der Konkurrenz zuspielt. Und erzählen mir dann, der Rechner wäre geschützt vor Softwarediebstahl?«

»Wir versuchen, den Datendieb auf diese Weise dazu zu bringen, einen Fehler zu machen, so dass wir ihn ermitteln können.«

Das machte keinen Sinn. Wieso war die Software dann geschützt? Sie beließ es erst mal bei dieser Erklärung.

»Wie ist Ihr Verhältnis zu Gerald Bohm?«

»Er ist mein Angestellter. Privat haben wir nur selten Kontakt.«

»Keine Streitereien?«

»Die hatten wir mal, als Ursula noch hier gearbeitet hat. Wenn wir heute verschiedener Meinung sind, setzen wir uns zusammen und diskutieren das.«

»Wie ist das Verhältnis zu Ihrer Frau?«

»Was hat das mit dem Mord an HaE zu tun?«

»Beantworten Sie meine Frage. Ihre Frau mochte Frau Droste nicht. Sie schon. Also wie ist Ihr Verhältnis?«

»Ganz normal, würde ich sagen.«

Wer hatte eigentlich diese Standardfloskel in die Welt gesetzt?

»Wir haben unsere Auf und Abs. Die Kinder sind aus dem Haus. Ein Enkel ist da. Wir finden immer wieder zusammen.«

»Und im Moment?«

»Das haben Sie doch gehört, als Sie bei uns waren. Meine Anwesenheit hier in der Firma ist jetzt mehr als nötig. Meine Frau ist davon genervt. Das gibt sich wieder.«

»Und bei den Bohms?«

Immerhin wohnten sie nahe beieinander und Bohm war einer der ältesten Angestellten.

»Das müssen Sie Gerald fragen. So gut kennen wir uns auch nicht«, wich Lindner aus.

Lynn verabschiedete sich. Sie musste jetzt erst mal was essen. Wenn ihr in dem hungrigen Zustand noch einmal jemand so eine Wischi-Waschi-Gute-Firma-Tolle-Familien-alle-glücklich-Aussage machen würde, müsste sie die Befragung nicht fortsetzen. Die Antworten könnte sie auch gleich als Sammelbericht schreiben. War schon komisch. Die einen konnten mit zwei Worten alles auf den Punkt bringen, wie ein ihr bekannter Kriminalist zwei Stockwerke tiefer in der Lage war. Andere redeten den ganzen Tag und sagten nichts. Sie sehnte sich also nach einem Gespräch der kurzen Sätze und harten Aussagen mit einem Kollegen.

Beim Mittagessen im Alsen diskutierten Lynn und Matthias die Ergebnisse der Befragungen.

»Ist schon komisch. Hab drei Mitarbeiter befragt. Jost Kant, Gerhard Lober, Nadine Rauenstein. Entweder sie wissen nichts von dem Datendiebstahl oder dürfen nichts wissen. Wie bei Bohm.«

»Keine Erwähnung? Ist schon komisch. Ich habe Lindner noch einmal damit konfrontiert, dass er mit mir darüber geredet hat, aber nicht will, dass im Zusammenhang mit dem Mord nach außen geredet wird.«

»Und?«

»Er wollte mit jemandem reden, der sich der Sache annimmt, aber es nicht öffentlich macht.«

»Damit bist du seine Vertrauensperson«, merkte Matthias nicht ohne Ironie an.

»Von wegen. Den privaten Fragen weicht er aus. Und sonst gibt es zwar Meinungsverschiedenheiten in der Firma, aber nie Streit.«

»Heile Welt?«

»Er erzählt nicht alles. Irgendetwas steckt dahinter.«

»Nadine Rauenstein hat mir über ihr Verhältnis zu ihrem

Abteilungsleiter erzählt. Ist wohl ein feiner Chef. Man merkt es ihm aber an, wenn es zu Hause Streit gibt. Dann redet er weniger. Und im Moment ist er mehr als einsilbig. Sollten ihn im Auge behalten.«

Nach dem finalen Kaffee fühlten sie sich gestärkt genug, um mit den Befragungen weitermachen zu können.

Mittlerweile hatte sich die Abteilung sichtlich geleert. Darauf angesprochen, sagte Marc Stetter: »Homeoffice. Das mit HaE belastet alle schwer. Und sie haben Angst.« Er schien etwas offener zu sein.

»Sie haben Angst und arbeiten den Morgen durch?«

»Hier hat keiner gearbeitet. Alle erledigen nur das nötigste, um dann im Homeoffice zu verschwinden. Die Meetings in den nächsten Tagen werden alle online abgehalten.«

»Was machen Sie in dieser Abteilung eigentlich?«

»Wir liefern Softwarebausteine für die Robotertechnik und die Abrechnungssoftware, dem Standbein der Firma.«

Lynn schmunzelte. Sie wollte etwas über Stetters Arbeitsalltag hören. Aber so ging es auch.

»Gibt es für Abrechnungssoftware so viel zu entwickeln? Irgendwann ist das doch ausgeschöpft.«

»Wir begleiten mit der Software auch die Arbeitsprozesse, die in den Firmen stattfinden. Und das ändert sich ständig. Seit Jahren wird zudem alles digitalisiert und automatisiert.«

»Und welche Aufgaben haben Sie?«

»Ich koordiniere die Teams in der Abteilung, wenn zum Beispiel Teilentwicklungsergebnisse zusammengeführt werden müssen. Und ich bin der stellvertretende Abteilungsleiter.«

»Haben Sie kein eigenes Büro?«

»Nein. Wenn ich Ruhe brauche, dann belege ich einen der Meetingräume. Es gibt Kleinere, wie Kabinen, und Größere.«

»Wie gut kannten Sie Ursula Droste?«

»Ich habe sie erst kennengelernt, als sie schon im Ruhestand war. Sie war etwas speziell. Aber ich hatte anfangs Fragen zu ihren Ergebnissen und sie hat sie gerne beantwortet. So konnte ich mich schneller einarbeiten. Jeder hier nutzt ihre alten Aufzeichnungen, wenn nötig.«

»Gab oder gibt es Unstimmigkeiten innerhalb der Abteilung?«

»Keine, über die man nicht reden kann. Allerdings …«

»Ja?«

»Bei den Abteilungsleitern gab es in letzter Zeit viel Streit. Das bekomme ich immer mit, weil ich ebenfalls an den Meetings teilnehme. Durch den großen Umbruch in der Industrie steigt auch unsere Arbeitslast, weil mehr entwickelt werden muss. Dazu müssen neue Teams gebildet werden. Die Verteilung ist nicht einfach. Hm …« Er dachte nach, druckste herum.

Lynn legte den Kopf leicht schief und sah ihn an.

»Im Vertrauen: das kracht manchmal ganz schön.«

»Zwischen wem?«

»In letzter Zeit zwischen Peer und Gerald. Das müssen Sie aber nicht unbedingt weitersagen, dass Sie es von mir haben.«

Lynn sah ihn prüfend an. Spielte Marc Stetter auch sein Spiel? Sein Blick verriet Offenheit.

»Also zwischen Bohm und Lindner?«

»Ja. Ich glaube, Gerald sieht die Ressourcen der Abteilung als ausgeschöpft. Peer möchte, dass noch mehr geleistet wird und die Arbeit nur anders organisiert wird.«

»Und was meinen Sie?«

»Ich bin eher auf Geralds Seite. Den Leuten ohne Umstrukturierung hier noch mehr abzuverlangen würde die Arbeitslast schlagartig erhöhen. Und es arbeiten sowieso schon die meisten freiwillig viel mehr.«

Lynn trat auf den Gang hinaus und sah durch das Fenster des anderen Meetingraumes, dass Matthias auch gerade mit der

Befragung einer Person fertig war und trat ein.

»Das war mal 'ne Überraschung«, sagte er. »Es kracht gerade ganz schön zwischen Abteilungsleitern und Firmenchef.«

»Wer war das eben?«

»Tanja Gräbele. Sie ist nach Kay Falke die Zweite, die darüber spricht.«

»Marc Stetter hat das ebenfalls erzählt. Ich werde Lindner noch einmal damit konfrontieren.«

Sie ging direkt hoch zu dem abgesperrten Bereich, in dem sich Lindners Büro befand. Sie wollte nicht schon wieder Zeit verlieren mit Anmeldung im Erdgeschoss und wieder hochlaufen. Also pochte sie laut an die Tür. Die Sekretärin öffnete. Lynn kam sofort zur Sache.

»Wo ist er?«

»Er hat ein Meeting in seinem Büro und will nicht gestört werden«, sagte Dorothea Kastner.

Und Lynn wollte nicht, dass sich hier irgendjemand absprach. Sie stürmte an der Sekretärin vorbei und lief den Gang entlang. Eine Tür ohne Türschild öffnete sie, ohne anzuklopfen.

»Herr Lindner. Ich habe noch ein paar Fragen an Sie.«

Lindner sah ein, dass es zwecklos war zu protestieren und beendete das Meeting. Als sie alleine waren, meinte er lakonisch:

»Ich werde mir jetzt freinehmen und nur noch Ihnen zur Verfügung stehen.«

»Das müssen Sie auch, wenn Sie mir nicht endlich meine Fragen beantworten! Sie haben sehr wohl Unstimmigkeiten und Streitereien mit Gerald Bohm.«

Er atmete durch.

»Ich hätte mir denken können, dass es nicht verborgen bleibt. Schauen Sie, die ganze Industrie ist im Umbruch. Und ich muss liefern. Das geht nur, wenn die Entwicklungsabteilungen auch die gewünschten Bausteine entwickeln. Ich dachte, meine

Abteilungsleiter müssen das einsehen.«

»Sie haben mehr Leistung gefordert?«

»Ich habe selbst eingesehen, dass es ohne Umstrukturierung nicht geht. Das habe ich gestern kommuniziert und mit der Umsetzung angefangen. Alle werden daran beteiligt. Seitdem ist Ruhe.«

»Alle sind zufrieden?«

»Zufrieden nicht, aber sie werden in die Veränderungsprozesse mit eingebunden.«

Kurze Pause. Lynn setzte sich Lindner gegenüber.

»Dann habe ich noch eine Frage zur Datensicherheit.«

Lindner stützte die Stirn auf die Handfläche und zog laut die Luft ein.

»Wie stellen Sie sicher, dass der Datendieb die gestohlene neue Software, die noch nicht zum Verkauf freigegeben ist, nicht an die Konkurrenz weiterverkauft?«

»Das funktioniert. Wir haben unsere Sicherheitskonzepte.«

»Und wie werden die eingesetzt?«

»Das werde ich bestimmt nicht vor Ihnen ausbreiten.«

Lynn merkte, dass die Diskussion für Lindner damit beendet war.

Es war Zeit sich zur nächsten Dienstbesprechung zur Polizeistation Alsental zu begeben. Lynn beschloss, die heutige Mitteilung von Lindner zum Datendiebstahl am Freitag so lange zurückzuhalten, bis sich ein Zusammenhang zu den Mordfällen ergeben würde.

Regina Serber brachte eine Überraschung mit. Sie hatte nacheinander Hanna Bohm und Ellinor Lindner befragt. Beide Frauen gaben unabhängig voneinander an, dass die Belastung, die die Firma gerade aufwarf in puncto Mord, Datendiebstahl plus anstehende Veränderungen so viel Zeit in Anspruch nahm, dass die Beziehung zu ihren Männern ganz schön kriselte.

Bei Hanna Bohm brachte das eine zusätzliche Belastung, da sie wieder angefangen hatte zu arbeiten.

Ellinor Lindner fühlte sich um die Abmachung betrogen, die sie mit Peer getroffen hatte. Dass er weniger arbeiten sollte und sie beide wieder mehr Zeit miteinander verbringen würden.

Das hatte bei Gerald Bohm und Peer Lindner noch ganz harmlos geklungen. Blendeten die beiden nur aus, was sie damit verursachten? Und stürzten ihre Beziehungen in eine tiefere Krise? Oder steckte etwas anderes dahinter? Eine andere Frau vielleicht? Lynn musste heute noch einmal beide befragen, bevor sie nach Hause fuhr. Außerdem berichtete Regina, dass Hanna Bohm und Ellinor Lindner eine Freundschaft miteinander pflegten. Sie sahen sich mindestens einmal pro Woche. Und beide Paare trafen sich regelmäßig zum Tennisspielen.

Als Lynn von ihren Gesprächen mit Peer Lindner berichtete, wurde die große Diskrepanz zwischen den Aussagen von Peer und Ellinor sichtbar, wie bei Hanna und Gerald Bohm auch. Ralf Luber stimmte zu, dass Lynn heute Nachmittag Peer Lindner und Gerald Bohm damit konfrontieren sollte.

»Ich breite doch nicht meine Privatangelegenheiten vor Ihnen aus!«, polterte Bohm los, als sie ihn auf den Unterschied seiner Darstellung zu der seiner Frau aufmerksam machte. »Und wen ich treffe, das geht Sie auch nix an.«

War er wirklich so blind und seine Ehe steuerte auf ein Ende zu?

Peer Lindner dagegen erzählte dasselbe wie am frühen Nachmittag. Seine Frau würde sich schon wieder beruhigen.

Dorothea Kastner, die Sekretärin von Lindner, kam herein, um ihr etwas zu trinken anzubieten. Lynn fühlte sich so langsam heimisch in Peers Büro. Die entstandene Pause nutzte sie, um das Thema zu wechseln.

»Ich habe noch eine Frage zur Sicherheit der Software auf dem Datenrechner.«

Ihr war auf dem Weg zu XFU ein Bericht eingefallen, der vom

unbefugten Mitlesen des Datenstroms von einem Rechner zum anderen handelte. Dies konnte passieren, wenn ein Datendieb die Verbindung zwischen zwei Rechnern hackte und bei der Übertragung von Software den Datenstrom mitlas und aufzeichnete.

»Wäre es möglich, dass jemand beim Transport der Software von einem Rechner zum Datenrechner mitliest und so an die neue Version Ihrer Software gelangt?«

Peer Lindner hatte sich in seinem Stuhl zurückgelehnt, die Unterarme auf dem Tisch abgelegt, sah ihr direkt in die Augen und sagte – nichts. Zwei Minuten lang. Was ging jetzt in seinem Kopf vor? Lynn spürte es förmlich arbeiten. Würde die Situation für sie gefährlich werden?

Dann nahm er sein Smartphone vom Tisch auf und wählte, wobei er ihr unvermindert weiter in die Augen blickte. Lynn konnte sein Verhalten nicht deuten. Rief er jemanden, der die dreckigen Jobs für ihn erledigte? Wo würde man sie finden? Im Parkhaus? Im Neckar?

Nach einer gefühlten Ewigkeit hob jemand ab.

»Kommst du mal kurz hoch? Und bring Eugen mit. Ja, es ist wichtig. Dauert nicht lange.«

Er konnte ja auch nebensatzlos. Das machte ihn irgendwie sympathischer. Das Telefon legte er wieder ab, ohne den Blick abzuwenden.

»Sie geben ja doch keine Ruhe«, sagte er schließlich und entspannte sich. »Bei der Datenübertragung gibt es verschiedene Sicherheitsmechanismen. Bei einem davon wird zwischen zwei Rechnern ein sogenanntes Privates Netzwerk aufgebaut. Diese Verbindung ist damit für alle anderen Teilnehmer im Internet unsichtbar. Deswegen bezeichnet man sie auch als Tunnel. Die technische Abkürzung dafür lautet VPN. Steht für Virtual Private Network. Diese Verbindung kann man nur theoretisch hacken.«

Pause.

»Wieso?«

»Weil dieses Private Netzwerk nur für die Dauer der Verbindung von einem Rechner zum anderen aufgebaut wird. Außerdem sind die übertragenen Daten verschlüsselt. Danach wird es wieder beendet. Und durch die Kürze seiner Lebensdauer ist dieses VPN praktisch nicht angreifbar, wie Sie wissen.«

Lynn wusste es nicht.

Noch bevor sie eine Frage stellen konnte, öffnete sich die Tür und zwei Männer traten ein. Der eine war stämmig und schon etwas licht. Er hatte volle Gesichtszüge und unablässig umherwandernde Augen. Der andere war hager und lang. Sein Gesicht machte diesen Trend mit. Die Kleidung wirkte am schlaksigen Körper zu groß. Peer stellte sie vor.

»Das sind Eugen Markwort und Steffen Ehrhardt. Zwei Studienkollegen von mir. Beide sind Datenspezialisten und kennen sich mit IT-Sicherheit aus. Ich habe sie vor drei Jahren eingestellt, nachdem der Datendiebstahl bekannt geworden war.«

Lynn blickte gespannt von einem zum anderen. Peer fuhr fort.

»Sie haben sich damals einen Plan überlegt, um den Verlust unseres geistigen Eigentums unmöglich zu machen, und gleichzeitig nach dem Datendieb zu forschen. Folgendes haben sie umgesetzt: alles neu Entwickelte wird auf einem neuen Datenspeicher gesichert. Der alte wird nur betrieben, um den Dieb in die Irre zu führen und zu erwischen.«

Er dachte nach, was Lynn zu einer Frage nutzte.

»Und was speichern Sie dann auf dem alten Rechner?«

Lindner machte eine Handbewegung nach außen als Zeichen für Eugen und Steffen.

»Bitte ohne technische Details.«

Der Hagere fing an.

»Eugen hat den neuen Rechner eingerichtet. Er ist nur uns dreien bekannt. Hier werden alle neuen Softwareversionen und

Entwicklungsergebnisse gespeichert und von Eugen überwacht.«

Seine Sprache war klar und sein Blick wacher, als Lynn es erwartet hatte. Man soll nicht vom Äußeren auf die Person schließen, dachte sie. Der Hagere fuhr fort.

»Ich selbst nehme die alte Version und stelle den Code um, so dass ein fremder Entwickler sie nicht gleich als alte Version erkennt. Sobald sie installiert und eingerichtet ist, wird dem Dieb natürlich klar, dass er die falsche hat. Dann speichere ich diese veränderte alte Version unter dem Namen der neuen Version und speichere sie auf dem alten Datenspeicher. Für unseren Datendieb sieht sie dann wie die neue Version aus und er kopiert sie sich, um sie an die Konkurrenz zu verkaufen. Das fliegt natürlich gleich auf, weil diese Version alt und damit wertlos ist.«

»Sie wollen den Datendieb überführen, sobald er sich am alten Datenrechner anmeldet und anfängt zu kopieren?«, hakte Lynn nach.

»So war der Plan«, warf Lindner ein. »Wir wollten den Zugriff zurückverfolgen und den Datendieb damit auffliegen lassen.«

»Hat das funktioniert?«

Lindner bat Eugen weiter auszuführen.

»Jein«, sagte der. »Seit der Bekanntgabe, dass es eine neue Version gibt, stellen wir wieder Zugriffe auf den alten Datenspeicher mit Ursula Drostes Anmeldedaten fest. Wir konnten mithilfe Ihrer Kollegen aus der Wirtschaftskriminalität ermitteln, dass der Zugriff mit der gleichen mobilen Telefonkarte hergestellt wurde wie vor drei Jahren. Dies erfolgte über mobiles Internet mittels dieser Telefonkarte, die auf einen Namen eingerichtet ist, den es nicht gibt.«

»Sie wissen also nicht, wer es war?«

»Leider nein. Wir vermuten, der Dieb ist noch hier. Und wir hoffen, dass er sich innerhalb des Firmennetzwerks auf die Suche nach der neuen Version begibt und sich dadurch verrät.«

Lynn überlegte, wie sie es am besten für sich zusammenfassen konnte.

»Kann man das folgendermaßen sagen? Sie speichern die neue Version auf einem Datenspeicher, den keiner kennt. Auf dem alten Datenrechner stellen Sie dem Dieb nur Unsinn zur Verfügung und hoffen, dass er sich beim Klau verrät. Richtig?«

»Genau so kann man es ausdrücken«, sagte Peer und bedankte sich bei Eugen und Steffen, die den Raum verließen.

Leise sagte Lynn: »Sie wissen, dass dadurch eventuell drei Menschen ums Leben gekommen sind.«

»Das würde ich nicht sagen. Der Dieb wäre auch bei anderer Gelegenheit über Leichen gegangen. Wenn es wirklich zusammenhängt, dann kann man ja nicht ahnen, dass sich jemand dermaßen radikalisiert. Mir graust nur bei dem Gedanken, dass es einer von uns gewesen sein könnte.«

Diese Bürde konnte ihm keiner abnehmen.

»Rechnet sich der ganze Aufwand?«

»Wenn unser erarbeitetes Wissen bei den Konkurrenten auftaucht, dann ist das noch viel teurer. Unser Vorteil ist dann weg. Denken Sie wirklich, dass die Morde damit zu tun haben?«

»Was ich denke, spielt überhaupt keine Rolle. Ich ermittle.« Alles, was sie hierzu sagen könnte, wäre nur Spekulation.

Aber ihr fiel noch eine weitere Frage ein. »Wenn sich der eine Rechner beim anderen meldet, woher weiß der andere Rechner dann, ob es der Richtige ist?«

Lindner grinste. »Sie wollen es aber genau wissen. Dafür habe ich nur leider keine Zeit mehr.«

Er ging zum Regal und zog ein broschiertes Heft heraus.

»Dieser Sicherheitsmechanismus wurde von einem unserer Studenten in dieser wissenschaftlichen Arbeit beschrieben. Das letzte Kapitel ist eine einfache Zusammenfassung samt Erzählung zur geschichtlichen Entstehung des Sicherheitsmechanismus. Geben Sie mir die Arbeit doch morgen wieder zurück. Ich befürchte, Sie werden sich nicht davon abhalten lassen, uns zu besuchen.«

Lynn musste wider Willen lachen. Sie nahm die Arbeit und verabschiedete sich. Das würde ein interessanter Abend werden.

Es war nach achtzehn Uhr, als Lynn sich auf den Weg nach Mannheim machte. Zu Hause ging sie zum Essen in die nahegelegene Zentrale, eine Gaststätte an der Kunststraße. Sie war sehr urig eingerichtet und Lynn war gerne hier. Nach einem kurzen, einfachen Abendessen machte sie es sich auf der Couch gemütlich und ging die wissenschaftliche Arbeit durch.

Sie bestand auf den ersten hundert Seiten aus Fachausdrücken, technischen Beschreibungen und Diagrammen, womit Lynn recht wenig anfangen konnte.

Also blätterte sie sich bis zur Zusammenfassung durch und fing an zu lesen.

Zusammenfassung:
Dies ist die Entstehungsgeschichte der sicheren Nachrichtenverbindung zwischen zwei weit voneinander entfernten Parteien. Nach der Geschichte wird ihre Anwendung in der Internetsicherheit in einer Kurzzusammenfassung erklärt.

Vorbemerkungen

Folgende Personen und Ereignisse hat es wirklich gegeben:
Völkerschlacht bei Leipzig vom 16.10. bis 19.10.1813

Auf Seite der alliierten Truppen: Feldmarschall von Schwarzenberg; General Blücher; Rittmeister Széchenyi (gesprochen: Setschenie); Bernadotte; Yorck; Giulay; Langeron

Auf Seite der französischen Truppen: Napoleon Bonaparte; Marschall Marmont; Marschall Ney; Marschall Bertrand

Folgende Personen und Ereignisse sind spekulativ: Die Hündin Gaia, eine Bracke (Jagdhund, Ausdauerläufer); die Dialoge, die in der Geschichte beschrieben werden

Es gibt zwei Versionen der Geschichte, wie während der Völkerschlacht bei Leipzig eine sichere Nachricht zwischen weit voneinander entfernten Parteien übermittelt werden konnte:

1. Széchenyi legte den Ritt über etwa fünfundachtzig Kilometer in neun Stunden zurück. Das ist bei Distanzritten zwar durchaus möglich, war in der Völkerschlacht aus folgenden Gründen nicht machbar: Széchenyi ritt in der

Nacht, Straßenlaternen gab es damals keine über Land; es streunten Deserteure und marodierende Soldaten durch das Gelände, denen Széchenyi immer wieder ausweichen musste; in der Nacht zuvor hatte es einen Sturm gegeben, bei dem Bäume entwurzelten und der Boden aufgeweicht worden war. General Blüchers Heer war nicht an der Stelle, wo er es vermutet hatte, er musste nach ihm suchen. Das Heer von Bernadotte mit seinen Schweden musste er nördlich suchen und Bernadotte benötigte mehrere Stunden, um zu einer Entscheidung zu kommen und auf die Nachricht eine Antwort zu verfassen (Széchenyi saß so lange im Lager Bernadottes fest).

2. Ich folge vielmehr einigen Büchern und Dokumentationen, denen zufolge der Ritt am 16.10.1813 um 21 Uhr im Hauptquartier Schwarzenbergs begann und am 18.10.1813 um 3 Uhr morgens ebendort endete, also 30 Stunden dauerte. Genaue Aufzeichnungen über die Route Széchenyis sind nicht erhalten. Zudem hat sich der junge Rittmeister auch in späteren Jahren kaum über die beiden Nächte geäußert. Ich gehe daher davon aus, dass es eine sehr heftige, beängstigende Erfahrung gewesen sein muss, in unbekanntem Gebiet nachts seinen Weg zu suchen, in dem es vorher drei Wochen lang geregnet hatte und deshalb alle Flüsse, Bäche und Gräben bis zum Rand gefüllt waren, Bäume entwurzelt waren, er über Schlachtfelder mit tausenden von Toten reiten musste, bedroht von Wegelagerern, desertierenden und marodierenden Soldaten, ohne zu wissen, ob sich die Truppenlager auch wirklich an der gemeldeten Stelle befinden würden. In dieser Zeit war es für einen Soldaten auch nicht möglich, sich jemandem anzuvertrauen und seine Erlebnisse und Ängste mitzuteilen. Daher habe ich die Richtung des Rittes anhand des kürzesten Weges und der Karten über die Truppenstellungen erschlossen, da es bis heute keine gesicherten Erkenntnisse gibt, welchen Weg Széchenyi tatsächlich geritten ist.

Meiner Meinung nach konnte Széchenyi den Ritt nicht ohne fremde Hilfe schaffen. Eine zweite Person kam nicht infrage, da der Plan des Feldmarschalls von Schwarzenberg aufgeflogen wäre, wenn einer von beiden in feindliche Hände gefallen wäre.

Für mich bleibt daher nur einer der Hunde als Begleiter übrig, die damals als Maskottchen mit den Heeren mitgeführt wurden.

Viel Spaß bei der Geschichte!

p. s.: zum besseren Verständnisbiete ich eine Karte zum Download oder auch nur zum Anschauen an, die den Ritt Széchenyis von Rötha über Blüchers Quartier bis zum Truppenlager Bernadottes und zurück zeigt: https://steven-braidford.de

Schwarzenbergs List und der Ritt des Széchenyi

Die Erfindung des sicheren Datenaustauschs

16. Oktober 1813, nachmittags.

Napoleon Bonaparte war sich sicher, dass er die Schlacht gewinnen würde, die später als Völkerschlacht bei Leipzig in die Geschichte eingehen würde.

Im Süden hatte er Feldmarschall Schwarzenberg zurückgedrängt, musste aber einen Teil seiner Kanonen dem Feind überlassen. Er wartete auf die Verstärkung von Marschall Ney, den er jeden Moment mit seinen Soldaten erwartete. Dann kam der Bote mit der Nachricht, die die schlimmsten Erwartungen übertraf.

General Blücher hatte Marschall Marmonts Heer im Norden Leipzigs vollständig aufgerieben. Ney war ihm mit seiner Truppe zu Hilfe geeilt und hatte die Hälfte seiner Männer verloren. Es wurde bald dunkel und Ney saß im Norden Leipzigs fest.

Abends fasste Napoleon Bonaparte neuen Mut und sein Feldherrengeist erwachte wieder. Er würde einen Teil seiner Soldaten zur Verstärkung gegen das restliche Heer von Blücher schicken. Das konnte er sich leisten, da Schwarzenberg nicht in der Lage sein würde, seine weit um Leipzig verstreuten Truppen zu koordinieren.

Doch Napoleon Bonaparte irrte sich.

Feldmarschall von Schwarzenberg hatte sich längst eine List überlegt, wie er die Truppen zu einem gewaltigen Schlag der Alliierten gegen Napoleon Bonaparte durch eine sichere Nachrichtenübermittlung koordinieren konnte. Ein Bote sollte die Nachricht mit dem Angriffsplan zu Blücher im Norden Leipzigs bringen.

Derselbe Bote sollte die Empfangsbestätigung Blüchers zurück zu Schwarzenberg im Süden Leipzigs bringen.

Als Bestätigung, dass die Empfangsbestätigung angekommen war, würde mit Hilfe der durch die Engländer neu entwickelten Raketentechnologie ein abschließendes Signal einer bestimmten Abfolge von Signalraketen in den Himmel geschossen werden und die Schlacht konnte beginnen.

So weit so gut.

Der zweiundzwanzigjährige Rittmeister Széchenyi meldete sich freiwillig für diesen Auftrag. Er sollte die Nachricht zu Blücher bringen, vorbei an lagernden Heeren, über Schlachtfelder mit Tausenden von toten Soldaten, über von Regen aufgeweichtem Boden, vorbei an entwurzelten Bäumen, bedroht durch marodierende und plündernde Soldaten. Széchenyi war sich der Gefährlichkeit des Auftrags bewusst. Alles hing jetzt von ihm ab. Den Plan mit den Ortsnamen hatte er sich eingeprägt. Seine Route hatte er mit den Offizieren abgestimmt, die durch die von Boten überbrachten Nachrichten die Standorte der Heere wussten. Von Rötha sollte er zuerst an Güldengossa südlich vorbeireiten und dann Markkleeberg passieren, ganz dicht hinter den alliierten Heerlagern vorbei. Hinter Markkleeberg gab es nur einen befestigten Pfad Richtung Oetzsch. Dabei musste er die Pleiße überqueren, die er nicht durchreiten konnte, da selbst die kleinen Nebenflüsse und Bäche durch den wochenlangen Regen stark angeschwollen waren.

Über die Pleiße führte an dieser Stelle ein mehr oder weniger kleiner Steg, den die Franzosen beim Marsch auf Leipzig nicht abgerissen hatten. Danach wäre er auch schon an den lagernden Heeren vorbei und könnte sich über Gautzsch und Lauer nach Groß Zschocher durchschlagen, wobei er drei weitere kleine Nebenflüsse und die Elster überqueren musste. In Markkleeberg waren wohl noch einige wenige Einwohner geblieben.

Alle übrigen Orte bis Groß Zschocher waren menschenleer. Die Bewohner hatten sich nach Leipzig oder zu weiter weg wohnenden Verwandten in Sicherheit gebracht. In dieser dünn besiedelten

Gegend war also Vorsicht geboten. Menschen, die Széchenyi hier antreffen würde, hatten nichts Gutes im Sinn oder waren verzweifelt, was auf dasselbe herauslaufen würde. Nach Groß Zschocher würde er den Weg Richtung Norden an der Elster entlang verlassen müssen und die Truppen, egal ob französische oder alliierte, in weitem Bogen umreiten, und zwar über Schönau, Böhlitz, Quasnitz und Hähnichen, wo er laut Boten vom Nachmittag Blücher mit seinen Truppen antreffen sollte. Zwischen Böhlitz und Hähnichen sollte er noch einmal die Luppe und dann die Elster überqueren. Die gleichen Boten hatten die Nachricht überbracht, dass die Brücken dort gehalten werden konnten. Dort sollte Széchenyi Blücher die Nachricht mit dem Angriffsplan übergeben und auf dem schnellsten Weg zu Schwarzenberg ins Hauptquartier in Rötha zurückreiten.

Es war jetzt der 16. Oktober 1813 gegen einundzwanzig Uhr. Der Angriffsplan lautete, dass alle alliierten Truppen am 18. Oktober 1813 um sieben Uhr morgens gleichzeitig losschlagen sollten. Blücher würde also noch Zeit benötigen, um die alliierten Heere im Norden Leipzigs zu instruieren. So weit der Plan.

Széchenyi stieg um kurz nach einundzwanzig Uhr auf sein Pferd und ritt los. Aber nicht ohne Begleitung.

Am Nachmittag waren bei Liebertwolkwitz zusammen mit Kanonen und Schießpulver auch einige Bracken den Alliierten in die Hände gefallen, die aus einer nordbadischen Züchtung stammten. Bracken waren ausgezeichnete Jagdhunde und sehr ausdauernd. Eine der Bracken, eine Hündin namens Gaia, war ein Tier mit besonderem Spürsinn und sehr intelligent. Sie hatte sich bei der Erbeutung losgerissen und war davongerannt, blieb aber immer in der Nähe zu den anderen Hunden. Dabei entging sie allen Versuchen, sie wieder einzufangen. Die Stimmung im Hauptquartier war zum Zerreißen gespannt und Gaia spürte, dass etwas Besonderes geschehen würde. Sie sah Széchenyi auf sein Pferd steigen und losreiten. Der Instinkt sagte ihr, dass sie ihm folgen musste. Széchenyi hatte die Distanz zu Blüchers Heerlager auf etwa dreißig Kilometer geschätzt und überlegte sich einen Plan, das Pferd abwechselnd im Trab, Galopp und Schritt zu reiten, damit es ihm nicht zusammenbrach oder sich verletzte. Er wusste nicht, wann er wieder das Pferd wechseln konnte. Allerdings hatte Széchenyi die Distanz unterschätzt, weil er zu wenige Informationen zum Standort der Truppen im Norden hatte. Er vermutete Blüchers Armee im Nordwesten Leipzigs. Am Ende würden es mehr als achtzig Kilometer hin und zurück gewesen sein.

Als Széchenyi nach einundzwanzig Uhr losritt, hatte die Nacht nur schwere Feuchtigkeit für ihn übrig. Der Himmel war wolkenverhangen, was eine Orientierung an den Sternen unmöglich machte. Also würde er die Wachfeuer der lagernden Heere zum Navigieren benutzen müssen.

Széchenyi war sich der Wichtigkeit und Brisanz seines Auftrags vollkommen bewusst. Die Koordination der Truppen konnte nur gelingen, wenn alle den gleichen Nachrichtenstand hatten. Und der Befehl musste geheim bleiben. Der Feind durfte ihn auf keinen Fall in die Hände bekommen. Die aktuelle Lage war durch die Kämpfe am Tag unübersichtlich, weil bis in die nahende Dunkelheit hinein gekämpft worden war. Ein berittener Bote würde erst einmal aufgehalten werden.

Dabei spielte es keine Rolle, ob er französischen oder alliierten Soldaten in die Hände fallen würde. Er würde festgesetzt werden und seinen Auftrag nicht ausführen können. Und es gab noch eine andere Art von Soldaten in dieser Schlacht, die ihm gefährlich werden konnte. Wie in jedem Krieg. Nämlich die, die nur ihren eigenen Vorteil im Sinn hatten. Soldaten, die jetzt unterwegs waren, konnten zwar Spähtrupps sein. Vielmehr musste man sie den Plünderern zuordnen, die sich keine Gelegenheit entgehen lassen würden, ein Pferd zur Flucht und teure Waffen zu erbeuten. Er verwarf die

Gedanken an diese Gefahren, behielt sie aber als Ermahnung im Hinterkopf.

Széchenyi musste sich auf das von Regen und Sturm schwere Gelände und auf umgestürzte Bäume konzentrieren. Als er am letzten Posten vorbei in die ungemütliche Nacht hineinritt, nahm er einen Schatten rechts hinter sich in einigen Metern Entfernung wahr, der ihm folgte. War das nur eine Täuschung? Oder folgte ihm wirklich die Bracke, die schon den ganzen Nachmittag um das Quartier herumgeschlichen war?

Jedenfalls beunruhigte das sein an Hunde gewöhntes Pferd nicht. Es trabte leicht in die Nacht hinaus. Auch ohne die störende Beleuchtung des Lagers bot ihm der Himmel keinerlei Orientierung. Dazu war er zu wolkenverhangen. Sterne waren nicht zu sehen. Zudem würde der Boden ein Problem machen, wenn er von der Straße weg ausweichen musste.

Széchenyis Augen gewöhnten sich langsam an die Nacht. Zu Beginn hatte er nur die Wachfeuer als Orientierungspunkte wahrgenommen, auf die er nach Norden Richtung Güldengossa zuritt. Vor dem kleinen Ort würde er nach links, also nach Westen schwenken, um die Heere um Leipzig in dieser Richtung zu umreiten. Doch allmählich konnte er gegen den Schein der weit entfernten Lagerfeuer auch die Umrisse von Gebäuden, Wagen und Menschen erkennen. Unwirklich und wie auf einem Ölgemälde hoben sie sich als Schatten von der dunstigen Umgebung ab. Von Zeit zu Zeit glaubte er, ein Hecheln zu hören, und nahm an, dass es die ihn verfolgende Hündin war. Was brachte sie dazu, ihm zu folgen? War es Instinkt? Eine Laune? Oder nur der Wunsch, sich in der Nähe eines Menschen aufzuhalten?

Der Widerschein der Wachfeuer wurde immer wieder durch Baumgruppen unterbrochen. Es war niemand außer ihm selbst unterwegs. Durch seine geschärften Sinne nahm er dabei den Hufschlag seines Pferdes als unnatürlich laut wahr. So kam er eine

Stunde gut voran, bis er die Feuer zum Greifen nah vor sich hatte.

Laut Plan, den er sich eingeprägt hatte, lag Güldengossa jetzt rechts vor ihm und der Weg würde nach links, also nach Westen abbiegen. Und tatsächlich machte die Straße eine Biegung nach links und Széchenyi ritt jetzt Richtung Westen und behielt dabei die Wachfeuer der Alliierten rechts von sich. So nah er auch war, war er dennoch allein auf dem Weg. Kurz hinter Wachau passierte er den letzten Außenposten, der jetzt schon etwas weiter nach Norden gelagert war.

Von nun an sah er rechts von sich zusätzlich die leicht erhellte Silhouette von Leipzig. Er war also auf dem richtigen Weg. Er vermutete, dass er langsam in die Nähe von Markkleeberg kam, konnte aber keine Lichter vor sich ausmachen. Es war also auch von seinen Bewohnern verlassen worden. Plötzlich vernahm er Rufe in einiger Entfernung vor sich. Széchenyi zügelte sein Pferd und legte ihm eine Hand auf den Hals als Zeichen, sich absolut ruhig zu verhalten. Er versuchte die Nacht mit den Augen zu durchdringen.

In fünfzig Metern Entfernung war eine Gruppe Menschen zu erahnen. Sie hoben sich kaum im schwachen Widerschein der Wachfeuer hinter sich und von Leipzig rechts von sich von der Umgebung ab. Kämpften sie? Dafür reichte der Lärm nicht aus. Sie schienen vielmehr einen Wagen aufrichten zu wollen. Die Pleiße Überquerung musste ganz in der Nähe sein. Während er sich auf das Geschehen vor ihm konzentrierte, hatte er die Beobachtung der Umgebung vernachlässigt. Das rächte sich nun.

Hinter ihm erhob sich ein dumpfes, leises, aber gut wahrnehmbares Grollen. Die Hündin? Er hatte sich also nicht getäuscht. Sie war ihm gefolgt und in zehn Metern Abstand hinter dem Pferd stehen geblieben. Rechts vor ihm erhoben sich im Widerschein der weit entfernten Feuer auf einmal zwei Menschen. Oder waren es drei? Das Grollen verstummte und er hörte noch die Schritte eines auf dem Weg davonsprintenden Hundes. Na wunderbar. Erst war sie ihm gefolgt und jetzt machte sie sich aus dem Staub. Auf einmal erschienen wie aus dem Nichts zwei Männer links neben seinem Pferd. Einer ergriff die Zügel. Széchenyis Herz klopfte wild. Der Rückzug war abgeschnitten. Er konnte nur hoffen, dass er und sein Pferd unverletzt blieben, wenn er es durch die Gruppe trieb. Hatten die Soldaten vor ihm mit Gewehren auf ihn angelegt? Es sah so aus. Vielleicht waren es Marodeure, die ihre Position nicht durch Schüsse verraten wollen würden.

»He, Bürschlein!«, rief eine kehlige Stimme von links. »Du kommst gerade recht. Das Pferd und dein Geld können wir gut gebrauchen.«

Széchenyi fluchte innerlich. Anfängerfehler. Und er war darauf hereingefallen. Gestoppt nach nicht einmal zwei Stunden. Tolle Leistung! Was sollte er machen? Die Luft um ihn herum schien zum Zerreißen gespannt zu sein. Es war gut für ihn, dass diese Typen wohl noch nicht lange zusammenarbeiteten. Sonst wäre er wohl schon tot. Eine Hitzewelle überkam ihn, wie er es vor jedem Gefecht verspürte. Sein Pferd ließ sich von der Anspannung anstecken und fing leicht an zu tänzeln.

Für eine gefühlte Ewigkeit schien die ganze Gruppe unbeweglich und wie eingefroren zu sein. Dann zerriss das wütende Gebell von Gaia die Nacht. Sie hatte die drei Männer rechts vor ihm umgangen und war dabei unbemerkt geblieben. Jetzt stürzte sie sich von hinten mit lautem, grollendem Getöse auf sie. Die drei fuhren herum. Der Mann am Pferd behielt die Zügel weiterhin fest im Griff. Das war sein Fehler.

Das Pferd machte vor Schreck einen Satz in dessen Richtung. Széchenyi gelang es, im Sattel zu bleiben. Er trieb es an und vernahm einen Schmerzensschrei unter sich. Der Fremde hatte das Gleichgewicht verloren und wurde von seinem Pferd überrannt. Széchenyi lenkte es nach links ins Feld hinein und war augenblicklich in schwerem Gelände. Er spürte, wie das Pferd leicht einsackte. Dennoch hielt es ganz gut die Geschwindigkeit, als er es vorwärtstrieb. Gaias Angriffe auf die Männer dauerten an. Das wütende Gebell hielt sie alle auf Abstand. Széchenyi hatte keine Ahnung, ob sie standen, auf ihn zuliefen oder ob jemand seine Waffe auf ihn anlegte. Aber auf Gaia war Verlass. Sie war nun auf dem Feld rechts vom Weg davongestürmt und hatte sich dieser Gruppe ebenfalls genähert.

»Haltet ihn auf!«, hörte Széchenyi die Männer rufen.

In diesem Moment ertönte hinter der Straßensperre wieder Gaias wütendes Gebell. Ein Schuss fiel. Das Gebell verstummte. Er wusste nicht, ob Gaia getroffen worden war. Aber er musste weiter und trieb sein Pferd hinter der Straßensperre wieder auf die befestigte Straße. In diesem Moment bellte Gaia erneut grollend los.

»Nicht schießen! Du verrätst unsere Position«, rief eine wütende Männerstimme.

Kurze Zeit später war Széchenyi auch schon durch Markkleeberg hindurchgeritten und befand sich auf der Brücke über die Pleiße. Und kurz danach im Wald auf der anderen Seite des Flusses. Das war noch mal gut gegangen. Gaia hatte ihn mit ihren Scheinangriffen gerettet. Das Pferd mochte den Weg durch den Wald nicht. Unwillig zog es am Zügel und warf den Kopf hoch. Er tätschelte es am Hals, um es zu beruhigen, und als Dank für seine gute Reaktion. Bald darauf führte die Straße aus dem Wald heraus und er bemerkte die dunklen Schemen einiger Häuser vor sich. Das musste Oetzsch sein.

Da man hier die Wachfeuer und den Schein der Stadt Leipzig nicht sehen konnte, musste in einem oder mehreren der Häuser ein Feuer brennen und das schwache Umgebungslicht überlagern. Diesmal wollte er kein Risiko eingehen, trieb sein Pferd nach rechts ins Feld und umritt Oetzsch in nördlicher Richtung. Das Pferd mochte auch diesen Untergrund nicht, fügte sich aber. Als er den Lichtschein nur noch links hinter sich erblickte, lenkte er es zurück auf die Straße nach Gautzsch. Als er anhielt und abstieg, um sein Pferd ein wenig verschnaufen zu lassen und ihm eine Handvoll Hafer zu geben, näherte sich wieder das Hecheln. Gaia war anscheinend unverletzt geblieben und hatte wieder zu ihnen aufgeschlossen. Den Geräuschen nach hatte sie sich keine zwei Meter von ihnen entfernt auf den Boden gelegt. Es befand sich also niemand mehr in der Nähe.

Nach ein paar Minuten saß er wieder auf und sie setzten den Weg fort. Kurze Zeit später erreichten sie Gautzsch. Széchenyi bemerkte es erst, als er mitten im Ort stand und beim Blick zurück die Silhouetten der Häuser von Oetzsch erkannte. Da es beim Ritt durch das Dorf keinen Widerhall der Huftritte gab, nahm er an, dass es nur noch aus Ruinen bestand. Hinter Gautzsch wandte er sich weiter Richtung Lauer im Westen. Den richtigen Weg, den er hier nehmen musste, konnte er nicht verfehlen.

Es war laut Boten der schlechteste der fünf von Gautzsch wegführenden Straßen. Die Boten, die den ganzen Tag mit Berichten von den Truppen kamen, hatten erzählt, dass die Franzosen alle Brücken, die in der Nähe von Leipzig über die Flüsse gingen, abgebaut hatten, um den Alliierten den Weg nach Leipzig zu versperren oder zumindest zu erschweren. Die Boten hatten auf den Karten die Brücken markiert, die sie noch vorgefunden hatten.

Széchenyi musste demnach weiter auf Lauer zureiten, um die beiden Nebenflüsse der Pleiße zu überqueren. Er wusste, dass die Pioniere der Alliierten dabei waren, die Brücken wieder aufzubauen, um den Vormarsch der Heere und den Nachschub zu sichern. Vielleicht war ja die eine oder andere Brücke im Chaos des ersten Tages schon wieder instandgesetzt worden. Lichter von Laternen oder Wachfeuern gab es keine in der Nähe. Er musste sich also wohl oder übel auf sein Glück verlassen und hoffen, dass sein

Weg frei war.

Er konnte vor sich eine träge Masse erahnen, die sich wie Blei durch die Landschaft schlängelte. Die Wasseroberfläche gab also etwas von dem kaum wahrzunehmenden Umgebungslicht wieder. Demnach war das komplette Bachbett bis zur Oberkante mit Wasser gefüllt. Ein schwarzer, eckiger, kaum zu erahnender Umriss tauchte über der Wasseroberfläche auf. Gaia knurrte leise. Er brachte sein Pferd zum Stehen. War da nicht ein Platschen zu hören gewesen?

Er hatte sich nicht getäuscht. Schon wieder. Jemand schöpfte anscheinend Wasser mit einem Eimer aus dem Fluss, der an einer Schnur herausgezogen und immer wieder zurückgeworfen wurde. Széchenyi beschloss, den gleichen Fehler wie vorhin nicht noch einmal zu machen. Er führte sein Pferd auf den durchweichten Feldboden. Dessen Schritte wurden daher von den wenig aufmerksamen Wegelagerern, um die es sich zweifellos an der Brücke handeln musste, nicht gehört. Sie erwarteten Reisende, die sich gut hörbar über die befestigte Straße fortbewegten. Zwanzig Meter vor der Brücke blieb er stehen. Stimmengemurmel kam von der anderen Seite des Baches. Langsam stieg er wieder auf. Es gelang ihm allerdings nicht gerade geräuschlos. Das Knarren des Sattels erschien ihm unnatürlich laut. Einer der Wegelagerer schaute wohl in seine Richtung.

»Hast du das gehört?«, sagte er gedämpft zu jemandem.

Széchenyi trieb sein Pferd an. Kurz vor der Brücke wechselte er auf den Weg. Das Trommeln der Hufe auf der Holzbrücke hallte laut durch die Nacht. Die Wegelagerer brüllten etwas, das er im Lärm der Hufschläge nicht verstehen konnte. Ohne darauf zu achten, trieb er sein Pferd durch die Gruppe, die sich hinter der Brücke positioniert hatte, und war vorbei. Ein Schuss peitschte durch die Nacht. Dann war auch schon Gaia zur Stelle und ließ ihr dumpf grollendes Gebell vernehmen, was mit einem kräftigen Fluch aus einer Männerstimme beantwortet wurde.

Sie hatten sich schon einige Pferdelängen entfernt, als Széchenyi das vertraute, durch die Hufschläge unterbrochene Hecheln hinter sich vernahm. Anscheinend hatte der Schuss sie alle verfehlt. Kurze Zeit später gelangte er an den zweiten Nebenfluss. Auch hier war ein Durchwaten unmöglich. Außerdem musste er an Lauer vorbeigeritten sein, ohne es zu bemerken. Kurz vor der Brücke stoppte er sein Pferd. Er war schon viel zu dicht dran. Nach dem letzten Übergang hatte er nicht wieder auf den weichen Feldboden gewechselt. Sollten hier auch Wegelagerer sein, dann waren sie durch den Schuss und die Hufschläge gewarnt worden. So sehr Széchenyi seine Augen auch anstrengte, er konnte nichts in der pechschwarzen, alles verschluckenden Nacht erkennen. Er nahm wahr, wie Gaia an ihm vorbeilief und ohne Zögern die Brücke überquerte. Ihre Sinne hatten ihr schon längst verraten, dass sich an dieser Bachquerung niemand aufhielt.

Nach der Brücke stoppte er. Hier zweigte der Weg ab. Er konnte sich zwischen der befestigten Straße über Knauthayn oder dem wenig komfortablen Weg direkt nach Groß Zschocher entscheiden. Bei beiden war die Brücke über die Elster wohl noch intakt. Aber auf den weniger soliden Weg folgte wohl nur ein mehr oder weniger schmaler Steg, der ihn hinüberführen würde. Die befestigte Straße barg allerdings die Gefahr, dass hier Leute unterwegs waren, denen man besser nicht begegnete. Széchenyi entschied sich also für die alte, weniger gute Variante mit dem Steg. Nach kurzer Zeit führte der Weg in einen Wald hinein und es wurde noch finsterer. Sämtliches Umgebungslicht wurde verschluckt. Er überließ seinen beiden Weggefährten die Bestimmung der Richtung.

Im Wald wurde es noch einmal empfindlich kälter. Der Schrei einer Eule erschreckte ihn. Das waren aber auch schon alle Lebewesen, denen sie bis zum Steg, einer wirklich schmalen Brücke über die Elster, begegneten. Er band sein Pferd an einen Baum und testete vorsichtig die Holzbohlen auf dem Steg. Es schien stabil genug für ein Pferd zu sein. Er führte es am Zügel hinüber, um das Gewicht ein wenig zu verteilen. Auch diese Querung passierten sie unbemerkt.

Danach hielt er sich rechts auf dem Weg an Groß Zschocher vorbei und bog ab Richtung Nordwesten auf den Weg nach Schönau. In dieser Gegend fiel er nicht wirklich auf, da hier noch einige Gespanne mit Laternenbeleuchtung unterwegs waren, ausnahmslos alle weg von Leipzig. Mittlerweile war er seit mehr als drei Stunden unterwegs. Széchenyi stieg ab, gab seinem Pferd eine Handvoll Hafer und führte es eine Weile, damit es sich ausruhen konnte. Seinen Durst hatte er es schon am Steg über die Elster in Groß Zschocher stillen lassen.

Um ihn herum waren die Leute auf der Flucht. Die Wagen wurden von Ochsen oder den Besitzern selbst gezogen. Sie hatten ein paar Habseligkeiten auf ihre Wagen geworfen und versuchten sich und das wenige, das ihnen geblieben war, zu retten. Széchenyi fragte sich, wie sie es geschafft hatten, Wagen und Zugtiere vor den heranrückenden Armeen zu verstecken. Die Wälder waren wie geschaffen dafür. Andere transportierten das, was die Truppen ihnen nicht abgenommen hatten, auf dem Rücken. Ihre Gesichter waren rußverschmiert. Manche hatten Kinder dabei. Die Not war groß. Ihnen allen stand der Schrecken ins Gesicht geschrieben.

Da die Flüchtlinge zielstrebig auf der Straße nach Schönau blieben, nahm er an, dass es hier wider Erwarten keine französischen Truppen geben würde. Und so war es auch. Es brannten nur ein paar Wachfeuer, die eine unwirkliche Szene erhellten. In allen Höfen, an denen er vorbeikam, lagen Verwundete. Manche schrien vor Schmerzen. Die meisten stöhnten nur oder blickten dumpf vor sich hin. Giulay hatte Bertrands Heer anscheinend bis nach Lindenau zurückgedrängt. Also würde Széchenyi in Lindenau den Weg Richtung Leutzsch nehmen können und damit auf seinem Ritt zu

Blüchers angenommenem Standort erheblich abkürzen können.

Als er aus Schönau herausritt, sah er nach rechts in der Ferne Wachfeuer und die Silhouetten von Häusern. Das musste das an Leipzig nahe gelegene Lindenau sein. Giulay hatte mit seinem Heer ganze Arbeit geleistet. Überall rechts vom Weg gab es unregelmäßige kleine Hügel und weit weg tanzten Lichter auf und ab. Sein Pferd wurde unruhig. Gaia knurrte leise und zog sich auf die linke Seite der Straße zurück.

Es war förmlich zu spüren, wie sie ihre Nackenhaare aufstellte. Dann erkannte er, dass die Lichtpunkte sehr nahe waren und von Hügel zu Hügel wanderten. Plötzlich wurde ihm klar, was er vor sich hatte. Auf diesem Feld lagen Hunderte, wenn nicht mehr, tote Soldaten. Das waren die kleinen Erhebungen, die man überall sah. Die Lichtpunkte gehörten zu Laternen, die von Marketenderinnen getragen wurden, welche von einem Toten zum anderen gingen, ihn ausplünderten und ihm die Kleidung auszogen, um alles zu verkaufen. So wurden die Toten auch noch ihrer letzten Würde beraubt. Es würde sich nie ändern. Wie war das, wenn man sich auf diese Weise seinen Lebensunterhalt verdienen musste? Waren ihre Männer selbst Soldaten? Wie viele Kinder hatten sie?

Angewidert wandte er sich ab, stieg auf sein Pferd und ritt nach links herunter ins Feld, nach Westen, um die Straße nach Böhlitz zu erreichen. Nach diesem kleinen Ort würde er abermals die Luppe überqueren, die hier einen Knick nach Westen machte und danach die Brücke über die parallel verlaufene Elster suchen.

Als er den Weg erreicht hatte, sah er, dass die Wäldchen vor Leipzig einer offenen Ebene wichen, so dass das Licht von den Wachfeuern aus dem Heerlager Giulays von den Lichtern nahe Leipzig verstärkt wurde. Die Straße von Leipzig nach Merseburg kreuzte seinen Weg, als er fast an dem Schlachtfeld vorbei war. Rechts von ihm kam ein Ochsengespann Richtung Merseburg auf ihn zu und er querte die Straße zügig ohne anzuhalten. Er hielt kurz an und sah zurück. Ein Mann führte die Ochsen und leuchtete mit einer Laterne den Weg. Auch sonst war die Straße überfüllt.

Es ergoss sich aus Leipzig ein wahrer Strom von Familien, älteren Ehepaaren und verletzten Soldaten. Széchenyi schätzte, dass sie bis Merseburg noch fünfundzwanzig Kilometer vor sich hatten und die ganze Nacht brauchen würden, um dorthin zu gelangen. Die Soldaten waren bedauernswerte Gestalten, die sich alleine vorwärts schleppten oder von Kameraden gestützt wurden. Wer Glück hatte, fand eine Familie, die ihn auf ihrem Wagen mitfahren ließ. Aber die meisten würden Pech haben. Viele von ihnen würde man später am Wegesrand finden, die den Gewaltmarsch nach Merseburg in ihrem Zustand nicht überleben würden. Die Lazarette waren froh um jeden, den sie nicht versorgen mussten.

Er ließ die Wegkreuzung hinter sich und ritt weiter nach Norden Richtung Böhlitz. Auch dieses Dorf war menschenleer. An der Luppe gab es eine böse Überraschung. Der alte Weg nach Quasnitz über Luppe und Elster war nicht passierbar, da hier die Stege abgerissen und noch nicht erneuert worden waren.

Wohl oder übel kehrte er um und nahm den Weg westlich über Gundorf Richtung Hähnichen, dem Nachbarort von Quasnitz. Hier sollte sich seiner letzten Information zufolge Blücher befinden. Hinter Gundorf wartete das nächste Übel. Auch hier waren die Brücken über Luppe und Elster abgerissen worden, aber nur unvollständig. Die Soldaten der Alliierten hatten sie aber schon notdürftig wieder mit Holzplanken belegt. Allerdings fehlten hier die Leute, die die Brücke überwachten. Das war wirklich verwunderlich. Anscheinend ging Blücher davon aus, dass die Franzosen nicht mehr bis hierhin kommen würden.

Was würde ihn auf der anderen Seite erwarten? Wie gut hatten die Soldaten die Brücke repariert? Waren sie selbst mit ihren Gespannen darübergefahren? Es half alles nichts. Er musste versuchen, auf die andere Seite zu kommen. Also band er sein Pferd an den Resten des Brückengeländers fest und testete die Belastbarkeit des Brückenweges. Er schien ihm vertrauenswürdig und fühlte sich überraschend stabil an. Gaias ruhiges Hecheln verriet ihm, dass keine Gefahr drohte. Sein Pferd führte er vorsichtig über die Luppe hinüber. Gaia eilte schon voraus.

Als er näher an die zweite Brücke kam, die über die Elster führte, konnte er immer noch keine Wachfeuer auf der anderen Seite erkennen. Würden in Hähnichen Franzosen warten? War Blücher hier? War überhaupt jemand in dem Ort? Sein Misstrauen war unbegründet. Als er die Brücke über die Elster überquert hatte, kam er ungehindert durch Hähnichen hindurch auf die andere Seite des Ortes. Hier sollte sich laut Boten das Schlachtfeld befinden, auf dem Blücher, Yorck und Langeron gegen Marschall Marmont vorgerückt waren und ihn vollständig aufgerieben hatten. Marschall Ney war ihm zu Hilfe geeilt und hatte ebenfalls einen Großteil seiner Truppe eingebüßt, die Napoleon jetzt im Süden Leipzigs beim Kampf gegen Schwarzenbergs Soldaten fehlten. Széchenyi fand an dieser Stelle – nichts! Kein Heerlager, keine Toten oder auch nur der Hinweis auf eine Kampfhandlung waren hier zu erkennen. Aber der Kampf war laut Boten verbissen geführt worden. Die Spuren würde man nicht ignorieren können. Also musste Széchenyi weiter nach Blücher und seinen Truppen suchen.

Blüchers Vorgehen wurde in der späteren Geschichtsschreibung zunächst als überstürzt, den Feldzug gefährdend, bewertet. Sein Angriff hatte aber die Truppen von Ney gebunden, die Napoleon hätten zu Hilfe eilen sollen. Hatte die heutige Schlacht weiter westlich stattgefunden? Széchenyi beschloss es herauszufinden und wandte sich nach Nordwesten, traf hier außer Flüchtlingen von Leipzig nach Halle jedoch niemanden an. Er kehrte um und fand in Höhe von Lindenthal, wonach er suchte. Tausende von toten Soldaten lagen auf dem Acker, soweit er das im Restlicht der Dunkelheit beurteilen konnte. Der Kampf musste wirklich erbittert geführt worden sein. Das Schlachtfeld war so groß, dass er Mühe hatte, es zu umreiten. Eine Möglichkeit wäre gewesen einfach hindurchzureiten. Diesen Plan verwarf er jedoch gleich wieder. Denn obwohl das Schlachtfeld viel ungünstiger vor Leipzig gelegen war als die vorherigen, sah er die Lichtpunkte der Marketenderinnen, die die Toten plünderten, überall.

Széchenyi ritt also nordöstlich daran und danach an Wiederitzsch vorbei und konnte südlich die vielen Wachfeuer der Heerlager sehen. Waren es die Eigenen? Oder feindliche? Er wusste es nicht. Und wo war Blücher? Als er aufgebrochen war, lautete die letzte Nachricht, dass Blücher zwischen Lindenthal und Wiederitzsch gegen Marmont und Ney kämpfte. Hinter Wiederitzsch hielt er die Wachfeuer zu seiner Rechten in immer gleichem Abstand, so dass er die Lager umrundete, bis er auf die Straße nach Südosten stieß, auf der er weiterritt, bis er fand, wonach er gesucht hatte.

Bei Mockau lagerte Blücher mit seinem Heer. Nach einem Ritt von neun Stunden traf er gegen sechs Uhr morgens hier ein. Die Wachsoldaten nahmen ihn argwöhnisch in Empfang. Ein berittener Bote war ja nicht selten; aber dieser hier wollte direkt zu General Blücher vorgelassen werden. Die versiegelte Depeche mit dem Siegel von Schwarzenberg verlieh ihm auch die notwendige Autorität.

Es stellte sich heraus, dass die Wachfeuer, die Széchenyi südlich von Wiederitzsch gesehen hatte, zum Heerlager der Generäle Yorck und Langeron gehörten, also zu den alliierten Truppen zählten. Gaia blieb außerhalb des Lagers. Sie hatte keine Lust, sich wieder einfangen zu lassen.

Blücher war begeistert von der Idee, den Angriff auf die Franzosen zu koordinieren und beglückwünschte Széchenyi zu seinem Ritt.

»Det war ne janz jroße Tat, junger Mann!«, sagte er in seiner unverwechselbaren Sprache. Danach separierte er ihn allerdings von den anderen Soldaten und brachte ihn allein in einem Zelt unter, damit er sich ausruhen konnte. Die Gefahr war einfach zu groß, dass sich der Ritt und damit der Plan innerhalb der Truppe herumgesprochen hätte. Denn Napoleon hatte seine Spione und Kundschafter überall.

Der Plan Schwarzenbergs sah vor, dass am 18. Oktober 1813 um sieben Uhr morgens die alliierten Truppen, die einen Ring um Leipzig bildeten und Napoleons Truppen darin einschlossen, gleichzeitig einen Großangriff auf dessen Armeen starten sollten, damit er keine Möglichkeit hätte, Verstärkungen von einem Kampfplatz zum anderen zu entsenden. Blücher zeichnete das Dokument gegen. Anstatt Széchenyi auf direktem Weg ins Hauptquartier zu Schwarzenberg zurückzuschicken, sandte er ihn zu Bernadotte mit seinen schwedischen Soldaten, der den Befehl ebenfalls entgegennehmen sollte.

Blücher hatte am Vortag zusammen mit Yorck und Langeron gegen Marmont und Ney gekämpft und eine Nachricht an Bernadotte gesandt, sich mit seinem Heer am Kampf zu beteiligen. Doch Bernadotte reagierte nicht darauf und verharrte mit seinen Truppen im Heerlager irgendwo nördlich von Lindenthal. Es war nun Széchenyis Aufgabe, Bernadotte zu finden und ihm den Befehl auszuhändigen. Dazu musste er nach Lindenthal zurückreiten und sich von dort nordwärts wenden.

Der Morgen des 17. Oktobers 1813 graute schon, als Széchenyi kurz vor acht Uhr auf sein Pferd stieg und weiterritt. Er hielt nun die Wachfeuer links von sich und umritt so abermals die Heerlager von Yorck und Langeron, die er auf dem Weg zu Blücher für feindliche Truppen gehalten hatte. Um sich nicht erklären zu müssen, wenn er aufgehalten werden würde und um keine weitere Zeit zu verlieren, blieb er auf Abstand.

Sein Pferd hatte eine Portion Hafer und Heu gefressen und sich etwa zwei Stunden ausgeruht. Gaia war verschwunden. Die Bracke begleitete ihn nicht weiter, was er sehr bedauerte. Der Morgen wurde heller und die warm leuchtenden Feuer wurden von den tristen Umrissen eines Armeelagers in der Ferne abgelöst. Kurz hinter Wiederitzsch gab es eine Überraschung. Er vernahm das vertraute Hecheln eines Hundes. Gaia hatte ihn gefunden und folgte ihm wieder.

Von Lindenthal nahm Széchenyi die Straße nach Nordwesten, die Richtung Zwochau führte. Kurz hinter Lindenthal sah er nur noch wenige Tote auf den Feldern links der Straße. Danach waren nur noch vereinzelte Bauern, Handwerker und Flüchtlinge aus Leipzig unterwegs. Auf freiem Feld bei Radefeld fand Széchenyi schließlich, wonach er suchte. Bernadotte lagerte dort mit seinem Heer. Széchenyi wurde jedoch nicht wie bei Blücher sofort vorgelassen, sondern Bernadotte erhielt die Mitteilung, dass ein berittener Bote mit Nachricht von Schwarzenberg eingetroffen sei.

Gegen dreizehn Uhr erlaubte man Széchenyi den Befehl persönlich zu überreichen. Daraufhin wurde er mit dem Hinweis entlassen, dass der schwedische Heerführer die Note überprüfen und eine Antwort verfassen würde. Damit begann ein zähes Ringen zwischen Bernadotte und seinen Beratern. Es war schon nach drei Uhr nachmittags, als er sich entschloss, den Angriffsplan zu akzeptieren und am nächsten Morgen seine Truppen in Bewegung zu setzen. Für das Verfassen seiner Antwort an Schwarzenberg benötigte er noch einmal mehr Zeit, so dass Széchenyi erst nach siebzehn Uhr aufbrechen konnte.

Mittlerweile wusste er, was er alles auf dem Ritt zu erwarten hatte. Und ihm war klar, dass auf dem Rückweg nichts schiefgehen und nicht allzu viel Zeit verloren gehen durfte, wenn er vor fünf Uhr morgens im Hauptquartier ankommen wollte. Er änderte also seine Route, auf der er näher als gestern hinter der Front vorbeireiten wollte, da der Weg von Bernadotte zurück zu Schwarzenberg länger war als der Hinweg zu Blücher bei Mockau.

Mit einem frischen Pferd trat er den Ritt nach Süden an. Das Raketensignal, das alle Verbündeten darüber informieren würde, dass die Antwort auf die Nachricht wohlbehalten im Hauptquartier angekommen war und der Angriff wie geplant starten konnte, musste unbedingt rechtzeitig gesetzt werden können. Wenn er aufgehalten werden würde, dann wäre alles verloren.

Die französischen Truppen waren sehr nahe an Leipzig zurückgedrängt worden oder hatten sich dorthin zurückgezogen. Die Kampfhandlungen hatten an diesem 17. Oktober 1813 weitgehend geruht. Was Széchenyi nicht wusste, war, dass heute lediglich Blücher im Norden Leipzigs Gohlis und Eutritzsch erobert hatte und damit noch näher an Leipzig herangerückt war.

Széchenyi umrundete dieses Mal nicht die Heerlager, sondern ritt zwischen denen von Yorck und Langeron hindurch, ohne aufgehalten zu werden. Das Glück war doch manchmal ein Freund. Gaia schloss wieder zu ihm auf.

In Gohlis traf er daher wider Erwarten noch einmal auf Blüchers Lager, der mit seiner Armee durch die Kämpfe am heutigen Tag hierher aufgerückt war. Hier wies man ihn an, auf keinen Fall den Weg am Halleschen Tor vorbei zu nehmen. Die Franzosen kontrollierten dort jeden, der vorbeikam. Stattdessen sollte er westlich von Gohlis die Brücke in Möckern nehmen, die die Alliierten wieder passierbar gemacht hatten. Danach sollte er Leutzsch durchqueren und direkt hinter der Frontlinie bei Lindenau auf freiem Feld Giulays Heer umreiten.

Für den weiteren Weg nach Süden konnte er dann bei Klein Zschocher entweder an der Elster entlang weiterreiten oder die Brücke nach Schleussig nehmen und das etwas unzugängliche Waldgebiet über den Pfad nach Connewitz durchreiten und dabei die Nebenflüsse der Pleiße überqueren. Bei Connewitz sollte er dann direkt nach Süden über Lössnig, Dölitz, Markkleeberg, Crostewitz und Gröbern nach Rötha reiten. Nach letzten

Meldungen konnten bei Connewitz, Lössnig und Dölitz noch französische Soldaten nahe der Straße lagern. Nur im Notfall sollte er die Route vom gestrigen Abend wählen.

Man wünschte Széchenyi viel Glück und er verließ Blüchers Lager Richtung Möckern. Als er die Brücke bei Möckern überquert hatte, musste er feststellen, dass die Angaben von Blüchers Soldaten ungenau gewesen waren. Er konnte nicht auf direktem Weg über die Luppe nach Leutzsch reiten, weil der Weg unpassierbar geworden war. Vielmehr musste er zurück über die Elster, um den Übergang bei Wahren zu nutzen. Der Weg hier war auch nicht viel besser, konnte aber mit einiger Mühe beritten werden.

Die Unwetter der letzten Wochen hatten ganze Arbeit geleistet. Das ganze Gebiet war sehr morastig, so dass er seinem Pferd vertraute, wohin es trat. Hinter dem Überlaufgraben der Elster wurde der Untergrund fester und führte durch den Wald. Hier war es so dunkel, dass er buchstäblich nicht die Hand vor Augen sah. Das ruhige Hecheln Gaias verriet ihm aber, dass sie auf dem richtigen Weg waren. Wie gestern Abend erschrak er auch hier durch den Schrei einer Eule. Wer auch immer hier war, er würde genauso blind sein wie er selbst. Das war beruhigend. Bot es doch einen gewissen Schutz.

Als sich der Wald lichtete und sie wieder freies Feld vor sich hatten, konnte Széchenyi die Silhouette von Leutzsch erkennen. Auch dieses Dorf war anscheinend ein einziges Lager für alliierte Verwundete. Er wurde glücklicherweise von niemandem aufgehalten. Hinter Leutzsch konnte er die Frontlinie sehen, denn überall waren Wachfeuer angezündet worden.

Széchenyi umritt die Front bei Lindenau auf ihrer westlichen Seite direkt über das Feld. Dabei querte er die Straßen von Leipzig nach Merseburg und Weissenfels, ohne dass er weitere Zeit verlor. Vermutlich lag er noch gut im Zeitplan. Seine Taschenuhr konnte er ohne zusätzliche Beleuchtung im Dunkeln nicht ablesen. Und

Licht zu machen traute er sich nicht, da er nicht Gefahr laufen wollte, entdeckt zu werden. Seine innere Uhr sagte ihm aber, dass es noch lange vor Mitternacht war.

Die toten Soldaten lagen immer noch auf dem Feld. Es waren jedoch keine Marketenderinnen mehr zu sehen. Sie hatten ihr grausiges Werk schon getan. Er kam nicht sehr schnell voran, weil er oft ganze Gruppen von Toten umrunden musste und das Gelände durch den aufgeweichten Boden immer noch schwierig war.

Die Umrundung der lagernden Soldaten führte ihn im Halbkreis direkt nach Klein Zschocher, das er schnell durchritt. Danach wandte er sich Richtung Schleussig, wobei er ungehindert die Elster überquerte. Anschließend ging es durch das große Waldgebiet westlich der Pleiße entlang Richtung Süden. Die beiden Brücken über die Nebenflüsse waren noch intakt. Hinter der zweiten Brücke wollte er eigentlich nach links Richtung Connewitz abbiegen. Als er sich der Wegkreuzung näherte, knurrte Gaia leise. Gedämpfte Stimmen klangen durch den Wald. Széchenyi zügelte sein Pferd und lauschte.

Die Männer sprachen Französisch miteinander. Sie kamen aus Richtung Connewitz. Ihm blieb also nur weiterzureiten und den Umweg über Gautzsch zu nehmen. Als er an einen weiteren Steg über den Nebenfluss kam, erlebte er eine böse Überraschung. Die Brücke war nicht mehr da. Das war Pech. Waren die Franzosen von eben Deserteure? Gehörten sie zu den regulären Truppen und waren auf Wache unterwegs? Das schloss er aus, da nächtliche Kampfhandlungen unkalkulierbare Risiken bargen. Das waren vermutlich verzweifelte Männer, die ihr Heil in der Flucht suchten. Also Deserteure. Verhandeln würde hier wenig nutzen. Ihm blieb wahrscheinlich nur der Kampf. Er hoffte, dass Gaia ihn auch dieses Mal unterstützen würde.

Er stieg ab und führte sein Pferd auf dem Waldboden zur rechten Seite des Weges Richtung Kreuzung zurück. Die Hufe machten dabei kaum Geräusche. Angestrengt lauschte er, was vor ihm geschah. Aber er konnte nichts hören. Er überlegte sich, wie er diesen Angriff führen würde. Die Franzosen waren genauso blind wie er selbst. Also würden sie sich auf der Straße verteilen, damit er ihnen nicht entkommen konnte. Mit ein wenig Glück hatte er es dann nur mit einem Mann direkt vor ihm zu tun.

Auf einmal vernahm er wieder französische Worte vor sich. Sie waren ihm also gefolgt, weil sie von der zerstörten Brücke wussten und ihn hier stellen wollten. Die Männer mussten sich direkt an der Wegkreuzung befinden. Vorsichtig, und ohne ein Geräusch zu verursachen, zog er seinen Säbel. Langsam schwang er sich in den Sattel. Von Gaia war nichts mehr zu hören. Als er sein Pferd leicht antrieb, wurde er von vorne auf Französisch angerufen.

»Arrêt!«

Der Ruf kam eher von der linken Seite des Weges. Es bedeutete »Halt!«.

Die Angreifer konnten ihn also nicht sehen. Er vermutete die Kreuzung jetzt etwa zwanzig Meter vor sich und hoffte, dass der Widerschein von Connewitz ihm den Weg anzeigen würde. Ein leises Klicken verriet ihm, dass jemand ein Bajonett auf ein Gewehr aufpflanzte. Seine Nerven waren zum Zerreißen gespannt. Das übertrug sich auch auf sein Pferd. Es stand ganz still und hatte die Muskeln angespannt. Die Geräusche vor ihm gaben ihm recht. Die Männer hatten sich über den Weg verteilt. Er vermutete drei. Jetzt hieß es nichts wie durch. Leben oder Sterben. Er trieb sein Pferd an und es preschte los.

»Arrêt!«, ertönte es abermals.

In diesem Moment zerriss das wütende, knurrende Gebell von Gaia die Luft und verriet ihm damit die Entfernung zum Gegner. Er konnte förmlich spüren, wie die Soldaten herumfuhren. Plötzlich zog sein Pferd nach links auf den Weg. Keine Sekunde zu früh. Es versuchte, dem Hindernis auszuweichen. Das war der Franzose, dessen Schuss jetzt an ihm vorbeiging. Nach ein paar Metern sah er rechts einen matten Schimmer. Die Straße nach Connewitz. Er riss sein Pferd herum und war für die Angreifer schon unerreichbar. Auf wen würde er treffen, wenn er die Pleiße überquert hatte? Alliierte? Franzosen? Er musste das Risiko eingehen, dass er auf weitere Soldaten treffen würde. Und musste die drei Kilometer von Connewitz bis hinter Markkleeberg so schnell wie möglich hinter sich bringen, um aus den beiden Frontlinien herauszukommen.

Jetzt erwies es sich als Vorteil, dass er sein Pferd bisher geschont hatte. Es war ausgeruht. Und es wollte laufen und die Spannung abbauen. Er ließ es auch. Nach dem Sprint über die Pleißebrücke hatte er Mühe, sein Pferd nach Süden zu lenken. Die Wachfeuer waren bis Dölitz teilweise zu beiden Seiten der Straße. Er ritt also zwischen den Fronten durch. Aber er hatte Glück. Keiner der Posten versuchte ihn aufzuhalten. Wieso sollte ein einzelner Reiter auch gefährlich sein?

Kurz vor Markkleeberg passierte er das letzte Wachfeuer. Er war wieder allein auf der Straße unterwegs. Sein Pferd ließ er nach ein paar Minuten kurz verschnaufen. Hatte Gaia den Angriff auf die Franzosen überlebt? Er wusste es nicht. Angestrengt lauschte er in die Nacht. Hatte er ein Geräusch vernommen? Er lauschte weiter. Aber so sehr er sich auch bemühte, er konnte ihr Hecheln nirgends ausmachen.

Wie spät mochte es jetzt sein? Einige Aktionen hatten viel Zeit gekostet. Es war bestimmt schon nach Mitternacht. In der Ferne sah er gegen den Schein der Feuer die Silhouetten der Heerlager. Aber einige Gebäude bewegten sich. Mit Schrecken stellte er fest, dass Menschen auf ihn zukamen. Wie viele waren hier über das Feld verteilt? Hatten sie ihn wahrgenommen und kamen auf ihn zu? Eher nicht, denn sie konnten noch weniger sehen als er, da sie keinen beleuchteten Hintergrund hatten und der Lichtschein aus der Ferne nur sehr schwach war.

Langsam führte er sein Pferd von der Straße ins Feld. Der Untergrund war immer noch aufgeweicht und gab nach, obwohl es seit gestern Morgen nicht mehr geregnet hatte. Das Laufen auf dem Ackerboden fiel ihm schwer, da er immer einsank. Sein Pferd akzeptierte es ohne Murren. Es spürte seine Anspannung und wusste, dass es sich jetzt richtig ruhig verhalten musste. Schritt für Schritt arbeitete er sich Richtung Pleiße vor.

»Halt! Wer da?«, kam es von der anderen Seite der Straße.

Konnte der Rufer ihn wahrgenommen haben? Eigentlich unmöglich. Links von der Gruppe ertönte auf einmal Gaias Gebell.

»Nur ein streunender Hund. Nichts weiter«, ließ sich eine andere Stimme vernehmen.

»Du hast also ein Pferd gesehen!«, höhnte ein Dritter.

Die Gruppe lachte.

»Kommt, wir verschwinden!« Das war wohl der Anführer.

Die Gruppe zog weiter nach Süden, also weg von den Lagern. Es gab also auch auf alliierter Seite Deserteure. Höchste Zeit für Széchenyi, dass er hier wegkam. Er führte sein Pferd ebenfalls nach Süden, während Gaia hinter der Gruppe weiter anschlug. Nach einer Weile waren sie außer Reichweite und er saß wieder auf. Auf der Straße kam er ein gutes Stück ohne Störung voran. Dann sah er wieder schemenhafte Umrisse Richtung Osten. Das waren aber viele, die jetzt unterwegs waren. Zum Auswachsen!

Leider konnte er nicht sagen, wie weit sie weg waren.

Plötzlich scheute das Pferd. Es hatte sich vor irgendetwas oder irgendjemandem erschreckt. Zum Ausweichen war es jetzt zu spät. Wieder rief eine Stimme.

»Halt! Oder ich schieße«, worauf eine Zweite antwortete:

»Nicht schießen, Idiot. Willst du, dass sie uns erwischen?«

Die zweite Person war viel näher, wahrscheinlich direkt vor ihm auf der Straße. Zum Glück umrundete Gaia wieder die Gruppe und schlug an. Man konnte den Schrecken der Männer fast spüren. Ihr grollendes Gebell war aber auch respekteinflößend. Bei diesem hier hatte sie nicht die Wirkung wie auf die Soldaten vorher. Széchenyi trieb sein Pferd an. Keine Sekunde zu früh. Er hörte das Sirren einer Klinge und wusste, dass sie ihn verfehlt hatte. Jetzt machte er nicht mehr langsam. Er musste weg hier.

Etwa eine halbe Stunde später ritt er auf einen alliierten Wachposten zu. Dieser Trupp sperrte die Straße Richtung Rötha und schützte das Hauptquartier weit vor seinem Standort. Széchenyi war erleichtert. Der Offizier der Wache überprüfte sein Dokument und erkannte die Siegel Schwarzenbergs, Blüchers und das von Bernadotte. Er gab ihm zur Sicherheit acht berittene Soldaten zum Schutz vor weiteren Deserteuren mit.

»Was ist das für ein Hund?« Der Wachoffizier deutete auf Gaia, die vorsichtshalber einige Meter vor dem Posten geblieben war. Ihre Freiheit war ihr wichtig.

»Sie gehört zu mir«, sagte Széchenyi. »Ohne sie hätte ich es nicht geschafft.«

»Alles klar«, lachte der Wachposten.

Széchenyi versuchte Gaia mit einem »Na komm!« anzulocken, aber sie blieb in sicherer Entfernung. Als er mit seiner Eskorte auf Rötha zuritt, hörte er wieder ihr vertrautes Hecheln.

Sie erreichten das Hauptquartier kurz nach drei Uhr morgens am 18. Oktober 1813. Der Ritt hatte dreißig Stunden gedauert. Und Széchenyi hatte mithilfe von Gaia viele Gefahren überstanden.

Schwarzenberg gab sofort den Befehl, die Signalraketen in der vorher festgelegten Abfolge abzuschießen als Zeichen, dass die Empfangsbestätigung der Nachricht das Hauptquartier erreicht hatte. Um sieben Uhr gaben alle Kommandeure gleichzeitig den Befehl, den Angriff auf die französischen Truppen zu beginnen.

Das Ergebnis der Schlacht ist bekannt: die Alliierten entschieden den Kampf für sich.

Napoleon floh nach Paris.
Schwarzenbergs List war geglückt.

Ende der Geschichte.

Technische Kurzzusammenfassung

Folgender Sicherheitsmechanismus wurde in der Völkerschlacht bei Leipzig erfunden:

- Zwei weit auseinanderliegende Parteien wollen ihre Aktion koordinieren.
- Zu diesem Zweck schickt Partei 1 eine Nachricht an Partei 2
- Zur Sicherheit, dass die Nachricht angekommen ist, schickt Partei 2 an Partei 1 eine Empfangsbestätigung
- Zur Sicherheit, dass auch die Empfangsbestätigung angekommen ist, gibt Partei 1 ein Signal in Form von Signalraketen, deren Abfolge nur Partei 2 bekannt ist
- Danach können die Parteien ihre Aktion starten

Die Nachricht benötigte für eine Strecke von etwa fünfundachtzig Kilometern ungefähr dreißig Stunden (hin und zurück).

Dies wird in verschiedenen Anwendungen in der Internetsicherheit folgendermaßen angewandt:

- Rechner 1 und Rechner 2 wollen ihre Aktion koordinieren (Datenaustausch, usw.)
- Zu diesem Zweck schickt Rechner 1 eine Nachricht an Rechner 2
- Zur Sicherheit, dass die Nachricht angekommen ist, schickt Rechner 2 eine Empfangsbestätigung an Rechner 1
- Zur Sicherheit, dass auch die Empfangsbestätigung angekommen ist, schickt Rechner 1 eine Signalnachricht an Rechner 2
- Danach können die Rechner ihre Aktion starten

Die Nachricht benötigt für eine Strecke von zehntausend Kilometern (z. B. Europa nach Nordamerika und zurück) weniger als eine halbe Sekunde.

Lynn Deyonge schloss die Arbeit und machte sich ein paar Notizen, was sie morgen mit Gerald Bohm und Peer Lindner besprechen wollte. Wie war das doch gleich? Noch einmal nachlesen? Nein!

»Lynn, du hast technischen Verstand!«, sagte sie zu sich selbst. Ganz sicher. Vielleicht. Etwas. Ein bisschen. Hm. Na ja. Also jetzt aber.

Sicherheit bei der Nachrichtenübermittlung.

Nachricht schicken. Bestätigung abwarten. Abschlusssignal senden.

Und der andere Sicherheitsmechanismus? Während des Nachrichtentransports?

„Tunnel“ ist gleich „Temporäres Netzwerk“ ist gleich „Virtuelles Privates Netzwerk“ ist gleich „VPN“.

So ist es im Internet.

Wie war der Schutz des Transports der Nachricht bei der Völkerschlacht?

Dunkelheit und vielleicht ein Hund als Begleiter! Gaia, die Bracke, ein Jagdhund. Gezüchtet im Badischen.

Ein Badischer Hund.

So konnte sich Lynn das Zusammenwirken beider Sicherheitsmechanismen im Internet merken.

Sichere Nachrichtenübermittlung mit Bestätigung und Abschlusssignal plus beim Transport geschützt durch einen VPN-Tunnel ist gleich Badische Hunde.

Über diese Eselsbrücke ließ sich das wirklich merken. Hatte sie Peer Lindner richtig verstanden? Mit den Badischen Hunden konnte man sicherstellen, dass niemand Unbefugtes die Nachrichten mitlas. Also war der Dieb noch im Unternehmen. Lynn tat es leid, dass sie Lindner gefragt hatte, ob er eine Gefahr dadurch nicht erst verursacht hatte. Aber sie musste ihn konfrontieren und sehen, wie er reagierte.

Und wie hatte er reagiert? Er hatte gesagt, der Dieb hätte sich auch so radikalisiert. Ist was dran. Reagierte so ein Täter oder jemand, der die Tat geplant hatte? Eher nicht. Oder legte Lindner eine falsche Spur, um vom wahren Motiv abzulenken? Zu einer falschen Person?

Und wie war das Verhalten Bohms zu interpretieren? War er einfach nur stur bei der Aussage über sein Privatleben? Und unwissend, was den Datendiebstahl betraf? Oder war er gerissen und alles war Teil eines Komplotts gegen unliebsame Mitarbeiter?

Eigentlich undenkbar. Sie würde nicht drum herumkommen, selbst noch einmal Hanna Bohm und Ellinor Lindner zu befragen.

Kam überhaupt einer der Mitarbeiter infrage? Nach der Ermordung von HaE Lamers bestand kein Zweifel mehr. Nur würde sie das beweisen müssen. In den offenen, dreigeschossigen Parkdecks von XFU gab es keine Überwachungskameras. Alles, was sie hatte, war die Information, dass ein dunkelblauer Kombi zur vermuteten Tatzeit das Parkdeck verlassen hatte. Was wusste Lamers, das dem Täter gefährlich werden konnte?

Tja, Süße, das war eine ganz, ganz schlechte Ankündigung. Das kann ich jetzt wirklich gar nicht brauchen. Wieso glaubt ihr, alle über mein Leben bestimmen zu dürfen? Ich bin mein eigener Herr. Diese verdammte Version muss endlich her. Was ist damit schiefgelaufen? Wieso meldet sich mein Auftraggeber nicht mehr? Ist die Version verschlüsselt? Will mich mein Auftraggeber verarschen? Wem könnte ich die neue Version noch verkaufen? Verdammt. Ich muss jetzt vorsichtig sein. Und darf trotzdem nicht zurückzucken. Für die nächste Zeit darf mir niemand im Weg stehen. Auch du nicht, Süße! Es gibt hier kein Zurück mehr. Wer sich so weit vorgewagt hat, darf nicht zaudern. So wie bei HaE. Ihm war etwas aufgefallen. Aufgefallen! So ein Idiot. Das hatte er gerade dem Richtigen erzählt. Sein Geheimnis behält er jetzt für immer für sich. Er wird es ja wohl nicht dokumentiert haben. An sein Notebook

komme ich natürlich nicht mehr ran. Hatte er jemandem eine E-Mail geschickt? Über meine Versuche in Ursulas Unterlagen zu recherchieren? Egal. Bis die blöden Bullen rauskriegen, was läuft, bin ich schon weg. Diese Kommissarin mit ihrer hartnäckigen Fragerei geht mir auf den Sender. Die erwisch ich auch noch, bevor ich mich absetze. Ich weiß nur noch nicht, wie. Muss nur wissen, wo sie gerade in Alsental rumschleicht. Kann ja nicht so schwer sein. Aber zuerst bist du dran, Süße! Du willst heute Abend noch Laufen gehen, um den Kopf freizubekommen? Hier ist dann mein Einsatz gefragt! Wer seid ihr alle schon, die ihr mich am Erreichen meiner Ziele hindern wollt? Hatte Richelieu nicht einmal gesagt, Verrat sei nur eine Sache des Zeitpunkts? Dann bin ich nämlich obenauf, und ihr geht unter! Ich werde mein Ziel weiter verfolgen. Und ihr werdet mich niemals erwischen.
Denn ich bin Napoleon!

Die letzten Tage waren wirklich grauslig gewesen. Da half nur noch eins. Laufen gehen. Und die dunstige Dunkelheit zum Herunterfahren nutzen. Ihrem Mann hatte sie schon Bescheid gesagt. Dass sie heute noch Laufen geht. Und dass es so nicht weitergehen könne. Diese Ankündigung hatte ihn hoffentlich aufgerüttelt.

Was soll schon daran gefährlich sein im Dunkeln Laufen zu gehen? Ellinor Lindner hatte es so satt, hinter dieser verdammten Firma immer zurückstehen zu müssen. Eine ihrer Töchter hatte jetzt ein Kind. Das Enkelchen war ja so süß. Es könnten doch jüngere Kräfte übernehmen, die Firma umzubauen und zukunftsfähig zu machen. Peer und sie könnten das Leben mehr genießen. Reisen machen. Eine ehrenamtliche Aufgabe übernehmen. Als Mäzene Kunst und Talente fördern. Aber nein! Stattdessen immer nur XFU, XFU und nochmals XFU. Auf den Rängen vier bis zehn nichts. Weit dahinter die Ehefrau. Und die Familie. Sie könnten es ruhiger angehen lassen. Freunde einladen. Wer kam anstatt? Die Polizei. Fünfmal in drei Tagen. Man könnte sie ja beherbergen. So würde die Polizei Geld und damit Steuern sparen. Jetzt nicht böse werden. Doch. Nichts wie raus hier.

Ellinor Lindner trat aus dem Haus und lief die ihr altbekannten, so vertrauten Runden und sog die feuchte Nachtluft tief in ihre Bronchien ein. Als sie aus ihrer Straße bog, fühlte sie sich schon etwas leichter.

Die letzten Tage waren wirklich grauslig gewesen. Da half nur noch eins. Laufen gehen. Als sie ihrem Freund davon berichtet hatte, hatte er ihr nur schroff viel Spaß gewünscht. Das war, nachdem sie ihm gesagt hatte, dass es so nicht weitergehen könne. Diese Ankündigung hatte ihn hoffentlich aufgerüttelt.

Tanja Gräbele hatte es so satt, zum einen hinter dieser verdammten Firma, zum anderen hinter seiner Ehefrau zurückstehen zu müssen. Diese Heimlichtuerei musste ein Ende haben. Sie hoffte, noch heute für sich eine Entscheidung treffen zu können, damit sie wieder in die Zukunft blicken konnte.

Als sie ihre Laufschuhe zuband, fühlte sie sich schon etwas besser. Tanja Gräbele trat aus dem Haus und lief die ihr altbekannten, so vertrauten Runden und sog die Nachtluft tief in ihre Bronchien ein. Als sie aus ihrer Straße bog, fühlte sie sich schon etwas leichter.

Die letzten Tage waren wirklich grauslig gewesen. Da half nur noch eins. Laufen gehen. Als sie ihrem Mann davon berichtete, wusste sie nicht, ob er es wirklich zur Kenntnis genommen hatte. Obwohl oder vielleicht weil sie ihm davor gesagt hatte, dass es so nicht weitergehen könne. Diese Ankündigung hatte ihn hoffentlich aufgerüttelt.

Hanna Bohm war sich im Grunde sogar sicher, dass es ihn berührt hatte. Immer, wenn ihn etwas stark belastete, wurde er einsilbig und kam erst nach einer gewissen Zeit zu ihr und sie sprachen sich aus. Früher dachte sie, dass es an ihr liegen würde. Mit der Zeit fand sie heraus, dass er nur etwas Zeit brauchte, um darüber reden zu können. Daher war es wichtig, dass er auch die Zeit hatte. Aber diesmal dauerte es schon fast zu lange. Lag es auch an ihrem beruflichen Wiedereinstieg?

Bei XFU kam ja auch einiges zusammen. Der Firmenumbau. Die Morde. Hanna Bohm hatte es so satt, hinter dieser verdammten Firma zurückstehen zu müssen.

Ihre Laufklamotten fühlten sich richtig gut an. Hanna Bohm trat aus dem Haus und lief die ihr altbekannten, so vertrauten Runden und sog die Nachtluft tief in ihre Bronchien ein. Als sie aus ihrer Straße bog, fühlte sie sich schon etwas leichter.

Lynn Deyonge war mit wissenschaftlicher Arbeit und Notizbuch auf dem Bauch auf der Couch aufgewacht. Der Kopf fühlte sich bleischwer an. Sollte sie gleich ins Bett gehen? Nein, sie beschloss, Laufen zu gehen, und zog sich ihre Laufhose, ein Laufshirt und eine Laufjacke an. Obwohl die Sachen hauchdünn und leicht waren, wärmten sie gut und würden die Feuchtigkeit beim Schwitzen von innen nach außen lassen.

Sie trat aus dem Haus und sog die feuchte Nachtluft tief ein. Ihr „Stadtlauf", den sie für die Dunkelheit auf beleuchteten Wegen geplant hatte, würde den Kopf für eine Weile von allem Überflüssigen befreien. Als sie aus ihrer Straße bog, fühlte sie sich schon etwas leichter.

Der Abend lag ruhig und friedlich da. Eigentlich ein Geschenk. Wer konnte sich schon dieser wunderbar vertrauten Stimmung entziehen. Zumindest einer konnte diese nächtliche Welt nicht genießen. Er trommelte nervös mit den Fingern auf dem Lenkrad herum.

Er wusste, dass sie zwei Routen zum Laufengehen hatte. Extra für die Dunkelheit. Würde sie diese Ecke hier passieren, dann würde sie auch über ein etwa einhundert Meter langes Stück Feldweg am Ortsrand vorbeikommen, der keine Straßenlaternen hatte und von der parallel laufenden Straße nur schwach beleuchtet war.

Wie sollte, wie konnte er die nächsten Tage planen? Napoleon war sich nicht sicher, wie er es schaffen würde. Neue Version von XFU beschaffen. Absetzen. Flucht und neues Leben. Er wusste nur, dass er sein Ziel erreichen würde. Egal wie. War schon immer so gewesen. Blinkte da im Rückspiegel nicht etwas auf? Oder täuschte er sich? Nein. Die kleinen Reflektoren an den Schuhen bildeten ein regelmäßiges Muster im Widerschein der Straßenlaternen.

An der Frequenz der aufleuchtenden Sticker sah er, dass sie heute sehr schnell unterwegs war. Als sie am Auto vorbeilief, sah er an ihrer Kopfhaltung, dass sie in Gedanken versunken war. Also würde er sie am Feldweg erwischen.

Das Laufen fühlte sich heute für sie ungewohnt an. Da war zum einen die Trauer um den kommenden Verlust der Beziehung. Aber auch die Vorfreude auf ein neues Leben. Diese Aussicht ließ ihre Arme und Schultern im Lauftakt noch leichter schwingen als sonst. Aber schnell verfiel sie wieder ins Grübeln.

So ein Idiot. Glaubte er wirklich, sie käme nicht ohne ihn aus? Schon immer machten Frauen auch einfach ohne Mann weiter. Oftmals leichter als vor der Trennung. Clara ohne Robert. Tina ohne Ike. Hatschepsut ohne Tutmosis. Marie ohne Pierre. Nicht zu vergessen die vielen Tausend Frauen, die nach dem Unfall- oder Soldatentod im Laufe der Geschichte ihre Kinder allein weiter großziehen mussten. Genauso würde es bei ihr sein. Sie konnte sich nur den Gesichtsausdruck bei ihrer letzten Aussprache nicht erklären. War es Resignation? Und was war das für ein Lauern in seinen Augen? War es Wut? Oder sogar Hass? Sie hatte an ihm noch nie solch harte Gesichtszüge gesehen.

Die nächste Kreuzung würde belebter sein. Also hielt sie unter einer Straßenlaterne an, um sich zu dehnen. Ihr Atem ging stoßweise. Die Muskeln brannten. Sie war etwas zu schnell gewesen. Aber ihr Inneres fühlte sich nun etwas entspannter an. Der Kopf verlor auch an Interesse, weiterhin denken zu müssen.

Sie setzte ihren Lauf ein wenig langsamer fort. Die Oberteile transportierten die Feuchtigkeit vom Schwitzen nach außen, schienen aber den Schweiß heute nicht verarbeiten zu können. Das war wohl der Menge geschuldet, die sich durch das Auspowern gebildet hatte. Bald würde sie den Ortsrand passieren und damit die Hälfte des Laufs hinter sich haben.

Napoleon positionierte sich in der kleinen Straße kurz vor der Umgehung. Auf der anderen Seite gab es parallel zur Umgehung noch ein paar Hundert Meter beleuchteten Weg, der dann zurück in den Ort führte oder unbeleuchtet weiter verlief. Sollte er es wirklich tun? Nach so viel gemeinsamer Zeit? Er spürte für einen Moment das Verlangen, sie in den Arm nehmen und beschützen zu wollen, verwarf diesen Gedanken jedoch gleich wieder. Brachte doch nichts. Es gab Dinge, die wichtiger waren. Und dafür war ihm jedes Mittel recht.

Sie war am Ortsrand angekommen. Nur noch auf die andere Seite der Umgehungsstraße und die Nähe des Waldes würde die Luft noch intensiver nach Erde und Laub riechen lassen. Die Stelle war glücklicherweise mit einem Geschwindigkeitsmessgerät versehen, das die Überquerung leichter machte. Die hohe Mauer der Lärmschutzwand führte links und rechts von ihr weg die Umgehung entlang. Auf der anderen Seite blieb sie kurz stehen und sog ein paarmal tief die Luft ein. Dann lief sie weiter. Noch ein paar Schritte, dann hörte die beleuchtete Strecke auf und sie würde etwa hundert Meter im Dunkeln laufen.

Das Auto, das hinter ihr kam, hatte sie auf der Umgehung gar nicht bemerkt, obwohl sie schnurgerade weg vom Ort führte. Sie erkannte schemenhaft einen dunklen Kombi. Das waren sicherlich die Mitarbeiter der Wildtierstationen, die die Wildtierkameras warteten und auswerteten. Sie hatte sie schon öfter auch abends gesehen. Deshalb wich sie von der Mitte des Weges an den linken Rand aus und wedelte mit dem rechten Arm, um auf sich aufmerksam zu machen. Der Fahrer hatte sie wohl gesehen, denn er beschleunigte, um sie zu überholen.

Jetzt habe ich dich gleich. Napoleon sah das Wedeln ihres rechten Armes. Der Leuchtstreifen hinten am Ärmel ließ sie sehr gut sichtbar erscheinen. *Das ist also das Ende unserer Geschichte.* Er beschleunigte den Wagen. Sie hatte sich kurz umgedreht und hielt ihn wohl für jemand anderen. Die Wildhüter waren hier abends manchmal unterwegs, um nach den Kameras im nahegelegenen Wald zu schauen. Deshalb wich sie auch nicht aufs Feld aus. Das machte es leichter.

Es gab einen dröhnenden Knall, als er sie mit der linken vorderen Seite des Wagens erwischte. Sie schlug hart auf der Motorhaube auf und er bremste sofort ab, so dass sie nach vorne auf die Straße geschleudert wurde.

Das Scheinwerferlicht ging noch. Sie lag regungslos auf dem Weg. Sollte er noch einmal über sie fahren? Nein. Er musste Gewissheit haben, dass sie tot war. Deshalb stieg er aus und holte die große Ratsche aus dem Kofferraum. Als er auf sie zuging, sah er, dass sie noch oder wieder bei Bewusstsein war. Oberkörper und Hüfte waren unnatürlich verdreht. Ihr Atem ging stoßweise. Das Gesicht war vor Schmerz verzerrt. Ungläubig schaute sie ihn an.

»Du? Warum tust du das?«

»Du willst und weißt zu viel. Darum mache ich etwas, was ich schon vor einiger Zeit hätte beenden sollen.«

»Ich hätte es doch auch alleine geschafft!«, keuchte sie stoßend.

»Jetzt nicht mehr!«, sagte er hart und schlug mit dem Kopf des Drehmomentschlüssels mit aller Kraft gegen ihre Schläfe.

Sie blieb mit weit geöffneten Augen liegen und verstummte. Er fühlte ihren Puls, aber da war nichts mehr.

Napoleon rollte sie seitlich neben dem Weg in die kleine Ablaufrinne, so dass sie von der Umgehungsstraße nicht gleich gesehen werden konnte. In der Ferne tauchten Autoscheinwerfer auf. Er schaltete das Licht seines Wagens aus. Nach ein paar Sekunden hatten sich seine Augen an die Dunkelheit gewöhnt. Er sah sich um. Niemand hatte ihn beobachtet.

Es dauerte eine endlose Minute, bis ihn der Wagen auf der Umgehung passiert hatte. Der Fahrer bremste nicht ab. Also hatte er wohl nichts gesehen.

Napoleon atmete tief durch. Das Grauen packte ihn noch einmal. Für einen kurzen Moment dachte er, dass sie aufstehen und auf ihn zukommen würde. Er schaltete das Licht wieder an. Doch ihr lebloser Körper lag noch mit dem Gesicht nach unten in der Ablaufrinne. Er atmete nochmals durch. Mit jedem Mal wurde es leichter. Endgültig war er in der Schattenwelt angekommen.

DER DARAUF FOLGENDE MITTWOCH

Lynn Deyonge wachte auf und ihr war kalt. Ihr Kopf lag auf einem harten Untergrund und pochte. Sie musste sich für einen Moment orientieren, wo sie war. Mit ihrer rechten Hand fühlte sie langsam über ihre rechte Gesichtshälfte. Die Muskeln in den Beinen und den Schultern brannten und taten ihr weh. Ihr Blick fiel auf die Lamellen des Kleiderschrankes neben ihrem Bett. Sie hob den Kopf. Der Lichtschein der Nachttischlampe hinter ihr warf den Schatten ihres Kopfes über die Bettdecke wie ein Zerrbild. Als sie den Kopf drehte, verriet ein Blick auf den Radiowecker, dass es drei Uhr dreißig war.

Mit ihrem Kopf hatte sie auf dem Arrangement Notizbuch, wissenschaftliche Arbeit und Kugelschreiber gelegen. Im Spiegel des zweiten Schranks konnte sie erahnen, dass das Notizbuch mit seiner Ecke einen Abdruck in ihrem Gesicht hinterlassen hatte. Auf ihrer linken Wange prangte eine Pyramide, deren Spitze bis unter das linke Auge reichte. Und parallel zum einen Rand ein Schriftzug, halb auf dem Kopf, DIN-A6.

Wieso war die Schrift eigentlich nicht spiegelverkehrt? Ach ja. Sie war schon spiegelverkehrt auf ihr Gesicht gedruckt.

»Worüber machst du dir eigentlich Gedanken, nachts um halb vier?«, fragte sich Lynn.

Die Ansagen ihres Körpers waren da schon etwas konkreter. Regelmäßig Laufen gehen! Nicht übertreiben! Langsam steigern!

Schmerzen als Alarmzeichen beim Laufen beachten!

Heute Nacht hatte sie sich noch so heroisch gefühlt wie der Läufer von Marathon. Aber der war nicht umsonst durch die Gegend gerannt. War nach dem Überbringen der Nachricht des Sieges der Griechen über die Persische Armee vor Erschöpfung tot umgefallen. So viel hatte sie also doch nicht falsch gemacht.

Der Durst war jetzt riesig. Nur wollte der restliche halbe Liter Wasser aus ihrer Trinkflasche nicht das Blei im Hirn vertreiben. Und dieser Fall in Alsental schwamm mittendrin.

Alles lief immer auf den einen Kandidaten hinaus, was sie auch überlegte oder mit den Kollegen besprach. War das richtig? Oder legte ihnen jemand eine falsche Spur zu Bohm?

Der Wind verfing sich in den Mauern der Mannheimer Innenstadt und trieb eine Regenwand herein. Die Tropfen trommelten laut gegen das Küchenfenster. Jede weitere Überlegung würde jetzt um diese Uhrzeit zu nichts anderem führen. Und sie musste später wieder fit sein. Ralf Luber hatte eine Dienstbesprechung für acht Uhr angesetzt.

Also tat sie das, was sie immer machte, wenn sie nicht einschlafen konnte. Sie legte sich wieder ins Bett, stöpselte ihre Ohrstecker ins Smartphone und hörte noch etwas Seichtes von Ravel. Die leichten, getragenen Töne halfen ihr alle Gedanken aus dem Kopf zu verbannen. So schaffte sie es gerade noch, ihre Ohrstöpsel herauszuziehen, bevor sie weiterschlief.

Als Lynn aufwachte, regnete es immer noch. Aber sie fühlte sich schon etwas besser. Der Kopf war auch einigermaßen klar. Normalerweise duschte sie nicht so kurz hintereinander. Der Wasserschwall gestern Nacht hatte ihre Muskeln für eine Weile beruhigt. Doch das kühle Wasser heute Morgen vertrieb den letzten Rest Müdigkeit, auch wenn die Muskelschmerzen blieben.

Nach einem kurzen Frühstück im Stehen in ihrer Lieblingsbäckerei fühlte sie sich gestärkt für den Tag.

Die Kollegen, die schon in der Polizeistation Alsental eingetroffen waren, hatten sich per Videokonferenz mit den Heidelberger Kollegen verbunden. Einer nach dem anderen berichteten sie über ihre Ergebnisse der Befragungen der Familienmitglieder. Dabei wurde immer mehr klar, dass die Aufgabenmenge der Firma auch das private Umfeld belastete. Keine Zeit füreinander. Zu wenig für die Kinder. Vernachlässigte Freundschaften. Fehlende Abgrenzung zur Arbeit. Ein paar Zeugen hatten als Beispiel Klaus Remmer genannt, der schon längere Zeit ausfiel.

Alle waren sich einig gewesen, dass es gut war, dass XFU die Mitarbeiter in den anstehenden Umstellungsprozess mit einbeziehen wollte. Sie hegten nur keine große Hoffnung, dass es auch klappte.

Matthias Tregnat berichtete, dass es aufgrund der besonderen Situation gestern ein morgendliches Meeting um sieben Uhr gegeben hatte. Peer Lindner hatte die Mitarbeiter, die bei Ursula Droste in die Besuche eingebunden waren, um ein außerordentliches Meeting gebeten. Alle waren dabei gewesen. Bis auf HaE Lamers und Christian Butterbrodt.

Das warf natürlich neue Fragen auf. Hatte Christian Butterbrodt doch die Morde begangen? War es ein Außenstehender gewesen, der gar nicht zur Firma XFU gehörte? Vielleicht ein ehemaliger Mitarbeiter? Oder jemand aus Bohms Abteilung, den sie noch nicht auf dem Plan hatten? Bohm selbst?

Die unbeantworteten Fragen fingen an, sich zu häufen. Lynn berichtete über ihre Ergebnisse zu den Befragungen. Peer Lindner und Gerald Bohm hatten eine nähere private Bekanntschaft der Familien bestritten. Ellinor Lindner und Hanna Bohm hatte jedoch erzählt, dass sie sich öfter trafen und manchmal mit beiden Familien etwas unternahmen. Peer und Gerald hatten ihre Ehen als normal mit Auf und Abs beschrieben. Den Ehefrauen ging die Arbeitsbelastung der Firma aber gegen den Strich und sie sahen ihre

Ehen nicht so rosig wie ihre Ehemänner.

Als sie die Liste der verdächtigen Namen durchgingen, blieb nur Christian Butterbrodt übrig. Alle anderen hatten morgens um sieben am Meeting teilgenommen. Und Butterbrodt hatte ein Alibi. Zwar nur ein schwaches, das ihm von seiner Freundin Nicole Wehremann gegeben wurde. Aber es waren von ihm keine Spuren an den Tatorten festgestellt worden. Und an seiner Kleidung ebenfalls nicht.

Am Ende der Besprechung teilte Ralf Luber die Teams ein. Zuerst sollten die Familienmitglieder noch einmal befragt werden. Da alle Mitarbeiter der Abteilung im Homeoffice sein würden, könnte die Befragung nicht ungestört ablaufen. Also ordnete er an, dass in Fällen, in denen jemand nicht befragt werden konnte, die entsprechenden Personen eine Vorladung auf die Polizeistation Alsental bekommen sollten. Es musste ausgeschlossen werden, dass Freunde, Ehefrauen und Ehemänner an den Taten beteiligt waren.

Er schärfte allen ein, die Befragungen nur noch zu zweit durchzuführen. Die nächste Dienstbesprechung legte Ralf für Donnerstag um acht Uhr morgens fest. Hermann Weingarten hatte an der Dienstbesprechung in Heidelberg teilgenommen und arbeitete nun mit Julian Hofmann zusammen. Regina Serber mit Kai Monsert und Matthias Tregnat mit Lynn Deyonge bildeten die Teams zwei und drei.

Vera Hermsen bat Lynn und Matthias nach der Besprechung noch in ihr Büro. Sie betonte die Wichtigkeit konkreter Ergebnisse und bat sie, weiterhin vorsichtig zu sein.

»Und nun noch etwas: die Kollegen von der Wirtschaftskriminalität bitten zusätzlich um ein Gespräch. Sie haben neue Erkenntnisse, die sie mit euch besprechen wollen.«

»Haben sie schon angedeutet, worum es geht?«, fragte Lynn.

»Zum einen können sie den Weg genau nachverfolgen, den der Datendieb genommen hat. Dazu gibt es Informationen zur

Kundschaft unseres Täters.« Vera machte eine Pause und sah Lynn an. »Peer Lindner hat gestern außerdem bei einem Politiker die Sorge geäußert, dass bei den Ermittlungen nicht diskret genug vorgegangen wird. Da kommt noch Druck von ganz oben hinzu.«

Lynn schnaubte. »Da sterben Menschen im Umfeld der und direkt in der Firma. Von mir wird bestimmt nichts an Außenstehende weitergegeben.«

»Das weiß ich, Lynn. Aber Ralf bekommt dabei auch Druck. Und wir haben es im Moment mit drei Mordermittlungen zu tun. Der tote Obdachlose am Carl-Benz-Bad starb ebenfalls durch Fremdeinwirkung. Das hat die Obduktion ergeben. Wir stehen zwar eventuell kurz vor der Lösung des Falls. Aber es sind alle Kräfte eingebunden. Wir haben keinen Spielraum. Ralf ist sehr nervös und es steht eine Pressekonferenz heute Abend an.«

»Wir werden weiterhin so diskret wie möglich vorgehen. Es kommt aber auch auf die Bereitschaft der XFU-Spitze zur Zusammenarbeit an. Wenn uns Informationen nicht weitergegeben oder falsch mitgeteilt werden, ermitteln wir natürlich intensiver.«

Die Kollegen von der Wirtschaftskriminalität breiteten die Ergebnisse der Untersuchung vor Lynn und Matthias aus. Dank der vielen Informationen, die sie in den letzten Tagen über den ersten Datendiebstahl gesammelt hatten, sowie die Sicherheitstechnik, die dabei eingesetzt wurde, konnten sie problemlos den Ausführungen folgen.

Neu war allerdings, dass es zusätzlich Erkenntnisse über die Auftraggeber des Datendiebstahls gab. Anhand der Veröffentlichungen bestimmter Firmen vor drei Jahren konnte festgestellt werden, dass es eine Organisation gab, die gezielt versuchte, Mitarbeiter von verschiedenen Firmen zu rekrutieren, die für sie nach bestimmten Informationen und Ergebnissen Ausschau halten und sie liefern sollten. Diese Ergebnisse würden dann, wie auf einem

Marktplatz, weiterverkauft und landeten so bei der Konkurrenz.

Die Organisation ging also sehr gezielt vor und beobachtete nicht nur die Branchenführer, sondern auch Institute. Und sie durchforsteten Patentämter.

Laut Information der Kollegen gab es einen Mitarbeiter bei XFU, der gezielt angesprochen worden war und Ergebnisse lieferte. Eine Überraschung war, dass die Organisation wieder auf Suche nach einem anderen Mitarbeiter bei XFU war, weil der jetzige wohl nicht zuverlässig arbeitete. Ein V-Mann hatte ihnen diese Information zugespielt.

Lynn war natürlich klar, weshalb die Organisation unzufrieden war. Der Datendieb kam nicht an die richtige neue Softwareversion von XFU heran. Dies gab Lynn aber nicht preis. Sie hatte gelernt, dass es besser war, nicht allzu viel über ihre eigenen Erkenntnisse preiszugeben, solange sie noch am Ermitteln war.

In der Rechtsmedizin wurden Lynn und Matthias von Peter Nördner in Empfang genommen. Wie erwartet ergab die Obduktion, dass der Tod von HaE Lamers durch mehrere gezielte Schläge auf den Hinterkopf eingetreten war. An einer Wunde stellte er ein geriffeltes Muster vom Rand einer Scheibe fest. Eine andere Wunde hatte in der Mitte einen dreieckigen Abdruck. Peter Nördner schloss daraus, dass vermutlich ein Drehmomentschlüssel als Tatwaffe benutzt worden war, wie er oft zum Reifenwechsel mitgeführt wurde.

Der Täter hatte das Opfer mit mehreren Tritten in den Bauch traktiert, als es schon tot war. Bei der Tat war also nicht nur Berechnung, sondern auch Wut mit im Spiel gewesen. Weitere Spuren als den Reifenabdruck, der durch das Durchfahren der Blutlache entstanden war, gab es keine.

Lynn hatte, wie auch die Tage zuvor, eine Tasche mit dem notwendigsten dabei, falls sie übernachten musste. Auf dem Weg nach

Alsental besprachen sie und Matthias ihre weitere Vorgehensweise.

»Wir sollten jeden, der an dem Meeting gestern Morgen bei XFU teilgenommen hat, noch einmal befragen. Ich will genau wissen, ob alle die ganze Zeit dabei waren«, sagte er.

Lynn rieb sich die Augen. Der wenige Schlaf der letzten Tage machte sich bemerkbar. »Wir werden wohl jeden zu Hause besuchen müssen.« Sie dachte kurz nach. »Lass uns mit Stetter anfangen. Seine Infos waren bisher aufschlussreich. Er hat uns auf die Unstimmigkeiten zwischen Firmenleitung und Abteilungsleitern aufmerksam gemacht. Und lass uns nochmal sein privates Umfeld durchleuchten. Die Beziehungen scheinen durch die Firma ja ganz schön belastet zu werden.«

Familie Stetter wohnte in der Altenahrstraße vierzehn, einer Alleestraße im Herzen von Alsental. Das Haus war älterer Bauart, aber schon dick gedämmt. Das Dach, die Fenster sowie die Haustüre waren erneuert worden. Seine Farbe war ein helles, warmes Gelb mit grau abgesetzten Streifen in Bodenhöhe. In der Straße waren ursprünglich fast alle Häuser der gleichen Bauart gewesen, viele aber erweitert worden mit Anbauten zur Straße oder mit Gauben auf dem Dach. Ein außen liegendes Treppenhaus war in der Nachbarschaft auch dabei. Das Haus war von der Straßenseite her verdeckt durch einen hohen, dicht belaubten Ahorn. Lynn fand, dass die Renovierung mit viel Geschmack umgesetzt worden war.

Ihnen öffnete eine Frau, die sich ebenso geschmackvoll kleidete. Sie trug ein weites, hellgraues Kleid, darüber eine blaue Strickjacke und eine blaue Leggins. Das Haar hatte sie zu einem Zopf zusammengebunden, den sie hochgesteckt hatte. Ihre Augen verrieten eine gewisse Übernächtigung, aber auch, dass sie gerne lachte.

Nachdem Lynn und Matthias sich als Polizeikommissare ausgewiesen hatten, wurden sie ins Haus gebeten. Iris Stetter ging in den Essbereich voraus und bat sie, sich zu setzen.

»Falls Sie Marc antreffen wollten, der ist in der Firma«, sagte sie mit zusammengekniffenen Augen.

Sie sprach dabei nur Lynn an, und so übernahm diese das Gespräch.

»Wir dachten, es sind alle im Homeoffice!«

»Das stimmt eigentlich auch. Aber Marc koordiniert die Teams, legt Meetings fest und ist auch Kontakt zur Firmenleitung. Wie Gerald.«

»Also wird auch Gerald Bohm in der Firma sein?«

»Das nehme ich an. Die beiden arbeiten sehr eng zusammen.«

»Wie ist denn das Verhältnis zwischen den beiden als Kollegen?«

»Ich nehme an, gut. Wenn Gerald mal hier ist, dann besprechen sie schon mal Dinge auch am Esstisch, wenn die Kinder nicht da sind. Aber meistens verziehen sie sich in Marcs Büro. So wie bei den Bohms auch.«

»Kommen noch mehr Kollegen zum Arbeiten zu Ihnen?«

»Nein. Nur einmal, vor etwa vier Jahren, war Peer Lindner auch dabei. Es ging um die Stelle des stellvertretenden Abteilungsleiters. Marc war damals sehr glücklich, dass die Wahl auf ihn gefallen ist.«

»War das ungewöhnlich?«

»Für mich nicht. Marc wird immer irgendwann mit in die Organisation eingebunden. Das war in seiner letzten Firma genauso.«

»Wieso hat er damals gewechselt?«

»Er war nicht mehr zufrieden mit der Arbeitslast. Das war bei einem großen Automobilzulieferer. Und als er bei einem Projekt Leute von XFU kennenlernte, hat er sich dort beworben.«

»Und die Arbeitslast war bei XFU besser?«

Iris lachte hell auf. »Nein, nicht sehr lange. Wirklich nicht. Aber die Stimmung war damals gut. Und die Bezahlung war auch besser als vorher.«

»Damals?« Lynn legte den Kopf leicht schief.

»Na, in der Firma verschiebt sich im Moment einiges. Das hat sich schon seit bestimmt drei oder vier Jahren angekündigt. Die Arbeitslast wurde auch immer höher. Die Stimmung in der Abteilung in gleichem Maße schlechter. Aber jetzt reagiert die Firma und strukturiert die Abteilungen um.«

»Können Sie uns sagen, wie?«

»Das kann ich Ihnen leider nicht sagen. Da müssen Sie schon Marc fragen«, winkte Iris Stetter ab.

Es entstand eine Pause.

Stirnrunzeln bei Frau Stetter. »Ich habe mal eine Frage. Sie sind doch bestimmt wegen der Morde hier, oder? Was hat das mit mir zu tun?«

»Wir stellen hier die Fragen«, erwiderte Lynn.

Iris Stetter zog die Stirn hoch und wich mit dem Oberkörper etwas zurück.

»Ihr Mann gehörte doch zu dem Team, das Ursula Droste abwechselnd besucht hat. Wie kam es eigentlich dazu?«

»Ach das.« Iris Stetter lachte. »Die Idee wurde wohl auf einem Firmentreffen geboren, als jemand meinte, man bräuchte manchmal den Verstand von Frau Droste. Damals ging es ihr schlecht. Da kam der witzige Vorschlag auf, sie im Bett von Abteilung zu Abteilung zu schieben. Und so wurden damals regelmäßige Besuche draus.«

»Hat Ihr Mann Frau Droste auch besucht?«

»Ab und zu. Er fand die Idee lustig. Und ein technisches Gespräch gab es obendrein.«

»Kam Ihr Mann gut mit Frau Droste aus?«

»So gut, wie man mit ihr auskommen konnte. Sie war schon sehr speziell.«

»Inwiefern?«

»Jeden hat sie ihr Wissen spüren lassen. Dass sie immer die Überlegene ist. Marc hat das immer locker genommen. Er hat sie ja nur so angetroffen.«

»Haben Sie Frau Droste auch kennengelernt?«

»Ich habe sie einmal mit Marc getroffen. Aber sie hat mich vollständig ignoriert und nur mit ihm über die Firma gesprochen. Einen weiteren Kontakt hatte ich nicht.«

»Wie stark ist Ihr Mann denn bei XFU eingebunden?«

»Tja«, sagte Iris Stetter gedehnt. »Es soll ja jetzt besser werden«, wich sie der Frage aus.

»Wie sind die Arbeitszeiten?«

»Eigentlich normal. Aber die Besprechungen mit der Firmenleitung wurden anfangs immer in den Abend gelegt. Das ist erst seit zwei Jahren besser.«

»Gab es einen Grund dafür?«

»Peer Lindner wollte wohl etwas kürzertreten. Andere Stimmen sagten, dass er seine Ehe retten musste.«

»Andere Stimmen?«

»Ja. Charly Schultze machte so Andeutungen. Hanna auch.«

»Wer sind die beiden?« Lynn gab sich unwissend.

»Charly heißt eigentlich Charlotte. Ist ein Kumpeltyp und hat drei Kinder. Sie verzweifelt gerade in der Reha.«

»Wieso?«

»Sie hat nicht so wie viele andere ihre Eltern oder Schwiegereltern hier. Die Kinder sind noch ganz klein und so hat Charly sie mitgenommen.«

»War sie krank?«

»Sportunfall!«

»Und wer ist Hanna?«

»Hanna Bohm. Die Frau von Gerald. Wir treffen uns regelmäßig. Mit unserem Ältesten waren wir in der gleichen Krabbelgruppe.«

»Haben Sie noch mehr Kinder?«

»Noch eins. Es geht auch in den Kindergarten.«

»Ist das nicht schwierig, wenn Ihr Mann so stark bei XFU

eingebunden ist?«, fragte Lynn mitfühlend.

»Anfangs schon. Aber ich habe noch meine Eltern hier. Meine Mutter hat mir oft geholfen. Und mein Vater holt die Kinder manchmal ab, wenn sie mit meiner Mutter im Kinderturnen sind. Und dann gibt es immer wieder das Oma-Opa-Wochenende.« Iris Stetter lachte auf. »Das ist fast schon ein Wettbewerb unter den Kindern. Nach größeren Veranstaltungen werden die Kleinen von den Großeltern eingesammelt. Und wir haben dann frei.« Sie grinste. »Ist sehr schön!«, schob sie hinterher.

»Arbeiten Sie auch?«

»Ja. Ich bin Anwältin. Bald nach der Geburt habe ich wieder angefangen. An der Kanzlei bin ich beteiligt. Und meine Eltern wollen helfen.«

»Wohnen Ihre Eltern auch in Alsental?«

»Nein. In Nußloch. Ist nicht so weit von hier.«

»Belastet die viele Arbeit bei XFU das Verhältnis zu Ihrem Mann?«

»Manchmal schon. Es gibt ja immer Aufs und Abs.« Iris Stetter lachte. Aber irgendwie nicht echt.

Lynn hatte es schon früh im Beruf gelernt, solche Dinge zu erkennen.

»Dann wünsche ich Ihnen, dass die Abs nicht zu lange dauern.«

»Danke«, sagte Iris Stetter, ohne mehr zu antworten.

Den Köder hatte sie nicht geschluckt. Also versuchte Lynn es auf eine andere Weise.

»Ist Ihr Mann durch die Umstrukturierungen nicht noch stärker eingebunden?«

»Das schon. Aber es macht ihm auch Spaß.«

Neben Lynn hörte man ein leises Vibrieren. Matthias nahm sein Telefon aus der Jacke und ging in den Vorraum Richtung Eingangstür. Lynn legte den Kopf leicht schief und sah Frau Stetter an. Deren Gesicht wurde ernster.

»Es soll ja jetzt besser werden. Und wenn alles zu viel wird, dann nimmt sich Marc eine Auszeit.«

»Wie denn?«

»Er fährt dann auf den Heiligenberg. Dort gibt es ein altes Kloster. Ist aber nur eine Ruine. Und dann ist da noch das Fuchs-Rondell in der Nähe. Dort hat man einen tollen Ausblick. Wenn er dort ist, schickt er mir oft ein Foto. Es geht ihm dann viel besser, wenn er wieder hier ist.« Das sollte heiter klingen, aber ein Schatten legte sich auf ihr Gesicht. »Na ja«, schob sie hinterher. »Hanna geht es ähnlich. Und Ellinor wohl auch.«

»Ellinor?«

»Ellinor Lindner. Hanna und sie sind befreundet. Und so höre ich manchmal auch von anderen über andere das gleiche. Ist immer dasselbe Lied.«

Matthias setzte sich wieder an den Tisch. Seine Miene war wie versteinert.

»Ich muss noch kochen, bevor ich die Kinder abhole. Sind wir fertig?«

Lynn hatte beim Eintreten Umzugskartons in einer Ecke des Wohnzimmers gesehen.

»Nur eine Frage noch. Wie stark belastet XFU das Verhältnis zu Ihrem Mann wirklich?«

Iris Stetter verschränkte die Arme und lehnte sich zurück. »Ich weiß wirklich nicht, was Sie das angeht. Ich sagte doch schon, wir haben unsere Aufs und Abs.«

Lynn deutete auf die Kartons. »Räumen Sie aus?«

»Ich miste aus. Wir brauchen mehr Platz für Spielzeug hier. Meine Kleine möchte ihre Küche hier unten haben. Und mein Sohn seine Eisenbahn aufbauen können.«

Matthias räusperte sich als Zeichen, dass sie losmussten.

»Eine letzte Frage noch. Wann war Ihr Mann zuletzt bei Ursula

Droste?«

»Oh. Das ist schon Monate her.«

»Und wo waren Sie letzten Sonntag?«

»Marc und ich waren zu Hause. Die Kinder wurden von meinen Eltern nach dem Fußballfest abgeholt. Das war ein Massen-Oma-Opa-Wochenende. Fast alle Eltern hatten frei.«

»Kannten Sie Hans-Erich Lamers?«

»Ja, aber nur flüchtig von den Betriebsfeiern. Ich habe ehrlich gesagt Angst, dass Marc trotzdem in die Firma fährt.«

»War Ihr Mann gestern Morgen hier?«

»Nein. Er war schon um halb sieben in der Firma. Er und Gerald wollten ein Meeting vorbereiten. Während des Meetings soll es dann passiert sein.«

»Hat Ihr Mann das erzählt?«

»Auch Hanna. Sie war richtig geschockt. Und alle hatten sich noch gewundert, dass HaE nicht anwesend war.«

Lynn stand mittlerweile vor dem Esstisch. Matthias zupfte sie leicht von hinten an der Jacke als Zeichen, dass es eilig war. Sie verabschiedeten sich.

»Danke. Wir melden uns, wenn wir noch Fragen haben.«

Lynn hinterließ ihre Karte für den Fall, dass Iris Stetter noch etwas zur Aufklärung einfallen sollte.

Das Gesicht von Matthias Tregnat blieb auch versteinert, als sie ins Auto stiegen.

»Die Kollegen Alsental haben gerade angerufen. Es gibt eine Leiche. Ortsrand Alsental. Spusi ist schon verständigt.«

Diese Wortkargheit war ja normal. Aber etwas vibrierte in seiner Stimme. Der Fall setzte ihm richtig zu. Es hatte aufgehört zu regnen. Der Himmel blieb aber wolkenverhangen. Die Temperaturen fielen schon den ganzen Tag und waren jetzt irgendwo in der Nähe des Gefrierpunktes. Als sie am Tatort ankamen, waren schon die Zugänge zu den Fahrrad- und Fußgängerwegen entlang der

Umgehungsstraße gesperrt. So bogen sie zwar auf den Fahrradweg ein, lenkten das Fahrzeug aber in die Gegenrichtung zum Tatort, um keine Spuren zu verwischen. Die meisten dürften dennoch vernichtet sein, denn es hatte die ganze Nacht geregnet.

Zwischen den Absperrbändern direkt bei Ihnen und zweihundert Meter entfernt stand ein dunkelblauer Kombi. Die Schaulustigen säumten nur die Ausfallstraßen auf die Umgehung. Sonst war niemand zu sehen. Sie zogen Schutzanzüge an, falls es doch noch Hinweise am Tatort geben sollte.

Der Kollege, der den Zugang zum Weg am Absperrband sicherte, teilte ihnen mit, dass es einen Zeugen gab. Er war hier entlanggefahren und wollte in den Wald einbiegen, um die Tierkameras zu überprüfen. Sein Auto stand genau zwischen den Absperrbändern.

Der Zeuge saß im Polizeiauto am anderen Ende der abgesperrten Strecke. Eine Leiche lag unmittelbar neben dem Kombi, war aber von hier aus nicht zu sehen, weil der Fahrradweg leicht anstieg.

Lynn und Matthias hielten sich beim Näherkommen möglichst auf der rechten Seite des Weges, da sie näher zur Umgehung lag. Die Leiche sollte auf der anderen Seite des Weges in der Ablaufrinne liegen.

Etwa zehn Meter hinter dem Kombi lagen Glassplitter auf dem Weg. Auf der abgewandten Seite konnte man in der Ablaufrinne die Oberseite der Leiche erkennen. Sie hatte Laufkleidung, ein Kapuzenshirt sowie Laufschuhe an. Als sie sich einen Schritt Richtung Wegmitte bewegten, konnten sie sehen, dass die Kapuze unter die linke Gesichtshälfte gerutscht war.

Lynn lief rechts am Kombi vorbei und versuchte, einen Blick auf das Gesicht zu erhaschen. Sie sah aber nur zu einem Zopf zusammengeflochtene braune Haare. Die Haltung wirkte unnatürlich. Becken und Schultern hatten nicht die Stellung eines normal liegenden Menschen.

Lynn zog ihr Notizbuch hervor und fing an, ihre Beobachtungen aufzuschreiben. Danach ging sie zurück zu Matthias, der gerade wieder sein Smartphone abschaltete.

»Es liegt eine Vermisstenanzeige vor. Ellinor Lindner ist heute Nacht nicht nach Hause gekommen. Und sie geht auch nicht ans Telefon.« Er atmete tief durch. »Wir haben es hier mit einem Monster zu tun. Der Kerl muss schnellstens gestellt werden!«

Lynn sah den Wagen der Spurensicherung hinter ihrem Wagen parken. Peter Nördner und sein Team stiegen aus und legten ihre Schutzanzüge an. Sie kamen langsam auf demselben Weg auf Lynn und Matthias zu, den die beiden vorher schon genommen hatten.

Peter Nördner schaute erst kritisch wegen ihrer Nähe zum Tatort, dann aber zufriedener, als sie ihm mitteilten, was sie gesehen hatten.

»Es hat die ganze Nacht geregnet. Viele Spuren wird es wohl nicht mehr geben«, sagte er.

Er wies sein Team an, bei welchen Spuren sie die farbigen Zahlenmarkierungen zu setzen hatten. Bald waren mehr als ein Dutzend auf dem Weg verteilt. Zwei standen an den Glassplittern, eine am Wegrand direkt daneben. Zwei weitere wurden an Bremsspuren vor den Glassplittern positioniert. Die Übrigen wurden um die Leiche herum verteilt. Zwei weitere standen an dem platt gewalzten Unkraut, das zwischen Weg und Ablaufrinne wuchs.

Endlich kam Peter Nördner zu ihnen. »Eine weibliche Leiche, um die dreißig Jahre alt. Sie ist wohl angefahren worden.«

Was hatte ein Fahrzeug hier auf diesem Weg zu suchen? Es könnte ein Wagen der Tierbeobachtungsstation gewesen sein. Dieser hier war jedoch unbeschädigt. Und ein weiteres Auto dürften sie nicht haben. So wie sich der Fall bisher entwickelt hatte, vermutete Lynn, dass es sich nicht um einen Unfall handelte.

Peter wies sie an, direkt hinter ihm zu bleiben. Sie liefen an der

Gegenseite ein paar Meter an Leiche und Kombi vorbei und näherten sich dem Fundort vom Kopf der Leiche her. Als sie fast bei ihr angelangt waren, sah man, dass die Augen weit geöffnet waren. Die Frau lag auf dem Bauch und der Kopf war stark nach rechts verdreht, so dass das Gesicht Richtung Umgehung gewandt war.

Die Gesichtsfarbe zeigte eine unnatürliche Blässe, fast schon Wachsfarben. Lynn hatte die Frau schon einmal gesehen. Dann erkannte Matthias sie auch.

»Das ist Tanja Gräbele. Eine Mitarbeiterin aus dem Team von Gerald Bohm.«

Matthias wandte sich ab und ging ein paar Schritte zurück. Lynn war ebenfalls geschockt. Sie zwang sich aber, Peter Nördner zu folgen, bis dieser ihr andeutete stehen zu bleiben.

»Hier wurde die Frau über den Rand des Weges in die Ablaufrinne gezogen. Das Unkraut ist an der Stelle niedergewalzt.« Er ging neben der Frau in die Hocke. »Wir brauchen einen Moment, um die Spuren an ihr zu sichern. Ich bin gleich bei euch.«

Lynn wandte sich Matthias zu.

»Und Frau Lindner wird auch vermisst?«

Er nickte. »Allerdings hat die Polizei noch keine Suche eingeleitet. Sie hat gestern Abend nach einem Streit ein paar Sachen gepackt und hat das Haus verlassen. Lindner ist zur Polizei, weil sie nicht erreichbar ist. Das ist wohl ungewöhnlich.«

»Das heißt, sie wird noch nicht lange genug vermisst. Lass uns anschließend zuerst Peer Lindner aufsuchen.«

Beide standen ein paar Minuten lang wortlos zusammen. Dann kam Peter Nördner auf sie zu.

»Die Spuren auf dem Rücken haben wir gesichert. Die Kapuze ist ihr beim Rollen in die Ablaufrinne unter die linke Gesichtshälfte gerutscht. Es sieht so aus, als ob sie voller Blut wäre.«

»Wie lange liegt sie schon hier?«

»Mindestens seit gestern Abend. Also mehr als zwölf Stunden.

Ihr könnt jetzt anfangen. Allerdings müssen wir noch weitere Spuren sichern.«

»Ist sie hier getötet worden, oder wurde sie hierhergebracht?«

»Hm. Wir haben kleine Plastiksplitter an ihrer Laufhose gefunden. Ein paar Meter zurück liegen auch schon welche auf dem Weg. Eventuell Scheinwerferplastik. Ob sie zusammengehören, wird sich zeigen.«

Sie traten zu dritt an die Tote heran, sorgfältig darauf achtend nicht auf die markierten Stellen am Boden zu treten. Als sie sie vorsichtig auf die linke Seite drehten, sahen sie, dass Peter Nördners Vermutung richtig war. An der linken Schläfe klaffte eine tiefe Wunde. Das Becken sah so noch unnatürlicher verdreht aus, wenn man von der Schulter die Körperachse entlang Richtung Füße schaute. Der Stoff war am Übergang vom Laufshirt zur Laufhose über der rechten Rückenseite abgewetzt.

»Sie ist anscheinend zuerst von einem Auto erfasst worden. Der Wagen hat abgebremst und sie wurde von der Motorhaube weg vom Fahrzeug auf den Boden geschleudert. Sie schlug mit ihrer rechten Seite auf.«

Lynn notierte sich Peter Nördners Ausführungen in ihr Notizbuch.

»Wir müssen die tiefe Wunde noch einmal direkt hier auf Spuren untersuchen.«

Peter Nördner winkte seinen Assistenten herbei und Lynn und Matthias erhoben sich aus ihrem Kniestand und machten Platz. Sie sahen zu, wie Peter Nördner mit einer Pinzette aus der Wunde verschiedene Proben entnahm, in Röhrchen schob und diese verschloss. Bei einer stutzte er.

»Hier haben wir eine Faser. Vielleicht ein Haar. Das sehen wir, wenn wir es im Labor vom Blut gelöst haben. Falls es sich um ein Haar handelt, dann ist es auf keinen Fall ihr eigenes. Es schimmert hell.«

Vielleicht war vom Täter ein Haar in die Wunde gelangt.

Matthias blieb wortlos. Lynn sprach ihn an.

»Wir müssen noch den Zeugen befragen.«

Er nickte und sie machten sich auf den Weg. Hier hatten sie genug gesehen. Ein paar Meter vom dunkelblauen Kombi entfernt zogen sie ihre Schutzanzüge aus. Peter Nördner hatte seine Kamera noch einmal in die Hand genommen und fotografierte die Wunde an der Schläfe und die abgewetzten Stellen an der Kleidung. Das Gesicht von Matthias nahm wieder Farbe an. Seine Miene wurde grimmig.

»Einfach erschlagen. Vorher überfahren. Dann weggeworfen. Wenn es sich jedes Mal um den gleichen Täter handelt, wird er immer berechnender in seinen Taten.«

Sie liefen den Weg weiter in Richtung des anderen Einsatzfahrzeugs. Dabei gingen sie in Stichworten die Fälle noch einmal durch. Das lenkte vom Mord an Tanja Gräbele ein wenig ab.

Lynn fing an. »Die erste Tat an Droste könnte ungeplant gewesen sein.«

»Lamers hat etwas gemerkt. Den Täter eventuell angesprochen. Der passt ihn auf dem Parkdeck ab und erschlägt ihn.«

»Tanja Gräbele wird ebenfalls zum Risiko. Vielleicht eine Mitwisserin?«

»Mit unbequemen Forderungen?«

»Bei beiden Opfern wurde kein Telefon gefunden. Der Täter will den Kontakt zunächst verschleiern.«

Es tat gut, den Gedanken freien Lauf zu lassen. Diesmal fing Matthias an. »Erste Tat war geplant. Droste wusste was. Wurde zum Risiko.«

»Bauer musste auch weg als Zeugin. Lamers kommt aus dem Urlaub und wird auch zum Risiko. Weil er wie Droste über die gleiche Sache informiert war.«

»Gräbele auch ein Risiko? Wusste auch zu viel? Aber was?

Firmenwissen?«

Kurzes Schweigen. Lynn resümierte.

»Beim ersten Ablauf kann jeder aus der Abteilung der Täter gewesen sein. Beim Zweiten ganz klar die Firmenleitung.«

Auf der parallel laufenden Umgehungsstraße hatte sich mittlerweile in beide Richtungen ein Stau durch Schaulustige gebildet. Glücklicherweise war noch kein Unfall passiert. Es versuchte auch niemand auszusteigen und die Böschung hoch zum Tatort zu laufen. Dazu war der Boden zu aufgeweicht. Und die Temperaturen nahe dem Gefrierpunkt trugen ebenfalls dazu bei, dass niemand Lust hatte, sich für ein paar neugierige Blicke schmutzig zu machen.

Gegenüber beiden Absperrungen gab es Ausfahrten aus Alsental heraus, an denen jetzt verschiedene Pressewagen standen.

Sie setzten sich zu dem Zeugen in das Polizeifahrzeug. Oliver Knut gab sich als Biologiestudent aus, der das Projekt der Tierbeobachtungen mitbetreute und einmal pro Woche die Kameras überprüfte. Eigentlich hätte er gestern Abend schon eine Kamera austauschen sollen, die im Modellprojekt mit automatischer Übertragung getestet wurde und dabei ausgefallen war. Wegen der anhaltenden Regengüsse gestern war die Überprüfung jedoch ausgesetzt und für den heutigen Tag eingeplant worden. Der Zeuge war sehr blass und wirkte verstört.

»Die Frau ist mir schon öfter aufgefallen. Vor allem letzten Sommer, in dem wir die Wildkameras zwei Mal die Woche gecheckt haben.«

»Haben Sie die Tote berührt?«, wollte Lynn wissen.

»Ich bin ausgestiegen und habe sie an der Schulter gerüttelt. Aber sie war total kalt.«

»Haben Sie sie gedreht oder die Lage anderswie verändert?«

»Nein. Hab nur meine Hand auf ihre Wange gelegt. Die war eiskalt und fühlte sich nicht wie Haut an. Da habe ich erst ihre offenen

Augen gesehen.«

»Was haben Sie dann gemacht?«

»Die Polizei über den Notruf verständigt. Die haben mir gesagt, dass ich hierbleiben und nichts verändern soll.« Er rieb sich über die Stirn. »Ach ja. Vorher haben sie mich noch einige Male gefragt, ob ich versucht hätte, sie wiederzubeleben. Aber da war ja gar nichts zu machen.«

»Und dann?«

»Habe ich gewartet. Bin aber einige Meter weitergelaufen und hab mich auf den Boden gesetzt. Das ist … ich meine …« Er setzte einige Male an. »Wie kann …?« Er verstummte.

»Ja?«

»Sie sah aus, als wäre sie einfach weggeworfen worden. Wer tut so etwas?«

Das hatte Matthias auch gesagt.

»Das werden wir herausfinden!«, sagte Lynn zuversichtlich. Sie warf Matthias einen Blick zu und stieg aus. Matthias ebenfalls. Sie gingen ein paar Meter weg vom Wagen, so dass der Zeuge sie nicht hören konnte.

»Wir müssen ihn noch fragen, was er gestern gemacht hat. Ich halte das jetzt aber für keinen guten Zeitpunkt.«

Matthias nickte nachdenklich. »Der zittert. Dem ist kalt. Hat ’nen Schock. Ist kein Täter, der zum Tatort zurückkehrt. Reicht, sobald wir den Todeszeitpunkt haben.«

Der Kollege hatte schon die Personalien des Studenten aufgenommen.

»Der hat seinen Studienausweis dabei, den Personalausweis und die Einfahrtsgenehmigung in den Wald.«

Er überreichte Lynn den Zettel mit den Daten.

Der Leichenwagen war mittlerweile von der Gegenseite her auf den Fahrradweg gefahren. Peter Nördner winkte ihnen zu und sie machten sich auf den Weg zu ihm.

»Wir lassen die Tote jetzt abtransportieren, wenn ihr fertig seid. An dem Kombi der Tierbeobachtungsstation gibt es keinerlei Hinweise auf eine Beschädigung. Der junge Mann kann ihn wegfahren.«

»Der fährt heute nicht mehr. Einer seiner Kollegen aus der Station ist hierher unterwegs und fährt ihn nach Hause«, sagte Lynn. »Wir sind hier fertig. Ihr könnt dann zusammenpacken.«

»Davon kann noch keine Rede sein. Sobald Leiche und Wagen weg sind, müssen wir noch dort suchen, wo die Tote gelegen hat. Glücklicherweise wurde die Rinne aus Pflastersteinen gebaut. Da könnte einiges in den Fugen hängen geblieben sein. Und der Bereich unter dem Wagen ist auch noch dran.«

Sein Kollege von der Spurensicherung löste am Wagen die Handbremse und kuppelte aus. Der Schlüssel steckte noch. Dann schoben die beiden den Kombi etwa zehn Meter weiter und machten sich wieder an die Arbeit. Lynn und Matthias verließen den Tatort.

Tanja Gräbeles Wohnung war im Altkastener Weg vier im zweiten Obergeschoss. Ein Schlüssel war nicht bei ihr gefunden worden. Lynn und Matthias warteten auf den Kollegen Winfried Keller aus dem Team von Peter Nördner von der Spurensicherung. Er sollte das Wohnungstürschloss auf Einbruchsspuren untersuchen und fotografieren. Mit einem Pickset wollten sie die Wohnungstür nicht öffnen, um eventuelle Spuren nicht zu zerstören. Keller kam schon kurze Zeit später. Er wurde von einem Kollegen mit dem Streifenwagen zur Wohnung gefahren. Es erwartete sie eine Überraschung. Nicht nur die Wohnungstür war sauber abgewischt worden, sondern auch der gebogene Griff der Eingangstür zum Wohnhaus. Spuren, die auf ein gewaltsames Öffnen der Türen hindeuteten, fehlten jedoch. Nachdem auch sie ihre Schutzanzüge übergezogen hatten, betraten sie die Wohnung.

Schon im Flur sah man, dass alles durchwühlt worden war. Gleich links hinter der Wohnungstür ging es in den Abstellraum. Hier waren im offenen Schuhregal drei größere Lücken, aus denen Schuhe genommen worden sein konnten. Hier war sonst alles unberührt. Keller ging ihnen direkt hinterher und machte sich am Abstellraum an die Arbeit, während sie das danebenliegende Gäste-WC untersuchten.

Aus dem Hängeschränkchen war offensichtlich ein Handtuch genommen worden, denn der Rest des Stapels war herausgefallen und lag verstreut auf dem Boden darunter. Ein Raum weiter war das Badezimmer. Auf den ersten Blick waren nur die Utensilien einer Person auf dem gefliesten Absatz über dem Waschbecken zu erkennen. Dem Spiegelschrank darüber waren verschiedene Dinge entnommen worden, denn hier war die linke Hälfte leer. Spuren eines Bechers oder Rasierapparates waren nicht zu sehen. An den leeren Stellen war der Spiegelschrank ausgewischt worden.

Im Büro stand ein modernes Bild in Acrylfarben auf dem Boden an der Wand. Der Künstler hatte schwungvoll viele Linien in breiten Pinselstrichen mit verschiedenen Farben über das Bild verteilt. Auch wenn es kein Motiv gab, wirkte die Anordnung sehr harmonisch. Der kleine Wandtresor über dem Bild stand offen und war leer. Hier war anscheinend jemand am Werk gewesen, der sich in der Wohnung auskannte. Auf dem Schreibtisch und darunter war kein Rechner zu sehen. Nur eine leere Dockingstation war aus der Mitte des Tischs nach rechts geschoben worden. Ein zum Büroschrank umfunktionierter Kleiderschrank stand offen und alle Ordner waren auf den Boden daneben abgestellt worden.

Hier sollte wohl Lärm vermieden werden.

Am Ende des langen Flurs war ein Außenfenster, das viel Licht hineinließ und nicht durch ein anderes Haus verbaut war. Das war ungewöhnlich, legte man den Flur doch ins Innere einer Wohnung und baute die Zimmer drum herum. Auf der rechten Seite lag gegenüber dem Büro das Schlafzimmer. Die Bettwäsche war abgezogen worden. Der dreiteilige Kleiderschrank stand offen und alle Kleidungsstücke waren auf das Bett geworfen worden. Da wollte wohl jemand sichergehen, dass nichts Persönliches aus Versehen gefunden werden konnte. Matthias trat aus dem Schlafzimmer in den Flur und sah Winfried Keller fragend an.

»Alles penibel abgewischt.« Er erriet schon die Frage. »Aber ich konnte neben der Toilette und unter dem Waschbeckenschrank Hautpartikel sicherstellen. Das wundert mich, denn die Mitte der Zimmer und der Flur sind wohl noch gesaugt worden. Allerdings fehlt der Staubsauger. Für eine große Reinigung hat es aber wohl nicht mehr gereicht.«

Der letzte Raum war ein mit einem Esszimmer und einer Küche verbundenes Wohnzimmer, das in L-Form gebaut worden war. Das Wohnzimmer befand sich im vorderen Bereich, das Esszimmer dahinter und im L war die Küche eingebaut. An zwei Wänden gab es Fensterreihen, was sie selbst an diesem düsteren Tag sehr gut von außen beleuchtete. Dieser angehängte Raum war so groß, dass es für einen Hochtisch in der Mitte reichte, um den sechs gemütliche Barhocker standen. Lynn schätzte die Fläche der Wohnung auf über einhundert Quadratmeter. Die Schränke in Wohnzimmer und Küche waren zwar geöffnet, allerdings lagen keine Inhalte herum wie in den anderen Räumen.

Im Nachbarzimmer hörten sie Stimmen. Peter Nördner hatte zu seinem Kollegen aufgeschlossen und ergänzte dessen Arbeit mit dem Sammeln von Spuren und Dokumentation mit Kamera und Diktiergerät.

Lynn wusste auf einmal, was ihr an dieser Wohnung komisch vorkam. »Keine Hobbys!«, sagte sie laut. Matthias nickte. »Sie malt nicht. Bücher hat sie zwar ein paar. Aber als Leseratte geht sie damit nicht durch.«

»Wir haben bisher auch kein elektronisches Lesegerät gefunden.

Muss aber nichts heißen. Es fehlen Dinge, die wohl mitgenommen worden sind. Siehe Rechner.«

Im Keller waren ein Trekkingrad und ein paar Umzugskartons abgestellt. Die Staubschicht auf allem ließ erahnen, dass er seit Langem nicht mehr betreten worden war. Auf dem Garagenstellplatz war lediglich Gräbeles Firmenwagen abgestellt. Keine Reifen. Kein Motorrad.

Da Lynn und Matthias nicht mehr gebraucht wurden, verabschiedeten sie sich. Am nächsten Morgen um zehn Uhr würden sie Peter zur Obduktion in der Rechtsmedizin treffen.

Als sie wieder im Wagen saßen, grummelte Lynns Magen laut. Es war schon vierzehn Uhr durch und sie hatte bisher erst gefrühstückt.

»Der muss warten. Vorher fahren wir bei den Lindners vorbei und erkundigen uns nach Ellinor Lindner. Vielleicht ist sie schon wieder aufgetaucht.«

»Na dann los«, antwortete Matthias.

Sie klingelten bei den Lindners, aber es tat sich zunächst nichts. Nach zwei Minuten öffnete eine genervte Frau die Haustür.

»Wer sind Sie?«, rief sie ihnen über den Vorplatz zu, ohne das Gartentor zu öffnen.

»Polizei. Wir suchen Frau Lindner.«

Die Frau näherte sich dem übermannshohen Gartentor und schimpfte dabei leise vor sich hin.

»... blöde Sprechanlage geht mal wieder nicht ... Scheiß Kamera ...«, waren als Wortfetzen zu hören.

»Ihren Ausweis bitte. Lindners sind nicht da.«

Sie hielten ihre Ausweise vor die kleine Spalte im Gartentor. Die Frau lief schimpfend wieder weg. Nach zwei Minuten ertönte der Türsummer und sie betraten den Vorplatz.

»Wer sind Sie?«, fragte Lynn die Frau.

»Ich arbeite im Haushalt hier. Lindners sind nicht da«,

wiederholte sie.

»Wissen Sie, wo sie sind?«

»Herr Lindner hat das Haus verlassen, als ich gekommen bin. Und Frau Lindner erreiche ich nicht. Auch nicht auf dem Handy. Ist wahrscheinlich in Bad Schönborn.«

»Wie kommen Sie darauf?«

»Da fährt sie immer hin und checkt im Wellnesshotel ein, wenn der Haussegen schief hängt.«

»Hat Herr Lindner das gesagt?«

»Nö. Aber ich bin ja nicht blind. Und schlechte Laune zeigt er nur, wenn's mal wieder so weit ist.«

»Geben Sie uns bitte die Mobilnummer von Frau Lindner?«

»Die darf ich nicht weitergeben.«

»Wir müssen sie eventuell orten. Geben Sie sie uns bitte!«

Widerwillig zeigte die Frau einen Zettel mit einer Mobilnummer, die Lynn sich notierte.

»Und Sie sind?«

»Evelyne Adam. Ich arbeite drei Mal pro Woche hier.«

»Kommen Sie mit dem Auto hierher?«

»Ja. Ist der graue Polo vor dem Haus.«

Das war gefühlt der erste Wagen in Alsental, der kein dunkelblauer Kombi war.

»Arbeiten Sie schon lange für Familie Lindner?«

Frau Adam winkte ab. »Schon fünfundzwanzig Jahre. Früher fünf Mal die Woche. Aber seit die Kinder aus dem Haus sind …«

»Verschwindet Frau Lindner hin und wieder, ohne zu sagen, wohin und wann sie wieder da ist?«

»Eigentlich nie. Darum macht sich Herr Lindner ja Sorgen.«

»Wo ist er jetzt?«

»In der Firma. Die Aufgaben warten ja auch auf ihn.«

Lynn wollte noch etwas fragen, aber Evelyne Adam unterbrach sie resolut.

»Hören Sie! Ich bin bei der Wäsche. Die macht sich nicht von allein. Beide sind nicht da. Mehr kann ich Ihnen nicht sagen.«

Lynn vermutete, dass die Befragung nichts weiter ergeben würde. Uns so beschloss sie, Frau Adam bei Bedarf ein andermal weiter zu befragen. Sie verabschiedeten sich und verließen das Grundstück. Evelyne Adam sah ihnen nach, bis sie das Gartentor hinter sich zugezogen hatten. Dann schloss sie die Haustür mit einem laut vernehmbaren Knall.

Matthias räusperte sich. »Aufgrund der momentanen Lage müssen wir nach Ellinor Lindner suchen lassen. Das können wir nicht aufschieben. Sie könnte in Gefahr sein.«

»Lass es mich nur einmal versuchen«, sagte Lynn, als sie wieder im Wagen saßen. Sie wählte die Mobilnummer. Nach nur zweimaligem Läuten wurde abgenommen.

»Ja!«, kam es unwirsch, aber eindeutig von Frau Lindner rüber.

»Hier ist Lynn Deyonge von der Kriminalpolizei. Ich …«

»Sie schon wieder! Peer hat auch schon zehn Mal versucht, mich zu erreichen.«

»Er hat Sie als vermisst gemeldet.«

»Oh.«

»Wo sind Sie?«

»In Bad Schönborn und lasse mich wieder aufbauen! Ist ja nicht zum Aushalten im Moment.«

»Melden Sie sich bitte bei Ihrem Mann, damit die Vermisstenanzeige zurückgenommen werden kann. Es wird gleich noch ein Polizist vorbeikommen und Ihre Angaben überprüfen.«

»Muss das sein?«

»Ja. Muss.«

Lynn hatte keine Lust, sich zu rechtfertigen. Und wenn Ellinor Lindner nicht wollte, dass die Polizei in ihrem Hotel auftaucht, dann hätte sie eben verantwortlicher handeln müssen. Schon wegen der momentanen Lage. Sie verabschiedete sich und bat Frau

Lindner, sie anzurufen, wenn ihr noch etwas zu den Vorfällen der letzten Tage einfallen sollte.

Und jetzt war es richtig Zeit für die Nahrungsaufnahme. Sonst würde sie noch jemanden anfallen. Heute Mittag wartete leider noch die schwierige Aufgabe, die Eltern zu informieren. Diese wohnten in Waghäusel, einer Gemeinde in der Nähe von Alsental. Das Alsen hatte schon geschlossen und würde erst um siebzehn Uhr wieder öffnen. Die Uhr zeigte kurz vor drei. Im AlsenInn waren sie erfolgreicher. Sie bestellten sich beide den Hausburger mit frittierten Kartoffelscheiben und kleinem Salat. Dazu eine große Apfelsaftschorle. Das tat jetzt richtig gut.

Ja, ihr zwei Idioten. Esst nur. In meiner Familienkutsche erkennt ihr mich sowieso nicht. So wie ihr an den Fenstern sitzt, genießt ihr eure Henkersmahlzeit. Mein Auftraggeber hat mir eine letzte Frist gesetzt, die neueste Softwareversion von XFU zu liefern. Hoffentlich reicht der Akku. Da sind wir ja schon. Die Daten auf dem Datenrechner scheinen unverändert zu sein. Ich werde jetzt mal das ganze System nach neuen Dateien durchforsten. Ihr beiden Bullen fragt mir ein bisschen zu viel. Kommt mir zu nahe. Vor allem die Deyonge. Heute Mittag werdet ihr bestimmt noch ein paar Leute befragen. Und ich weiß schon, wo ihr noch hinfahrt. Und da erwische ich euch!

Dieser Dateiordner ist neu angelegt. Vielleicht ist hier die neue Version. Schick. Ihr zahlt schon. Na, dann werde ich mal schauen, wo ihr hinfahrt, und muss anschließend den Wagen wechseln. Wenn ich euch erledigt hab, stellt keiner mehr dämliche Fragen. Es fängt leicht an zu schneien. Das Schicksal ist wirklich auf meiner Seite.

Mich werdet ihr nicht erwischen.

Denn ich bin Napoleon!

Als sie wieder im Wagen saßen, klingelte Lynns Telefon. Hanna Bohm rief sie an. Ihre Stimme verriet, dass sie geweint hatte.

»Ich habe gerade in den Nachrichten von der Toten an der

Umgehung erfahren. Eine Nachbarin erzählte mir, dass es Tanja ist. Es ist schrecklich. Ich wollte Ihnen etwas …«

Lynn unterbrach sie. »Frau Bohm, können wir bei Ihnen vorbeikommen?«

»Oh ja, bitte.«

»Wir sind gleich da.«

Eine sichtlich angeschlagene und übernächtigte Hanna Bohm öffnete ihnen die Tür und bat sie herein. Sie setzten sich wie gestern an den Esstisch.

»Ich war gestern spät abends noch Laufen. Der Tag hatte mich unglaublich fertiggemacht. Hier drinnen wäre ich zum Werwolf mutiert!«, kam sie ohne Umschweife zur Sache.

Lynn legte den Kopf leicht schief. Wenn es nur so sprudelt: reden lassen!

»Was ist passiert?«

»Ich musste raus hier. Gerald ist im Moment nicht wiederzuerkennen. Er war gestern noch lange im Verein. Da habe ich meine Mutter angerufen, um die Kinder zu hüten, und bin Laufen gegangen.« Sie atmete zitternd durch. »Unterwegs habe ich noch Tanja in weiter Ferne von hinten gesehen.« Ihre Augen füllten sich mit Tränen. »Ich wollte aber allein sein. An der Kreuzung, von der aus ich Tanja unter den Laternen gesehen habe, stand ein dunkler Kombi. Jemand hat darin gewartet.«

Das war wirklich spannend. »Konnten Sie erkennen, wer das war?«

»Nein. Ich habe nur einen Schatten hinter dem Lenkrad gesehen. Nicht mal richtig die Umrisse. Alles war gleich grau. Durch die Bewegung des Fahrers bin ich aufmerksam geworden.«

»Was ist dann passiert?«

»Eigentlich nichts. Der Wagen stand so, dass der Fahrer Richtung Tanja geschaut hat. Nachdem ich die Kreuzung hinter ihm passiert hatte, hörte ich ihn noch losfahren.« Sie weinte los. »Es ist so schrecklich. Wenn ich gewusst hätte, was passiert …«

»Konnten Sie das Nummernschild erkennen?«

»Darauf habe ich gar nicht geachtet, weil ich mir ja nichts dabei gedacht habe. Es wartet ja immer irgendwo jemand auf andere. Erst heute Mittag ist es mir wieder eingefallen, als ich von Tanjas Tod erfahren habe.«

»Wann waren Sie wieder zu Hause?«

»Gegen halb zwölf.«

Lynn fühlte sich an ihren eigenen Laufkurs gestern Abend erinnert.

»Ich weiß, das ist spät. Aber es ging gar nichts mehr.«

»Wann etwa haben Sie Frau Gräbele gesehen?«

»Es muss kurz vor elf gewesen sein. Sie lief Richtung Umgehung. Was ist ihr denn passiert?«

»Das dürfen wir Ihnen nicht sagen. Wann kam Ihr Mann nach Hause?«

»Der war gerade hereingekommen, als ich zu Hause einlief. Meine Mutter zog sich gerade den Mantel an und wollte heim.«

»Ist Ihnen unterwegs noch etwas aufgefallen?«

»Nein. Ich hatte nur das Gefühl, dass es durch den Regen rutschig wird. Ich war auch völlig durchnässt und bin nur noch unter die Dusche.«

»Haben Sie oder Ihr Mann das Haus noch einmal verlassen?«

»Nein. Es war ja schon spät und wir müssen morgens …« Sie stutzte. »Moment mal! Sie glauben doch nicht, dass Gerald etwas …? Wir haben nur einen kaputten blauen Kombi.«

»Wir glauben gar nichts. Wir ermitteln und schließen aus.«

Ihr Gesichtsausdruck wurde finster. Fast schon trotzig. »Ich hätte Geralds Umrisse im Wagen erkannt. Definitiv.«

»Schon gut. Können wir Ihren Mann sprechen?«

»Er ist beim Schwimmen. Das macht er, wenn ihm alles zu viel wird.«

»Wo ist das?«

»Im Hallenbad Alsental. Danach trifft er sich noch zum Klönen mit den Vereinsleuten.«

Beim Wort Klönen fühlte sich Lynn fast heimisch. Da steckte wohl etwas Norddeutsches in der Familie Bohm.

»Wissen Sie, wann Ihr Mann nach Hause kommt?«

»Bestimmt vor acht. Er will heute früh ins Bett. Das nimmt ihn alles unglaublich mit.«

Ihr nächstes Ziel war in Waghäusel die Alsenstraße Nummer vierzehn. Eine sichtlich angespannte Frau Ende sechzig öffnete ihnen die Türe. Als sie sich auswiesen, wurde sie kreidebleich und hielt sich am Türrahmen der Haustür fest.

»Ich habe es schon geahnt, als ich vor ein paar Minuten die Nachricht im Radio gehört habe. Ich erreiche Tanja seit gestern nicht mehr«, sagte sie mit zittriger Stimme, als sie sich am Küchentisch gesetzt und Dorothea Gräbele die schlimme Nachricht mitgeteilt hatten. Sie schlug die Hände vor das Gesicht.

Lynn bot ihr an, einen Psychologen zu verständigen, der sich um sie kümmern konnte, aber sie lehnte ab.

»Meine Älteste wohnt noch hier und will gleich vorbeikommen.«

Dorothea Gräbele wollte auch noch Fragen zu Tanja beantworten. »Sie wollte schon mit dem Kerl schlussmachen. Obwohl sie erst seit drei Wochen zusammen waren. Sie nannte ihn vor ein paar Tagen am Telefon einen Idioten und schimpfte darüber, dass er erst auf große Liebe gemacht und schon Sachen von sich bei ihr untergebracht hatte. Trennen wollte er sich von seiner Frau allerdings nicht. Am Wochenende wollte sie mich besuchen.«

»Wie viele Kinder haben Sie?«

»Wir haben vier. Tanja war meine jüngste Tochter. Sie hat großen Abstand zu den anderen. Zwölf Jahre. Wir haben damals wieder von vorne angefangen. Aber es war schön.« Sie lächelte wehmütig unter einem mühsam zurückgehaltenen Tränenschleier. »Als sie vor zehn Jahren ausgezogen ist, verstarb auch mein Mann kurze Zeit später. Das fühlte sich ziemlich komisch an. So leer!« Jetzt ließ sie ihren Tränen freien Lauf. »Hoffentlich kriegen Sie den Mistkerl!«

»Können Sie uns sagen, wie er heißt?«

»Leider nicht. Als sie ihn erwähnte, war es schon fast wieder mit ihm aus. Sie wollte Schluss machen.«

»Hat sie erwähnt, woher sie ihren Freund kannte?«

»Sie hat nur Andeutungen gemacht. Ich habe allerdings herausgehört, dass es ein Arbeitskollege sein muss. Deshalb sollte es noch keiner wissen.«

Es klingelte an der Haustür. Dorothea Gräbele öffnete ihrer Tochter. Eva Klein sah aus wie eine jüngere Ausgabe ihrer Mutter. Mühsam gefasst nahm sie die Nachricht von Tanjas Tod auf. Eva selbst hatte Tanja seit einem halben Jahr nicht gesehen.

»Wissen Sie, ich habe selbst vier Kinder. Und ich habe das Erste schon früh bekommen. Mein ältester Sohn fängt schon bald mit dem Studium an.«

Eva Klein war das zweite Mal verheiratet und von Beruf Diplomkauffrau. Sie arbeitete zu sechzig Prozent bei einem Logistikunternehmen in Waghäusel. Sie hatte noch nicht einmal gewusst, dass ihre Schwester einen neuen Freund hatte.

»Unser Nesthäkchen brachte immer sehr viel Schwung in die Familienfeiern«, sagte sie wehmütig. »Sie hatte auch teilweise einen neuen Freund dabei, den von uns noch gar keiner kannte. Ich kann mir kaum vorstellen, dass sie nicht mehr kommt.«

»Eine Frage habe ich noch«, sagte Lynn. »Ihre Tochter hatte einen Tresor in ihrer Wohnung. Wissen Sie, was sich darin befunden haben könnte?«

»Sie war damit immer sehr offen zu mir«, antwortete Dorothea. »Es waren Schmuckstücke. Halsketten. Festplatten. Verträge über die Eigentumswohnung. Und einiges an Bargeld.«

»Wissen Sie, wie viel es war?«

»Ich schätze so um die zehntausend Euro. Größere Bargeschäfte werden ja nicht mehr angenommen.«

»Woher hatte Ihre Tochter so viel Geld?«

»Zum einen immer noch aus der Erbschaft meines Mannes. Dann hat sie auch gut verdient. Die Eigentumswohnung war zwar teuer. Aber sonst hat sie nicht viel Geld ausgegeben. Als Single ist das ja möglich.«

Mehr würde die Überprüfung der Konten von Tanja Gräbele hergeben, dachte Lynn. Sie und Matthias verabschiedeten sich und überließen Dorothea Gräbele in der Obhut ihrer Tochter.

Im Hallenbad war Gerald Bohm nicht mehr zu finden, hatte laut Schwimmmeister aber heute seine Bahnen gezogen. Hanna Bohm hatte ihnen auch nicht sagen können, wo sich die Vereinsleute trafen, da sie keinen festen Stammtisch hatten. Manchmal fuhren sie auch nach Heidelberg.

Als Nächstes wollten sie Peer Lindner befragen. Auf dem Weg zu XFU rief Peter Nördner an.

»Ich habe Neuigkeiten für euch. Als wir die Faser, die wir an Tanja Gräbeles Leiche gefunden haben, vom Blut befreit hatten, hat es sich gezeigt, dass es ein Haar war. Und wir haben sofort einen Vergleich gestartet. Sicher ist es noch nicht ganz, aber vermutlich ist es ein Haar von Hans-Erich Lamers.« Das schlug ein. »Die Blutuntersuchungen laufen noch. Aber die werden dauern. Liegen nicht vor nächster Woche vor, weil es so wenig ist und alles aufgeweicht war. Und trennen müssen wir es auch noch.«

»Oh Mann!«, entfuhr es Matthias.

»Es kommt noch besser«, führte Peter Nördner weiter aus. »Lack und Splitter auf der Straße sind identisch mit denen an Tanja Gräbeles Kleidung. Sie gehören zu einem dunkelblauen Kombi.«

Peter Nördner verabschiedete sich und legte auf. Die Wagenmarke war nun endlich bestimmt worden, was aber keine Rolle spielte, da der örtliche Fordhändler massenhaft dunkelblaue Ford Focus Kombis unter die Alsentaler Bevölkerung und die Mitarbeiter von XFU gebracht hatte. Diesen Wagentyp hatte Lynn am häufigsten auf den Parkdecks bei XFU gesehen.

Bei XFU trennten sich Lynn und Matthias wieder. Lynn ging in den obersten Stock, um Peer Lindner zu sprechen, während Matthias zu den Büroräumen von Bohms Abteilung strebte, um hier nochmal Mitarbeiter zu befragen. Wenn denn welche anwesend sein würden.

Ein sichtlich angeschlagener und übernächtigter Peer Lindner nahm Lynn am Büroeingang in Empfang.

»Frau Adam hat mich schon angerufen. Ich dachte, ich warte hier auf Sie. Gehen wir in mein Büro.«

Als sie sich setzten, wurde Matthias von Lindners Sekretärin hereingeführt.

»Die ganze Abteilung ist verwaist. Keiner da«, sagte er.

»Das schlägt auch allen aufs Gemüt. Nach Tanjas Tod werden wir sie erst mal wieder einfangen müssen.« Peer Lindner zuckte mit den Schultern. »Jetzt werden Sie mit mir über Tanja sprechen wollen, oder?«

»Herr Lindner, was läuft hier?« Lynn klang barsch. »In Bohms Abteilung sterben Menschen. Sie erzählen alle, dass die Ehen in Ordnung sind. Die Partner Ihrer Mitarbeiter sehen das allerdings anders. Das Arbeitsverhältnis ist angeblich gut. Aber trotzdem werden Menschen umgebracht. Haben Sie uns irgendetwas zu sagen?«

Peer Lindner ließ sich nicht aus der Ruhe bringen.

»Ich kann es nur wiederholen. Meine Frau nimmt sich öfter eine Auszeit, liefert sich in Bad Schönborn ein und lässt sich pflegen. Das war noch nie anders. Zu den Fragen zu meiner Firma habe ich Ihnen die Karten offen auf den Tisch gelegt.«

War er wirklich so abgebrüht? Oder blind? Oder weltfremd? Oder dämlich? Oder ging das alles tatsächlich von einem

Einzeltäter aus?

So würden sie nicht weiterkommen. Also versuchte sie es über die wissenschaftliche Arbeit. Sie zog sie aus der Tasche und überreichte sie Lindner.

»Danke für die Lektüre. War sehr aufschlussreich. Ich hätte dazu noch ein paar Fragen.«

»Moment.« Er griff zum Telefon. »Hi Eugen. Hast du mal 'nen Moment. Bei mir im Büro.« Und zu Lynn. »Fragen zu Netzwerken und Internet kann Eugen besser beantworten.«

Der Genannte trat schon kurze Zeit später ein. Nach kurzer Begrüßung und Vorstellung von Matthias Tregnat kam Lynn sofort auf den Punkt.

»Die Zusammenfassung habe ich mir selbst noch einmal zusammengefasst. Für die Sicherheit bei der Völkerschlacht und im Internet gilt das gleiche Prinzip. Die Nachricht muss sicher überbracht werden, die Bestätigung sicher gesendet und ein Abschlusssignal geschickt werden. Richtig?«

»Exakt«, antwortete Eugen.

»Um den Weg zwischen Sender und Empfänger sicher zu machen, wurde bei der Völkerschlacht die Dunkelheit und – rein spekulativ – eventuell ein Hund aus Baden genutzt. Im Internet wird dafür ein privates Netzwerk nur zwischen den beiden beteiligten Rechnern gebildet. Von außen ist es nicht sichtbar und wird deshalb auch Tunnel genannt. Auch richtig?«

»Besser gehts nicht!«

»Wenn man im Internet die Mechanismen der Völkerschlacht zugrunde legt, dann könnte man die Verbindung aus sicherem Nachrichtenaustausch und Tunnel doch eigentlich auch als „Badischen Hund" bezeichnen, oder?«

»Ich finde den Namen total passend!«, mischte sich Peer Lindner ein. »Ein Badischer Hund. Gefällt mir!«

»Und welche Frage haben Sie jetzt dazu?«, meldete sich Eugen

Markwort zurück.

»Sind Sie sich wirklich absolut sicher, dass niemand von außen an die Dateien auf dem Datenserver herankommt? Also weder durch Zugriff noch durch Mitlesen bei der Übertragung?«

»Absolut sicher. Durch die kurze Lebensdauer des VPN-Tunnels wird er gar nicht schnell genug im Internet bekannt. Ist also nicht angreifbar durch Anonymität.«

»Und ist es sicher, dass der Tunnel nach der Verbindung wieder abgebaut wird?« Lynn fühlte sich schon wie eine Expertin.

»Danach schon. Solange die Verbindung jedoch steht, bleibt der VPN-Tunnel erhalten.«

»Gibt es Rechner, die ständig mit dem Datenserver verbunden sind?«

»Ich weiß, worauf Sie hinauswollen. Sie fragen, ob ein solcher Rechner als Sicherheitsrisiko übersehen wurde?«

»Ja.«

»Das haben wir überprüft. Keine langen Verbindungen. Keine unerlaubten Zugriffe.«

»Also sehen Sie den Zugriff mit den Anmeldedaten von Frau Droste nicht als unerlaubt an?«

»Nicht in diesem Sinne. Die Anmeldedaten sind korrekt. Wurden aber zum Diebstahl missbraucht. Aber andere Einbrüche gibt es nicht.«

»Kann es also nur jemand aus dem XFU-Umfeld sein? Ihrer Meinung nach?«

»Das haben wir am Montag mit Ihrem Kollegen Herrn Uhrich besprochen. Er ist sich da nicht so sicher.«

»Wieso?«

»Weil die Zugangsdaten auch Unbefugten in die Hände gefallen sein könnten.«

»Und wie sehen Sie das?«

»Die gezielte Art der Zugriffe lässt eigentlich nur den Schluss zu, dass es jemand gewesen sein muss, der sich mit den XFU-Ergebnissen auskennt. Eben jemand von uns.«

Kurze Pause.

»Wir haben uns auch gewundert, dass Herr Uhrich nicht alle Daten mit in die Auswertung der Zugriffe einbezogen hat.«

»Dann hielt er sie auch nicht für wichtig«, mischte sich nun Matthias in die Befragung ein.

Die Luft war raus. Lynn machte sich lang auf ihrem Stuhl und zog die Stirn kraus.

Eugen Markwort grinste. »Entwicklerhaltung.«

»Wie bitte?«

»So, wie Sie auf dem Stuhl sitzen, nennt man das Entwicklerhaltung. Die Schulterblätter liegen auf der Kante der Stuhllehne auf. Der Po auf der Sitzkante. Der Körper ist gestreckt. Das Kinn auf Höhe der Schreibtischplatte. Die Arme liegen auf dem Tisch auf und die Finger tippen. Eben Entwicklerhaltung.«

Verständnislose Blicke.

»Kleiner Scherz«, schob Eugen mit ernstem Gesicht hinterher.

Alle mussten lachen.

So kamen sie nicht weiter. Lindner war aalglatt und wand sich aus allen Fragen mit den immer gleichen Antworten heraus.

»Sie gehen also sicher davon aus, dass der Datendieb einer von Ihnen ist?« Eugen Markwort war gegangen und Matthias Tregnat übernahm die Gesprächsführung.

»Ganz sicher!«, antwortete Peer Lindner.

»Und wem trauen Sie so etwas zu? Auch die Morde?«

»Das ist es ja.« Lindner seufzte. »Ich weiß es nicht. Bin vollkommen ratlos. Wie sich einer in unserer Mitte unerkannt so radikalisieren kann. Ich dachte, ich kenne meine Leute.«

Er hob die Schultern und drehte die Handflächen nach außen. Eine hilflose Geste.

Als sie sich von Lindner verabschiedeten, wurden sie von ihm mit einem süffisanten »Bis morgen!« bedacht. Es war inzwischen dunkel. Und es war gut, dass Ralf Luber die Dienstbesprechung am Nachmittag abgesagt hatte.

»Ich will den Tatort im Dunkeln begehen. Bedingungen von letzter Nacht. Leider ohne Regen«, sagte Lynn.

»Also los!«

Der leichte Schneefall hatte aufgehört. Es war nichts liegen geblieben. Der Boden war noch zu warm.

Napoleon hatte den Van schon gegen den Tatwagen getauscht. Er setzte den dunkelblauen Kombi rückwärts in den Waldweg, so dass das Auto mit der Motorseite bergab stand. Der Weg führte schnurgerade an die Stelle, wo die Kommissare heute Mittag geparkt hatten. Mit etwas Glück würde er sie hier erwischen. Welcher Polizist sah sich nicht einen Tatort unter Tatbedingungen an?

Ich sitze jetzt wie die Spinne im Netz. Und ihr werdet meine Beute. Euch werd' ich's geben fürs viele Rumschnüffeln! Damit ist gleich Schluss. Wie setze ich mich am besten ab? Die Fahrt nach Spanien zum Hafen ist lang. Wenn sie mich erkennen, werden sie mich suchen. Aber erst brauche ich das Geld. Das, was ich noch habe, könnte knapp werden. Danach nichts wie weg hier. Da seid ihr ja schon! Das ging aber schnell! Und ihr parkt genau dort, wo ich es erwartet habe. Jetzt muss nur noch ein Auto auf der Umgehung kommen und ich kann mich mit dem Kombi unhörbar anschleichen. Ihr nehmt eure Handy-Taschenlampen. Bessere Ziele gibts nicht.

»Lass uns die Lampen ausschalten, damit sich die Augen an die Dunkelheit gewöhnen«, meinte Lynn.

Es dauerte zwei Minuten, bis der Weg unter den alten Laternen von den Augen wie gestern von Tanja Gräbele wahrgenommen wurde. Weiter hinten gab es ein Stück unbeleuchteten Weg. Dort war sie ermordet worden.

Ein Fahrzeug näherte sich auf der Umgehungsstraße. Es würde aber nicht reichen, um das eigene Motorgeräusch durch seines zu überdecken. Aber er könnte schon mal näherkommen. Napoleon löste die Handbremse und ließ sich den Abhang hinunterrollen. Unbemerkt von Lynn und Matthias kam er hinter deren Wagen zum Stehen. Sein Herz klopfte.

Auf! Ein bisschen schneller, damit ihr den unbeleuchteten Teil erreicht! Wenn jetzt kein Auto auf der Umgehung kommt, ist mein Plan futsch. Dann erwisch ich euch eben woanders.

»Wagen kam gestern von hinten.« Matthias drehte sich um. »Schau nur! Unser Fahrzeug. Es könnte ebenso ein schwarzes Fahrzeug sein. Man erkennt keine Einzelheiten aus der Entfernung.«

»Tanja Gräbele wird den Kombi gestern nicht als Bedrohung erkannt haben. Wenn der Student, der sie gefunden hat, sie schon ein paar Mal gesehen hat, war das umgekehrt genauso.« Lynn dachte kurz nach. »Also es regnet. Der Wagen kommt von hinten. Gräbele weicht nicht aus. Der Täter erkennt seine Chance, beschleunigt und fährt sie an.«

»Gleich sind wir am dunklen Stück Weg.«

Ihr habt mich gar nicht gesehen, als ihr euch umgedreht habt. Genial. Die Lichtverhältnisse sind viel schlechter, als ich dachte. Das ist meine Chance. Der Wagen, der da kommt, hat genau meine Richtung. Mal schauen, ob ich unbemerkt den Motor starten kann.

Napoleon ließ die rechte Seitenscheibe ein Stück herunter.

Der hat einen ordentlichen Sound. Gut für mich. Schlecht für euch!

Der Wagen näherte sich seiner Position. Man hörte, dass er langsamer machte. Vermutlich um nicht geblitzt zu werden.

Bitte nicht abbiegen! Ich kann doch hier nicht ewig so stehen. Guter Junge.

Das Auto kam mit sattem Sound näher. Nicht sehr laut. Aber es reichte. Napoleon startete den Motor.

»Hast Du das eben gehört?«, fragte Lynn.

Sie liefen mittlerweile durch den dunklen Teil des Weges.

»Ist nur ein Achtzylinder.«

»Nein. Das Geräusch hinter uns.«

»Ich habe nichts gehört. Lass uns weitergehen.«

Napoleon bog hinter dem Wagen von Lynn und Matthias hervor. Der Wagen auf der Umgehung war noch etwa hundertfünfzig Meter zurück. Er beschleunigte sanft und schaltete hoch. Jetzt in den dritten Gang. Das Auto auf der Umgehung hatte fast seine Höhe erreicht. In den vierten Gang. Siebzig ohne Licht und auf einem Fahrradweg war ganz schön halsbrecherisch. Aber was tat man nicht alles für seine Freiheit.

Der Achtzylinder hatte den Blitzer passiert und beschleunigte wieder. Das hörte sich wirklich sehr satt an.

Jetzt hab ich euch!

Matthias drehte sich nach dem Achtzylinder um, damit er die Marke erkennen konnte. Rechts von den Scheinwerfern blitzte etwas hinter ihnen auf. Im Reflex packte er Lynns Arm und riss sie mit in die Ablaufrinne. Der Schwung war so groß, dass sie darüber hinausschossen und auf die Wiese dahinter fielen.

Keine Sekunde zu früh! Ein schwarzer Schatten schoss an ihnen vorbei und verdeckte kurz die Sicht auf den Wagen auf der Umgehung. Die kurze Szene wirkte wie eine Aufnahme mit einem Fotoapparat.

Scheiße. Jetzt nichts wie weg hier. Die Bullen sind bestimmt bewaffnet.

Matthias sprang auf und sah den Wagen sich schnell entfernen. Er hatte sich nicht getäuscht. Als das Fahrzeug das Ende des Fahrradweges erreicht hatte, erkannte Matthias einen dunklen Kombi ohne Beleuchtung. Er versuchte, etwas zu erkennen. Aber mehr als die Silhouette war nicht zu sehen. Das Auto bog auf die leere Umgehung auf und fuhr unbeleuchtet davon.

Lynn stöhnte und stand auf. Ihre Hüfte tat weh. Aber sonst war sie unverletzt. Sie stampfte ein paar Mal mit dem Fuß auf. Anscheinend nichts passiert.

»Danke. Das war Rettung in letzter Sekunde!«

»Ist schon okay. Ohne den Achtzylinder wären wir überfahren worden. Nach dem habe ich mich umgedreht.«

»Wir müssen so schnell wie möglich alle noch einmal überprüfen. Inklusive Butterbrodt und Remmer.«

»Ich schicke Kollegen sofort zu den Häusern von Bohm, Lindner und Butterbrodt.« Er wandte sich ab und schilderte am Telefon die Situation Ralf Luber und Vera Hermsen.

Ralf schickte sofort die Kollegen los. Vera startete eine Anfrage beim Polizeidauerdienst zur Überprüfung des Kombis von Klaus Remmer im Parkhaus des Klinikums Heidelberg.

Lynn und Matthias gingen schnell zurück zu ihrem Wagen. Sie wollten bei der Überprüfung von Gerald Bohm dabei sein.

Als sie in die Straße einbogen, in der die Bohms wohnten, waren die Kollegen Hermann Weingarten und Julian Hofmann schon vor Ort. Sie durchsuchten gerade Gerald Bohm nach Waffen.

»Er kam gerade heim, als wir hier ankamen«, sagte Julian Hofmann.

Lynn zwang sich, ruhig zu bleiben. Sie ging auf Bohm zu, der immer noch an seiner Familienkutsche mit beiden Händen auf der Motorhaube stand.

»Woher kommen Sie?«

»Wir waren in Heidelberg im Restaurant. Was wollen Sie von mir?«

Sie trat noch näher an ihn heran. Ihre Nase sagte ihr griechisches Essen und Rotwein. Ohne eine Antwort zu geben, ging sie auf das Haus des Nachbarn zu und klingelte. Fritz Lang öffnete überraschend schnell die Tür.

»Herr Lang. Deyonge von der Kriminalpolizei. Ich möchte Ihr Auto sehen.«

Der Angesprochene zuckte mit den Schultern und kam mit einem Schlüssel nach draußen.

»Steht in der Garage.«

Er schloss auf und Lynn trat ein. Die Motorhaube des Kombis war eiskalt. Fehlanzeige. Dieser Wagen war nicht bewegt worden. Sie bedankte sich und ging zurück zu Bohm. Matthias befühlte gerade die Motorhaube des Vans.

»Ist richtig warm«, sagte er zu Lynn.

»Ich komme ja auch gerade aus Heidelberg!«, warf Bohm dazwischen. »Dauert eine dreiviertel Stunde um die Uhrzeit.«

»Wer ist mit Ihnen gefahren?«

»Niemand. Ich war noch Schwimmen und bin nachgekommen. Auf der Rückfahrt war ich auch allein.«

»Mit wem waren Sie dort?«

Bohm nannte die Namen seiner Vereinskollegen und das Restaurant. Sie klärte ihn über seine Rechte auf und ließ ihn zum Vergleich seiner Fingerabdrücke mit denen bei Ursula Droste auf die Polizeistation Alsental bringen.

»Lass uns überprüfen, ob seine Angaben stimmen. Wir befragen sofort die Zeugen.«

Sie teilten die Liste zwischen sich und Julian Hofmann und Hermann Weingarten auf. Schon die erste Zeugin trafen sie an. Astrid Birnber hatte noch zwei ihrer Vereinskolleginnen auf ein Glas Wein zu sich eingeladen. Sie bestätigten die Angaben von Gerald Bohm. Nur war Bohm schon zwanzig Minuten früher im Restaurant aufgebrochen.

Der nächste Zeuge bestätigte die Angaben von Astrid Birnber und den beiden anderen. Sie fuhren zur Polizeistation Alsental und konfrontierten Bohm mit den Aussagen.

»Ich bin in der Fußgängerzone noch etwas spazieren gegangen. Mir war heute alles zu viel. Da brauchte ich noch frische Luft.«

»Kann das jemand bezeugen?«

»Nicht dass ich wüsste!«, gab er angriffslustig zurück. »Schnuppern Sie an meinen Sachen. Knofi pur. Ich hab 'ne Fahne. Buchten Sie mich wegen Alkohol am Steuer ein. Das wars aber auch schon.

Erst kurz vor Ihren Kollegen bin ich aus Heidelberg zu Hause eingetroffen.«

»Wie sind Sie zu Ihrem Wohnhaus gefahren?«

»Was meinen Sie?«

»Welchen Weg haben Sie genommen?«

Bohm lächelte süffisant. »Autobahnausfahrt Alsental. Vorbei an XFU. Durch den Ortskern bis hierher.«

»Wann waren Sie in Alsental?«, fragte Matthias noch einmal.

Gerald Bohm grinste spöttisch. »In den letzten drei Tagen jagt eine Katastrophe die andere. Ich bin jetzt fertig.«

Er lehnte sich zurück und verschränkte die Arme. Dabei sah er auf den Tisch und zog die Stirn kraus. Matthias Tregnat lehnte sich ebenfalls zurück und sah Bohm unverwandt an. Lynn beugte sich vor und setzte zum Sprechen an. In dem Moment steckte Kai Monsert den Kopf zur Tür herein.

»Kommt ihr mal?«

Vor dem Raum setzte er sie ins Bild. »Die Fingerabdrücke von Bohm wurden mit denen aus Ursula Drostes Bad verglichen. Keine Übereinstimmung.«

Lynn hakte nach. »Sind gar keine von Bohm vorhanden?«

»Nur alte am Schreibtisch. Wie alt sie sind, muss erst ausgewertet werden. Und fast alle von Bohm sind überdeckt. Es gibt nur Fragmente.«

»Dann war er schon länger nicht mehr an diesem Schreibtisch. Aber der Rest der Wohnung ist doch penibel gesäubert worden! Ist da nichts aufgefallen?«

Matthias wurde ungeduldig. »Gibt es schon eine Auswertung der Bewegungsdaten von Bohms Mobiltelefon?«, unterbrach er sie.

»Der Kriminaldauerdienst hat die Daten angefordert. Sobald sie vorliegen, bekommt ihr Bescheid.«

»Lass uns jetzt Ralf anrufen.«

Sie informierten den Leiter der Abteilung, Ralf Luber, über die aktuelle Lage. Als sie den Bericht beendet hatten, hatte Ralf noch eine Frage. »Und was ist bei der Überprüfung von Christian Butterbrodt und Klaus Remmer herausgekommen?«

»Der Wachdienst im Parkhaus am Klinikum Heidelberg war noch anwesend. Sie haben die letzten sechs Stunden überprüft. Remmers Wagen ist nicht bewegt worden. Julian und Hermann sind noch bei Butterbrodt und Nicole Wehremann und überprüfen deren Fahrzeug.«

»Wir müssen diesen Kombi finden! So schnell wie möglich! Und die anderen aus der Gruppe, die Ursula Droste besucht haben, müssen heute auch noch überprüft werden. Sonst ist kein Polizist mehr sicher. Legt los!«

»Was machen wir mit Bohm?«, wollte Matthias wissen.

»Wir warten die Auswertung seiner Bewegungsdaten ab. Wenn die seine Aussage bestätigen, können wir ihn nicht weiter festhalten.«

Sie trafen sich mit den anderen im Kaffeeraum. Julian und Hermann waren eben hereingekommen. Die übrigen Zeugen teilten sie unter sich auf. Julian Hofmann und Hermann Weingarten übernahmen Michael Sempp und Gerhard Lober. Regina Serber und Kai Monsert würden Jost Kant und Nadine Rauenstein befragen. Lynn Deyonge und Matthias Tregnat fuhren zu Kay Falke und Marc Stetter.

Julian berichtete, dass die Überprüfung des Wagens von Nicole Wehremann ergeben hatte, dass er kalt und unbenutzt in deren Garage stand und völlig trocken war.

Sie verabredeten, sich am Abend in der Polizeistation wiederzutreffen und die Ergebnisse zu besprechen.

Als Lynn und Matthias bei Kay Falke eintrafen, öffnete eine dunkelhaarige Frau mit markanten Gesichtszügen, die sie nicht unattraktiv machten. Sie war festlich gekleidet und wollte offensichtlich gerade aufbrechen. Beide wiesen sich aus und wurden hereingebeten.

»Wir sind eigentlich schon auf dem Weg ins Nationaltheater in Mannheim. Die neue Inszenierung der Zauberflöte wird dort heute aufgeführt.«

Lynn befragte Ellen Falke, während Matthias sich um Kay Falke kümmerte. Es klingelte an der Haustür.

»Das ist wahrscheinlich Sarah. Sie passt heute auf unsere Kinder auf«, sagte Ellen Falke. »Wohnt nebenan. Hallo Sarah. Du kannst schon mal hochgehen und den beiden Hallo sagen.«

Von Ellen erfuhr Lynn, dass ihr Mann Kay den ganzen Tag im Homeoffice gearbeitet hatte. Einen Zugang zu einem dunkelblauen Kombi hatten sie nicht.

»Wissen Sie, Kay wollte eigentlich den heutigen Abend absagen und die Karten verschenken. Ihm ist alles andere als nach Oper zumute. Aber ich habe ihn gezwungen.« Ellen zwinkerte verschwörerisch mit den Augen. »Sonst kreisen seine Gedanken ja nur noch um Morde und XFU.«

»Hatten Sie und Ihr Mann Kontakt zu Ursula Droste?«

»Das haben wir eigentlich schon Ihren Kollegen erzählt. Also ich kannte sie gar nicht. Mein Mann war ein paar Mal bei ihr und hat sich was zu arbeiten mitgenommen.«

»Und wie kam er mit ihr aus?«

»Er hat kaum etwas erzählt. Nur dass sie etwas kauzig ist.«

»Wann war er das letzte Mal bei Ihr?«

»Vor drei Wochen.«

»Hat er etwas darüber erzählt?«

»Dass sie sich im letzten Jahr, seit er das letzte Mal bei ihr war, nicht geändert hat. Sie haben sich anscheinend eine Weile unterhalten. Mehr hat er aber nicht gesagt.«

»Auch nicht worüber?«

»Nein.«

Matthias war auch mit der Befragung von Kay Falke fertig. Sie verabschiedeten sich. Als sie wieder im Wagen saßen, stöhnte Lynn auf und fasste sich an die Stirn.

»Was ist?«, fragte Matthias besorgt in seiner unverwechselbaren kurzen Art.

»Mir wird gerade klar, wie knapp das vorhin war. Und da wurde mir etwas flau.«

»Soll ich Dich absetzen und die Stetters alleine befragen?«

»Nein. Geht schon wieder.« Sie atmete tief durch und streckte sich in ihrem Sitz. »Fahren wir zu den Stetters.«

Familie Stetter saß mit den Kindern beim Abendessen.

»Sie haben Glück. Ich bin gerade erst aus der Kanzlei nach Hause gekommen«, begrüßte sie Iris Stetter mit aufgesetztem Lächeln und genervtem Blick.

»Es dauert nicht lange. Wir wollen nur wissen, was Sie in den letzten Stunden gemacht haben.«

Sie trennten sich. Lynn befragte Iris Stetter am Esstisch, während Matthias mit Marc Stetter in dessen Arbeitszimmer ging.

»Mein Platz in den letzten acht Stunden«, sagte Marc und deutete auf sein noch eingeschaltetes, aber gesperrtes Notebook.

»Mit wem aus Ihrer Firma hatten Sie heute Kontakt?«

»Das waren so viele, ich weiß es schon gar nicht mehr.« Er entsperrte sein Notebook und öffnete den Kalender. Der Tag leuchtete in vielen bunten Farben und Markierungen, die über die gesamte Tageszeit verteilt waren. »Heute habe ich erst später angefangen. Um zehn war das erste Meeting mit den Abteilungsleitern und Peer. Danach das mit der Personalleiterin. Anschließend ein Koordinationsmeeting mit den Entwicklergruppen. Um drei habe ich eine kurze Pause gemacht. Danach war das Abstimmungsmeeting mit Gerald. Er hatte es vorverlegt, weil er noch etwas vorhatte. Danach habe ich mich noch mit einigen Entwicklern zusammengetan und die nächsten Schritte im Projekt besprochen. Dann kam auch schon Iris heim. Und nach dem Abendessen kommt das zweite Meeting mit den Abteilungsleitern.« Er lachte. »Und dann falle ich nur noch ins Bett.«

Matthias hatte die einzelnen Termine notiert. Die Frage nach dem Zugang zu einem dunkelblauen Kombi verneinte auch Marc Stetter. Als sie wieder draußen waren, ging Matthias zu den beiden Wagen, die hintereinander in der Einfahrt standen.

Als sie wieder im Auto saßen, sagte er: »Der Passat ist eiskalt. Der ist in den letzten Stunden nicht bewegt worden. Der Van ist warm.« Er dachte nach. »Heißt aber nicht, dass er auch zu Hause war. Wir müssen seine Termine von den Kollegen bestätigen lassen.«

»Iris Stetter war heute recht verschlossen. Wir sind ins Wohnzimmer gegangen und haben die Kinder kurz alleine am Esstisch sitzen lassen. Das Wohnzimmer war heute aufgeräumt. Beim letzten Mal standen dort Umzugskartons herum.«

»Hat sie gesagt wofür?«

»Angeblich um Platz zu schaffen für Kinderspielzeug, damit sich die beiden mehr ausbreiten können.«

»Und?«

»Sie hatte letztens gesagt, für eine Kinderküche und eine Eisenbahn. Beides stand heute tatsächlich im Wohnzimmer. Letztes Mal noch nicht.«

»Passt also alles?«

»Wie es aussieht, schon.«

»Wir sind also immer noch am Anfang der Ermittlungen.«

»Ralf wird sich freuen«, erwiderte Lynn sarkastisch.

Lynn und Matthias waren die Ersten, die in der Polizeistation ankamen. Nach einer halben Stunde waren alle versammelt.

Sie berichteten Ralf Luber und Vera Hermsen ihre Ergebnisse. Dass sie Kay Falke auf dem Weg ins Theater und Marc Stetter beim Abendessen angetroffen hatten. Dass sie Michael Sempp beim

Fernsehabend mit der Gutenachtgeschichte für die Kinder gestört und Gerhard Lober aus dem Schlaf gerissen hatten. Dass Nadine Rauenstein ihre Eltern zu Besuch hatte und Jost Kant in der Garage an seinem Motorrad herumschraubte. Und dass der Wagen von Nicole Wehremann heute wohl noch nicht bewegt worden war.

Vera Hermsen erhielt in diesem Moment die nächste Nachricht. Gerald Bohms Mobiltelefon war exakt zu den angegebenen Zeiten in Heidelberg und entlang der Autobahn bis nach Alsental in den Mobilfunkzellen eingeloggt gewesen. Gerald Bohm konnte nicht weiter festgehalten werden.

Sie besprachen die Schritte für den nächsten Tag und teilten die Aufgaben unter sich auf.

Obwohl sie sich völlig ausgelaugt fühlten, diskutierten Lynn und Matthias die Ergebnisse auf der Rückfahrt nach Mannheim.

»Jost Kant schraubt bei den Temperaturen in offener Garage an seiner Mühle? Ist schon seltsam. Was hat er nochmal vorher gemacht?«

»Er war angeblich im Meeting mit anderen Entwicklern und hat dazwischen weiter an der Software gearbeitet«, antwortete Lynn. »Bei der Temperatur könnte ich meine Finger nicht mehr bewegen.«

»Sie waren angeblich auch knallrot. Sein Alibi müssen die Kollegen auch noch überprüfen.«

»Würdest du in einer offenen Garage an deinem fahrbaren Untersatz rumschrauben? Um den Gefrierpunkt?«

»Wenn das mein Hobby wäre. Und ich mich auf diese Weise ablenken könnte.«

»Er soll ein lustiger Vogel sein. Regina meinte, dass davon heute nichts zu spüren war.«

»Wäre mir auch nicht danach zumute.«

Es fing wieder an leicht zu schneien. Hier außerhalb der

Ortschaften puderte der Schnee ganz leicht die Fahrbahn.

»Ist der Wintereinbruch nicht etwas früh?«

»Hier in der Gegend haben wir im November meistens einen kurzen Wintereinbruch.« Matthias kramte weiter in seinem Gedächtnis. »Danach wird es wieder warm. Im Januar legt der Winter dann meistens los.«

»Keine weiße Weihnacht?«

»Hatten wir vor ein paar Jahren mal. So um zweitausendelf rum. Danach nicht mehr. Und in Bremen?«

»So gut wie nie. Dazu heizt die Nordsee viel zu gut.«

Wieder eine kurze Pause.

»Nadine Rauenstein hat im Moment ihre Eltern da. Sie hat keinen Partner. Das Geschehen nimmt sie stark mit.«

»Muss trotzdem noch einmal überprüft werden.«

»Falkes und Stetters sind irgendwie normale Familien. Zwei Kinder. Die Frauen arbeiten.«

»Stetter hat mir heute seinen Kalender gezeigt. Die ganze Woche war voll mit Terminen. Hat viel um die Ohren. Und Kay Falke wirkt trotz der Geschehnisse irgendwie gelassen. Lässt entweder nichts an sich ran oder ist total abgebrüht.«

»Ellen Falke wirkte auch total entspannt.«

»War doch bei Hanna Bohm genauso! Und dann? Genervt. Ehe belastet. Und anscheinend fast Zeugin des Mordes an Tanja Gräbele.« Matthias verzog den Mund. »Und Falkes sind heute in der Oper. Passt das?«

»Tja«, lachte Lynn, »ist doch auch irgendwie wie am Motorrad schrauben. Hauptsache Ablenkung.«

»Mir fängt das heutige Erlebnis auch an nachzugehen. Irgendwie wird mir jetzt auch flau. So skrupellose Taten!«

»Du denkst an Bohm, oder?«

»Kann machen, was ich will. Am Ende jeder Überlegung komme ich auf ihn.«

»Aber die Bewegungsdaten seines Mobiltelefons zeigen …«

»… könnten auch von einem Komplizen erzeugt worden sein, der mit dem Telefon die Strecke abgefahren ist. Gemeinsam geplant und durchgezogen«, vervollständigte Matthias. »Und Bohm hatte alle Zeit der Welt uns zu erledigen. War eigentlich nicht schlecht geplant«, zollte er Respekt. »Davon auszugehen, dass wir den Tatort zu Tatbedingungen noch einmal anschauen.« Er dachte nach und nickte. »Die Teilabdrücke im Bad können auch durch eine ungenaue Reinigungskraft geblieben sein. Er hat nur den Kerzenständer genommen und ihn danach abgewischt.«

»Wieso den Kerzenständer?«, spann Lynn den Faden weiter. »Weil zwei Frauen statt einer anwesend waren. Eine davon mit viel Kraft durch ihre Arbeit als Schreinerin.«

»Am übernächsten Tag leitet Bohm das Meeting morgens um sieben und der Komplize tötet HaE Lamers.«

»Abends übernimmt Bohm dann selbst Tanja Gräbele. Er bringt das Auto zurück, fährt nach Hause und ist vor Hanna wieder da. Ist das alles schlüssig? Übersehen wir etwas? Was fehlt noch?«

»Wir brauchen unbedingt diesen Wagen.«

»Die Fahndung ist eingeleitet. Zwischen Mannheim, Heidelberg und Karlsruhe halten alle Kollegen die Augen offen nach einem dunkelblauen Kombi mit Schaden vorne links.«

Sie bogen in die Straße des Polizeipräsidiums ein. Am nächsten Morgen um acht Uhr würden sie sich zur nächsten Einsatzbesprechung treffen.

Lynn ging der Fall nach. Sie konnte sich von keinem Befragten vorstellen, dass er solche Taten begehen könnte. In früheren Fällen war das anders. Aber war das wirklich so?

Sie erinnerte sich an die Unternehmergattin, die tot im Wald nahe bei Bremen gefunden worden war. Bei dem Ehemann hatte sie sich auch nicht vorstellen können, dass er seine Frau erdrosselt hatte. Gebildet. Kultiviert. Legte Wert auf seine Kleidung. Bei der

Festnahme wäre es fast zur Katastrophe gekommen, als der Mann wie aus dem Nichts mit einer Brechstange auf sie zustürmte und ihren Kopf nur um Haaresbreite verfehlte. Sie konnte ihn jedoch schnell überwältigen und festnehmen. Dieser Mensch war seiner Frau überdrüssig geworden. Dabei kam seine wahre Natur zum Vorschein, die er lange Jahre unterdrückt hatte. Bei der Vernehmung hatte er erst alles geleugnet, war dann aber froh, als alles raus war. Er wollte nicht mehr mit seiner Frau zusammen sein. Hatte eine Freundin. Die Untersuchung zog sich, weil der Mann keinen finanziellen Nachteil bei der Scheidung gehabt hätte. Das war durch einen Ehevertrag geregelt worden. Er wollte sich lediglich die Zeit der Scheidung sparen.

Fast wäre sie an ihrem Hauseingang vorbeigelaufen. Oben fiel ihr auf, dass sie nichts mehr zu Essen in der Wohnung hatte. Gähnende Leere im Kühlschrank. Jetzt mit leerem Magen ins Bett gehen. Das ging gar nicht. Obwohl es schon nach zweiundzwanzig Uhr war, bestellte sie noch eine Pizza. Mit vier verschiedenen Käsesorten und extra viel Peperoni. So mochte Lynn sie am liebsten. Den Lieferservice hätte sie fast verpasst, weil sie sich noch eine ausgiebige Dusche gönnte und nicht damit gerechnet hatte, dass er das Essen wirklich nach zwanzig Minuten brachte. Obwohl es draußen stellenweise glatt war und die Oberflächen der Straßen eine Ahnung von Weiß zeigten. Zur Pizza gönnte sie sich ein herbes Pils.

Danach lief sie ruhelos im Zimmer auf und ab und versuchte, ihre Gedanken zu ordnen.

Hatten sie genug getan? Würde der Täter weiter morden? Wenn ja, wer war als Nächstes dran? Würde er es nochmal bei ihr und Matthias versuchen? Angst hatte sie komischerweise keine. Ihr fiel nur die Sinnlosigkeit der Taten immer wieder auf.

Oder ergaben sie ein anderes Muster, als sie eigentlich dachten? Früher schien alles so einfach gewesen und nicht so komplex.

In der Jugend hatte man noch keine richtigen Vorstellungen von der Welt und ihren Zusammenhängen. Oder was man werden wollte. Als es Richtung Schulabschluss ging, kamen ihr die ersten Ideen. Als Kind wollte sie immer Ärztin werden. So hatte sie ihr Berufspraktikum dann auch in einem Krankenhaus gemacht. Und dabei festgestellt, dass dieser Beruf nichts für sie gewesen wäre. Diese Gerüche. Und das ganze Leid. Das Sterben.

Aber hatte sie jetzt nicht auch damit zu tun? Eigentlich nicht. Denn nur im Krankenhaus war es unausweichlich. Die Menschen in den letzten vier Tagen waren sinnlos aus dem Leben gerissen worden.

Und als Schüler hatte man viel mehr Pläne. Die Welt stand einem offen. Am liebsten hatte sie ihre Ideen mit Steffi und Benno gesponnen. Mit Steffi hatte sie immer noch Kontakt. Benno studierte nach dem Abschluss Maschinenbau in Aachen. Nach einem blöden Streit Ende des ersten Semesters hatte er sich nicht mehr bei ihr gemeldet. Sie sich auch nicht bei ihm.

Wieso eigentlich? Ihr fehlte von Zeit zu Zeit sein Humor. Und die Gabe, jeden Scherz mit todernstem Gesicht rauszuhauen. Das viele Reden. Manchmal die Nächte durch. Und noch ein bisschen mehr. Benno war ihr erster Freund.

Sie waren viel zusammen unterwegs gewesen. Am schönsten waren die letzten Sommerferien nach dem Schulabschluss. Da waren sie zusammengekommen. Wenn sie an ihn dachte, spürte sie einen leichten Stich und ein Kribbeln am ganzen Körper.

Und Benno konnte dichten. Im letzten Winter vor den Prüfungen hatte es in Bremen ausnahmsweise geschneit. Und obwohl sie das Gedicht auswendig kannte, wollte sie es dennoch lesen. Seine Handschrift spüren. Es zog sie beinahe magisch zu der Chinakladde in ihrem Nachttisch, in der sie den Zettel mit seiner Handschrift aufbewahrte. Sie schlug das mit den Jahren abgestoßene

DIN-A5-Buch auf und nahm den Zettel heraus. Er hatte ihn aus seinem Schulheft gerissen und das Gedicht aufgeschrieben, das er sich am Abend vorher für sie ausgedacht hatte. Dann hatte er es ihr als Stille Post über vier Bänke hinweg im Geschichtsunterricht zukommen lassen. Langsam nahm sie seine Worte auf:

Der Frühlingswanderer
Winters weiße Welt wird weichen,
wohlig wärmt Wandelstern wagemutige Wanderer.
Frühling führt fanfarenphantastische Farben.
Das Jahr setzt dem Abenteurer ein Zeichen,
doch bleibt der mit jedem Tag ein anderer.

Sie merkte, dass ihr die Tränen über die Wangen liefen. Trotzdem musste sie lächeln. Er hatte „phantastisch" nach der neuen Rechtschreibung für unmöglich befunden und rigoros abgelehnt.

Mit den Gedanken an Benno ging es ihr schon etwas besser. Sie legte sich ins Bett, legte die Kladde neben sich und schlief ein.

DER DARAUF FOLGENDE DONNERSTAG

Als Lynn aufwachte, lag sie noch so unter der Decke, wie sie abends eingeschlafen war. Erholt fühlte sie sich nicht. In den letzten vier Tagen hatte sie nachts höchsten fünf Stunden geschlafen, und das machte sich jetzt bemerkbar. Sie rieb sich die Augen. Weniger Schlaf war an sich kein Problem, denn sie achtete auf Zeiten, in denen sie wieder ausruhen und Kraft tanken konnte. Aber das war im Moment nicht möglich. Sie arbeitete von morgens bis abends nur noch an diesem Fall und schlief dann erschöpft ein. Und heute war sie auch erschöpft aufgewacht. Die innere Unruhe, die sich damit verbreitete, ließ ihre Laune sich nicht über ein Minimum hinaus heben. Vielleicht würde das Frühstück ja ihren Zustand verbessern.

Eigentlich hatte sie erwartet, dass der gestrige Anschlag mit dem Auto größere Auswirkungen auf sie haben würde. Dass sie abends ein Angstgefühl beschleichen oder körperliches Unwohlsein verursachen würde. Aber sie hatte weder abends daran gedacht noch davon geträumt.

Dafür war ihr Benno wieder eingefallen. Wie es ihm wohl ging? Wo arbeitete er? War er noch in Deutschland? Hatte er eine Familie? Schrieb er noch Gedichte? Oder hangelte er sich nur von Tag zu Tag? Darum würde sie sich kümmern, wenn dieser Fall endlich abgeschlossen war.

Er ging doch erst seit fünf Tagen. Aber es fühlte sich an wie fünf

Wochen, so wie sich die Ereignisse überschlugen. Am linken Oberschenkel zeichnete sich ein blauer Fleck ab, der von dem Sturz herrührte, als Matthias sie gestern im letzten Moment in den Graben gerissen hatte. Ohne ihn wäre sie wohl überfahren worden.

Das bisschen Wasser im Gesicht wollte sie nicht fit werden lassen. So sprang sie kurz unter die Dusche und machte mehrmals Wechselbäder. Das kalte Wasser brachte ihren Kreislauf in Schwung. Danach fühlte sie sich richtig munter, auch wenn die blauen Ringe unter den Augen ihr im Spiegel etwas anderes sagten.

Denk mal wieder an was Schönes, sagte sie zu sich selbst. Für nächste Woche. Oder schon am Wochenende. Endlich die Stadt erkunden und die Aufteilung der Quadrate Mannheims richtig verstehen. Die Orte besuchen, wo es die berühmten Erfindungen gegeben hatte. Wo war Bertha Benz mit dem ersten Auto vom Hof gefahren? Wo hatte Carl Drais die ersten Runden mit dem Fahrrad gedreht, das eher an ein Kinderfahrrad erinnerte? Und wo war das erste Mal ein Spaghettieis serviert worden? Bald, Lynn, sagte sie sich.

Auch dieses Frühstück wurde ein kurzes. Croissant, Kaffee und ein belegtes Brötchen im Stehen in ihrer Lieblingsbäckerei. Um kurz vor halb acht klingelte das Telefon.

Regina Serber teilte ihr mit, dass ein Lkw-Fahrer beobachtet hatte, wie jemand einen dunklen Kombi im Industriegebiet von Alsental in einem Container abgestellt hatte. Als der Mann weg war, der ihn dort abgestellt hatte, schaute er nach. Der Seecontainer war unverschlossen. Er hatte den Wagen mit seiner Handylampe abgeleuchtet. Vorne links war er beschädigt und – vor allem – hatte er keine Nummernschilder. Da er den Aufruf im Radio gehört hatte, dass die Polizei derzeit nach einem solchen Fahrzeug sucht, hatte er den Notruf gewählt, war direkt mit dem Kriminaldauerdienst in Heidelberg verbunden worden und hatte gemeldet, was er beobachtet hatte. Danach war er in die Spedition eingefahren, vor der er übernachtet hatte und wo er seine Ladung löschen und neue Waren aufnehmen sollte.

Es wurde direkt eine Streife aus Alsental dorthin geschickt. Da das Industriegebiet etwas außerhalb lag, waren sie erst nach zehn Minuten vor Ort. Der Wagen stand nicht mehr in dem Container. Der Fahrer musste gesehen haben, wie der Lkw-Fahrer den Container kontrollierte, und hatte den Wagen in Sicherheit gebracht. Das besondere an der Sache war, dass nirgends ein privates Fahrzeug außer denen der Mitarbeiter der Spedition in der Gegend parkte. Der Fahrer des Kombis hatte also einen Komplizen. Regina sagte, dass die Suche nach dem Wagen schon im Gange war.

Ralf Luber hatte die Spurensicherung losgeschickt. Lynn dankte ihr, dass sie sie über die neueste Entwicklung in dem Fall informiert hatte. Sie atmete tief durch. Der Täter hatte kein Versteck mehr für seinen Wagen.

Die Dienstbesprechung fand nur in kleiner Runde statt, da die Kollegen, die sich aus Alsental per Videokonferenz einklinken sollten, schon alle unterwegs waren, um die bekannten Mitarbeiter bei XFU aufzusuchen und zu überprüfen. Ralf hatte die Kollegen schon losgeschickt und wollte noch etwas mit Lynn und Matthias besprechen.

»Findet diesen Wagen so schnell wie möglich! Sobald wir ihn haben, kennen wir vermutlich den Täter.«

Das war überflüssig zu erwähnen, aber Ralf machte sie noch einmal auf die Dringlichkeit aufmerksam. Er resümierte. »Der Täter hat bisher drei verschiedene Tatwaffen benutzt. Einen Kerzenständer, einen Drehmomentschlüssel und ein Auto. Es ist nicht auszuschließen, dass er sich weiter radikalisiert und noch zu Stich- oder Schusswaffen greift. Und noch etwas.«

Er holte tief Luft. »Ich gebe euch noch Ulvi und Sven dazu. Der Fall in Heidelberg ist seit gestern abgeschlossen. Sie sind schon auf dem Weg nach Alsental und werden sich an der Suche nach dem

Wagen und an den Vernehmungen beteiligen.«

Ulvi Jähn und Sven Sorge waren langjährige und erfahrene Ermittler. Mit ihrer Hilfe konnten sie schneller bei dem großen, bekannten Personenkreis um XFU ermitteln.

»Den Besprechungsraum belegen übrigens zwei Kommissare von der Wirtschaftskriminalität. Sie bereiten die Durchsuchung der Notebooks von Hans-Erich Lamers und Tanja Gräbele vor. Kümmert euch um sie. Setzt sie ins Bild. Ihr werdet sie heute bei XFU treffen und mit ihnen die Ermittlungen vor Ort durchführen.«

»Die Telefone von Lamers und Gräbele sind nicht zufällig wieder aufgetaucht?«, wollte Matthias wissen.

»Nein«, antwortete Vera Hermsen. »Aber vielleicht geben die E-Mails der beiden Aufschluss darüber, mit wem sie zuletzt Kontakt hatten.«

Sie gingen zu den Kollegen im Besprechungsraum. Katja Bobart und Herbert Geisenstein unterhielten sich gerade über einen soeben abgeschlossenen Fall und sahen auf, als sie den Raum betraten.

Lynn weihte die beiden in die Ermittlungen ein, während Matthias sich zurückhielt und nur ab und zu etwas ergänzte. Sie erzählte von dem Doppelmord an Ursula Droste und Hertha Bauer. Wie sie aufgefunden worden waren und ihre Vermutungen, dass es ein XFU-Mitarbeiter gewesen sein könnte, da immer noch nicht klar war, wer Droste an diesem Morgen besucht hatte. Dann führte sie aus, wie HaE Lamers auf dem Parkdeck bei XFU getötet worden war. Daran hängte sie den Mord an Tanja Gräbele an, wie sie überfahren und erschlagen worden war. Dass die Tatwaffe vermutlich die gleiche war, mit der auch HaE Lamers umgebracht worden war, da in der Kopfwunde von Tanja Gräbele ein Haar sichergestellt werden konnte, das vermutlich zu ihm gehörte. Sie setzten Katja und Herbert auseinander, in welcher beruflichen Beziehung Droste, Lamers und Gräbele gestanden hatten und dass

Hertha Bauer vermutlich nur zufällig dem Täter in die Quere gekommen war, als ihre Freundin Ursula getötet wurde. Sie gaben ihnen die Liste mit den Namen der Kollegen bei XFU, die für diese Tat infrage kamen.

Katja Bobart und Herbert Geisenstein sollten die E-Mail-Konten nach Nachrichten durchsuchen mit dem Fokus darauf, mit wem die drei in der Firma kommunizierten und ob die E-Mail-Konten nachträglich manipuliert worden waren. Zudem sollten sie nachschauen, wer auf die Arbeiten von Ursula Droste bei XFU zugegriffen hatte und ob es unberechtigte Zugriffsversuche gab.

XFU hatte zugestimmt, dass dies vor Ort in der Firma durchgeführt werden sollte, und war dadurch zunächst einer umfassenden Hausdurchsuchung entgangen.

Danach ließen sie die beiden wieder allein und machten sich auf den Weg in die Rechtsmedizin.

Wider Erwarten war Peter Nördner anwesend.

»Ich fahre seit Sonntagmorgen von einem Tatort zum nächsten. Hier bleibt viel Arbeit liegen. Von Dokumentation ganz zu schweigen.«

Das war von ihm nicht als Vorwurf gemeint. Durch die Mordfälle aus Mannheim und Heidelberg kam hier natürlich noch viel Arbeit hinzu. Er führte sie in den Raum, in dem Tanja Gräbele aufgebahrt lag. Der unnatürliche Schiefstand ihres Beckens im Verhältnis zum Rest des Körpers war auch hier in dieser Position noch sichtbar. Die Wunde an der linken Schläfe war tief und die Ränder hatten sich dunkel verfärbt.

»Die Blutuntersuchung aus der Wunde läuft. Ich erwarte ein Ergebnis Anfang nächster Woche. Es ist sehr aufwendig das Blut zu trennen«, fing Peter an. »Das fremde Haar aus ihrer Schläfenwunde stammt tatsächlich von Hans-Erich Lamers. Das hat der Vergleich mit einem Haar von ihm ergeben.« Er meinte den Vergleich des gefundenen Haares mit einem von Lamers Kopf. Lamers ruhte hier ebenfalls noch in einem der Kühlfächer. Er wandte sich der Hüfte zu. »Der Wagen hat sie von hinten an den Oberschenkeln erwischt. Sie ist mit Becken und Rücken hart auf die Motorhaube geprallt. Der Täter hat sofort abgebremst und sie wurde vor das Auto auf den asphaltierten Weg geschleudert. Sie schlug mit Hüfte und Hinterkopf auf.« Er hob ihren Kopf leicht an und ließ Lynn und Matthias einen Blick auf die Wunde werfen.

»War sie noch bei Bewusstsein?«, fragte Matthias.

»Schon möglich. Die Wunde war nicht tödlich. Das Becken wurde von der großen Wucht am schwersten verletzt. Erst auf der Motorhaube, dann beim Sturz auf die Straße. Der Täter hat dann ein Werkzeug genommen und sie mit einem Schlag gegen die Schläfe getötet.« Er zeigte ihnen einen Drehmomentschlüssel. Der Umschalter am Kopf war dreieckig. Er ging um den Tisch herum zu einer Liste. »Hier ist die Blutuntersuchung von Tanja Gräbele. Kein Alkohol. Keine Drogen. Keine Schmerzmittel. Keine sonstigen Substanzen bisher.« Er machte eine kurze Pause und atmete durch. »Sie war zudem gut trainiert. Am ganzen Körper. Beine. Bauch. Oberkörper. Vermutlich Laufen, Yoga, Fitnesscenter.« Wieder eine Pause. »Ach ja. Sie war schwanger. Noch nicht sehr lange. Einen Mutterpass gibt es wohl noch nicht. Eventuell wusste sie es noch nicht.«

Lynn hielt das für nicht sehr wahrscheinlich. Sie lehnte sich gegen die geflieste Wand. War das der Grund für ihren Tod? Wollte der Täter sie vielleicht deswegen beseitigen? Sie tauschte einen Blick mit Matthias und merkte, dass er das gleiche dachte wie sie. Der sinnlose Verlust eines Lebens. Einfach nur sinnlos.

Die weitere Obduktion ergab keine neuen Erkenntnisse. Nur machte Lynn heute die Öffnung des Körpers mehr aus als sonst. Daher hielt sie ein wenig Abstand und ging zur gegenüberliegenden Wand, um von dort aus das Geschehen weiter zu verfolgen.

Auf der Fahrt nach Alsental schwiegen sie sehr lange. Jeder hing seinen eigenen Gedanken nach.

»Was denkst du?«, unterbrach Matthias schließlich die Stille, in der nicht einmal das leise Brummen des Motors auffiel.

»Dass es unterschiedliche Motive für die Taten geben könnte. Fangen wir doch einmal bei Tanja Gräbele an. Sie erzählt ihrem Liebhaber, dass sie schwanger ist. Der bringt sie daraufhin um.«

»Um seine Ehe zu retten?«

»Also Lindner oder Bohm wären mögliche Kandidaten. Bei den anderen scheint die Ehe oder Partnerschaft zu funktionieren.« Funktionieren, dachte sie sich. Was nehme ich da für ein Wort! Ist doch keine Maschinenarbeit. »Vielleicht ist sie auch auf etwas gestoßen, was sie nicht wissen sollte.«

»Täter tötet sie, um nicht entdeckt zu werden.«

»Also eine Verdeckungstat. Was könnte sie entdeckt haben?«

»Dinge, die auf den Datendiebstahl hinweisen.«

»Schließt doch Peer Lindner aus, oder?«

»Also Bohm. Oder sie war selbst Täterin beim Datendiebstahl«, warf Matthias ein. »Ihr Tod wäre in diesem Fall im Interesse der Firma.«

»Also Lindner«, vollendete Lynn.

»Wenn sie zusammenarbeiten und die Täterin beseitigen wollen, dann auch Bohm.«

»Wie passt HaE Lamers hier hinein? Ist doch das gleiche wie bei Gräbele. Er könnte der Dieb sein oder etwas entdeckt haben, was er nicht sehen sollte.« Lynn dachte nach. »Noch mal zu Gräbele. Sollte der Täter sie wegen der Schwangerschaft getötet haben, muss er doch damit rechnen, entdeckt zu werden.«

»Plant sich also abzusetzen. Ins Ausland. Wer plant so etwas?«

»Lindner wohl kaum. Aber zum Beispiel jemand, der als Spion Daten in der Firma stiehlt und weitergibt.«

»Die Entdeckung befürchtet. Kurz davor steht.« Matthias wiegte den Kopf leicht zweifelnd hin und her.

Aber Lynn setzte fort.

»Die Flucht würde also unmittelbar bevorstehen. Der Täter hat aber nicht die richtige Version der Software. Nur ein Fake. Bei wem ist die Ehe belastet und wer verhält sich anders als sonst?«

»Bohm und Lindner. Einer von beiden oder beide zusammen.«

Dieses Versteck für den Wagen ist eine Notlösung. Aber eine geniale. Hier sucht bestimmt niemand danach. Dieser verdammte Kerl. Musste er in dem verdammten Container herumschnüffeln? Wie gut, dass ich den Van auf dem Verwaltungsparkplatz abgestellt habe. Da fällt er gar nicht auf unter den anderen Familienkutschen. Nur die tausend Meter bis zum Container waren anstrengend. Ich hoffe, dass der Diebstahl der Nummernschilder nicht so schnell auffällt. Die Fahrt mit dem Taxi vom neuen Versteck für den Kombi zurück zum Van hat hoffentlich auch niemand beobachtet.

Wie kann ich euch Bullen loswerden, bis ich die richtige Softwareversion von XFU habe? Ich muss dringend noch einmal versuchen, diese verdammte Kommissarin zu beseitigen. Die kreist viel zu dicht um die Lösung herum. Und taucht heute bestimmt samt Anhang im Büro und zu Hause auf. Wenn das mal gut geht. Die Smartphones von HaE und Tanja habe ich glücklicherweise im See hinter dem Industriegebiet versenkt. Damit fällt diese Spur weg. Und das hätte doch nicht auch noch sein müssen, Tanja.

Als ob es nicht genug Sorgen gäbe. Von einem Kind war nie die Rede. Das hast du dir selbst zuzuschreiben, dass es dich nicht mehr gibt. Ich muss weg von hier! Wenn es nicht läuft, dann schlage ich mich eben mit dem durch, was ich noch habe. Müsste für einen kleinen Neuanfang reichen. Soll ich lieber gleich gehen? Und sicher abhauen? Nein. Erst warte ich den Sonntag ab. Dann verstreicht die Frist meiner Auftraggeber. Bis dahin muss ich Zeit schinden. Mal sehen, ob heute alle zum Meeting kommen. Die Lage ist ernst. Aber nicht für mich. Ich werde mich rauswinden.

Denn ich bin Napoleon!

Der kleine Besprechungsraum in der Polizeistation Alsental wirkte richtig überfüllt, denn heute waren zusätzlich die beiden Kollegen Ulvi Jähn und Sven Sorge, die dem Fall zugeteilt worden waren, sowie die Kollegen Katja Bobart und Herbert Geisenstein von der Wirtschaftskriminalität auch anwesend. Vom Kaffee und den Keksen waren alle sehr angetan. Die Unterhaltung war lebhaft. Da sich jetzt alle im Raum befanden, wurde die Besprechung gestartet.

Die Spurensicherung hatte anhand der Reifenabdrücke im Container feststellen können, dass es sich um dasselbe Fahrzeug handelte, das nach der Ermordung von HaE Lamers auf dem Parkdeck 4b bei XFU durch die Blutlache gesteuert worden war, die durch die tiefe Kopfwunde entstanden war.

»Woher stammt eigentlich der Container?«, wollte Ulvi wissen.

»Bei der Befragung der Mitarbeiter der Spedition kam heraus, dass er leer dort abgestellt worden war, nachdem ein Hänger wegen defekten Bremsen von der Verkehrspolizei stillgelegt worden war. Das soll schon über ein halbes Jahr her sein. Bisher hatte sich niemand daran gestört, da er in der Mitte des Wendehammers stand und auch lange Züge problemlos den Seecontainer umfahren konnten.«

»Wer hat den Container das letzte Mal benutzt? Also wem fehlt das Pfand dafür? Kann man darüber vielleicht Hinweise auf unseren Täter erhalten?«, warf Sven Sorge ein.

»Das haben wir schon überprüfen lassen«, erzählte Regina Serber weiter. »Die Verschickung des Containers war für die Auftraggeber in Hamburg schlecht gelaufen. Für den mit gefährlichen Waren beladenen Frachtraum hatte ein Chemieunternehmen vor einem halben Jahr keinen Platz in einem Güterzug der Bahn finden können. Jedenfalls nicht so schnell, da der Container nicht mit anderen Gütertransportmitteln gemischt werden durfte. Das liegt an der Ladung. Also hat das Unternehmen eine Spedition beauftragt.«

»Um welche gefährlichen Güter handelte es sich denn?«, hakte

Sven weiter nach.

»Lösungsmittel für ein Metallbearbeitungsunternehmen, die nur in speziellen Behältern bis zu einer bestimmten Größe transportiert werden durften. Der Container war in diesem Fall die beste Lösung.«

»Um welches Metallverarbeitungsunternehmen geht es denn? Meines Wissens gibt es in Alsental keines.«

»Die Ware wurde bei einem Automobilzulieferer in der Gegend um Stuttgart gelöscht. Der Container wurde dann mit leeren Behältern beladen und sollte in Mannheim auf einen Güterzug nach Hamburg geladen werden. Bei der Überprüfung durch die Verkehrspolizei wurden erhebliche Defekte an Bremsen, Reifen und Beleuchtung festgestellt. Der Fahrer durfte seinen Zug noch bis zur Spedition fahren. Dort wurden die leeren Behälter in einen Lkw-Laderaum umgeladen und nach Hamburg zurückgeschickt. Da die Spedition Stellplatzmiete für den Container verlangt hat, wurde der mit einem Kran im Wendehammer abgestellt und sollte dort an einem der folgenden Tage abgeholt werden. Das ist aber nie geschehen. Seitdem steht er dort.«

»Gab es Nachfragen über den Container von Personen aus dem Kreis der Leute um XFU?«, wollte Matthias wissen und fügte noch hinzu, »irgendjemandem muss er doch aufgefallen sein. Er steht ja nicht an einer Durchgangsstraße.«

»Wir haben schon bei der Spedition nachgefragt. Im Büro hat sich angeblich niemand danach erkundigt.«

»Arbeitet ein Angehöriger einer der Mitarbeiter von XFU, die Ursula Droste besucht haben, vielleicht in der Spedition?«

»Die Spedition hat uns eine Liste ihrer Mitarbeiter gegeben. Wir können hier also nachhaken.«

»Was ist mit den Fahrern anderer Lkws, die an dem Tag, an dem der Container abgestellt und umgeladen wurde, an- und wieder abgefahren sind?«

»Die Liste der Kunden haben sie uns auch zur Verfügung gestellt. Die Kollegen vom Kriminaldauerdienst telefonieren schon die Auftraggeber ab.«

Lynn und Matthias berichteten ab hier über die Ergebnisse der Obduktion von Tanja Gräbele. Wie der Täter ihr mit dem Wagen aufgelauert hatte. Ihr gefolgt sein musste. Wie er dabei wahrscheinlich von Hanna Bohm beobachtet worden war. Dass er Tanja angefahren und anschließend erschlagen hatte. Von dem Haar von HaE Lamers, das in Tanjas Kopfwunde gefunden worden war, womit die Tatwaffe, vermutlich ein Drehmomentschlüssel, bei Lamers und Gräbele identisch war. Dass die Wohnung aufgeschlossen, durchsucht und Schmuck und Geld ausgeräumt worden waren.

Von der Vermutung von Dorothea Gräbele, Tanjas Mutter und Eva Klein, ihrer Schwester, dass Tanja öfter Wertgegenstände als sichere Anlage kaufte und immer etwa zehntausend Euro in Bargeld zu Hause hatte. Als Lynn und Matthias erwähnten, dass Tanja Gräbele schwanger war, ging ein Raunen durch den Raum. Das konnte dem Fall noch einmal eine Wende geben. Bisher war man von Habgier und Verdeckung ausgegangen, mit denen die Taten ausgeführt worden waren. Jetzt kam vielleicht noch eine persönliche Beziehung dazu, was aber auch zufällig in die Tat mit eingeflossen sein konnte, aber auf jeden Fall beachtet werden musste.

Schloss das nur die Männer bei den Befragungen ein? Wurden die Taten nur von einer Person begangen? Handelte es sich um einen Trittbrettfahrer, der auf diese Weise von sich ablenken wollte und hoffte, dass er nicht entdeckt wurde?

Danach besprachen sie das weitere Vorgehen für heute. Sie teilten sich in vier Gruppen auf, die möglichst zeitgleich verschiedene Mitarbeiter von XFU zu Hause überprüfen sollten. Der Täter musste durch die Entdeckung seines Fahrzeuges erheblichen ungeplanten Aufwand gehabt haben.

Entweder hatte er einen Komplizen, oder er hatte allein gehandelt. Im ersten Fall musste ihn jemand dort abgeholt haben, wo er ein neues Versteck für den dunkelblauen Kombi gefunden hatte. Im zweiten Fall war der Täter wohl gezwungen gewesen, ein Taxi zu beauftragen, das ihn von dort nach Hause gebracht hatte. Deshalb sollte das örtliche Taxiunternehmen befragt werden, ob einer der Fahrerinnen oder Fahrer eine Fahrt zu Peer Lindner, Gerald Bohm, Kay Falke, Christian Butterbrodt, Marc Stetter, Nadine Rauenstein, Michael Sempp, Gerhard Lober oder an die Uniklinik Heidelberg für Klaus Remmer durchgeführt hatte.

Vorher teilten sie die Mitarbeiter von XFU auf, die von den einzelnen Gruppen befragt werden sollten. Damit keine Abstimmung zwischen den Verdächtigen erfolgen konnte, sollten zuerst die dringendsten kontaktiert werden. Daher konnten Lynn und Matthias nicht Lindner und Bohm übernehmen, sondern gaben Gerald Bohm an Ulvi Jähn und Sven Sorge ab. Regina Serber und Kai Monsert übernahmen Christian Butterbrodt. Hermann Weingarten und Julian Hofmann fuhren zu Kay Falke. Das waren nach den bisherigen Ermittlungen die Personen, die am meisten verdächtig waren.

Danach waren noch Michael Sempp durch Lynn und Matthias, Marc Stetter durch Ulvi und Sven, Gerhard Lober durch Regina und Kai zu überprüfen. Klaus Remmer und Nadine Rauenstein galten nicht mehr als verdächtig, sollten aber noch von Hermann und Julian befragt werden.

Lynn und Matthias fuhren nur der Form halber zum Haus von Peer Lindner, trafen ihn aber zu ihrer Überraschung an. Eigentlich hatten sie ihn in der Firma vermutet. Er bat sie ins Haus und sie setzten sich zusammen an den Esstisch. Den angebotenen Kaffee lehnten sie ab.

»Ist Ihre Frau wieder zurückgekommen?«, fragte Lynn, um das

eigentliche Thema erst einmal nicht anzusprechen.

»Wir haben heute miteinander telefoniert. Sie sagte, dass sie es sich zum Wochenende vorstellen könnte.« Lindner grinste. »Wie ich gesagt habe. Das heißt, sie kommt auf jeden Fall am Wochenende zurück.«

»Um wie viel Uhr waren Sie heute in der Firma?«

»Heute war ich noch gar nicht dort. Hatte viel zu Hause zu tun.«

»Zu Hause?«

»Ja. Für die Umstrukturierung brauche ich neue Ideen. Die habe ich nicht, wenn ich ständig gestört werde. Das Smartphone steht deswegen auf lautlos. Meine Sekretärin hat die Privatnummer für wichtige Dinge. Wieso fragen Sie?«

»Mit wem hatten Sie heute schon Kontakt? Telefoniert? Messenger? E-Mail?«

»Ich habe nur eine E-Mail an meine Abteilungsleiter geschrieben. Dafür habe ich ziemlich lange gebraucht, weil das Thema so delikat ist. Den ganzen Vormittag habe ich mich immer wieder drangesetzt.«

»Wieso?«

»Na ja, die Themen Umstrukturierung und Mord machen meine Leute ganz schön misstrauisch. Das merke ich gerade in den letzten Tagen. Die Stimmung ist auf dem Tiefpunkt angelangt. Zudem haben wir heute eine Kündigung erhalten von einem Mitarbeiter, der demnächst eine Abteilung übernehmen sollte.«

»Von wem?«, fragte Lynn, obwohl sie die Antwort natürlich schon wusste. Wie hatte es ihre Ausbilderin ausgedrückt? Nie den eigenen Kenntnisstand preisgeben!

»Von Klaus Remmer. Er ist momentan krankgeschrieben. Ich hatte allerdings wieder mit ihm gerechnet.«

»Ist er ein besonderer Mitarbeiter? Immerhin gibt es über viertausend in Ihrem Unternehmen.«

»Er hat einfach Überblick und Biss. Und ist beliebt bei meinen

Leuten. So jemand sticht aus der Masse heraus.«

Und erfüllt vielleicht auch Aufträge, die keiner machen will, dachte Lynn und beschloss, Klaus Remmer doch noch einmal selbst zu befragen. Sie wollte nicht das Risiko eingehen, einen Verdächtigen zu früh von der Liste zu streichen. Sie schaute kurz zu Matthias und sein Blick verriet ihr, dass er genauso dachte. Die Kündigung. Die Bilder. Die Klinik. Das konnte auch ein Ablenkungsmanöver gewesen sein. Doch innerlich sträubte sie sich gegen diesen Gedanken.

»Was haben Sie heute noch vor?«

»Ich fahre in etwa zwei Stunden in die Firma, um noch etwas zu besprechen. Danach bin ich wieder hier.«

Das wäre so gegen sechzehn Uhr, dachte Lynn.

Sie verabschiedeten sich von Peer Lindner und machten sich auf den Weg zu Michael Sempp. Hier war die ganze Familie anwesend und alle hatten eine schwere Erkältung.

»Normalerweise ist abends immer Vorlesen angesagt«, krächzte Sempp heraus, »gestern allerdings fühlten wir uns alle schon so schlapp, dass wir einfach eine Geschichte im Fernsehen angeschaut haben. Jetzt haben wir alle Fieber und Schnupfen. Bei uns geht gar nichts mehr.«

Michael Sempp war in einige Pullis eingepackt, wirkte aber trotzdem so, als ob er fror. Dieser Mann hatte heute bestimmt noch kein Tatfahrzeug versteckt und war dafür stundenlang unterwegs gewesen. Mit einem »Gute Besserung!« als Abschiedsgruß verließen sie Familie Sempp und hofften, dass sie sich nicht angesteckt hatten.

Wo taucht ihr Bullen als Nächstes auf? Bei mir wart ihr gerade. Vermutlich auch bei allen anderen. Also wird der Container tatsächlich entdeckt worden sein. Fahrt ihr noch einmal in die Firma? Hm. Bei XFU ist ja heute keiner aus der Abteilung anwesend. Es ist noch zu hell, um mit dieser Karre rumzufahren. Aber irgendwo muss ich euch noch erwischen. Rufe ich diese Kommissarin Deyonge an? Zu auffällig. Ich fahre zu XFU und schaue, ob ich herausfinden kann, was ihr dort macht. Danach muss ich euch auf dem Weg raus aus Alsental irgendwie erwischen.

Aber wie?

Ich muss mich gleich erst mal zum Kombi bringen lassen. Dann überlege ich weiter. Und hoffe, dass ich euch finde. Euren Dienstkombi habt ihr ja immer schön offen irgendwo abgestellt. Vielleicht kriege ich euch dort. Danach ist nur noch einer fällig. Mein werter Kollege. Tanja hat ja meine Reisekasse gut aufgefüllt. Schmuck und Uhren sind bestimmt über fünfzigtausend wert. Zum Glück habe ich die Festplatten und das Notebook zertrümmert. Die Sachen muss ich nur noch unterwegs irgendwo entsorgen. Wie erledige ich diesen einen noch? Dieser Arsch! Ich glaube, er ahnt etwas. Auf jeden Fall wäre er ein wichtiger Zeuge für die Polizei. Danach bin ich frei und werde abhauen. Ihr alle kriegt mich nicht zu fassen.

Denn ich bin Napoleon.

Lynn und Matthias fuhren zu XFU und trafen Katja Bobart und Herbert Geisenstein beim TEC-Team der Firma an. Diese technische Abteilung war zuständig für alle Installationen, für die Netzwerksicherheit und stand bereit für die Fragen der Mitarbeiter zum Equipment, wenn diese zum Beispiel Fragen oder Probleme mit ihrem Notebook hatten. Und es richtete Zugänge aller Art zu den einzelnen Bereichen der Firmengebäude ein.

Eugen Markwort war ebenfalls anwesend. Er stellte ihnen die neuesten Protokolle zusammen, die die Anzahl und Art der Zugriffe auf den alten Datenrechner enthielten. Der Täter war wieder aktiv gewesen, hatte aber keine neuen Dateien vom Rechner kopiert. Ob der Dieb ahnte, dass er beobachtet wurde und nicht mehr an die neuen Versionen der Software von XFU herankam?

Als sie sich das E-Mail-Konto von Tanja Gräbele zeigen ließen, erwartete sie eine unangenehme Überraschung. Es war nahezu leer, nur wenige E-Mails waren vorhanden. Und diese enthielten lediglich Anfragen zu aktiven Projekten. Eugen Markwort wunderte das nicht.

»Viele Mitarbeiter sortieren ihre E-Mails, indem sie ein lokales E-Mail-Konto auf ihrem Notebook einrichten und die Nachrichten nach Thema abspeichern. Diese Daten stehen dann nicht mehr zur Verfügung. «

»Können diese wiederhergestellt werden?«, fragte Matthias.

»Leider nicht. Wir können nicht von jeder Nachricht eine Sicherungskopie machen. Dürfen wir aus Datenschutzgründen auch nicht.«

»Wie sieht es mit den Nachrichten von Hans-Erich Lamers aus?«

»Da sind sehr viele E-Mails erhalten. Er scheint mit vielen Kollegen aus der Firma im Kontakt gestanden zu haben. Ihre Kollegen werten sie aus.«

Euch kenn ich ja. Aber wer sind die beiden anderen? Können eigentlich nur Polizisten sein. Ist ja dasselbe Automodell. Verstärkung bei den Mordermittlungen? Wohl eher nicht. Kriminaltechniker? Vielleicht. Scheint aber keine offizielle Durchsuchung zu sein. Könnten von der Wirtschaftskriminalität sein. Sind meine Aktivitäten doch entdeckt worden? Und werden von denen überwacht? Ich muss sowieso zu einem Ergebnis kommen.

Die Dateien müssen her. Dann nehme ich einfach alle, die zur Zeit der Ankündigung der neuen Softwareversion gespeichert worden sind. Da kommt die Deyonge mit ihrem Kollegen. Wo bleiben die anderen? Egal. Ihr müsst jetzt zuerst weg. Ich hoffe nur, dass meine notdürftige Reparatur des Scheinwerfers mit dem Klebeband nicht im Dunkeln auffällt.

Genau. Steigt ein. Wenn ihr zu mir nach Hause fahrt, dann erwische ich euch eben dort. Meine Position hat wohl keiner erkannt. Sie fahren los. Deyonge fährt. Da erwisch ich sie wenigstens, wenn sie am Straßenrand aussteigt. Wieso fahrt ihr nicht Richtung Ortskern? Wieso die A5 Richtung Heidelberg? Wir machen wohl Dienstschluss. Die beiden vor dem Polizeihochhaus zu erwischen, das hätte natürlich eine besondere Note. Der -Verkehr ist aber dicht. Dann falle ich wenigstens nicht auf. Ihr erwischt mich nicht.

Denn ich bin Napoleon.

»Bist du sicher, dass die Befragung von Klaus Remmer etwas bringt? Er hatte doch ein Alibi mit den Fotos zu den Ausflügen.«

So viele Sätze redete Matthias Tregnat normalerweise nie. So wie der Tag gelaufen war, wünschte Lynn sich etwas Ruhe und den Kollegen zurück, der nebensatzlos oder in Einwortsätzen sprach. Was war mit ihm?

»Remmer könnte trotzdem noch wichtige Informationen für uns haben. Und erst muss noch die Stationsärztin zustimmen. Und ich will noch mal mit der Psychologin reden. Diese Henlein muss ich anders befragen. Vielleicht lässt sie sich ja darauf ein.« Sie warf einen Blick zur Seite, wo Matthias versuchte, im Rückspiegel etwas zu erkennen. »Was ist los mit dir?«

»Moment«, sagte er und griff zum Telefon. »Hab hinter uns einen Wagen mit zwei verschieden leuchtenden Scheinwerfern gesehen. Könnte der Wagen sein, den wir suchen. Der bleibt immer zwei Wagen hinter uns. Ich organisier mal die Kollegen uns zu folgen. Mit etwas Glück geraten wir in einen Stau. Vielleicht können die vor der Ausfahrt Schwetzingen dichtmachen. Dann haben wir ihn.«

Er telefonierte mit den Kollegen vom Kriminaldauerdienst und bat um Unterstützung und eine Straßensperre, falls schon Kollegen vor ihnen auf der Autobahn waren.

»Kümmern sich drum«, sagte er wieder wie gewohnt kurz.

Nur eine Minute später klingelte das Telefon. Matthias stellte auf die Freisprechanlage des Wagens um.

»Ihr habt Glück. Unfall kurz hinter der Ausfahrt Schwetzingen. Wir haben deswegen auf den Landstraßen in der Umgebung allerdings nicht genug Streifenwagen. Aber wir versuchen die Bereiche hinter den Ausfahrten in der Nähe zu überwachen.«

Du Idiot. Da kommt ein Stau. Was hab ich mir nur dabei gedacht? Wenn wir jetzt stehen bleiben, ist das ein großes Risiko entdeckt zu werden. Zum Glück wissen sie nicht, dass ich hier bin. Bloß raus hier. Jetzt sind sie neben einem Lkw mit Hänger. Da sehen sie mich nicht auf dem Standstreifen.

Napoleon scherte nach rechts durch die Lücke zwischen zwei Lkws auf den Standstreifen aus und preschte los. Er hatte Glück. Der Standstreifen war auf dem letzten Kilometer bis zur Ausfahrt Schwetzingen/Heidelberg frei.

Falls sie mich doch entdeckt haben, dann haben sie mich, wenn ich jetzt Richtung Heidelberg abbiege. Ich nehme die Landstraße Richtung Schwetzingen.

Napoleon bog auf die Bundesstraße fünfhundertfünfunddreißig auf. Auf der Autobahn kam der Verkehr zum Erliegen.

»Jetzt haben wir ihn!« Matthias und Lynn sprangen aus dem Wagen und rannten los.

Doch der Kombi mit den beiden ungleich leuchtenden Scheinwerfern war verschwunden. Matthias rannte zwischen den Lkws hindurch und wäre fast von einem Lieferwagen erfasst worden, der auf dem Standstreifen Richtung Heidelberg/Schwetzingen raste. Er fluchte innerlich. Hatte der Täter doch genau die gleiche Idee gehabt. Er war nur einen Moment unaufmerksam gewesen. Das hatte dem Fahrer gereicht, um zu entkommen. Er sprintete zurück zum Wagen und gab es an die Kollegen durch. Waren die schnell genug gewesen, um sich an den Landstraßen zu positionieren? Wohl kaum. Die paar Minuten hatten dafür nicht gereicht. Vielleicht könnten ihn die Kollegen in Heidelberg oder Schwetzingen fassen. Lynn hatte eine Idee.

»Lass uns Ralf anrufen. Er soll die Kollegen zu den Mitarbeitern von XFU nach Hause schicken und sehen, wer da ist. Mit etwas Glück haben wir ihn dann.«

Sie verständigte Ralf Luber und Vera Hermsen. Zu dritt informierten sie ihre Kollegenteams in Alsental, die sich sofort auf den Weg machten.

Napoleon wollte kein Risiko mehr eingehen. Er fuhr daher nicht bis Schwetzingen, sondern nahm die Ausfahrt von der Bundesstraße fünfhundertfünfunddreißig, die zu den Bauernhöfen führte und fuhr dann über die befestigten Feldwege an der Anlage des Fahrsicherheitstrainings vorbei und unter der Autobahn fünf hindurch über Bruchhausen nach Sandhausen hinein. Hier gab es nur den normalen Feierabendverkehr. Er fiel hier gar nicht auf, wusste aber auch nicht, ob er schon entdeckt worden war. Nach der Ortsausfahrt Sandhausen waren es noch fünfzehn Minuten bis nach Alsental.

Was mach ich nur mit der Karre? Im vorherigen Versteck kann sie nicht bleiben. Die Plane hab ich dabei. Damit kann ich den Kombi abdecken und sie werden ihn am neuen Abstellplatz nicht so leicht finden. Da sind wir schon. Jetzt abstellen, noch ein paar Hundert Meter laufen und ein Taxi bestellen. Haben sie mich vielleicht doch entdeckt? Wir werden sehen. Dann kommt ja jemand zu mir nach Hause. Also besser den Taxifahrer ein paar Straßen weiter halten lassen.

Napoleon bestellte sich ein Taxi, nachdem er weit genug vom Kombi entfernt war und vor einem Reifenhandel stand. Als sie die Ortseinfahrt Alsental passierten, postierte sich gerade ein Streifenwagen am Straßenrand. Noch mal gut gegangen.

Nachdem er den Taxifahrer entlohnt hatte, ging er auf einen ihm unbekannten Hauseingang zu und tat so, als würde er in seiner

Hosentasche nach dem Türschlüssel kramen. Das Taxi fuhr sofort weiter und er machte sich zu Fuß auf den Weg durch die wenigen Straßen nach Hause. Kurz bevor er sein Ziel erreicht hatte, sah er einen silbern glänzenden Kombi wegfahren, den er der Kriminalpolizei zuordnete, denn sie hatten den gleichen Wagentyp und waren zu zweit unterwegs. War er jetzt aufgeflogen?

Mist! Er hatte den Van stehen lassen. Zweihundert Meter weiter am Straßenrand. Vielleicht hatten sie ihn noch nicht entdeckt. Er hatte im Büro Licht angelassen. Und wenn sie ihn fragten, ob er zu Hause gewesen war, als sie ihn aufsuchten? Na ja, dann hatte er sich wohl hingelegt und die Türklingel nicht gehört. Gute Ausrede.

Lynn und Matthias hatten es mithilfe ihres mobilen Blaulichtes geschafft, sich aus dem Stau auf die Bundesstraße fünfhundertfünfunddreißig zu manövrieren. Hier und jetzt noch die Suche nach dem Fahrzeug zu starten wäre sinnlos. Der Fahrer war entweder über alle Berge oder von einer Streife entdeckt worden. Zu Letzterem lag leider noch keine Meldung vor. Wagen und Täter waren ihnen wohl entwischt. Aber sie wussten jetzt, dass er noch an ihnen dran war, dass er sie beobachtete, jagte. Wem kamen sie so nahe, dass dieser sie umbringen wollte? Sie mussten die Augen weiter offen halten.

Über die Speyerer Straße fuhren sie nach Heidelberg hinein und kamen zur Uniklinik im Neuenheimer Feld ganz gut durch. Der Feierabendverkehr rollte in die Gegenrichtung.

Die Psychologin Ricarda Henlein wartete schon im Eingangsbereich des Psychosomatik II- und Yoga-Centers auf sie. Sie war anscheinend auf dem Weg nach Hause und wollte Lynn und Matthias nicht auf die Station vorlassen. Nachdem Matthias sich der Psychologin vorgestellt hatte, kam diese gleich zur Sache.

»Ich finde es keine gute Idee, dass Sie Herr Remmer schon wieder befragen wollen.«

»Ich möchte auch allgemein etwas über Ihre Arbeit hier erfahren. Vielleicht lerne ich auf diese Weise Ihre Patienten ein wenig kennen«, log Lynn.

»Soso«, antwortete Ricarda und ließ sich auf das Spiel ein.

»Patienten kommen doch zu Ihnen, wenn sie nach einer Vorerkrankung nicht gesund werden, oder?«

»Das macht nur einen Teil der Patienten aus. Manchmal ist gar keine Vorerkrankung bekannt. Oder es geht um ein Gewichtsproblem, egal ob zu hoch oder zu niedrig.«

»Also nehmen wir mal an, dass keine Vorerkrankung bekannt ist. Wie stellen Sie dann fest, welche Behandlung für den Patienten geeignet ist?«

»Es gibt eine Vielzahl von Behandlungskonzepten, die wir den Patienten anbieten. Darauf muss eine Patientin oder ein Patient eingehen.«

»Und wenn er das nicht macht?«

»Das ist eine freie Entscheidung. Wenn die Patientin oder der Patient zu dem Schluss kommt, dass die Konzepte nicht geeignet sind, dann wird die Behandlung beendet.«

»Ich würde gerne noch einmal auf die Vorerkrankung eingehen. Wenn keine bekannt ist, heißt das, dass vorher schon Untersuchungen stattgefunden haben?«

»Ja. Sonst wüsste man ja nicht, dass es keine Vorerkrankung gibt.«

»Also werden hier in der Klinik keine körperlichen Untersuchungen durchgeführt?«

»Die Patienten haben, bevor sie zu uns kommen, schon vorher eine Vielzahl an Untersuchungen am ganzen Körper durchlaufen. Bei den Fachärzten. Unsere Ärzte ordnen weitere Untersuchungen nur dann an, wenn es nötig erscheint.«

Lynn wollte nachhaken, aber Ricarda Henlein bedeutete ihr mit der Hand, kurz zu warten.

»Lassen Sie mich ein Beispiel machen. Nehmen wir mal an, eine Patientin oder ein Patient ersucht das Psychosomatik II- und Yoga-Center um Aufnahme. Der Patient erzählt, dass er nach einer Infektion nicht mehr gesund werden wollte. Mattheit, Abgeschlagenheit, Konzentrationsprobleme, Gewichtsabnahme und vielleicht noch andere Beschwerden.«

Lynn verstand den Wink und ließ Ricarda reden.

»Die akute Infektion lässt sich im Nachhinein nicht mehr nachweisen, es gibt nur Beschreibungen des Patienten und der Hausarzt hatte ihn erst mal krankgeschrieben, ohne ein Blutbild machen zu lassen. Weil die Beschwerden nicht so schlimm waren, dass es dazu einen Anlass gegeben hätte. Am Patienten werden nach dem Abklingen alle möglichen Untersuchungen vorgenommen, weil er nicht mehr fit werden will. Bildgebungsverfahren. Blut. Ausscheidungen. Neurologische Tests. Und vielleicht noch weitere. Alle unauffällig. Der Patient macht nun schon eine Weile in diesem Zustand herum. Eine Möglichkeit ist, mit uns zusammen unsere Behandlungskonzepte auszuprobieren und zu schauen, ob sie bei ihm anschlagen. Bessert sich der Zustand des Patienten, dann wird dieser Ansatz weiterverfolgt.«

»Und welche körperlichen Untersuchungen werden bei Ihnen noch durchgeführt?«

Ricarda Henlein spielte weiter mit. »Zähne und Ohren werden ganz gern vergessen. Es kommt durchaus vor, dass dann herauskommt, dass der Patient naturgesunde Zähne hat und das Gehör dem Alter entsprechend funktioniert.«

»Wie beurteilen Sie dann, ob der Patient Fortschritte macht?«

»Wir führen Einzel- und Gruppengespräche durch. Zudem beobachten wir den Patienten in den Therapien und schätzen ihn ein. Die verschiedenen Therapieformen sind übrigens auf unserer Homepage aufgelistet.«

Die hatte Lynn schon gesehen. »Jetzt noch eine Frage. Merken

Sie, wenn ein Patient Sie an der Nase herumführt?«

»Ganz gut sogar. Aus den verschiedenen Beobachtungen in Gesprächen und Therapien ergibt sich ein ganz gutes Bild. Ganz auszuschließen ist es natürlich nicht.«

»Wie gehen Sie in diesem Fall damit um?«

»Die Behandlung wird von ärztlicher Seite beendet und der Patient verlässt das Krankenhaus.«

»Und wie wird der Patient beurteilt? Was für ein Bild ergibt sich von ihm?«

»Das ist von Patient zu Patient verschieden. Traumatische Erlebnisse können eine Rolle spielen. Erlebnisse aus der Kindheit. Das persönliche Umfeld. Die Arbeitssituation. Missbrauch von Alkohol und Drogen. Oder eine Mischung aus alledem.«

»Behandeln Sie auch abhängige Menschen?«

»Das ist auf dieser Station nicht möglich. Der Patient unterschreibt auch, dass er weder Alkohol noch Drogen konsumiert und dies auch nicht während seines Aufenthaltes tut. Wenn er sich nicht daran hält, wird die Behandlung sofort beendet und der Patient muss das Krankenhaus verlassen.«

Matthias hatte die ganze Zeit seitlich danebengesessen und zugehört. »Was ist bei einem solchen Patienten, den Sie nur als Beispiel beschrieben haben, mit unterdrückten Aggressionen?«

»Es ist natürlich nicht ganz auszuschließen, dass er damit durchkommt. Aber die Patienten leben auf ziemlich kleinem Raum zusammen. Sie nehmen ihre Mahlzeiten gemeinsam ein. Sie äußern sich in Gesprächsgruppen. Sie haben gemeinsame Therapien. Daraus ergibt sich ein Gesamtbild. Aber Offenheit oder Verschlossenheit fallen bei unserem fiktiven Patienten auf. Irgendwann ergeben sich Ungereimtheiten. Das Gesamtbild stimmt nicht. In den Therapien ergeben sich keine Fortschritte. Es fällt einfach auf.«

Eine kurze Pause entstand. Sie dachten wohl das gleiche, denn Matthias schüttelte kaum wahrnehmbar mit dem Kopf. So verabschiedeten sie sich von Frau Henlein und gingen zu ihrem Fahrzeug. Er sprach aus, was sie dachte. In seiner kurzen Art.

»Remmer ist also total fertig. Mit oder ohne Infekt. Ausflüge bei den beiden ersten Taten. Sein Kombi steht im Parkhaus beim dritten Mord.«

Hier waren sie wohl falsch.

Sie überlegten noch, ob sie in Heidelberg etwas Essen gehen sollten, entschieden dann aber, es in den Abend nach der Dienstbesprechung mit den Kollegen in Alsental zu verlegen. Essen um neun oder zehn oder Mitternachtssnack. Wieso auch nicht.

Während der Rückfahrt riefen sie bei Ralf Luber und Vera Hermsen an, um zu erfahren, ob die Suche nach dem Fahrzeug mit den ungleich leuchtenden Scheinwerfern etwas ergeben hatte. Leider waren bisher noch keine Hinweise eingegangen.

Die weitere halbe Stunde sprach keiner ein Wort. Matthias fing irgendwann an.

»Bohm oder Lindner. Falke. Butterbrodt. Eventuell Stetter oder Lober. Aber eigentlich haben wir nichts. Gar nichts.«

Lynn verstand, was er meinte. Hier spielte einer oder mehrere Katz und Maus mit ihnen und sie kamen in dem Fall nicht weiter.

»Irgendwann haben wir den Kombi. Der oder die Täter stehen unter Druck. Die brauchen die neue Softwareversion von XFU.« Also ging sie von einem Zusammenhang zwischen Diebstahl und Morde aus.

»Und wenn der Mörder von Gräbele ein Trittbrettfahrer ist? Um seine Tatbeteiligung zu vertuschen?«, fragte Matthias.

»Dann wäre der von Lamers derselbe Täter. Die Tatwaffe ist doch wohl identisch«, antwortete Lynn entschieden. Sie verstand ihn. Man musste alles in Erwägung ziehen. »Lass uns gleich erst mal hören, wer alles zu Hause angetroffen werden konnte.«

Die Kollegen waren schon alle in der Polizeistation versammelt. Der wenige Schlaf der letzten Tage war mittlerweile allen anzusehen. Dazu kam die Anspannung wegen der möglichen Gefahr eines erneuten Anschlags auf die Kommissare. Aber alle hatten auch einen fast trotzigen Blick. Lasst uns das endlich zu Ende bringen, hieß der.

Die Berichte wurden zusammengetragen. Außer Sempp und Falke waren alle unterwegs gewesen. Bohm, Lindner, Stetter und Butterbrodt wurden also nicht zu Hause angetroffen. Aber das hieß gar nichts. Jeder hatte schließlich weiterhin seine persönlichen Termine.

Am heutigen Tag wurden einhundertvierundsechzig Taxifahrten in oder nach Alsental durchgeführt, wie die Anfrage an die Taxizentrale ergeben hatte. Die meisten davon zu XFU oder weg von der Firma, ins AlsenInn oder in das Industriegebiet. Niemandem von den Taxifahrern war etwas Besonderes aufgefallen.

Die Suche nach dem dunkelblauen Kombi war weiterhin ergebnislos geblieben.

Remmer hatte das Krankenhaus wohl nicht verlassen.

Die Auswertung der Kundenliste der Spedition, an der der Seecontainer abgestellt worden war, lief noch.

Etwas Neues gab es trotzdem noch. HaE Lamers war nicht der Vater von Tanja Gräbeles ungeborenem Kind. Das hatte ein Vaterschaftstest ergeben. Und es schloss wohl einen Mord aus Eifersucht aus.

Die Kollegen Katja Bobart und Herbert Geisenstein waren schon wieder in Heidelberg und würden morgen eventuell noch einmal zu XFU kommen und mit dem TEC-Team die neuen Zugriffsprotokolle auf den Datenrechner durchgehen. Die Auswertung der E-Mails von Gräbele und Lamers war ebenfalls noch nicht abgeschlossen.

Würde der Täter irgendwann einen Fehler machen und sich verraten? Welche Opfer hatte er noch auf seiner Liste? Wer war in Gefahr und warum? Wann war das Spiel für ihn beendet? Konnte es auch eine Frau gewesen sein? War es nur ein Täter? Oder musste man von mehreren ausgehen?

Mittlerweile war die Luft endgültig raus. Niemand konnte mehr weitermachen für heute. Den ganzen Tag hatte sie das Phantom mit dem dunkelblauen Kombi auf Trab gehalten. Vor der ersten Dienstbesprechung am Morgen waren die Kollegen schon am Container und zur Überprüfung der Mitarbeiter zu deren Wohnstätten gefahren. Hatten die Taxifahrer befragt und waren dazu in deren Zentrale, zu ihnen nach Hause und an deren Standorte gefahren. Hatten nach der Entdeckung des dunkelblauen Kombis auf der Autobahn wiederum die Mitarbeiter von XFU zu Hause aufgesucht, was teilweise mehrfach geschehen war, weil sie niemanden angetroffen hatten.

Lynn und Matthias hatten in der Rechtsmedizin in Heidelberg angefangen, waren dann in Alsental unterwegs gewesen und trafen die Kollegen von der Wirtschaftskriminalität bei XFU, hatten das Gespräch mit der Psychologin Ricarda Henlein gesucht und waren dafür noch einmal nach Heidelberg gefahren. Das alles war zermürbende Kleinarbeit gewesen. Dazu kam die zusätzliche Gefahr eines Anschlags, der jeden von ihnen treffen konnte. Diese dafür notwendige Habachtstellung spannte jeden sehr an und hatte sich den ganzen Tag über gehalten, da sie es mit einem unberechenbaren Gegner zu tun hatten. Es wurde jetzt Zeit schlusszumachen.

Nur Matthias hatte noch eine Frage.

»Was ist eigentlich mit dem Kollegen Mats Uhrich? Sollte nicht er heute die Arbeit bei XFU weiter fortsetzen? Dafür hatten wir wieder zwei neue Kollegen von der Wirtschaftskriminalität dabei. Die müssen sich doch erst einarbeiten.«

»Mats wurde heute dringend in einem externen Fall benötigt. Zum anderen arbeitet er noch nicht mit einem Partner zusammen«, entgegnete Ralf Luber. »Mir ist es zu gefährlich geworden jemanden allein in diesem Fall einzusetzen. Katja und Herbert sind erfahrene Kollegen. Wir sollten froh sein, dass wir sie dabei haben.«

Matthias wusste, dass er dieses Argument nicht würde entkräften können, und beließ es dabei, ohne sich noch einmal dazu zu äußern. Das würde diese Besprechung nur unnötig verlängern. Und welche Ideen auch immer noch in den Köpfen hingen, niemand war mehr in der Lage den Ausführungen zu folgen oder einen gesponnenen Faden weiterzudenken. Morgen früh würde es ausgeruht besser weitergehen. Also blieb Ralf nur noch, für den nächsten Morgen eine weitere Dienstbesprechung anzusetzen.

Als Lynn und Matthias am Alsen ankamen, wussten sie, weshalb kein Platz mehr frei war. Lynn schätzte, dass die Kundschaft hier ausschließlich aus Geschäftsleuten bestand, sowie aus Beratern und Entwicklern aus der Branche, für die XFU-Software programmierte und vertrieb.

Im AlsenInn sah es nicht viel besser aus. Eine weggeschobene Trennwand hatte hier den bestehenden Gastraum schätzungsweise fast verdoppelt. Lynn wollte eigentlich erst duschen, verschob es dann aber auf später. Wenn sie erst einmal in ihrem Zimmer wäre, würde sie bestimmt nicht noch einmal herunterkommen. Zum Glück war am Rand des Gastraums keine Abtrennung zum Foyer. Also schoben sie den äußersten Tisch, der gerade freigeworden war, noch ein wenig weg vom Gastraum Richtung Foyer und Fenster und setzten sich. Hier konnte ihnen wenigstens keiner mehr zuhören. Lynn lehnte sich auf ihrem Stuhl zurück und machte sich lang. Ihre Schulterblätter lagen nun auf der oberen Kante der Lehne und der Po auf der äußersten Kante der Sitzfläche, so dass ihr Körper eine gerade Linie bildete, die Hände hatte sie in die Hosentaschen gesteckt. Irgendwo war Matthias das doch schon einmal aufgefallen. Richtig. Beim Befragen von Peer Lindner und Eugen Markwort bei XFU.

»Entwicklerhaltung«, wiederholte er Eugen und riss Lynn dabei aus ihren Gedanken.

»Hm?«, machte sie nur.

»Entwicklerhaltung hat das Eugen Markwort genannt«, wiederholte er grinsend.

Sie mussten beide lachen, hatten danach aber wieder den gleichen müden Gesichtsausdruck. Obwohl es sehr voll war, ließ die Bedienung nicht lange auf sich warten. Lynn bestellte sich Toast Hawaii und einen kleinen Salat. Matthias versuchte es mit einem belegten Baguette. Dazu tranken beide Bier.

»Fährst du heute nicht mehr nach Hause?«, fragte sie ihn.

»Nein. Heute Morgen hat es lange gedauert, bis wir hier waren und die Kollegen bei der Suche nach diesem Kombi unterstützen konnten. Es ist nicht auszuschließen, dass der Täter heute Nacht wieder zuschlägt. Ich will zumindest die Chance haben, schnell vor Ort zu sein. Vielleicht bringt uns das dem Täter endlich näher.«

So viel hatte sie ihn selten mit Nebensätzen sprechen hören. Er schwieg danach und sah nachdenklich aus dem Panoramafenster, hinter dem nicht mehr wirklich viel zu entdecken war. Ihr fiel sein zerfurchtes Gesicht auf und die Fältchen, die er vom ständigen Zukneifen der Augen hatte. Das ließ ihn älter erscheinen. Sie fand es aber nicht unattraktiv. Wie alt war er eigentlich? Eventuell Anfang vierzig?

Im nächsten Moment ärgerte sie sich über ihre Gedanken. Blödsinn. Sie waren hier, um den bisherigen Ermittlungsstand zu diskutieren. Aber dazu fehlte ihr eine Pause und noch etwas zu essen. Ihm schien es nicht anders zu gehen. Also ließ sie seinen letzten Kommentar unbeantwortet, ließ die Hände in den Hosentaschen und gähnte ausgiebig. Ihr war jetzt egal, ob das unhöflich war.

Die beiden Toast Hawaii schmeckten vorzüglich und der gemischte Salat mit dem leichten Dressing erfrischte sie. Dass auch Matthias während des Essens kein Wort sprach, war ihr im Moment sehr sympathisch. Zuerst musste sich ihr Kopf regenerieren. Als sie fertig war, stellte sie ihren Teller auf den freien Platz neben sich und machte den ersten Schritt in die Diskussion.

Also, Freunde, da sitzt ihr beiden beim späten Abendessen. Und ich habe, was ich will. Endlich wurden die neuen Dateien auf den Datenserver hochgeladen. Wurde aber auch höchste Eisenbahn. Das ist jetzt die neue Softwareversion von XFU. Eigentlich müsste ich mich dafür bedanken. Aber ich muss meinen Kollegen noch erwischen. Diese Deyonge wäre dann sozusagen mein Bonus. Ich warte mal, ob ihr das AlsenInn wieder verlasst.

Eigentlich sollte ich sofort abhauen. Aber dann würde wohl alles gleich ans Licht kommen. Der Diebstahl. Die Morde. Und ich könnte nicht nachbessern, wenn etwas schiefgeht. Lieber noch eine Weile mitmischen. Also hab gefälligst Geduld. Morgen früh ist erst mal das große Frühstück mit allen. Vielleicht ergibt sich danach eine Gelegenheit, ihn zu erledigen. Und wenn nicht, dann eben Freitagnachmittag oder Abend.

Es ist alles organisiert. Samstag dann nach Spanien. Sonntag Nordafrika. Montag Südamerika. Da bin ich in Sicherheit. Mit dem gefälschten Pass kann ich problemlos untertauchen. Das sind aber ungewöhnlich viele Dateien heute. Na, umso besser. Vielleicht ist damit ja noch ein Extrageschäft drin. Ich werde meinen Kunden fragen, ob er noch Interesse an weiterem Material hat. Wenn ja, dann wird das bestimmt ein gutes Geschäft. Wenn nicht, auch gut. Die Vergütung reicht allemal, um ein neues Leben anzufangen. Was mich in Südamerika wohl alles erwartet? Gelingt mein Start wie geplant? Noch ist es nicht so weit. Immer ruhig bleiben. Erst die anstehenden Aufgaben erledigen. Dann sehen wir weiter. Feldherren wie ich planen gut.

Denn ich bin Napoleon.

Lynn und Matthias hatten sich die bisherigen Ermittlungsergebnisse noch einmal gegenseitig dargestellt. Was jetzt fehlte, waren Hypothesen zu den einzelnen Ereignissen und die Diskussion darüber. Einig waren sie sich, dass die Morde an Ursula Droste und Hertha Bauer nicht geplant waren. Dass Richard Kramer ein wichtiger Zeuge war. Aber nur, um Jens Sievert als Tatverdächtigen auszuschließen. Das hatte sich aus der weiteren Ermittlung und der Befragung der Zeugen ergeben, die ihn vor der Bäckerei hatten stehen sehen. Es musste also ein Mann mit ähnlicher Statur und ähnlichem Kombi gewesen sein. Den suchten sie jetzt.

Sie stimmten auch darin überein, dass der Mord an HaE Lamers eiskalt geplant und ausgeführt worden war und dass wohl keiner der Besucher, die regelmäßig zu Ursula Droste gekommen waren, dafür infrage kam. Fast keiner. Nur Christian Butterbrodt. Weil der dem Meeting an besagtem Morgen per Videokonferenz zugeschaltet war. Also entweder gab es noch einen zweiten Täter, oder der Mord an Lamers war unmittelbar vor der Sitzung geschehen. Christian Butterbrodt könnte auch während des Meetings die Tat begangen und dazu einen ähnlichen dunklen Kombi benutzt haben. Dagegen sprach die Aussage von Nicole Wehremann, die sagte, dass Butterbrodt den ganzen Morgen zu Hause gewesen war.

»Hier legt einer ganz gezielt falsche Spuren«, stellte Matthias fest. »Und dafür nutzt er seine Stellung aus. Und die haben nur Lindner und Bohm. An Lindner als Täter glaube ich nicht so recht. Für mich spielt Bohm ein Spiel mit uns. Er ist als Abteilungsleiter in der Position, dass er von allen Vorgängen wie auch dem Datendiebstahl gewusst haben könnte.«

»Was ist mit den anderen?«, wandte Lynn ein. »Lober lebt allein. Er muss sich mit niemandem abstimmen.« Sie zog die Mappe mit den Zusammenfassungen aus der Tasche. »Stetter war den ganzen Tag zu Hause und Falke bleibt die ganze Zeit ruhig. Ist entweder abgebrüht und total skrupellos oder weiß wirklich von gar nichts.«

»Also gut. Schauen wir mal.« Das Spiel begann und Matthias machte den Anfang. »Gerhard Lober wurde fast jedes Mal schlafend angetroffen, wenn wir ihn zu Hause befragt haben. Verstellt er sich nur und begeht dabei die Taten? Kann ich mir nicht vorstellen, da er immer auch verschlafen wirkte. Er äußert keine Unzufriedenheit. Fühlt sich aber unwohl mit der momentanen

Situation, wie er den Kollegen gegenüber geäußert hat. Wirkt sehr ruhig und eher wie ein Kandidat, der wegen Überlastung ausfällt. Er als Täter fällt damit für mich eher aus. Ich kann ihn mir wirklich nicht so vorstellen.«

Konnte Lynn auch nicht. Sie war jetzt dran.

»Marc Stetter wurde von dir befragt. War am Tag der Morde an HaE Lamers und Tanja Gräbele den ganzen Tag in Meetings. Wurde das schon von den Kollegen bestätigt?«

»Wir haben noch nicht alle befragen können, mit denen er an dem Tag laut Kalender zu tun hatte. Sieht aber richtig aus.«

Lynn fuhr fort. »Welches Motiv könnte er haben? Wie bei allen anderen auch? Geldgier? Mordlust?«

»Kann ich mir nicht vorstellen. Er hat uns ja auf die Unstimmigkeiten zwischen Firmenleitung und Abteilungsleitern aufmerksam gemacht. Erst dadurch haben wir von Lindner so viele Informationen erhalten. Weil wir nachhaken konnten. Er als Täter ist mir auch nicht schlüssig.«

So dachte sie auch. Matthias übernahm wieder.

»Kay Falke war am Mordtag an Lamers und Gräbele bis auf morgens im Homeoffice. Konnte das bestätigt werden?« Er gab die Antwort selbst. »Eher nicht. Und er scheint kein bisschen aufgeregt zu sein. Kommt also eher als Kandidat infrage.«

Lynn nickte zustimmend, hatte aber einen Einwand. »Seine Ehe scheint aber in Ordnung zu sein.«

»Zumindest wirkt es im Moment so«, sagte Matthias. »Wo leben eigentlich die Eltern von den Falkes?«

»Nicht in Alsental. Oma-Opa-Wochenende ist dennoch möglich, da ihre Eltern in Heidelberg wohnen. Seine Eltern leben in Berlin.«

»Wir müssen also an ihm dranbleiben.«

Eine kurze Pause entstand.

»Kommen wir nun zu Lindner und Bohm«, fuhr er fort. »Peer

Lindner war am Sonntag zu Hause, als Ursula Droste anrief. Sagt seine Frau. Und er auch. Danach ist er in die Firma gefahren. Am Dienstag war er den ganzen Tag im Büro. Das war nun doch zu viel für seine Frau. Sie ist nach Bad Schönborn ausgewichen. Kommt für die Morde eher nicht infrage. Wie ist es mit ihm als Auftraggeber?«

»Und dann gibt er uns so bereitwillig Auskunft und lässt uns in seinem Betrieb ermitteln?«

»Macht er nur, um eine offizielle Durchsuchung zu vermeiden.«

»Die offizielle Durchsuchung würde jede Menge Presse auf den Plan rufen.«

»Würde aber auch viel mehr Material an die Polizei liefern, als ihm lieb ist«, beharrte Matthias. »Und mit den vielen Auskünften an uns legt er falsche Spuren.«

»Und belastet damit seine eh schon angespannten Mitarbeiter? Nein. Da würden wohl einige kündigen und Know-how wäre verloren. Ich glaube eher, er will die Sache mit den Morden und dem Diebstahl vom Tisch haben. Fragen wir doch mal anders.« Lynn begeisterte sich jetzt. »Annahme: er hat den Auftrag für die Morde gegeben. Wie sicher kann er sich sein, dass es nicht herauskommt? Immerhin hätte Bohm mindestens drei Morde begangen.«

»Er müsste Bohm also ausschalten. Und gibt einen Mordauftrag an jemandem weiter, den er selbst mit Morden beauftragt hat? Was macht er dann mit dem neuen Auftragnehmer, dem Killer? Er wäre erpressbar. So viele Risiken. Eher unwahrscheinlich.«

Lynn folgte ihm in dieser Ansicht. »Beobachten müssen wir ihn trotzdem weiterhin«, sagte sie. »Kommen wir also zu Gerald Bohm. Unzufrieden. Ehe belastet. Verhält sich anders als sonst. Soll laut Lindner angeblich nichts von dem Daten Fake wissen. Die Mobilfunkauswertung hat seine Angaben jedoch bestätigt, dass er nicht den Anschlag auf uns verübt hat.«

»Er hat einen Komplizen. Der hat den Mord an HaE Lamers

und den Anschlag mit dem Kombi auf uns ausgeführt.«

»Könnte was dran sein. Dagegen spricht, dass er schon eine leitende Position bei XFU hat. Und er wird eventuell noch mehr übernehmen. Kann dabei die Abläufe mitgestalten. Verdient sehr gut. Bohm als Täter und Auftraggeber ist für mich nicht schlüssig«, brachte Lynn ein, weil sie sich bei diesem Typ Mensch diese ganzen Taten nicht vorstellen konnte. Bohm war ein Macher. War belastbar. Hatte Familie.

»Er ist unzufrieden«, konterte Matthias. »Kann sich endlich dafür rächen, dass er damals bei der Patentanmeldung übergangen worden war. Also weg mit Droste. Weg mit den Mitwissern. Könnte mir vorstellen, dass er ein Verhältnis mit Tanja Gräbele hatte. Die Ehe läuft anscheinend nicht so gut.«

Nur weil im Moment alles zusammenkam? Das klang in Lynns Ohren nicht sehr einleuchtend.

»Ein Gerald Bohm ist doch die Auf und Abs in Ehe und Beruf gewohnt«, sagte sie deshalb. »Auch den Stress. Unzufriedene Mitarbeiter. Der ist nur total fertig. Braucht Ruhe. Muss nachdenken können. Mehr ist da nicht.«

»Für mich bleibt Bohm der Hauptverdächtige«, beharrte Matthias auf seinen Standpunkt. »Zu ihm führen die meisten Geschehnisse. Und er war schnell am ersten Tatort. Die Schmach mit dem Patent. Unzufrieden in der Firma. Ehe läuft nicht.«

Lynn ließ es so stehen. »Was machen wir noch mit Nadine Rauenstein, Klaus Remmer, Christian Butterbrodt und Jens Sievert? Bei Butterbrodt passt nur die Nähe zum ersten Tatort. Seine Mutter ist direkte Nachbarin von Ursula Droste. Mehr ist bei ihm nicht. Bei den anderen drei passt auch keinerlei Hinweis.« Lynn gähnte. »Lass uns Schluss machen. Morgen ist auch noch ein Tag.«

Der Gastraum des AlsenInn war nun kaum noch besetzt. Fast alle Gäste waren auf ihre Zimmer gegangen oder hatten sich an die Bar verzogen. Sie zahlten und verließen den Raum Richtung

Treppenhaus. Am Aufzug warteten zu viele Leute. So nahmen sie die Treppe. Auf dem Weg nach oben drängten sich drei andere Gäste auf dem Weg ins Erdgeschoss an ihnen vorbei. Lynn ging dafür hinter Matthias. Er hatte breite Schultern. Sie nahm seinen Geruch wahr. Das Deo war nicht mehr frisch, roch aber immer noch sehr gut. Irgendwie wurde ihr der Typ mit jedem Tag sympathischer.

Beide bewohnten jeweils ein Zimmer im dritten von sechs Stockwerken, jedes an den entgegengesetzten Enden der Etage. Nachdem sie sich verabschiedet hatten, merkten sie, dass jeder von ihnen den falschen Weg eingeschlagen hatte. Sie mussten beide lachen. Als sie sich umdrehten, prallten sie fast zusammen und wichen einander aus. Der Teppich, der im ganzen Hotel ausgelegt war, hatte sie anscheinend statisch aufgeladen, denn sie bekamen einen heftigen Stromschlag von einem Arm zum anderen, als sie nahe aneinander vorbeigehen wollten. Lynn wich erschrocken zurück. Sie schaute ihn an.

Den ganzen Abend hatte sie immer wieder sein Gesicht betrachtet. Wie er sich mehr und mehr für die Argumentation begeisterte. Ihr aber auch zuhörte und auf ihre Gegenargumente einging. Seinen Geruch nahm sie jetzt noch viel stärker wahr. Ein Kribbeln machte sich in ihrem Bauch breit. Das ist jetzt ja wohl total daneben, dachte sie, trat einen Schritt auf ihn zu und gab ihm einen leichten Kuss auf den Mund.

»Was ist das denn?«, fragte sie ihn leise. Sie ärgerte sich über sich selbst.

»Starkstrom«, erwiderte er, legte die Hände an ihre Taille und zog sie langsam zu sich heran. »Ist gefährlich. Da hilft nur größtmöglicher Sicherheitsabstand oder direkter Kontakt.«

Sie war total fertig von diesem Tag, der ganzen Woche. Darüber wollte sie jetzt nicht auch noch nachdenken. Lass das sein, sagte sie zu sich selbst.

»Ich nehme den größtmöglichen Abstand«, sagte sie und gab ihm noch einen Kuss. Dann löste sie sich von ihm und zog ihn hinter sich her. Ihr Zimmer war nahe am Treppenhaus. Gut, dass es diese elektronischen Türschlösser mit der Karte gab. Da musste man nicht noch umständlich das Schloss mit einem Türschlüssel auffummeln. Drinnen fielen Türkarte, Jacken, Tasche und Mappe auf den Boden. Ein Kuss noch, dann schmeiß ich ihn raus, dachte sie sich. Er zog sie wieder zu sich heran.

»Willst du das wirklich?«, fragte er leise.

»Auf keinen Fall!«, sagte sie, schlang ihre Arme um seinen Hals und küsste ihn. Wie im Nebel waberte der ganze Fall durch ihren Kopf. Beherrschte er doch seit Tagen fast durchgängig ihre Gedankenwelt. Aber jetzt wollten die Abläufe keinem Schema mehr folgen. Namen und Tatorte ließen sich nicht mehr zuordnen und verschwammen. Lass es endlich sein, dachte sie wieder. Sie löste sich von ihm.

»Ich schmeiß dich jetzt besser raus«, sagte sie und zog ihn mit sich Richtung Zimmermitte.

Hier küsste sie ihn erneut. Seine Hände glitten unter ihrem Pullover an ihre Taille. Sie spürte seine warmen Hände durch den dünnen Stoff. Das nahm ihr kurz den Atem und sie zog scharf die Luft ein und löste ihren Mund von seinem. Für einen Moment hatte sie den Drang, ihn wegzustoßen. Dann schlang sie ihre Arme um seinen Körper und sie zog ihn mit sich auf das Bett.

Jetzt reicht es aber, dachte sie und rollte sich auf ihn. Raus mit ihm, er ist ein Kollege, schrie die Stimme der Vernunft in ihr. Seine Hände lagen nun auf der nackten Haut auf ihrem Rücken. Das warme, weiche Gefühl seiner Berührung breitete sich wie eine Welle in ihrem ganzen Körper aus. Ihr Mund fand wieder seinen Mund. Sie genoss seine weichen Lippen und die Berührung seiner stoppeligen Wangen. Unterschiedlicher konnte ein Gefühl nicht sein. Es überraschte sie und verwandelte die letzten Appelle ihres

Gehirns in Erregung. Alle Gedanken lösten sich in einem einzigen Rausch auf. Nacheinander verteilten sich ihre Kleidungsstücke um sie herum. Das Bett gab ihren Bewegungen nach und schien den ganzen Raum auszufüllen. Es gab nichts mehr jenseits seiner Grenzen. Alles, was bisher geschehen war, wurde von diesem einzigen, rauschhaften Gefühl überlagert: der Anschlag, die Morde, diese unermesslich tiefe Müdigkeit und die Gedanken an die eigene Vergänglichkeit.

Danach lagen sie noch eine Weile eng umschlungen beieinander. Sie hörte sein Herz klopfen, seine Atmung rauschte in ihren Ohren. Ihr Herz fühlte sich wieder weit an. Die Anspannung der letzten Tage war völlig von ihr gewichen. Die Lampen des Parkplatzes tauchten den Raum in ein warmes, mattes Licht. Strom gab es noch keinen. Die Türkarte, die sie dafür hätte benutzen müssen, lag noch irgendwo auf dem Boden. Seine Augen waren nur zwei schwarze Punkte in dem schwach erleuchteten Zimmer. Sie sahen sich lange an.

»Ich dachte schon, du kannst nur über deine Fälle reden«, unterbrach er die Stille leise. »Ich fand es bisher ein wenig kühl in deiner Nähe.«

»Und ich dachte, du bist gar nicht in der Lage zu reden. Oder du hättest zumindest keine Kenntnis von Nebensätzen.«

»Das denken viele«, lachte er leise. Es klang kehlig. »Wenn ich überlege, muss es nun mal schnell gehen. Auch beim Reden. Da wird dann alles Überflüssige weggelassen. Jenseits der Fälle gibt es aber noch mehr.«

»So? Was denn?«

»Kajak fahren. Bowling, wenn ich Zeit habe. Lesen. Und als Student war ich sogar in einem Debattierklub.«

»Kaum zu glauben!« Sie lachte leise. »Was ist passiert?«

»Ich habe anfangs die Fälle zu sehr an mich herangelassen. Als ich es gemerkt habe, wollte ich mich umgekehrt ganz davon abschotten. Dabei fing ich an abzustumpfen. Ich habe das selbst an mir beobachtet, als wir nach einer Messerstecherei zu zwei toten Sechzehnjährigen gerufen wurden. Ich habe es damals teilnahmslos registriert. Das hat mich wahnsinnig erschreckt.«

»Und daher die kurzen Sätze?«, fragte sie ungläubig.

»Nein. Wenn wir zu einem Mord gerufen werden, muss ich mich zuerst innerlich mit dem Geschehen auseinandersetzen. Zum Reden bleibt da keine Zeit.«

Das konnte Lynn nachvollziehen. Sie hatte seine Reaktion beim Begehen der Tatorte in Erinnerung. Es hatte ihn jedes Mal sichtlich mitgenommen. Demnach grenzte er sich also von dem Fall ab, ohne seine Emotionen zu verdrängen. Damit schaffte er einen gesunden Abstand zum Geschehen, ohne innerlich abzustumpfen.

»Und was ist dein Geheimnis?«, fragte er. »Wieso bist du Polizistin geworden? Ich könnte mir dich locker als Ärztin oder BWLerin vorstellen.«

Sie überlegte kurz. »Ärztin ging gar nicht. Ich habe ein Praktikum gemacht während der Schulzeit und eins danach. Seitdem wusste ich, dass der Arztberuf nichts für mich ist. Ich habe dann noch ein wenig herumgejobbt und ein paar Reisen gemacht. Als ich wieder zurück war, waren zwei Jahre vergangen und ich hatte immer noch keine Ahnung, was ich machen sollte. Dann bin ich zufällig auf das Berufsprofil des Kommissardienstes gestoßen. Da wollte ich dann hin. Wurde auch gleich genommen.«

»Und was haben deine Eltern dazu gesagt?«

»Die fanden es schrecklich. Mein Opa hat mich darin bestärkt. Er hat gesehen, wie ernst es mir damit war. Sechsundachtzig ist er mittlerweile.«

»Na dann willkommen bei der Polizei«, murmelte er noch.

Dann dösten beide ein.

DER DARAUF FOLGENDE FREITAG

Eine sanfte Melodie erklang in Lynns Traum. Sie spürte die leichte Sommerbrise am Meer in ihrem Gesicht. Sanft plätscherten die Wogen des Mittelmeers an den Sandstrand. Die Musik wurde lauter. Und dann wiederholte sie sich. Und führte sie in den neuen Tag. Ihr Smartphone gab sich alle Mühe, sie zu wecken. Ob sie wollte oder nicht, sie konnte es nicht länger ignorieren. Also traute sie sich aufzuwachen. Sie stützte sich auf und die Erinnerungen an die vergangene Nacht kehrten zurück. Sie war allein. Matthias musste irgendwann in sein Zimmer gegangen sein. Das erste Mal seit Tagen fühlte sie so etwas wie eine Laune. Ob gut oder schlecht, das konnte sie noch nicht sagen. Aber es gab ihr ein Gefühl von Leben zurück.

Das Frühstück fiel ganz gegen ihre Gewohnheit reichhaltig aus. Neben zwei belegten Brötchen, einem Croissant und Rührei organisierte sie sich bei der Bedienung noch eine kleine Schüssel gefüllte Oliven.

Die Dienstbesprechung war auf acht Uhr angesetzt. Sie hatte also noch fast eine Stunde Zeit. In den Zeitungen gab es auf den Titelseiten nur ein Thema. Die vier Morde in Alsental. Im Wirtschaftsteil las sie dann, weshalb es trotzdem so viele Leute gewagt hatten, beruflich nach Alsental zu kommen. Heute fand die Vorführung der neuen Funktionen der letzten Softwareversion von XFU statt. Bei XFU. Headquarter. Im Herzen der Firma, im

Kongresszentrum, einem Glasbau mit Hörsaal für eintausend Zuhörer. Genauso viele Gäste waren auch aus dem In- und Ausland geladen.

Angekündigt wurde von XFU in der Zeitung nicht weniger, als dass mit der neuen Version alle Branchen bei der Verarbeitung ihrer Geschäftsprozesse berücksichtigt worden waren. Eine Seite weiter in den Börsennachrichten tauchte XFU abermals auf.

»Extended Financial Units (XFU) hat für das laufende Jahr eine Korrektur der Gewinnerwartung angekündigt«, las Lynn. Die bisherige Prognose wurde um etwa zehn Prozent nach oben korrigiert. Als Lynn die Zahl las, wusste sie, weshalb XFU so viele Mitarbeiter hatte. Ihre Kenntnisse der Branche waren eher gering, aber die Näherung des Betrages an eine Milliarde Euro Gewinn erschien ihr sehr hoch. Sie hatte Zeitungsmeldungen im Kopf, nach denen Firmen aus bestimmten Industrien ein Problem hatten, überhaupt einen Gewinn zu erwirtschaften. Das machte den Fall in Alsental natürlich brisant. XFU war nicht nur ein wichtiger Arbeitgeber, sondern auch ein gewichtiger Steuerzahler.

In diesem Moment klingelte ihr Smartphone. Matthias rief sie an, um ihr mitzuteilen, dass Ralf Luber die Dienstbesprechung vorverlegt hatte. Er selbst war schon in Heidelberg, da Ralf ihn ganz früh am Morgen ins Büro bestellt hatte. Lynn machte sich also auf in Richtung Polizeistation Alsental, wo noch keine weiteren Kollegen aus dem Kommissariat anwesend waren. Ralf wollte sie und Matthias persönlich vor den anderen Kollegen sprechen.

»Heute Morgen hat ein Politiker aus dem Land bei unserem Polizeipräsidenten angerufen, der selbst von Peer Lindner kontaktiert wurde. Lindner hat ihn informiert, dass von Freitagnachmittag bis Sonntag um ein Uhr mittags eintausend Gäste in Alsental erwartet werden. Darunter teilweise sehr bekannte Geschäftsleute.« Ralf schnaufte unwirsch und kam zur Sache. »Wir wurden von unserem Polizeipräsidenten informiert, dass unsere Ermittlungen vor Ort eine Störung der Aktivitäten rund um die Softwarevorstellung bedeuten könnte. Er bat uns darum, sehr diskret vorzugehen.«

Das hieß nichts anderes, als dass jede Ermittlung vor Ort unerwünscht war.

»Peer Lindner hat außerdem darum gebeten, dass ihr beide und die Kommissare von der Wirtschaftskriminalität heute Morgen bei ihm im Büro vorbeischauen. Wisst ihr, worum es aktuell geht?«

»Lindner hat uns ins Bild gesetzt«, antwortete Matthias.

»Worüber?«, kam Ralfs Rückfrage. Beide waren sehr vorsichtig mit dem Wissen um die Aktivitäten rund um den Diebstahl der Software.

»Er hat Matthias und mich über den Vorfall vor drei Jahren und den aktuellen Fall informiert. Er wollte, dass die Fälle zunächst nicht in Verbindung gebracht werden. Um nichts an die Öffentlichkeit dringen zu lassen«, führte Lynn aus.

»Wir haben also alle den gleichen Wissensstand?«

»Nein. Nur Matthias und ich. Die Kollegen sind nicht informiert.«

»Gut. Wir müssen das, wenn möglich, auch so beibehalten. Es soll bei der Erkenntnis bleiben, dass wahrscheinlich einer oder mehrere der Mitarbeiter von XFU durchdrehen und deshalb gefasst werden müssen, damit sie nicht noch weiteren Personen schaden können. XFU geht wohl von einem Einzeltäter aus. Der Datendiebstahl wurde wohl weitgehend geheim gehalten, um Mitarbeiter und Investoren in der Branche nicht zu verunsichern. Nur Kenner wissen, dass vor drei Jahren neu eingeführte Funktionen vorzeitig bei der Konkurrenz aufgetaucht sind.« Ralf machte eine kurze Pause. »Unser Datendieb war wieder aktiv.«

Wenn er das Wort unser benutzte, dann nahm er den Fall mittlerweile persönlich. Kein Wunder, er hatte Angst um seine Kollegen. Und hatte die Verantwortung bestmöglich für ihre Sicherheit zu sorgen.

»Ich bin strikt dagegen, dass unsere Ermittlungen eingeschränkt werden sollen. Aber es kommt von ganz oben.«

»Was erlaubt der sich eigentlich?«, polterte Matthias los. »Wir ermitteln in vier Mordfällen, die wahrscheinlich mit dem Umfeld von XFU zu tun haben. Kollegen sind bedroht worden und in Gefahr. Und jetzt sollen wir die Füße stillhalten? Sollen wir den Mörder nicht bei der Arbeit stören?«

Die Bemerkung war beißend. Ralf Luber ging nicht darauf ein.

»Fahrt heute Morgen zu Lindner ins Büro. Redet mit ihm. Findet heraus, was er vorhat. Katja Bobart und Herbert Geisenstein werden allerdings erst um die Mittagszeit in Alsental aufschlagen.«

»Wieso bittet er auf diesem Weg darum?«, hakte Lynn nach. »Bisher hat er doch auch alles direkt mit uns ausgemacht.«

»Wir vermuten, dass er eine Ausbreitung der Informationen über den Fall an die Öffentlichkeit befürchtet. Und dass er noch etwas anderes vorhat. Lindner hat so etwas angedeutet. Wieso er uns dafür sprechen will oder ob es dabei um den Datendiebstahl geht, das konnte ich nicht feststellen. Hört ihm zu. Weitere Schritte nur in Absprache mit mir.«

»Das kann aber bedeuten, dass wir nicht schnell genug reagieren können, wenn unser Täter wieder aktiv wird und das nächste Menschenleben bedroht.«

»Wir halten uns daran. Die Ansage kommt von ganz oben. Die nächsten Schritte müssen wir uns dann gut überlegen.«

Das bedeutete unter Umständen eine massive Einschränkung der Handlungs- und Entscheidungsfreiheit, wenn es in einer Gefahrensituation schnell gehen musste. Doch sie hatten keine Wahl. Die Anweisung war bindend. Das hieß, dass sie Ralf und Vera über jeden nächsten Schritt informieren mussten. Aber es gab auch eine positive Nachricht von Ralf.

»Wir sind in dem zweiten Mordfall am Carl-Benz-Bad kurz vor dem Abschluss. Das heißt, dass Vera euch ab Sonntag unterstützen wird. Vielleicht kommt sie auch schon ab Samstag ins Team. Und Lynn, noch etwas. Ich möchte, dass du weiterhin in Alsental im Hotel bleibst. Wenn der Täter wieder aktiv wird, dann möchte ich jemanden vor Ort haben, der sofort am Tatort ist. Wenn du raus musst, dann kann dich sofort jemand von der Bereitschaft aus Alsental unterstützen.«

Die Kollegen waren mittlerweile alle in der Polizeistation angekommen. Die Dienstbesprechung fiel kurz aus, da die Ergebnisse am vorherigen Abend schon durchgesprochen worden waren. Sie wurden von Lynn noch einmal angerissen, damit alle auf dem gleichen Stand waren. Die Aufteilung wurde ähnlich angegangen wie am Nachmittag des Vortags. Da fast keiner der Mitarbeiter, die eigentlich befragt werden sollten, zu Hause angetroffen worden waren, war der erste Punkt auf der Tagesordnung, diese Mitarbeiter erneut im Homeoffice aufzusuchen.

Ulvi Jähn und Sven Sorge übernahmen Kay Falke, Hermann Weingarten und Julian Hofmann fuhren zu Marc Stetter, Regina Serber und Kai Monsert zu Christian Butterbrodt und Lynn Deyonge und Matthias Tregnat zu Gerald Bohm. Auch wenn es allen klar war, wurde darauf hingewiesen, dass sie es mit einem oder zwei skrupellosen Tätern zu tun hatten, die ihr Vorhaben, welches auch immer das war, niemals aufgeben würden. Sie kamen dem Täter durch ihre Ermittlungsarbeit auf irgendeine Weise immer näher.

Auf nach Schwetzingen. Dann bin ich eine Stunde zu früh dran und kann die Gegend auskundschaften, ob ich den Kerl irgendwie hier ausschalten kann. Wieso hat Peer angeordnet, dass wir uns hier treffen? Gibt es etwas, das besser nicht in der Firma besprochen werden sollte? Ich biege besser auf die Autobahn sechs auf. Die Landstraße hat mir zu viele Baustellen und Stau. Dann nur noch die Ausfahrt Schwetzingen raus, und ich bin da. Mal sehen, ob mein Auftraggeber die neue Version von XFU diesmal akzeptiert. Es kann ja nicht sein, dass alles unbrauchbar sein soll. Oder halten die mich nur hin?

Wollen die das Geschäft ohne mich machen? Wäre doch nicht sehr sinnvoll. Dann fehlt denen ihr Lieferant. Haben die vielleicht gemerkt, dass ich weg will? Kann doch eigentlich nicht sein. Woher sollten die das wissen? Oder sind die vorsichtig geworden wegen der Morde?

Mein Angebot, ihnen zusätzliches Material zu liefern, haben sie gar nicht beantwortet. Bis morgen wollen sie mir mitteilen, wie die Tests verlaufen sind. Das wird schon etwas knapp. Ich muss mich auch noch absetzen. War es richtig, was ich bisher getan habe? Die Antwort lautet eindeutig »ja«. Wer mir so reingrätscht, der hat es nicht anders verdient! Jetzt wäre ich fast an der Ausfahrt Schwetzingen vorbeigefahren. Gut. Ist ja kaum Verkehr heute. Gleich bin ich da. Ob es dort nicht einsehbare Parkplätze gibt? Oder kann ich ihn im Gasthaus auf der Toilette erwischen?

Vielleicht bleibt er ja noch etwas länger. Dann kann ich zuschlagen. Und wenn nicht? Immer eins nach dem anderen. Erst kommt das Treffen hier. Jetzt nur noch links abbiegen, dann bin ich am Chinesischen Restaurant. Soll ich meinen Wagen etwas weiter wegstellen und hoffen, dass er früher kommt? Dann geht es ganz schnell und ich kann mich sofort auf die Reise nach Spanien machen. Da sind wir schon. Was soll das denn? Was macht der ganze Wachschutz hier? Weswegen sind sie hier? Wegen uns? Ich biege besser auf den Parkplatz zum Discounter ab und tu so, als ob ich einkaufe. Vielleicht kann ich zu Fuß etwas auskundschaften. Geht auch nicht. Vier Leute um den Eingang herum. Ich fahre mal besser wieder. In einer Stunde komme ich wieder. Gesehen hat mich keiner. Fassen werden sie mich auch nicht.

Denn ich bin Napoleon.

Das Haus der Bohms wirkte verwaist. Auf ihr Klingeln öffnete auch niemand. Lynn und Matthias beschlossen, zuerst Peer Lindner in seiner Firma aufzusuchen. Vielleicht war Bohm ja doch in die Firma gefahren. Die Kollegen meldeten sich nun nacheinander per Telefon. Keiner der Mitarbeiter, die sie aufsuchen wollten, war zu Hause anzutreffen. Sollten und wollten nicht alle im Homeoffice arbeiten? Als sie gerade aufbrechen wollten, kam Hanna

Bohm angefahren. Sie wirkte gehetzt.

»Ich habe etwas zu Hause vergessen. Bin gleich wieder weg«, sagte sie genervt und wollte im Haus verschwinden.

»Wir würden gerne mit Ihrem Mann sprechen«, sagte Lynn. »Wo können wir ihn antreffen?«

Hanna blieb nun doch im Eingang zum Haus stehen und drehte sich um.

»Das ist heute alles etwas unklar. Gerald will sich erst mit seinen Kollegen zum späten Frühstück treffen. Ich meine mit denen, die auch Ursula immer besucht haben. Später soll es noch eine offizielle Ankündigung in der Firma geben. Mit Wachschutz. Von alledem hat Gerald auch erst gestern Abend erfahren. Ist schon komisch.«

»Was ist daran komisch?«

»Gerald war gar nicht an der Planung zum Frühstück beteiligt. Kam alles nur von Peer.« Sie drehte sich um und winkte über ihre Schulter zurück. »Viel Erfolg bei der Suche!«, sagte sie noch und wollte damit im Haus verschwinden.

»Wo treffen sie sich denn?«, rief ihr Lynn hinterher, aber die Tür fiel schon ins Schloss.

Matthias fluchte. »Die informieren uns nicht. Und das bei der Gefahrenlage!«

Lynn klingelte. Hanna Bohm kehrte mit einer Tasche aus dem Haus zurück.

»Xia Garden. Ortseingang Schwetzingen. Wiedersehn.«

»Wieso dort?«

»Keine Ahnung«, rief Hanna beim Einsteigen und brauste davon.

Lynn und Matthias fragten sich, ob sie noch einmal bei Fritz Lang, dem Nachbarn mit dem dunkelblauen Kombi, vorbeigehen und die Garage überprüfen sollten, ließen es aber dann. Sein Wagen war bei keinem der Fälle bislang in Erscheinung getreten.

»Die treffen sich dort, obwohl sie wissen, dass es wahrscheinlich einer von ihnen war. Und Lindner hat sie eingeladen. Wir müssen hin, bevor noch etwas passiert.«

Lynn sprang auf den Fahrersitz des silbernen Kombis und sie preschten los. Matthias rief die Kollegen an und bat vier von ihnen, ebenfalls nach Schwetzingen zu kommen.

Hier sitzen wir nun. In der Kälte. Draußen. Bekloppte Idee. Und essen süßsauer als spätes Frühstück. Na, ich bin ja mal gespannt, was das für eine Ankündigung werden soll. Schmeißt Peer uns alle raus? Wäre das schön, wenn ich gleich hier losschlagen könnte. Aber was mache ich mit dem Wachschutz?

Peer Lindner klopfte mit den Essstäbchen an sein Glas. Zwei der Wachleute hatten sich in einigen Metern Entfernung postiert und sich zu ihnen umgedreht. Sie beobachteten den Tisch außer Hörweite. Die beiden anderen hatten sich abgewendet und überblickten den Parkplatz und die Umgebung.

»Hat jeder etwas zu essen und zu trinken? Gut. Ich möchte ein paar Ankündigungen machen.«

Bei seinem Eintreffen hatte er klargemacht, dass er zur Sicherheit aller den Wachschutz organisiert hatte. Er nahm mit den Essstäbchen ein paar Nudeln auf und schob sie in den Mund. Der Rest hatte irgendwie vergessen weiterzuessen und lauschte gespannt.

»Bleibt ganz locker. Esst doch bitte weiter. Genießt es.«

Die Gruppe entspannte sich ein wenig und fuhr fort mit der Nahrungsaufnahme.

»Zunächst möchte ich euch sagen, wie sehr mich die Ereignisse der letzten Tage betroffen machen. Mit Ursula ist eine der langjährigsten Mitarbeiterinnen von uns gegangen. Sie war fast Gründungsmitglied von XFU. Da war aber noch etwas anderes, etwas Besonderes an ihr. Sie hat nicht nur immer im Sinne der Firma gedacht. Nein. Sie hat auch über jeden ihrer Mitarbeiter nachgedacht.

Sich mit dessen Biographie beschäftigt. Ursula konnte es nur nicht immer zeigen.«

Du sagst es. Sie war ja so herzensgut und hat jeden immer runtergeputzt. Es ist ein Segen, dass diese Schreckschraube nicht mehr unter uns weilt.

Peer nahm eine weitere Portion mit den Essstäbchen auf.

»Ich will jetzt keine langen Reden halten. Ich werde heute Nachmittag noch etwas ausführlicher auf Ursula eingehen. HaE wollte seinen Ruhestand genießen und wurde aus dem Leben gerissen. Tanja hatte noch eine Karriere als Entwicklerin vor sich.« Er machte eine kurze Pause und aß noch ein wenig. Dann fuhr er fort. »Meiner Meinung nach sind wir alle, die um Ursula herum waren, in Gefahr. Damit meine ich nicht, dass es jemand von euch war, der diese schrecklichen Taten begangen hat.

Dennoch müssen wir uns schützen. Und ich möchte ein hohes Maß an Sicherheit ermöglichen. Ihr alle seid wichtige Mitarbeiter für das Unternehmen. Jeder von euch hat viel für die Firma getan. Und ich möchte, dass ihr es in Zukunft auch weiterhin tut. Ich habe schon mit Gerald und Nadine über ihre neuen Positionen gesprochen. Zu mehr hat einfach die Zeit nicht gereicht.« Das Thema verdarb ihm anscheinend nicht den Appetit. »Wir, das heißt Doris und ich, werden auf jeden von euch zugehen und ihr oder ihm eine neue Position bei XFU anbieten.« Mit Doris meinte er die Personalchefin von XFU, Doris Meier-Krapp. »Und damit komme ich zum Grund unseres Treffens hier draußen.«

Niemand aß mehr. Alle schienen die Luft anzuhalten.

»Es gibt keine schonende Art, es zu sagen. Also raus damit. Erstens. Die Abteilung für Funktionsentwicklung und für KI-Grundlagenforschung wird aufgelöst.«

Alle begannen wirr durcheinanderzureden.

»Ich bitte euch um Ruhe. Hört zu. Ich bitte Gerald hiermit um

Entschuldigung, dass ich es ihm nicht vorher sagen konnte. Meine Entscheidung ist erst heute Morgen gefallen.«

Gerald Bohm sah Peer Lindner mit unbewegter Miene an. Was dachte er jetzt? Wie fühlte er sich? Er ließ es sich nicht anmerken.

»Gerald wird eine neue Abteilung leiten. Und die wird komplett neu zusammengesetzt. Nadine wird ebenfalls eine Abteilung leiten. Mit dem Rest konnte ich wie gesagt noch nicht reden. Aber es ist für alle etwas dabei. Ihr seid mir wichtig. Ich fürchte um eure Sicherheit. Darum schiebe ich die Ankündigung hier an diesem Platz ein, bei kaltem Wetter, draußen, auch wenn heute extrem wenig Zeit ist.«

Er meinte damit die Vorführungsveranstaltungen der neuen Funktionen der Software von XFU, zu denen er jedes Mal bei Beginn der Veranstaltung ein paar Sätze zum Publikum sagen wollte. »Zweitens. Der Beginn der Bekanntgabe, wie sich die neuen Teams zusammensetzen, ist in zweieinhalb Wochen. Bis dahin werden wir alle Gespräche geführt haben. Aber ich brauche Ruhe im Konzern.« Er genoss den Rest seiner Nudeln süßsauer. »Und damit komme ich zum Schluss. Drittens. Ihr werdet für die nächsten zwei Wochen freigestellt und nur zu den Gesprächen über euren neuen Einsatz in die Firma kommen. Diese werden alle im Schulungszentrum geführt werden. Ich möchte, dass ihr euch bis dahin ruhig verhaltet. Nur Gerald und Nadine werden ab Montag weitermachen.«

Es war nun endgültig vorbei mit der Ruhe.

»Eine Sache noch«, rief Peer. »Bitte beruhigt euch doch.« Er wartete, bis keiner mehr sprach. »Lasst uns die neuen Aufgaben anpacken. Dazu brauchen wir Kraft. Ruht euch bis dahin aus. Auch Gerald und Nadine werden in den nächsten zwei Wochen nur wenig zu tun haben. Wir müssen erst die Mitarbeiter für die neuen Abteilungen aus den bestehenden Projekten herauslösen. Das geht bei den meisten nicht von heute auf morgen.« Er trank seine

Apfelschorle aus. »So. Ich muss jetzt zurück. Die Vorstellungen warten.« Er stand auf. »Bleibt gerne noch etwas sitzen. Die Herren vom Wachschutz werden hierbleiben, bis ihr gegangen seid. Also bis heute Nachmittag. Wir sehen uns im Schulungszentrum. Ich erwarte von jedem, dass er erscheint.«

Peer wandte sich Richtung Terrassenausgang. In diesem Moment kamen zwei silbergraue Kombis auf den Parkplatz geschossen und bremsten abrupt ab. Lynn Deyonge und Matthias Tregnat stiegen aus dem einen Wagen. Der Wachschutz bewegte sich auf sie zu.

»Kriminalpolizei!«, rief Matthias und zog seinen Ausweis.

Lindner bedeutete den Männern mit den Händen, sich zurückzuhalten. Sie wichen wieder zurück Richtung Terrasse. Lynn und Matthias liefen auf Peer Lindner zu.

»Was machen Sie hier?«, fragte Lynn mit Nachdruck, aber leise, so dass es die anderen nicht hören konnten.

»Ich hatte ein paar Ankündigungen zu machen, die Abteilung betreffend. Wir sind jetzt fertig«, sagte er laut, so dass jeder ihn hören konnte. »Und zur Sicherheit aller habe ich einen neutralen Ort und Wachschutz gewählt.«

»Wer sind diese Männer?«

»In Anbetracht der momentanen Lage hielt ich es für besser, meinen Leuten die größtmögliche Sicherheit zu gewähren. Die Herren sind eigentlich für meine Veranstaltungen eingeplant und werden den Rest des Wochenendes dort arbeiten.«

Gerald Bohm schob sich aus dem Terrassenbereich heraus und kam nahe an dem Trio vorbei. Auf seinem Gesicht lag eine merkwürdige Ruhe. Genugtuung, aber keine Überheblichkeit. Ein leichtes Lächeln, aber keine Schadenfreude. So hatte Lynn ihn noch nicht gesehen. Er wandte sich zu seinem Wagen.

»Wir möchten Sie gleich sprechen!«, sagte Lynn nachdrücklich zu Bohm und drehte sich wieder zu Lindner um.

»Das ist sehr gefährlich, was Sie hier machen. Das hätten Sie mit uns absprechen sollen. Was, wenn der Täter hier zuschlüge?«

»Ich musste meine Leute sprechen. Die sind sonst total durch den Wind. Die brauchen eine Perspektive, wie es jetzt in der Firma weitergeht. Und die habe ich ihnen gegeben. Lassen Sie uns bitte in der Firma weiter reden. Meine Sekretärin hat mir mitgeteilt, dass Ihre Leute von der Wirtschaftskriminalität schon da sind. Eugen setzt sich gleich mit ihnen zusammen.«

Aus dem Augenwinkel sah Lynn, dass Ulvi und Sven Kay Falke befragten. Der Wachschutz verteilte sich über den Parkplatz. Alle hatten nun die Terrasse des Restaurants verlassen und gingen zu ihren Fahrzeugen. In diesem Moment bogen Regina Serber und Kai Monsert auf den Parkplatz auf. Sie blieben unweit von ihnen stehen, stiegen aus und gingen auf Christian Butterbrodt zu. Lynn hätte sich gewünscht, dass sie sich zuerst um Gerald Bohm kümmerten. Aber sie konnte sich jetzt nicht von Peer Lindner abwenden. Damit wäre das Gespräch sofort beendet. Und er wäre weg. Sie hatte für einen Moment nicht aufgepasst. Was sagte Lindner?

»… und habe ihm ein Angebot gemacht zurückzukommen. Das wäre dann alles«, beendete Lindner seine Ausführungen.

Lynn hatte nicht alles mitbekommen. Aber Matthias hakte sowieso nach.

»Und weswegen hat Klaus Remmer gekündigt?« Der Grund der Kündigung war ihm natürlich schon bekannt.

»Er hatte die Begründung offengelassen und nur zum Termin gekündigt. Aber wir haben ihn gestern um ein telefonisches Gespräch gebeten. Er hat gleich angerufen und uns seine Situation geschildert. Ganz offen war er dabei. Hat uns erklärt, dass er noch nicht wieder fit ist. Dass er nach dem Klinikaufenthalt Zeit benötigt, um wieder ins Arbeitsleben zurückzukehren. Wir haben ihm im Gegenzug unsere Vorstellung von ihm zukünftig bei XFU dargelegt.«

»Und was hat er gesagt?«

»Dass er etwas Zeit benötigt, um darüber nachzudenken. So sind wir auch verblieben.«

Spielte Lindner nur und hielt sie zum Narren? Lynn wusste es nicht. Aber sie hatte eine Frage.

»Was haben Sie denn hier besprochen? So weit weg von XFU?«

»Ich habe meinen Leuten die Situation erklärt. Dass wir einige Abteilungen neu aufbauen werden und dass wir jeden von ihnen einplanen. Aber dass wir sie in den nächsten zwei Wochen freistellen. Es geht ja so nicht weiter. Arbeiten ist kaum möglich. Ich habe Wachschutz organisieren müssen, damit sie hierher kommen.«

»Wieso halten Sie so sehr an diesen Mitarbeitern fest?« Diese Frage stellte Lynn, da sie wusste, dass bei andauernden Querelen in anderen Firmen ganze Abteilungen aufgelöst und Leute entlassen wurden.

»Die haben das ganze Know-how mit aufgebaut. In der KI-Forschung. Bei den neuen Funktionen unserer Software. Das ist großes Kapital. Ich möchte es nicht abwandern lassen.«

Da war er, der Unternehmer. Kapital; verhindern es abwandern zu lassen. Ab einem bestimmten Zeitpunkt wurde eben jeder Mitarbeiter in Werten gemessen. War es bei der Polizei im Prinzip nicht genau das gleiche?

Lindner verabschiedete sich und fuhr davon. Kay Falke stieg ebenfalls in sein Fahrzeug. Christian Butterbrodt stand noch mit Regina und Kai an seinem Wagen. Von den restlichen Mitarbeitern war nichts mehr zu sehen.

»Hatte Bohm keine Zeit?«, fragte Lynn. »Oder entzieht er sich uns bewusst?«

Ich bin ja auch eingeplant. Doris hat mir das schon angekündigt. Wüsste zu gerne für welche Position. Aber das werde ich sicher nicht mehr herausfinden. Wo erwische ich die beiden noch? Meinen werten Kollegen kann ich sicher unter einem Vorwand zum Gespräch bitten. Dabei erledige ich ihn. Aber bei der Deyonge darf ich nicht den richtigen Zeitpunkt verpassen. Sonst ist die weg. Am besten wird ein Zeitpunkt nach deren Besuch in der Firma sein. Die ist hundertpro auch heute da.

Die Kommissare wollen uns bestimmt alle noch einmal befragen. Aber erst muss ich den Kombi organisieren. Wie mache ich das bei Helligkeit? Hm. Am besten ganz offensichtlich. Plane runter. Nummernschilder dran. Ich parke gleich bei XFU. Das Risiko muss ich eingehen. Bei so vielen blauen Kombis achtet bestimmt keiner auf meinen. Und dann ist unser Treffen zu Ende. Die Kollegen hauen danach sowieso gleich alle ab. Weil sie sich zu Recht fürchten. Sie fahren sofort nach Hause. Dann wird es dunkel sein und ich schlage zu. Kollege oder Deyonge, ganz egal. Und ab morgen bin ich weg. Wo mich niemand finden wird. Mich erwischen sie nicht.

Denn ich bin Napoleon.

»Eigentlich müssen wir Bohm sofort hinterher«, sagte Lynn.

»Wir könnten doch auch gleich hier essen«, schlug Matthias vor. »Ich sage Julian und Hermann Bescheid. Sie sollen sich vor Bohms Haus postieren und uns anrufen, wenn er kommt.«

Regina, Kai, Ulvi und Sven schlossen sich ihnen an. Sie berichteten sich gegenseitig über die Befragungen von Lindner, Falke und Butterbrodt auf dem Parkplatz. Butterbrodt hatte seine Wohnung nur für das Treffen am Chinarestaurant verlassen. Die Freistellung hatte er verstanden und akzeptiert, da das Arbeiten seiner Meinung nach im Moment maximal unproduktiv war. So hatte er auch mehr Zeit für die Planung des Wohnungsumbaus. Kay Falke fand die Aussicht auf etwas Ruhe auch nicht schlecht. Er rechnete damit, ein Team in einer Entwicklungsabteilung zu übernehmen. Und er würde endlich Zeit finden für eine Trekkingtour mit seinem Fahrrad. Nach Köln sollte es gehen. Am Rhein entlang. Er wollte die Tour in drei Tagen bewältigen, dann mit dem Zug zurück nach Karlsruhe fahren und den Rest mit dem Fahrrad nach Hause. Er meinte, er hätte dabei genug Zeit zum Nachdenken. Mit Gerald Bohm hatte keiner gesprochen. Niemand hatte darauf geachtet, wie er weggefahren war und in welche Richtung.

Das Essen konnte niemand so richtig genießen. Alle waren beunruhigt darüber, dass Bohm sich in den letzten Tagen anscheinend absichtlich einer Befragung entzog. Dass er der gesuchte Täter sein könnte. Dass einer von ihnen möglicherweise Ziel eines Anschlags war. Also beendeten sie recht schnell ihr Menü und saßen bald wieder in ihren Fahrzeugen Richtung Alsental. Lynn und Matthias blieben noch einen Moment und unterrichteten Ralf Luber und Vera Hermsen von der aktuellen Entwicklung.

»Also fahrt direkt zu XFU und schließt euch mit Katja und Herbert kurz«, sagte Ralf, als sie geendet hatten. »Informiert mich sofort über neue Ergebnisse. Dienstbesprechung heute Abend um sechs. Seid vorsichtig. Und geht diplomatisch vor. Der Polizeipräsident fragt stündlich nach dem Stand der Ermittlungen.«

Hermann und Julian hatten sich mittlerweile vor Bohms Haus postiert. Sie fanden es nicht gut, dass sie den warmen Platz in der Bäckerei aufgeben und den Rest ihres Mittagessens, das aus belegten Brötchen und Kaffee bestand, in einem kalten Fahrzeug verzehren mussten.

Auf der Rückfahrt saß Matthias am Steuer. Keiner sagte ein Wort. Lynn hatte Zeit, ihren Gedanken nachzuhängen. Dafür hatte sie den ganzen Tag noch nicht richtig Zeit gehabt. Der gestrige Abend schien schon vor so langem passiert zu sein. Es war aber wirklich geschehen. Und es war schön gewesen. Aber mit einem Kollegen. Na und? Sie hatte vor einigen Jahren, als sie noch bei der Bremer Polizei war, schon einmal eine Nacht mit einem Kollegen verbracht. Der Fall lag damals im Umland von Bremen, bei Stuhr. Zwei Wochen lang hingen sie dort fest und klapperten die Dörfchen ab, bis sie konkrete Hinweise gefunden hatten. Sie waren beide solo, lernten sich kennen und fanden sich gegenseitig attraktiv. Mehr war da aber auch nicht. Privaten Kontakt hatte sie nie zu ihm gehabt. Weder vorher noch hinterher. Nach dem Abschluss des Falls ging jeder von ihnen wieder seiner Wege. So würde sie es auch mit Matthias handhaben. Wie dachte er darüber? Sollte sie ihn darauf ansprechen?

»Du, gestern Abend, ähm«, sagte er auf einmal und räusperte sich. »Ich fand es sehr schön.«

Was kam jetzt? Mehr war bei ihr nicht drin. Das wollte sie nicht.

»Fand ich auch«, sagte sie deshalb so kühl wie möglich. Nebensatzlos beherrschte sie auch.

»Versteh mich bitte nicht falsch«, fuhr er fort. »Aber mehr möchte ich nicht.«

»Dann ist ja gut«, sagte sie wieder knapp angebunden.

»Ich finde dich sehr attraktiv. Du siehst richtig gut aus.«

»Ach ja?«

»Aber meine letzten drei Beziehungen endeten in einer Katastrophe. Die letzte vor zwei Monaten. Ich habe beschlossen, Single zu bleiben.«

Sie taute nun etwas auf. Entwarnung.

»Was war denn so katastrophal?«

»Die erste Beziehung ging zu Ende. Wir waren acht Jahre zusammen. Sie ist mit meinen Arbeitszeiten nicht zurechtgekommen. Wollte mich abends um sich haben. Ich habe ihr erklärt, dass das oft nicht machbar ist. Kapitaldelikte halten sich nicht an Uhrzeiten.«

»Ich kann euch beide verstehen.« Wem sagte er das. Sie hatte selbst zu wenig Zeit für sich. »Sie will Zeit mit dir haben. Du musst oft raus und willst dafür deine Zeit mit ihr intensiver genießen.«

Er nickte nur.

»Und die anderen beiden?«

»Bis zur nächsten Beziehung habe ich lange gebraucht. Und ich habe einen Fehler gemacht. Ich habe etwas anderes erwartet, wollte, dass sie so wird wie die davor. Wir hatten beide ganz falsche Erwartungen an uns. Nach einem Jahr war dann Schluss.«

Er machte eine Pause und dachte nach.

»Die dritte war ganz komisch. Ihr kompletter Freundeskreis hat mich nicht akzeptiert. Sie hat dann nachgegeben. Das wurde auch zum Streit zwischen uns.«

Lynn musste wider Willen lachen.

»Was ist daran so komisch?«, fragte er.

»Entschuldigung, dass ich lachen muss. Aber mir ging es genauso. Ich bin ihm nach Mannheim gefolgt, weil wir auch schon so vertraut waren. Hier ging dann alles schief. Die ganze Gruppe ist mir immer mehr ausgewichen. Vor ein paar Wochen haben wir uns dann getrennt.«

»Ist schon komisch, wenn die Freunde wichtiger werden…«

»Meinst du, das war so? Meinem Freund war plötzlich alles zu nah. Das hat sich wohl irgendwie auf seine Freunde übertragen. Vielleicht war es ja auch andersrum. Vielleicht ging das von seinen Leuten auf ihn über. Da war dann ganz schnell Schluss.«

Sie erreichten XFU.

Heute war viel mehr los als in den letzten Tagen. Am Straßenrand vor dem Haupteingang warteten etwa zehn Taxis. Auf dem ganzen Gehweg daneben standen Geschäftswagen diagonal zur Glasfront. Überall sah man Leute vom Wachschutz. An jedem Parkhaus und vor den Eingängen standen Tafeln, auf denen die Besucher informiert wurden, wie sie den Weg zum Kongresszentrum fanden. Eingerahmt wurde jede Tafel von zwei Pflanzenkübeln mit jeweils einem ein Meter fünfzig großen Kirschlorbeer. Die Organisation sah gut durchdacht aus. Am äußersten Ende der XFU-Bürogebäude stand das Schulungszentrum direkt an der Straße. Das Kongresszentrum lag von der Straße nicht sichtbar hinter den Gebäuden im Grünen. Der Weg dorthin führte unter einer der überdachten und verglasten Brücken hindurch, die die

Bürogebäude verbanden.

Lynn rief Katja an und fragte nach ihrem Aufenthaltsort. Sie hatten im Schulungszentrum einen Raum zur Verfügung gestellt bekommen und saßen nun mit den Technikern dort beim Durchforsten von Protokollen und E-Mails. Vor dem Eingang standen zwei Leute vom Wachschutz und kontrollierten die Personen, die eintraten. Sie wiesen sich als Polizisten aus und betraten das Gebäude. Dorothea Kastner, die Sekretärin von Peer Lindner, stand am Empfangstresen. Sie erkannte sie und winkte ihnen zu.

»Empfangen Sie hier auch Gäste?«, fragte Lynn.

»Nein. Hier haben heute nur die Abteilung von Herrn Bohm und die Techniker Zutritt.«

Lynn sah sich um. Neben der Empfangstheke stand ein weiterer Mann vom Wachschutz. Vor dem Eingang zum großen Schulungssaal hatten sich zwei weitere postiert. Über der hinteren Seite des Eingangsbereichs verlief im ersten Stockwerk eine Galerie, wo weitere Personen der Wachmannschaft zu sehen waren.

»Sie haben aber viel Wachpersonal heute«, sagte Matthias.

»Ja. Anordnung von Peer. Im Hauptgebäude und dem Kongresszentrum sieht es genauso aus.«

»Darf ich fragen wieso?« Er konnte sich die Antwort denken, wollte aber wissen, in wie viel Frau Kastner eingeweiht war.

Sie lehnte sich vor und sagte leise: »Die komplette Abteilung von Herrn Bohm hat für zwei Wochen keinen Zutritt mehr zum Bürogebäude. Peer will sichergehen, dass nicht noch mehr passiert.« Sie stellte sich wieder aufrecht hin. »Das ist die Namensliste der Mitarbeiter, die heute anwesend sein werden.«

Sie händigte Lynn und Matthias die Liste aus. Jetzt war klar, weshalb an jeder Ecke Wachleute standen. Es wurden sechsundfünfzig Personen erwartet. Lynn überflog die Liste.

»Alle werden kommen«, murmelte sie. Und zu Dorothea Kastner gewandt sagte sie: »Die Veranstaltung findet um sechzehn Uhr dreißig statt?«

»Ja. Bis siebzehn Uhr fünfzehn. Dann eröffnet Peer die nächste Veranstaltung.« Sie lehnte sich wiederum zu ihnen vor. »Der große Zampano muss die Veranstaltungen natürlich selbst ansagen«, sagte sie leise.

Klar. Jede einzelne Vorführung war natürlich auch eine Verkaufswerbung. Wer würde das glaubwürdiger repräsentieren als der Firmenchef selbst?

»Peer bittet Sie, ihn für Gespräche oder Fragen anzurufen. Er kommt dann so schnell wie möglich«, fuhr sie in normalem Tonfall fort.

Wenn Gefahr drohte, würden sich die Kommissare ganz sicher nicht daran halten. Sie ließen es aber so stehen und entgegneten nichts.

»Wo ist denn der Raum, in dem wir unsere Kollegen treffen werden?«

»Ach so, ja. Eine Treppe hoch. Die mittlere Tür an der Galerie, wo der Wachmann steht.« Dorothea Kastner deutete nach oben.

Die Galerie war mit Milchglas verblendet. Man konnte nur das obere Drittel des Türrahmens sehen. Der Eingang des großen Schulungsraums war gegenüber vom Empfang und von der Galerie aus einsehbar, wenn man sich dem Geländer näherte.

Lynn und Matthias betraten den Raum. Die Tische waren zu einer einzigen großen Fläche zusammengestellt. Auf ihnen verteilt standen etwa ein Dutzend Notebooks, einige geöffnete Aktenordner lagen herum und Collegeblöcke für Notizen waren in der Mitte des Tisches. Am Whiteboard am Ende des Raums hatten die Techniker schon allerlei Notizen gesammelt. Empfangen wurden sie von Eugen Markwort.

»Hallo. Sie kommen genau richtig.« Er führte sie zum Whiteboard. »Wir hatten gestern Abend wieder einen Zugriff auf unseren alten Datenserver. Ausgeführt durch einen Badischen Hund.« Er grinste. »Also eine Verbindung unseres Unbekannten mittels VPN-Tunnel. Es wurden dabei jede Menge Daten kopiert. Die Datenmenge ist mehrere Gigabyte groß.«

»Und was wurde kopiert?«

»Neue Dateien, die wir frisch hochgeladen hatten.«

»Dateien welcher Art?«

»Alles alte Entwicklungen, die wir neu verpackt hatten. Der Dieb kann nichts damit anfangen. Vielleicht finden Sie ja noch Hinweise auf den Täter.«

Das hieß, dass Eugen sich auch nicht vorstellen konnte, wer der Datendieb war. Auf der Tafel standen in der obersten Zeile vier dreistellige Zahlen, die mit einem Punkt voneinander getrennt waren. Das war die Internetadresse, die für den VPN-Tunnel benutzt worden war. Darunter die Anzahl und Größe der Dateien. Der Zeitpunkt, an dem die Dateien kopiert worden waren? Gestern Abend. Lynn und Matthias hatten zu der Zeit gerade im AlsenInn zu Abend gegessen. Und eine Zeile danach der Name der Person, mit deren Anmeldedaten auf den Datenspeicher zugegriffen worden war. Wie schon zuvor wurde die Anmeldung mit den Nutzerdaten von Ursula Droste durchgeführt.

Das Smartphone wurde in der gleichen Funkzelle benutzt wie zuvor, die etwa die Hälfte der Fläche von Alsental abdeckte. Diese Information hatten die Kriminaltechniker geliefert. Eugen Markwort führte weiter aus.

»Unser kleiner Trick könnte aufgeflogen sein. Wenn der Dieb die Dateien entpackt und die Installation vorgenommen hat, dann weiß er, dass wir nur altes Zeug zur Verfügung stellen.«

»Spricht nicht dagegen, dass er erneut Dateien kopiert hat? Oder anders gesagt: hätte er es wieder versucht, wenn er die Täuschung erkannt hätte?«, fragte Lynn.

»Dann hätte er vermutlich keine Dateien mehr gezogen. Hm.« Eugen dachte nach. »Erkannt hätte er den Schwindel nur, wenn er die Software auch installiert hätte. Ich halte es aber für unwahrscheinlich, dass er es versucht hat.«

»Wieso?«

»Man benötigt einen ziemlich leistungsstarken Rechner. So etwas hat ein Normalverbraucher meistens nicht.«

»Die Rechner von heute sind doch sehr leistungsfähig?«

»Das schon. Aber man benötigt viel mehr Arbeitsspeicher als bei herkömmlichen Rechnern. Zudem lastet unsere Software ein Rechnersystem stark aus. In den meisten Fällen werden daher auch leistungsstärkere CPUs eingesetzt mit mehr Kernen. Und Mainboards mit stärkeren Bussen.«

So sah es also aus, wenn man von einem Fachgespräch kaum etwas versteht. Aber Rettung nahte. Katja Bobart hatte sich zu ihnen gestellt. Eugen wandte sich ab und ging zu einem Kollegen am anderen Ende des Tisches.

»Was zur Hölle sind stärkere Busse?«, fragte Matthias leise.

Lynn wusste es auch nicht. Katja half ein wenig mit ihrem Wissen aus. Sie übernahm bei den Ermittlungen der Wirtschaftskriminalität die technische Seite, während Herbert Geisensteins Aufgabe die Statistik und das Vertragswesen war.

»Ein Computer besteht aus ganz vielen einzelnen Geräten, die miteinander kommunizieren müssen. Die Ergebnisse der CPU, also des zentralen Prozessors, werden in den Arbeitsspeicher geladen, auf der Festplatte gespeichert oder auf dem Bildschirm angezeigt oder alles von dem. Den Transport von einem zum anderen übernehmen unter anderem Busse. Für so viele Daten wie bei einem Firmenrechner beziehungsweise für einen Transport mit so hoher Geschwindigkeit sind private Rechner meistens nicht ausgelegt. Ist in der Regel eine Preisfrage.«

Das leuchtete ein. Lynn und Matthias nickten. Also fuhr Katja fort. »Mir kommt da aber eine ganz einfache andere Frage. Man muss sich heutzutage keinen Rechner mehr dafür kaufen.

Mittlerweile kann man sich einen simulierten Rechner im Internet mieten. Man konfiguriert ihn und legt los. Sobald man ihn nicht mehr braucht, wird er gelöscht. Das wird von den Anbietern tageweise oder auch stundenweise angeboten.«

»Wie nennt man diese Konfiguration von simulierten Rechnern im Internet?«

»Das sind sogenannte Cloud-basierte Rechner.«

Cloud. Das Wort war schon seit Jahren in aller Munde. Lynns Streamingdienst, über den sie Musik hörte oder Serien schaute, bot seine Leistung auch Cloud-basiert an. Sie hatte sich aber noch nie Gedanken darüber gemacht, was Cloud in diesem Zusammenhang eigentlich bedeutete.

»Was meint man mit Cloud eigentlich?«

»Wenn du es allgemein nimmst, nicht viel«, führte Katja aus. »Der Begriff Cloud bedeutet nur, dass Computerressourcen über das Internet angeboten werden. Egal ob ganze Rechner, einzelne Funktionen oder auch nur Datenspeicher. Die Streamingdienste für Musik, Filme und Serien nutzen die Technik auch.«

»Kommen wir mal auf unseren Täter zurück. Heißt das, dass er sich mit der ganzen Technik nicht auskennt? Und auch nicht in der Lage ist die Software von XFU zu installieren?«

»Oder dass ihm die Zeit nicht dafür reicht. Aber das herauszufinden ist eure Aufgabe.« Katja Bobart ging wieder hinüber zu Herbert Geisenstein.

»Wer aus dem Team ist nicht in der Lage eine Installation der XFU-Software durchzuführen?«, sinnierte Lynn leise.

Eugen Markwort war mittlerweile wieder zurückgekommen und hatte ihren letzten Gedanken gehört.

»Leider sind alle im Team dazu fähig. Alles Entwickler. Auch die Abteilungsleiter«, sagte er. »Diese Frage hatten wir uns auch schon gestellt.«

»Wieso hat der Dieb dann den Schwindel mit der Software nicht bemerkt?«

»Installation und Konfiguration der XFU-Software sind langwierig. Für jemanden, der auch noch einen Fulltime-Job hat und vielleicht Familie, dem reicht die freie Zeit unter Umständen nicht aus.« Er wurde von einem Kollegen angesprochen und die beiden traten zu einem der Notebooks auf dem Tisch.

»Ich hab noch eine Idee«, sagte Lynn und winkte Katja in die Ecke, in der sie stand. Hier konnten sie ungestört reden. Matthias trat ebenfalls hinzu.

»So kriegen wir ihn dann wohl nicht. Ich meine über die Auswertung der Protokolle mit den Zugriffen auf den Datenspeicher.«

»Sehe ich auch so«, sagte Katja.

»Aber es gibt doch Geräte, mit denen man Smartphones innerhalb einer Funkzelle orten kann. Diese IMSI-Catcher. Was brauchen wir dafür?«

Katja dachte nach. »Zwei Leute. Einer fährt. Einer misst die Richtung, in der sich das Smartphone befindet und lotst den Fahrer. Aber wir müssen schon vor Ort sein, wenn der Täter sein Smartphone einschaltet und auf den Datenrechner von XFU zugreift.«

»Weil er nie lange genug im Internet ist, um ihn zu schnappen?«

»Richtig. Die Auswertungen der Protokolle haben ergeben, dass er nie länger als eine halbe Stunde online war. Das reicht nicht, um nach Alsental zu fahren und die Suche durchzuführen. Wir bräuchten also immer zwei Leute vor Ort, bis der Täter wieder aktiv wird.«

Also eine Rund-um-die-Uhr-Überwachung. Dafür hatten sie momentan wahrscheinlich nicht genug Kollegen, die sie einsetzen könnten. Vorschlagen würde sie es Ralf Luber dennoch. Vielleicht würde er die Überwachung beantragen. Ihr Telefon läutete. Das war wohl Gedankenübertragung. Ralf rief an.

»Hi. Vera und Ralf hier. Habt ihr Zeit zu sprechen?«

»Moment.« Sie winkte Matthias zu, der gerade mit Katja und

Herbert diskutierte. Sie verließen den Raum und gingen in das kleine Büro nebenan, das ihnen zur Verfügung gestellt worden war. Lynn stellte um auf Lautsprecher.

»Wir sind jetzt allein«, sagte Lynn. »Matthias ist auch da.«

»Die Kollegen haben uns einen Treffer gemeldet beim Durchsuchen der Unterlagen der Spedition.«

Lynn war gespannt.

»Eine Fahrt an dem Tag, an dem der defekte Hänger mit dem Gefahrgutcontainer in die Spedition kam, wurde als Spende für einen Sportverein in Alsental geplant und verbucht. Die Spedition sollte Bauholz aus der Südpfalz bei Laachen nach Alsental transportieren. War also kein langer Weg. Die Büroleiterin konnte sich noch gut daran erinnern, weil der Herr persönlich zu ihr kam und sie darum als Spende gebeten hatte. Eigentlich hatte sie abgelehnt, aber derjenige wollte nicht lockerlassen und hat seinen Charme spielen lassen. Es handelt sich um Kay Falke.«

Falke musste sofort befragt werden, noch bevor das Meeting startete. Über eine Stunde war noch Zeit. Sie und Matthias kamen hier nicht weg. Also bat sie Ralf, eines der anderen Teams zu Falke zu schicken. Sie war schon gespannt, was dabei herauskommen würde.

Als Regina Serber und Kai Monsert bei den Falkes eintrafen, fuhr Kay Falke gerade mit seinem Trekkingbike in die Einfahrt. Er war wohl sehr schnell unterwegs gewesen, denn sein Atem ging stoßend und er war sehr verschwitzt.

»Irgendwie muss man den Frust ja ablassen«, sagte er, als sie auf ihn zukamen, und grinste breit.

»Wir haben ein paar Fragen an Sie. Können wir reden?«

»Aber nur hier draußen. In der Wärme des Hauses würde ich sonst eingehen. Was gibt es denn?«

»Vor ein paar Monaten haben Sie in der Spedition Waltz im

Industriegebiet um einen Transport einer Ladung Bauholz gebeten. Können Sie sich daran erinnern?«

»Ach das. Das war für meinen Verein. Wir haben Bauholz geschenkt bekommen für einen überdachten Platz. Das musste irgendwie transportiert werden.«

»Ist dabei irgendetwas Besonderes vorgefallen?«

»Nein. Ein paar Tage später hatten wir das Holz. Hat alles reibungslos geklappt.«

»Und an dem Tag, an dem Sie persönlich in der Spedition waren?«

»Eigentlich nicht.« Kay grinste. »Aber ich musste erst an das weiche Herz der Büroleiterin appellieren, uns das Holz kostenlos zu transportieren. Als Spende für den Verein sozusagen. Wieso? Getan hat sie mir nichts. Ich ihr auch nicht.«

Regina überging die spöttische Schlussbemerkung. »Ist irgendetwas auf dem Speditionsplatz vorgefallen?«

Er überlegte kurz. Dann grinst er erneut. »Allerdings. Da gab es Theater um einen Hänger. Die Büroleiterin musste raus. Verkehrspolizei im Zivilfahrzeug war auch da. Der Mann hat geschimpft und dabei wild mit den Händen in der Luft herumgefuchtelt und dabei in gebrochenem Deutsch von Gefahrware herumgebrüllt.« Er machte den Fahrer mit den Händen nach, als er das sagte.

»Und was ist dann passiert?«

»Ich habe mitbekommen, dass der Container abgeladen werden musste und der Hänger stillgelegt wurde. Die im Büro hingen am Fenster und haben sich totgelacht, weil der Fahrer das so drollig herausbrachte.«

»Mehr nicht?«

»Eigentlich nicht. Als ich das Gelände wieder verlassen habe, stand der Container des Hängers in der Mitte des Wendekreises und zwei Leute haben angefangen den Inhalt auf einen Lkw zu verladen. Das war alles, was ich gesehen habe.«

»Haben Sie jemandem von dem Vorfall erzählt?«

»Meine Frau fand das sehr lustig. Die im Verein auch.«

»Sonst noch jemandem?«

»In der Kaffeeecke einigen Kollegen.«

»Können Sie sich noch erinnern wem?«

»Die Geschichte habe ich zwei Tage lang ziemlich oft rausgelassen. Die halbe Abteilung wusste davon. Wem genau ich das erzählt habe, kann ich nicht mehr sagen. Aber das wurde bestimmt auch weitererzählt. Tut mir leid. Ich muss gleich in ein Meeting bei XFU. Entweder Sie fragen mich danach dort oder hier noch mal. Ich muss jetzt duschen.« Er stellte sein Fahrrad in die Garage und ging ins Haus.

Es wurde also auch in der Abteilung von Gerald Bohm herumerzählt. Der Kreis der möglichen Personen, die auf den Container als Versteck aufmerksam geworden waren, war zwar groß. Aber sie hatten immerhin Gewissheit, dass es auch in Bohms Abteilung bekanntgeworden war. Regina und Kai berichteten Ralf Luber, ihrem Chef, und Lynn telefonisch von dem Gespräch und fuhren danach zurück zu XFU, um möglicherweise noch den einen oder anderen Mitarbeiter vor dem Betreten des Schulungszentrums befragen zu können.

Bin ich froh, dass ich den Kombi schon vorhin im Parkhaus abgestellt habe und jetzt mit dem Taxi hergekommen bin. Den Van hole ich dann nachher im Versteck ab, wenn ich den Kombi wieder abstelle. Ist das viel Wachschutz hier. Das sind doch mindestens zehn Mann. Und dazu die Kommissare, die mich draußen noch einmal befragt haben. Alles mir zu Ehren. Wunderbares Gefühl. Unsere Abteilung fällt in dem großen Foyer gar nicht auf. Und die Snacks sind wirklich gut. Wenn er doch nur mal allein irgendwo rumstehen würde. Oder mal raus müsste. Obwohl, auf dem Klo steht wahrscheinlich auch einer von den Wachleuten.

Es war kurz vor Beginn des Meetings. Peer Lindner war im Schulungszentrum vorbeigekommen, wo sich die Kommissare und die Techniker aufhielten. Er hatte aber nur kurz gegrüßt und dann mit Eugen Markwort abseits der Gruppe am Fenster gesprochen, wo man sie nicht hören konnte. Lynn, Matthias, Katja und Herbert mussten sich dringend über die nächsten Schritte abstimmen und dann Ralf Luber kontaktieren. Die vier verließen den Raum und gingen hinüber ins kleine Büro, wo sie schon vorher telefoniert hatten. Sie baten Eugen Markwort an dem Gespräch teilzunehmen. Lindner hatte kurz zuvor den Raum wieder verlassen.

Oben auf der Galerie ist ja einiges los. Verdammt. Was ist das denn? Die Deyonge und die anderen Kommissare? Die sind doch von der Wirtschaftskriminalität! Und Eugen kommt zuletzt aus dem Raum. Haben die irgendwas über mich herausgefunden? War ich zu unvorsichtig? Kann doch eigentlich nicht sein. Mal sehen, was Peer uns gleich mitzuteilen hat. Jetzt gehen alle in den großen Schulungssaal. Ich muss nach der Ansprache vielleicht noch handeln. Die setzen sich aber weit voneinander weg. Na ja, ich spiele das Spiel wohl besser mit. Peer hat es aber eilig seine Ansprache zu beginnen. »Liebe Kollegen.« Das kannst du dir sparen. Schweigeminute für Tanja, HaE und Ursula. Mumpitz. Theater. Dir sind die drei doch nicht mehr wert als die Arbeit, die sie leisten konnten. Von wegen es sind Freunde gewesen.

Als Eugen Markwort den Raum wieder verlassen hatte, breitete sich Schweigen aus. Seine Ergebnisse hatte er ihnen mitgeteilt. Es war im Wesentlichen das, was auf der Tafel gestanden hatte. Die wenigen E-Mails von Tanja Gräbele und die vielen von HaE Lamers war den Kommissaren durch das TEC-Team bereitgestellt worden. Nur arbeitsbezogene E-Mails. Mal eine Bestellung beim Internetversandhandel. Das Buchen einer Reise. Und Kalendereinträge gab es viele.

Die privaten Termine bestanden fast nur aus Abkürzungen oder hatten gar keine Namen. Tanja hatte in den letzten vier Wochen häufig Einträge in den Abendstunden. »Treffen uns in H.«, lauteten die meisten von ihnen. War damit ihr Freund gemeint? Stand H. für Heidelberg? War diese Person auch der Vater ihres ungeborenen Kindes? Was hatte sie noch mit ihrem Freund unternommen? Das waren viele Fragen. Am aufschlussreichsten wäre es, wenn sie den Vater des ungeborenen Kindes finden würden. Würden die Mitarbeiter der Abteilung einem freiwilligen Gentest zustimmen?

Die Tür öffnete sich und Hermann Weingarten und Julian Hofmann betraten den Raum.

»Ihr seid ja schwer zu finden hier«, meinte Julian. »Wir kommen gerade von Hanna Bohm. Gerald Bohm ist den ganzen Nachmittag nicht nach Hause gekommen. Seine Frau hat uns erzählt, dass er sich nach dem Mittagessen mit Vereinskollegen getroffen hatte. Tanja Gräbele war auch Mitglied im Verein und hat dort früher Tennis gespielt. Auch gegen Gerald Bohm. Sie hat das Angebot nur seit einem halben Jahr nicht mehr genutzt. Das hat uns der Vorstand des Vereins erzählt, den wir beim Abschließen des Vereinshauses noch angetroffen haben. Bohm war leider nicht mehr da.«

»Der ist danach direkt hierhergekommen und sitzt mit den anderen im großen Schulungssaal. Peer Lindner hält eine Rede. Was hat Bohm im Verein gemacht?«

»Außerordentliche Sitzung. Verschiedene Punkte. Unter anderem soll ein Blumenkranz für Tanja Gräbeles Beerdigung gekauft werden. Der Vorstand nimmt an dem Begräbnis teil. Bohm wohl auch.«

»Wir müssen ihn gleich noch einmal befragen, wenn das Meeting beendet ist. Lass uns Ralf anrufen«, sagte Matthias.

Sie sprachen mit Ralf Luber ihre Ermittlungsergebnisse durch. Dass Kay Falke die Sache mit dem Container in der Firma erzählt hatte und dass sie Bohm nicht antreffen konnten. Dass er und Tanja Gräbele bis vor einem halben Jahr im gleichen Verein Tennis gespielt hatten. Und sie schlugen vor, die Überwachung der Funkzelle in Alsental und die Ortung mit dem IMSI-Catcher einzusetzen.

»Ich kann keine Kollegen abstellen, die vor Ort bleiben«, sagte Ralf. »Ich werde aber die Überwachung der Mobilnummer beantragen. Sobald sie sich in die Funkzelle einwählt, registrieren wir es und schicken zwei Mann von der Kriminaltechnik nach Alsental. Irgendwann lässt er uns wissen, was er weiß. Jeder macht mal einen Fehler.«

Das Gespräch war beendet. Im nächsten Moment rief Regina Serber an.

»Die Mitarbeiter von XFU verlassen schon das Schulungszentrum.«

Lynn sah auf die Uhr. Es war erst kurz vor fünf.

»Wir kommen.«

Sie stürmten die Treppe hinunter am großen Schulungssaal vorbei nach draußen und sahen sich um. Von den Mitarbeitern, die sie befragen wollten, war nur noch Kay Falke zu sehen, der sich mit einem ihnen unbekannten Kollegen unterhielt.

»Bohm entzieht sich uns«, murmelte Matthias. »Was hat der vor?«

Regina und Kai hatten die Position an Bohms Haus übernommen. Ulvi, Sven, Hermann und Julian blieben an den Ausfahrten der Parkhäuser, um hier eventuell Bohm abfangen zu können.

Lynn und Matthias gingen zurück zu Katja und Herbert. Beide warteten noch in dem kleinen Büro auf sie.

»Lasst uns ehrlich sein«, begann Herbert. »Wir haben nichts. Keine der technischen Ermittlungen lässt auf eine bestimmte Person schließen, die für den Datendiebstahl infrage kommt.«

»Eine Frage habe ich noch«, warf Katja ein. »Wieso wurde die Überwachung der Funkzelle nicht schon früher angeregt?«

»Am Anfang hatten wir nur die Info des Diebstahls. Dann kam Mats Uhrich dazu«, sagte Matthias. »Keine Ahnung, wieso er nicht darauf angesprochen hat. War anfangs alles etwas chaotisch.«

»Die Auswertung der ersten Protokolle war auch nicht sehr umfangreich. Das hatte zwar keine Auswirkungen, aber das war nur Glück. Unter Umständen hätte es dort noch wichtige Informationen geben können, die uns dann nicht vorgelegen hätten.«

»Der Kollege Uhrich ist doch ganz neu dabei. Muss er sich vielleicht erst einarbeiten?«

»Mit der Erfahrung?« sagte Katja und klappte ihren Ordner zu. »Naja, belassen wir es dabei.«

»Wir packen zusammen und machen uns auf den Weg nach Heidelberg«, schloss Herbert.

Ja, sie hatten nichts. Sie konnten nur als Team an den Mitarbeitern von XFU dranbleiben, die Ursula Droste regelmäßig sonntags besucht hatten. Und hoffen, dass der Täter einen Fehler machte.

Was haben die Kommissare und die XFU-Techniker heute herausgefunden? Ich brauche Zeit. Planänderung. Die beiden von der Wirtschaftskriminalität müssen zuerst weg. Die haben irgendetwas herausgefunden. Sonst hätten sie sich nicht mit Eugen und den Kommissaren besprochen. Sie kommen mir eindeutig zu nahe. Hier am Ortsausgang Alsental nehmen sie entweder die Landstraße oder die Autobahn. Gut, dass Peer nur so kurz geredet hat. Beim Ausfahren aus dem Parkhaus kamen sie schon aus dem Schulungszentrum gerannt. Ich war schon fast um die Ecke. Glück gehabt. Mal sehen. Kurz vor sechs. Es ist fast vollständig dunkel. Die Veranstaltungen sind noch voll im Gange. Kaum Verkehr hier. Wann sich mein Auftraggeber wohl meldet? So langsam müsste er aber ein Ergebnis haben. Schlimm, diese Warterei.

Sven Sorge stand im Foyer des Schulungszentrums und war leichenblass.

»Was ist mit Dir?«, fragte Matthias.

»Irgendwie bahnt sich eine Grippe an. Mir ist hundeelend. Dazu kommt, dass ich kaum Schlaf in den letzten Nächten hatte. Das ist jetzt der dritte Fall diese Woche.«

Matthias konnte das gut nachvollziehen. Er hoffte auch nur, dass ihn nicht irgendetwas Jahreszeitliches erwischte.

Julian Hofmann hatte auch angedeutet, dass es ihm nicht gut gehen würde. Er und Sven stiegen in einen Dienstwagen und machten sich auf den Weg nach Hause. Ulvi Jähn und Hermann Weingarten bildeten nun ein Team. Alle anderen Kollegen beschlossen, sich in der Polizeistation Alsental zu treffen und ihre Ergebnisse durchzugehen. Jeder von ihnen hatte mittlerweile umfangreiche Notizen zu dem Fall gemacht. Vielleicht fanden sie dabei neue Hinweise.

Lynns Magen meldete sich danach sehr laut. Sie hatte zwar mit ihren Kollegen Chinesisch zu Mittag gegessen. Das Essen hatten sie aber überhastet heruntergeschlungen und sie hatte sich auch nicht sehr viel am Buffet auf den Teller getan. Die Kekse und der lauwarme Kaffee aus der Thermoskanne im Besprechungsraum der Polizeistation brachten ihren Magen auch nicht zur Raison. Im Gegenteil. Er protestierte unter anderem wegen zu schlechter Nahrung. Um neunzehn Uhr machte sie sich auf den Weg ins AlsenInn. Der Gastraum war fast leer, da beinahe alle Gäste für die Vorführungen der neuen Funktionen der Software von XFU noch im Kongresszentrum der Firma bewirtet wurden und Fachgespräche führten. Matthias fuhr mit Ulvi und Hermann zurück nach Heidelberg. Regina Serber und Kai Monsert standen noch vor Bohms Haus und würden gegen zweiundzwanzig Uhr durch die Bereitschaft abgelöst werden.

War das mit Bohm eine fixe Idee? War er der Gesuchte? Fingerabdrücke und Mobilfunkauswertung sagten Nein. Oder hatte sich Bohm durch die andauernden Ermittlungen durch die Polizei noch weiter zurückgezogen? Der Physiker Heisenberg sagte einmal, was man erforscht, das verändert man auch. Galt das ebenso für die Menschen bei den Kriminalfällen, in denen sie ermittelte?

Die Bedienung brachte den bestellten Chefsalat mit gebratenen Putenbruststreifen und eine Apfelschorle. Wer von den anderen Mitarbeitern kam noch infrage? Alles lief immer auf den einen Kandidaten hinaus. Bohm. Aber sie war zu erschöpft, um weiter darüber nachzudenken. Nach dem Essen würde sie bestimmt wieder klare Gedanken fassen können.

Wurde aber auch Zeit. Jetzt hänge ich seit zehn Minuten an euch dran. Und ihr zuckelt mit achtzig über die Landstraße. Total leer hier. Nach der nächsten Kurve mache ich mein Licht aus und werde unsichtbar für euch. Ich hänge dann an euch dran, bis kein Gegenverkehr mehr kommt. Kein Fahrzeug ist hinter mir. Ihr werdet mir gleich nicht mehr mit euren Ermittlungen näher kommen. Jetzt seid ihr außer Sichtweite. Gleich ist die Kurve zu Ende. Licht aus. Ach du Schreck. Das ist ja viel schlechter zu steuern, als ich dachte. Gleich kommt das Feld auf beiden Seiten.

»Es könnte sein, dass die Mobilfunkkarte viel schneller wieder aktiv wird, als uns lieb ist. Dann müssen wir raus«, sagte Herbert Geisenstein. Für ihn war der Täter momentan nur ein Gerät, das gefunden werden musste.

»Aber nur heute Nacht haben wir Bereitschaft«, antwortete Katja Bobart. »Ab acht Uhr morgen früh sind die Kollegen dran.«

»Komisch. Hier war doch weit und breit keine Abfahrt, oder?«

»Wieso fragst du?«

»Ich dachte, hinter mir wäre ein Auto. Das Licht war dann weg.«

»Vielleicht hat sich ja ein Pärchen ein lauschiges Plätzchen gesucht.«

Sie lachten beide. Die Landstraße verließ nun die Baumgruppen rechts und links und gab die Sicht auf das nächtliche Feld frei. Es klarte auf. Man konnte schon Sterne am Firmament erahnen.

Morgen sollte laut Wetterbericht ein sonniger Tag werden. Beide hatten vor mit ihren Familien einen Ausflug zu machen. Ins Grüne konnte man im Moment leider nicht sagen. Die Bäume hatten schon fast alle Blätter abgeworfen. Und die Trockenheit hatte erst nach der Wachstumsperiode geendet. Alle Freiflächen zeigten noch das Braun des regenlosen Sommers. Also würde es ein Ausflug in die Natur werden mit anschließendem Imbiss in einem Gasthaus. Bei Katja Bobart kam eine befreundete Familie mit. Familie Geisenstein würde nach Wald-Michelbach fahren und Drachen steigen lassen. Die Kinder waren im richtigen Alter.

Herbert Geisenstein merkte nicht, wie sich der unbeleuchtete Wagen langsam neben ihn schob.

Ich kann eure Armaturenanzeige teilweise sehen. Lange wird die nicht mehr leuchten. Endlich fahrt ihr hundert. Ich weiß nicht, ob es das wert ist, was ich hier mache. Aber sicher ist sicher.

Herbert katte keine Chance auf den Rammstoß von links zu reagieren. Der dunkelblaue Kombi tauchte neben ihm auf, war aber nicht zu sehen. Er rammte ihn auf der Fahrerseite und drängte ihn ins Feld, bevor er gegenlenken konnte. Die Front des Wagens tauchte leicht ein und wurde abrupt abgebremst. Katja schrie auf. Das Heck des Wagens driftete leicht zur Seite und wurde dann hochgeschleudert. Das Auto begann sich zu überschlagen. Vier, fünf Mal. Die Airbags des Fahrzeugs lösten aus und packten Katja und Herbert in eine Fülle von Ballons. Das Bersten der Verkleidungen und das Aufprallen auf den Boden bei jedem Überschlag waren ohrenbetäubend. Der Motorraum wurde dabei nach oben gebogen und das Dach eingeknickt. Die Heckscheibe und ein hinteres Seitenfenster sprangen heraus. Das linke vordere Rad wurde abgerissen und rollte noch eine Weile über das frisch eingesäte Feld, bis es umfiel und liegen blieb. Die Säulen des Fahrzeugs waren verbogen. Schließlich landete der Wagen ein letztes Mal auf dem Dach und blieb liegen.

Der rechte vordere Scheinwerfer brannte noch. Die Heckleuchten waren ebenfalls noch an. Drei der Blinker fingen an, rhythmisch gelb aufzuleuchten. Die Airbags erschlafften. Herbert Geisenstein fühlte Stiche in der Brust. Sein linker Fuß schmerzte und ließ sich nicht bewegen. Alles tat ihm weh. Der Kopf dröhnte. Er war also nicht tot. Seine Kollegin Katja Bobart hing leblos in ihrem Gurt. Er sprach sie an. Lallte er nicht nur? Die Anlage des Wagens sendete einen Notruf an den Verkehrsnotdienst.

Nachdem Napoleon den Wagen gerammt hatte, wurde es schlagartig stockdunkel und er sah nichts mehr. Er merkte, dass er immer mehr in den Ablaufgraben steuerte und lenkte dagegen, um nicht auch auf das Feld zu schleudern. Fast wäre er dabei auf der anderen Straßenseite im Feld gelandet. Es gelang ihm, das Licht anzuschalten und den Wagen unter Kontrolle zu bringen. Er machte eine Vollbremsung bis zum Stillstand. Der silbergraue Kombi lag fünfzig Meter weg von ihm im Feld auf dem Dach. Ein Scheinwerfer funktionierte noch und leuchtete Richtung Straße. Die Warnblinkanlage ging an. Schlecht für ihn. Wenn der Wagen wirklich noch so intakt war, dann wären vielleicht auch noch die Insassen am Leben. Das musste er mit dem Drehmomentschlüssel beenden. Er holte ihn aus dem Kofferraum und machte sich auf den Weg übers Feld. Von rechts sah er durch die Bäume die Lichter eines sich nahenden Wagens aufblitzen. Er hatte keine Chance hier weiterzumachen und musste weg. Er sprang zurück in den Wagen und fuhr los. Erst mal ohne Licht. Die Landschaft flog schemenhaft an ihm vorbei. Nach ein paar Hundert Metern Blindflug durch die Nacht schaltete er das Abblendlicht ein. Er sah die Scheinwerfer im Rückspiegel immer kleiner werden. Offensichtlich hatte der Fahrer hinter ihm das Wrack im Feld entdeckt und angehalten. Es würde aber immer noch für ihn reichen, um seine Fluchtpläne umzusetzen. Sein Puls war sehr hoch und er konnte sich kaum konzentrieren. Ruhig bleiben, sagte er zu sich. Die Deyonge würde er nicht mehr erwischen. Machte nichts. Aber jetzt fehlte nur noch einer. Dann war er frei.

Gegen zweiundzwanzig Uhr legte Lynn am Schreibtisch ihres Hotelzimmers die Notizen gerade beiseite, als das Telefon klingelte. Ralf Luber rief sie an.

»Es gab einen Unfall auf der Landstraße Richtung Heidelberg. Katja und Herbert sind aufs Feld geraten und haben sich überschlagen. Beide leben, sind aber schwer verletzt. Das THW ist angerückt und musste sie rausschneiden.«

»Das ist ja schrecklich. Aber wieso haben sie dich verständigt?«

»Den Rettern vom THW sind Rammspuren auf der Fahrerseite des Wagens aufgefallen. Matthias ist unterwegs. Spusi auch. Den genauen Unfallort schicke ich dir als Nachricht.« Ralf räusperte sich. »Lynn, sei vorsichtig. Der Täter wird immer radikaler.«

»Wann ist der Unfall passiert?«

»Gegen halb acht hat sich die Notrufanlage des Fahrzeugs automatisch bei der Rettung gemeldet.«

»Und warum werde ich erst jetzt verständigt?«

»Feuerwehr und THW sind von einem Unfall ausgegangen. Die Rammspuren haben sie erst bemerkt, als sie das Fahrzeug umdrehten. Sei bloß vorsichtig!«

Lynn zog sich ihre Stiefel an, legte den Schultergurt mit ihrer Waffe um, nahm sich ihre Jacke und machte sich auf den Weg. Fünfundzwanzig Minuten später traf sie am Unfallort ein. Die Unfallstelle war in beiden Fahrtrichtungen gesperrt. Ein Durchkommen war nicht mehr möglich. Die Polizei hatte an den jeweils nächsten Kreuzungen die Durchfahrt gesperrt.

Der Unfallort war mit mehreren Scheinwerfermasten in

gleißend helles Licht getaucht. Gerade hob ein Rettungshubschrauber mit einem der Verletzten ab in die Nacht. Am Straßenrand sah man die Stellen, an der der silberne Kombi auf das Feld geraten war. Dann sah man einige Meter keine Spuren, da der Wagen beim Überschlagen durch die Luft geschleudert war. Danach hatte die Dynamik des Überschlagens abgenommen, denn das Feld war voller Spuren bis zu dem Punkt, an dem das Fahrzeug zum Stillstand gekommen war. Peter Nördner, der Kollege von der Spurensicherung, kniete vor der Fahrertür und kratzte über eine der Rammspuren, deren Abrieb er in einem Tütchen auffing, das er nun verschloss. Das THW hatte den Wagen wieder auf die Räder gestellt. Matthias stand neben Peter. Lynn sah sie aus der Entfernung diskutieren. Sie ging hinüber zu den beiden.

»Nach ersten Einschätzungen Spuren von einem dunkel-blauen Lack«, begrüßte Matthias sie. »Es reicht. Bohm muss endlich geschnappt werden.«

»Warte mal«, entgegnete Lynn. »Wir müssen alle wieder überprüfen. Es gibt keinen konkreten Verdacht, dass es Bohm war.«

»Wie oft soll der das noch durchziehen dürfen, Lynn!«, sagte Matthias wütend. Jetzt war sein Redefluss auf einmal nicht mehr zu stoppen. »Ulvi und Hermann sind wieder auf dem Weg nach Alsental, Regina und Kai auf dem Weg hierher. Wir planen das jetzt sofort. Regina und Kai zu Butterbrodt, Ulvi und Hermann zu Falke. Wir zu Bohm. Danach der Rest. Lober, Stetter, Sempp, Rauenstein. Und Remmer muss auch wieder überprüft werden.«

Lynn sah ein, dass hier weitere Worte unnötig waren. Er hatte ja recht. Sie mussten schnell handeln. Sie drehte sich um zu Peter Nördner.

»Wieder unser Täter?«

»Wäre möglich. Muss erst die Lackspuren untersuchen. Aber ich beeil mich.«

DER DARAUF FOLGENDE, NAHTLOS ANSCHLIEẞENDE SAMSTAG

Es war zwölf Uhr durch. Lynn und Matthias machten sich auf den Weg nach Alsental. Die Straßen waren belebter, als sie erwartet hatten. Die Vorführungen bei XFU waren für heute beendet. Die Gäste ließen sich ins AlsenInn bringen. Die Kollegen von der Bereitschaft standen noch vor Bohms Haus.

»Alles ruhig«, wurden sie von den Kollegen begrüßt.

Matthias setzte die beiden über die Situation in Kenntnis. Lynn klingelte an der Haustür. Drinnen rührte sich nichts. Also klingelte sie Sturm. Das Licht im Flur ging an und eine verstörte Hanna Bohm öffnete die Tür.

»Wir würden gerne Ihren Mann sprechen, Frau Bohm«, kam Lynn ohne Umschweife zur Sache.

Hanna bat beide herein.

»Das würde ich auch gerne.« Sie war jetzt etwas kleinlauter und weniger genervt als die letzten Male. »Er hat sich nicht gemeldet und sein Telefon ist ausgeschaltet.«

Sie setzten Frau Bohm in Kenntnis, dass ihr Mann im Falle eines Unfalls dringend befragt werden müsste. Das machte sie noch verstörter.

»Ich verstehe das alles nicht. Seit heute Morgen habe ich nichts von ihm gehört. Sie denken doch nicht, dass Gerald etwas damit zu tun hat?«

»Wir ermitteln und müssen ihn dazu befragen. Bitte sagen Sie ihm, er soll sich bei uns melden, falls er Sie anruft oder nach Hause kommt.«

»Wieso stehen die ganze Zeit Ihre Kollegen vor unserem Haus?«

»Das machen wir nicht nur bei Ihnen. Das ist Routine, wenn wir eine Person befragen müssen«, log Lynn. Dauerhaft standen nur Kollegen vor dem Haus der Bohms, da Gerald im Unterschied zu seinen Mitarbeitern am dringendsten befragt werden musste und es so aussah, als ob er sich einer Befragung entzog.

Hanna startete noch einen Versuch, diese Lage zu verstehen. »Hören Sie. Gestern Abend haben Gerald und Peer noch ein langes Gespräch geführt.« Sie machte eine kurze Pause, kam aber zu dem Entschluss, dass sie weitererzählen musste. »Mittlerweile vorgestern. Es ging um seine weitere Arbeit bei XFU, wie er mir beim Frühstück erzählte. Gerald soll eine Abteilung neu aufbauen. Er behält nur einen Teil seiner Leute und es werden Mitarbeiter aus anderen Projekten in sein Team kommen. Die Lösung ist für ihn akzeptabel. Zumindest war er endlich mal entspannt und konnte sich für einen Moment zurücklehnen.«

Das könnte Bohms selbstzufriedene Haltung gestern auf dem Parkplatz am Chinarestaurant erklären.

»Nur für einen Moment?«

»Spät abends hat er noch weitere Gespräche geführt. Ich habe ihn im Büro immer wieder jemanden begrüßen hören.«

»Wissen Sie, worum es bei den Gesprächen ging?«

»Dafür ist das Büro zu weit weg. Aber bei einem Gespräch gab es Streit.«

»Woraus schließen Sie das, wenn Sie nichts verstehen konnten?«

»Seine Stimme war erregter. Und es war die kürzeste Diskussion an diesem Abend. Irgendwann war dann Ruhe und er ging vom Büro ins Bad. Dabei hat er etwas gemurmelt, das ich verstanden habe. Aber ich konnte es nicht zuordnen.«

»Was hat er denn gesagt?«

Hanna zögerte und setzte ein paar Mal zum Sprechen an. Lynn wartete geduldig. Sie würde sich wahrscheinlich verschließen, wenn sie sie jetzt drängen würde. Sie hatte das schon oft bei Befragungen erlebt.

»Dich bin ich hoffentlich bald los«, sagte sie schließlich.

»Auf wen hat sich das bezogen?«

»Das habe ich ihn noch gefragt, als er ins Bett kam. Aber er sagte nur, dass es noch nicht ganz spruchreif ist. Er wollte das nicht auf jemanden beziehen. Ich habe allerdings bemerkt, dass es ihn noch lange verfolgt hat. Er konnte kaum einschlafen und hat sich nur hin und her gewälzt. Wie lange, das weiß ich nicht. Irgendwann bin ich weggedämmert.«

Das Smartphone von Matthias klingelte. Er sah auf den Bildschirm und ging vor die Tür zum Telefonieren. Lynn blieb allein mit Hanna im Vorraum stehen.

»Frau Bohm, wie kommt Ihr Mann mit seinen Kollegen aus? Hat er mal etwas von ihnen erzählt?«

Sie merkte, wie Hanna begann sich zurückzuziehen. Sie verschränkte die Arme und streckte das Kinn vor.

»Von seiner Arbeit habe ich kaum etwas erfahren. Die meisten Projekte waren geheim. Und von den Kollegen hat er nur manchmal von Jubiläen oder über die Geburt eines Kindes oder von einer Heirat gesprochen.«

»Stand in letzter Zeit ein besonderes Ereignis an?«

»Ich weiß es nicht. Das Arbeiten wurde langsam unhaltbar für ihn. Weshalb, das wusste ich nicht. Er hat ja nie etwas darüber erzählt.«

»Zu wem aus der Abteilung hatte er Kontakt? Oder Sie als Familie?«

»Es gibt noch einen weiteren Abteilungsleiter, mit dem er hin und wieder etwas unternimmt. Ingo Böhm. Seine Kinder sind im Alter von unseren beiden Jüngsten. Und früher haben wir manchmal Ausflüge mit den Lindners gemacht. Aber sonst hat er alles aus unserem Privatleben herausgehalten.«

»Hatte er Kontakt zu Tanja Gräbele?«

»Nur früher im Verein, soweit ich weiß. Aber sie hat schon lange kein Tennis mehr gespielt.« Sie stockte einen Moment. »Ich möchte jetzt nicht mehr mit Ihnen reden. Ich bin müde. Bitte gehen Sie!«

Lynn ließ nicht locker. »Wie ist im Moment das Verhältnis zu Ihrem Mann?«

»Schluss jetzt. Es reicht.«

»Wir können die Befragung auch im Präsidium fortsetzen.«

Manchmal half das als Druckmittel. Aber Hanna hatte genug.

»Bitte sehr. Tun Sie das. Ich warte auf die Vorladung. Dann bin ich vielleicht nicht mehr müde. Gehen Sie jetzt.«

Lynn versuchte es durch die Hintertür. »Wenn er zu Hause arbeitet, ist er anschließend auch für die Familie da?«

Hanna ließ die Schultern hängen und senkte den Kopf. »Wenn alles normal läuft, ja«, sagte sie frustriert. »Aber im Moment läuft nichts normal. Nicht in der Firma. Nicht zwischen uns.«

Matthias kam wieder herein. »Frau Bohm, hat Ihr Mann Laufschuhe?«

»Ja natürlich.« Sie war froh, dass er von dem Thema ablenkte.

»Darf ich die mal sehen?«

Hanna Bohm öffnete einen Wandschrank mit Lamellentür. Dahinter standen Schuhe in Regalfächern bis zur Decke.

»Die hier hat er immer zum Laufen an.«

Matthias öffnete auf dem Smartphone ein Bild, auf dem eine weiße Masse zu sehen war, aus deren Mitte das Profil einer Sportsohle herausgearbeitet war. Der weiße Block lag auf einer blauen Plane und war offensichtlich im Freien fotografiert worden. Er verglich das Profil der Laufschuhe mit dem vom Bild.

»Könnte passen«, murmelte er.

Der Schuh aus dem Schrank war allerdings nicht gereinigt

worden. Erde war nicht daran zu sehen. Im Profil hatten sich jede Menge kleine Steinchen festgesetzt. Alles an den Schuhen war völlig trocken.

»Sie sagten, Ihr Mann war heute Abend noch nicht zu Hause?«

»Nein. Das hatten wir doch schon. Ich war mit den Kindern die ganze Zeit im Haus. Das hätte ich gemerkt.«

»Moment bitte«, sagte Matthias und ging mit Lynn näher an die Ausgangstür, wo Hanna sie nicht hören würde. »Dieser Schuh war es nicht«, sagte er leise zu Lynn. »Keine Erde. Ungereinigt. Völlig trocken. Steinchen. Der war definitiv nicht auf feuchtem Ackerboden. Den Abdruck hat Peter etwa hundert Meter von der Stelle im Feld entdeckt, an der der Wagen die Straße verlassen hatte. War ganz frisch.«

»Hat Bohm vielleicht noch ein weiteres Paar?«

»Moment noch. Da war etwas anderes. Neben dem Schuhabdruck war der Abdruck eines Werkzeuges. Ist wohl auf den Boden gefallen.«

»Da konnten keine genetischen Spuren übrig bleiben«, meinte Lynn. »Nicht auf feuchtem, weichem Boden.«

»Aber Peter hat ein Haar gefunden. Wir brauchen einen Vergleich.«

»Ist genug Material an dem Schuh?«

»Peter meinte, besser wären Haare oder Blut. Aber zur Not tut es auch ein Schuh. Er nimmt dann die Hautpartikel.«

Sie wandten sich zurück zu Hanna Bohm.

»Frau Bohm, ist es möglich, uns einen Kamm oder eine Bürste zu geben?«

Hanna schaute ihn genervt und gleichzeitig entsetzt an.

»Unsere Spurensicherung braucht eine Vergleichsprobe. Wir müssen ausschließen, dass Ihr Mann am Unfallort war.«

Das war jetzt genug für Hanna. »Es ist nach zwei Uhr. Es reicht mir jetzt. Raus hier«, sagte sie giftig.

»Können wir einen der Schuhe haben zum Vergleich?«

Hanna nahm den anderen Schuh und wollte ihn Richtung Ausgangstür werfen.

»Moment bitte«, sagte Matthias. Er trat schnell auf sie zu und nahm ihr den zweiten Schuh aus der Hand. Er hatte die Latexhandschuhe noch an, die er zum Betrachten der Sohle übergezogen hatte.

»Sie erhalten die Schuhe wieder zurück«, sagte Lynn beschwichtigend. »Hatte Ihr Mann noch ein weiteres Paar?«

Hanna sog genervt die Luft ein. Ihr Blick sagte Panik und Wut zugleich. »Nein. Gerald wollte mal welche kaufen. Hat es aber nie gemacht.«

»Sind Sie sicher? Wo könnten sich hier noch Schuhe befinden? Zum Trocknen auf der Terrasse? Im Keller?«

»Auf keinen Fall. Ich habe heute Nachmittag erst vor unserer Haushaltshilfe hergeräumt, als sie geputzt hat. Alle Schuhe stehen im Wandschrank.«

»Garage? Gartenhäuschen?«

»Nein. Mit Sicherheit nicht.« Sie war mittlerweile konsterniert. »Gehen Sie jetzt!«

Lynn und Matthias verließen das Haus. Die Schuhe kamen in eine sterile, verschließbare Tüte im Wagen.

»Damit können wir ihn hoffentlich überführen. Wurde auch Zeit!«, sagte Matthias, als sie wieder im Wagen saßen.

Ulvi und Hermann meldeten sich. »Falke ist nicht zu Hause. Er trifft sich laut Ehefrau mit den Vereinsleuten zum Bowling in Mannheim«, sagte Ulvi.

»Wir fahren jetzt zu Stetter. Das heißt Lynn und ein Kollege. Ich muss nach Heidelberg. Übernehmt ihr Lober?«

Danach saßen sie noch eine Weile im Auto.

»Ich habe auch mit Ralf telefoniert. Es werden alle Straßen nach Alsental und Heidelberg kontrolliert«, berichtete Matthias. »Bisher noch kein Treffer.«

Lynn atmete tief durch. »Es ist jetzt nach zwei. Früher oder später werden Falke und Bohm nach Hause kommen.« Sie machte eine Pause. Die Müdigkeit zehrte an ihr und ihr wurde kalt. »Wer von denen hat ein Problem?«

»Der hier am ehesten.« Matthias machte eine Handbewegung Richtung Haus von Bohm, vor dem sie noch standen. »Und vergiss nicht, es muss einen Komplizen geben. Der HaE Lamers erschlagen hat. Zu diesem Zeitpunkt saßen alle im Meeting.«

»Das ist es ja, was mich stört. Die Fingerabdrücke von Bohm passen nicht zu Drostes Bad. Bei Lamers saß er im Meeting. Beim Anschlag auf uns war er laut Mobilfunkauswertung auf dem Weg nach Hause und in Heidelberg. Beim Mord an Tanja Gräbele war er im Verein und kam danach zeitgleich mit Hanna zu Hause an.«

»Er hat das Vereinshaus irgendwie unbemerkt verlassen.«

»Die Vereinsmitglieder haben es laut Regina bestätigt.«

»Die haben nicht nur zusammengesessen. Sondern auch sauber gemacht. Da konnte er weg.«

»Seine Schuhe waren nicht am Tatort heute.«

»Er hat ein zweites Paar. Hat jeder Läufer, falls die einen mal total durchgeweicht sind. Habe ich auch. Und der Komplize hat die Mobilfunkauswertung in die Irre geführt, als er mit dem Smartphone spazieren gefahren ist.«

»Dies ist mir alles ein bisschen zu viel exakte Planung«, wandte Lynn ein.

»Und mir sind das zu viele Zufälle, die in seiner Umgebung passiert sind. Zu nah an ihm, als dass er mit keiner Sache etwas zu tun haben könnte.«

»Und welchen Vorteil hätte er? Oder was will er verdecken?«

»Wir müssen abwarten, was die Forensiker herausfinden. Würde mich nicht wundern, wenn er mit Tanja Gräbele ein Verhältnis gehabt hätte.«

»Lass uns realistisch sein. Es war Glück, dass Hanna Bohm uns die Schuhe gegeben hat. Wir können die genetischen Spuren vergleichen. Mehr aber auch nicht. Und was anderes haben wir nicht.«

»Der dunkelblaue Kombi wird früher oder später auftauchen. Dann haben wir ihn.«

Ralf Luber rief in diesem Moment an.

»Ich bin mittlerweile wieder im Büro. Vera wird auch gleich hier sein und stößt in der Frühe zu euch. Ich habe Nachrichten für euch.« So kündigte es Ralf immer an, wenn es interessantes Neues zu berichten gab. »Die Lackspuren sind identisch mit denen beim Mord an Tanja Gräbele. Nach dem Fahrzeug wird nun öffentlich gefahndet. Ist ab drei in allen Nachrichten.«

Bis drei Uhr war es nicht mehr lange hin. Lynn schaltete das Radio ein und wählte den Sender, dessen Name etwas mit einem Naturschauspiel zu tun hatte. Die Lautstärke stellte sie auf Flüsterton.

»Wir haben auch etwas«, sagte Matthias. »Hanna Bohm hat uns Laufschuhe von ihrem Mann ausgehändigt. Das Profil der Sohle könnte zu dem Abdruck passen, den die Spusi am Unfallort genommen hat. Die Schuhe können aber nicht am Tatort gewesen sein. Zu trocken. Ungereinigt. Keine Erdspuren. Gerald Bohm könnte aber ein zweites Paar haben. Sind also für die genetische Spurenauswertung.«

»Es wird auf jeden Fall genetische Anhaftungen geben«, meinte Ralf. »Die Schuhe müssen sofort zu Peter.«

»Ich fahre nach Heidelberg. Lynn fährt mit einem Kollegen aus Alsental weiter unsere Zeugen ab.«

»Wie weit seid ihr denn?«

»Bohm und Falke sind nicht zu Hause. Rest wird jetzt im Anschluss befragt.«

»Seid weiterhin vorsichtig.«

Nur schwer verletzt? Was solls. Es wird reichen, bis ich meine Flucht heute Morgen beginnen kann. Jetzt nur noch du, mein werter Kollege! Dich muss ich in jedem Fall loswerden. Wie schaffe ich es, dich zu mir zu locken? Irgendwie werde ich dich nachher schon erreichen. Wo bleibe ich denn jetzt den Rest der Nacht? Nun bringen sie auch noch die Suche nach dem Kombi in den Nachrichten. Egal. Bis die ihn finden, bin ich schon längst weg. Oder soll ich gleich abhauen? Klüger wäre es. Aber das lasse ich mir nicht nehmen. Du hast mir Diebstahl und Spionage nur unnötig schwer gemacht. Ich hole mir erst mal einen Kaffee und ein Brötchen an der nächsten Tankstelle. Mit dem Familienwagen falle ich ja nicht auf. Und nachdem ich dich erledigt habe, fahre ich zum Leihwagen und ab nach Spanien. Mich bekommt ihr dort nicht.

Denn ich bin Napoleon.

Lynn und Matthias fuhren zur Polizeistation Alsental, wo er Lynn absetzte und sich sofort auf den Weg nach Heidelberg machte, um die Turnschuhe an Peter Nördner zu übergeben. Lynn fuhr mit einem Kollegen vor Ort weiter zu den Stetters. In deren Haus brannte zu Lynns Überraschung noch Licht. Iris Stetter öffnete auf ihr Klingeln sofort die Tür.

»Guten Morgen.« Iris lächelte spöttisch. »Schlaflos? Was gibts denn so Dringendes?«

»Ich muss mit Ihrem Mann sprechen.«

»Er ist leider nicht da. Worum geht es denn?«

»Das kann ich Ihnen leider nicht sagen. Wo kann ich ihn finden?«

»Heute ist Rudi-Abend. Ist ein Studienkollege von ihm.«

»Und wo wohnt der?«

»In Ludwigshafen. Moment. Ich suche die Adresse raus.« Iris nahm ein kleines Notizbuch zur Hand, das neben dem Festnetztelefon lag. »Der Zettel ist weg. Vermutlich verlegt. Damit habe ich weder Telefonnummer noch Adresse.«

»Kennen Sie seinen Nachnamen?«

»Hm. Wusste ich mal. Herlang. Terlang. Terland. So ähnlich. Keine Ahnung mehr. Meinen Mann erreiche ich im Moment mit Sicherheit auch nicht.«

»Wieso?«

»Immer, wenn er bei Rudi ist, wird das Smartphone ausgeschaltet. Damit ihn keiner dort stören kann. Aber wir versuchen es mal.« Iris suchte Marcs Nummer in den Kontakten und ließ wählen. »Nicht erreichbar«, sagte sie und stellte auf Lautsprecher.

»… ist vorübergehend nicht erreichbar«, klang es gedämpft.

»Das ist aber nicht ungewöhnlich. Einmal musste ich ihn anrufen und habe Rudis Nummer benutzt. Ich bin mir sicher, dass wir ihn damit erreichen würden.«

»Kennen Sie diesen Rudi?«

»Ja. Ich habe ihn nur schon lange nicht mehr gesprochen. Wenn Marc dort ist, mischen sie sich immer Drinks. Vermutlich schläft er schon auf der Couch.«

Da war nichts zu machen.

»Sind Sie auch schlaflos, Frau Stetter?«

»Eigentlich nicht. Aber morgen, also heute, treffe ich mich mit einem Investor. Er benötigt in einer größeren Immobiliensache Beratung. Da sitze ich noch dran.«

»Sie arbeiten auch samstags?«

»Ungern. Aber für einen so großen Kunden …« Sie machte eine Pause. »Er ist auf der Durchreise von der Schweiz nach Berlin. In seiner Pause treffe ich ihn in unserem Büro. Aber mal was anderes. Wieso suchen Sie denn meinen Mann?«

»Wir suchen ihn nicht. Er könnte aber ein wichtiger Zeuge für uns sein.«

»Sie stochern ganz schön im Nebel, kann das sein?«, sagte Iris Stetter mit einem süffisanten Unterton, den Lynn aber ignorierte.

»Wir machen das auch, wenn es wichtig für den Fall ist. Die Uhrzeit sagt ja auch einiges aus. Wann kommt Ihr Mann denn nach

Hause?«

»Wahrscheinlich ziemlich früh. Er schläft dort nur so lange, bis er irgendwie wieder fahren kann. Dann kommt er heim und schläft weiter. Hier liegt er besser.«

»Und wer passt auf Ihre Kinder auf, wenn Sie sich mit Ihrem Kunden treffen?«

»Das ist erst um dreizehn Uhr. Bis dahin geht es schon wieder«, winkte sie ab. »Ich würde Ihnen ja mal einen Kaffee anbieten, aber jetzt muss ich ins Bett. Die Kinder werden so gegen neun aufwachen.«

Also in knapp fünf Stunden. War da ein frustrierter Unterton in ihrer Stimme? Wegen der Uhrzeit? Oder täuschte sie sich? Um drei Uhr nachts ist keiner mehr fit.

Sollte sie noch zurück ins Hotel gehen? Eher nicht. Der Schlafversuch gestern Abend war schon knapp gescheitert. Und so müde, wie sie war, konnte sie es nicht ausschließen, dass der Wecker umsonst klingeln würde. Lynn verabschiedete sich von Iris Stetter und verließ mit ihrem Kollegen, der sich die ganze Zeit im Hintergrund gehalten hatte, deren Haus und sie stiegen in den Wagen.

In der Polizeistation trafen gerade ihre Kollegen ein. Zusammen riefen sie Ralf an und berichteten. Dass sie Nadine Rauenstein bei einem Glas Wein mit ihren Eltern angetroffen hatten. Sie alle waren zum Zeitpunkt des Unfalls in einem Restaurant in Karlsruhe essen gewesen. Dass Michael Sempp zwar da war, aber dick eingepackt und keinen Ton herausbrachte. Die Grippe hatte ihn fest im Griff. Dass Gerhard Lober wie immer aus dem Bett geklingelt worden war. Dass Falke beim ersten Versuch nicht angetroffen werden konnte. Ulvi und Hermann mussten auf den Rückweg von Sempp noch einmal durch die Straße, in der Kay Falke wohnte. Falke kam gerade mit dem Taxi zu Hause an, als sie vorbeifuhren. Er war stark angetrunken und hatte seinen Abschied gefeiert, da er in den nächsten zwei Wochen nicht erreichbar sein würde. Der Abend hatte mit Bowling begonnen, wurde beim Essen fortgesetzt und endete in einer Bar. Falke war aber noch in der Lage die Personen anzugeben, mit denen er unterwegs gewesen war.

Jetzt war es höchste Zeit nach Hause aufzubrechen und noch etwas zu schlafen. Die Kollegen sicherten die Umgebung ab, um den dunkelblauen Kombi zu finden. Sie alle konnten jetzt nur noch abwarten. Also brachen Regina, Kai, Ulvi und Hermann nach Heidelberg und Mannheim auf. Lynn stellte sich eins der Feldbetten in den Besprechungsraum. Sie würde mit einem Kollegen von der Polizeistation am Morgen einen weiteren Versuch zur Befragung bei Bohm und Stetter starten. Dies allein durchführen zu wollen, war im Moment eventuell lebensgefährlich.

Als sie sich hingelegt hatte, kamen ihr die Worte von Iris Stetter wieder in den Sinn. Stocherten sie als Ermittlerteam wirklich im Nebel? Hatten sie bisher etwas erreicht? Sie wusste, dass sie dem Täter gefährlich nahekamen. Sonst hätte er wohl nicht den Unfall mit Katja Bobart und Herbert Geisenstein provoziert. Was wussten Katja und Herbert? Sie erinnerte sich an die letzte Besprechung in dem kleinen Büro am frühen Abend. Wer wusste davon? Eugen Markwort hatte ihnen nur seine eigenen Erkenntnisse mitgeteilt und den Raum dann wieder verlassen.

Sie hatten vorher alle zusammen das Büro betreten. Waren auf der Galerie, also vom Foyer aus, sichtbar gewesen. Sie versuchte, sich zu erinnern, wen sie dort gesehen hatte. Mit Wachschutz waren das bestimmt an die siebzig Personen gewesen. Hatte sie jemanden aus dem Kreis um Ursula Droste dort gesehen? Alle bis auf Sempp. Das heißt, dass derjenige sie auch auf der Galerie gesehen hatte. Und wohl falsche Rückschlüsse auf die ermittelten Ergebnisse zog. Aber er konnte es nicht wissen. Das hieß aber auch, dass es nur jemand aus diesem Kreis gewesen sein konnte. Nur wer? Mit diesen Gedanken schlief Lynn Deyonge völlig erschöpft ein.

Sie merkte, dass ein Unbekannter den Raum betrat und sie beobachtete. Dann zog er eine Waffe und kann näher. Die Mündung setzte er auf ihre rechte Schulter und rüttelte sie dabei. Ein ungutes Gefühl beschlich sie. Sie wollte um Hilfe schreien, schaffte es aber nicht. Sie schreckte auf und ihr wurde klar, dass ihr Kollege Timo Setzer von der Nachtschicht in der Polizeistation Alsental sie an der Schulter rüttelte. Es war also nur ein Traum gewesen.

»Tut mir leid. Du warst nicht anders wachzukriegen.«

Sie wollte kaum aufwachen. Die Zunge lag schwer im Mund. Draußen dämmerte bereits der neue Tag herauf. Lynn setzte sich auf und rieb sich die bleischweren Augen.

»Was gibts?«

»Der Besitzer der Altautoverwertung Alsental hat angerufen. An seinem Grundstück steht ein Fahrzeug, auf das die Beschreibung aus den Nachrichten passt. Der Wagen ist abgedeckt und hat keine Nummernschilder.«

»Ich komme.« Ein Königreich für eine Zahnbürste, dachte sie, als sie den ersten Becher Wasser eingoss und herunterstürzte. Zusammen mit der Anspannung, die sich nun aufbaute, vertrieb das Getränk das Blei aus dem Gehirn.

Lynn erreichte mit ihrer Kollegin Erika Wagner von der Schichtablösung wenige Minuten später das Industriegebiet von Alsental. Der Schrottplatz war nicht zu übersehen. Auf dem ganzen Gelände stapelten sich die traurigen Überreste der Fahrzeuge einstmals stolzer Besitzer dreifach übereinander und warteten auf die Schrottpresse. Vor dem abgezäunten Gelände gab es eine lange Parkbucht, in der Autos mit und ohne Nummernschilder vor der großen Halle der Autoverwertung aneinandergereiht standen. Eins der Fahrzeuge war mit einer Plane abgedeckt. Die Konturen des Wagens ließen unschwer auf einen Kombi schließen. Der Händler trat aus seinem Büro und kam auf sie zu.

»Morgen. Krause. Mir gehört das hier. Dieser ist es«, sagte er und deutete auf den verhüllten Wagen. »Hab die Suche im Radio gehört.«

»Kennen Sie das Fahrzeug?«, fragte Lynn.

»Eben nicht. Manchmal stellen Leute ihr altes Auto her, schrauben die Nummernschilder ab und sind weg. Und ich weiß nicht, ob ich den Wagen verwerten darf.«

Sie näherte sich dem Kombi und lupfte die Plane auf der Beifahrerseite vorsichtig mit den Fingerspitzen an. Die ganze rechte Seite war verschrammt. An der Motorhaube hob sie ebenfalls die Abdeckung an. Der linke Scheinwerfer war beschädigt und notdürftig abgeklebt worden.

»Haben Sie das Fahrzeug geöffnet?«, fragte sie Herrn Krause.

»Nein. Als ich Farbe und Kratzer gesehen habe, habe ich sofort die Polizei gerufen.«

Lynn zog sich ein Paar Latexhandschuhe an und hob die Plane an der Fahrerseite bis zur Windschutzscheibe hoch. Die Fahrgestellnummer war neben dem Scheibenwischer in einem kleinen ovalen Ausschnitt zu sehen. Mit ihrem Smartphone fotografierte sie die Nummer. Dann rief sie Vera Hermsen an.

»Hi Vera. Ich glaube, wir haben unseren dunkelblauen Kombi. Foto mit der Fahrgestellnummer kommt sofort. Autoverwertung Alsental ist der Standort.«

»Super. Ich lass gleich den Halter ermitteln und schick die Spusi los.«

Jetzt konnte sie nur noch warten.

»Das Fahrzeug kommt Ihnen nicht bekannt vor?«, fragte sie Herrn Krause noch einmal.

»Kommt mir nicht bekannt vor. Aber dieser Wagentyp ist nichts Ungewöhnliches. Kommt öfter bei uns rein. Ist ein häufig gefahrenes Auto.«

Ihre Kollegin Erika Wagner stellte den Einsatzwagen in etwa zwei Metern Entfernung hinter den Kombi und sperrte den

Bereich über mehrere Wagenlängen mit rot-weißem Absperrband.

»Wie oft werden denn unbekannte Fahrzeuge hier einfach abgestellt?«

»Zwei bis drei Mal im Monat. Wir melden das dann der Polizei. Die ermitteln den Halter. Meistens bleibt der Wagen dann hier stehen und erhält einen roten Punkt. In seltenen Fällen wird abgeschleppt, wenn es Diebesgut oder ein gesuchtes Fahrzeug war.«

»Und was geschieht dann?«

»Die meisten von denen landen in der Verwertung, weil sie nichts mehr wert sind oder einen Unfall hatten. Manche werden auch versteigert.«

Lynn nickte. Vera rief zurück.

»Ich habe die Halterdaten für dich. Der Wagen gehört einer Frau Emilie Lampner. Achtundsiebzig Jahre alt. Wohnhaft in Nußloch. Ulvi und Matthias sind schon auf dem Weg dorthin. Ein Einsatzteam auch.«

»Die Mordserie passt nicht zu einer achtundsiebzigjährigen Dame. Was gibt es sonst noch für Informationen über das Fahrzeug?«

»Heidelberger Kennzeichen. Nicht als gestohlen gemeldet. Peter ist schon auf dem Weg zu dir. Sollte bald da sein.«

Lynn würde auf Peter warten und die erste Begutachtung zusammen mit ihm durchführen. Danach war die Befragung von Bohm und Stetter dran.

Sie rief Matthias und Ulvi an und teilte ihnen mit, was sie am Fahrzeug beobachtet hatte.

»Wir kommen gleich an der Adresse in Nußloch an. Melden uns sofort, wenn wir drin sind und alles gesichert haben«, sagte Matthias.

Sein Anruf kam ziemlich schnell. »Die direkte Nachbarin hat uns bemerkt und uns den Wohnungsschlüssel ausgehändigt. Die Wohnung ist schon seit Wochen unbewohnt.«

»Gibt es Hinweise, wo sie sein könnte?«

»Sie hat uns erzählt, dass Frau Lampner gestürzt ist und vor drei Wochen ins Krankenhaus kam. Dort ist sie noch oder schon in einer Kurzzeitpflege in Heidelberg. Sie hat uns auch den Namen einer Freundin von Frau Lampner gegeben, die sich um alles kümmert.«

»Sind Angehörige bekannt?«

»Anscheinend gibt es einen Stiefsohn. Mit dem will Frau Lampner aber angeblich nichts mehr zu tun haben. Wir schauen, ob wir hier in der Wohnung Hinweise über ihn finden. Name, Adresse, Fotos und dergleichen. Ich melde mich. «

Peter Nördner und ein Kollege von ihm bogen gerade in die Straße zur Altautoverwertung ein. Ein weiterer Einsatzwagen kam ebenfalls angefahren. Die gesperrte Zone um den Kombi wurde vergrößert. Peter und sein Kollege begutachteten die Plane, falteten sie dann zusammen und steckten sie in einen blauen Sack, den sie im Wagen der Spurensicherung verstauten. Die Heckklappe wurde auf Spuren untersucht. Bald waren überall dunkle, pudrige Stellen auf dem Lack zu sehen. Dann öffneten sie das Schloss an der Heckklappe.

Das Fahrzeug besaß noch keine Alarmsicherung. Alles blieb ruhig. Im Kofferraum des dunkelblauen Kombis lagen verschiedene Gegenstände. Eine ziemlich lädierte Einkaufstasche aus Stoff lag direkt hinter der Sitzbank. Darin befand sich Elektronikschrott, der mal ein Notebook und externe Festplatten gewesen sein könnten. In der Mitte zwischen den Radkästen lag ein stark verschmutzter Drehmomentschlüssel.

Der Umschalter bestand aus einem dreieckigen Knopf. An der gesamten Längskante haftete dunkle Erde an. Der Kopf des Schlüssels und der Umschaltknopf schienen mit weiteren Verunreinigungen behaftet zu sein. Daneben lag ein sauber zusammengerollter Stockregenschirm mit kariertem Muster. Ein paar zusammengefaltete Stofftaschen lagen in der rechten hinteren Ecke. Der Verbandskasten war nicht hinter einer Klappe verstaut, sondern war zusammen mit einem weiteren Plastikbehälter mit einem Zurrband am linken Radkasten befestigt. Im Plastikbehälter befanden sich eine Rolle Toilettenpapier und eine Packung Feuchttücher. Lynn musste schmunzeln.

Peter beugte sich über den Drehmomentschlüssel. »Am Kopf kleben ein paar Haare. Der Rest könnte Haut und Blut sein«, sagte er, nahm das Werkzeug und verstaute es in einer sterilen verschließbaren Plastiktüte.

Unter der Kofferraumabdeckung befand sich das Reserverad, auf dem vier Nummernschilder lagen. Lynn erkannte das Originalkennzeichen des Wagens. Die anderen beiden Nummernschilder hatten ebenfalls Heidelberger Kennzeichen. Sie vermutete, dass sie gestohlen worden waren, und gab sie zur Überprüfung an Vera weiter.

Matthias rief an und teilte ihr mit, dass Frau Lampner von der Uniklinik in die Kurzzeitpflege verlegt worden war und sich wegen weiterer Beschwerden nun im Bethanien Krankenhaus in Heidelberg befand. Dorthin waren er und Ulvi nun auf dem Weg, in der Hoffnung, Frau Lampner befragen zu können.

Lynn verabschiedete sich von Peter und machte sich mit Erika Wagner auf den Weg zu Gerald Bohm. Eine sichtlich verstörte und übermüdete Hanna Bohm öffnete ihnen die Tür.

»Gut, das Sie kommen«, sagte sie. »Es ist gerade alles total verworren. Gerald hat mich gerade angerufen und mir gesagt, dass er bei seinen Eltern ist.«

»Wo ist das?«

»In Bammental«, sagte sie und gab ihr die Adresse.

Lynn wollte sie direkt weitergeben, aber Hanna hatte ihr noch etwas zu sagen.

»Moment noch. Gerald sagte mir zum Schluss noch, dass er jetzt noch etwas zu erledigen hat und dann heimkommt. Er hat aufgelegt ohne weitere Erklärungen. Ich verstehe das nicht.«

»Geben Sie mir bitte seine Mobilnummer.«

»Das habe ich auch schon versucht. Er ist nicht mehr erreichbar.« Sie hatte nun Tränen in den Augen. »Er ist im Moment so komisch.«

Lynn wählte Bohms Nummer mit dem gleichen Ergebnis. Nicht erreichbar. »Einen Augenblick«, sagte sie zu Hanna und trat vor die Haustür. Sie rief Vera an und teilte ihr den wahrscheinlichen Aufenthaltsort von Gerald Bohm in Bammental mit.

»Ich werde sofort Ulvi und Matthias hinschicken. Hermann wird Emilie Lampner befragen. Er ist gerade ins Büro gekommen.«

Lynn ging wieder zurück ins Haus. »Wie ist die Telefonnummer seiner Eltern in Bammental?«, fragte sie Hanna Bohm.

Sie notierte sich die Nummer in ihrem Notizbuch und stürmte mit ihrer Kollegin Erika Wagner davon. Im Auto versuchte sie Bohms Eltern zu erreichen. Es ging aber niemand ans Telefon. Dann rief sie Matthias an und erklärte ihm kurz, was Hanna ihr gesagt hatte, und teilte ihm die Telefonnummer von Bohms Eltern mit.

Danach fuhren sie zu den Stetters. Wider Erwarten war niemand zu Hause. Hatte Iris Stetter nicht gesagt, sie wäre den ganzen Morgen hier und ihr Mann würde danach auf die Kinder aufpassen? Es war mittlerweile kurz vor halb zehn. Hier konnten sie gerade nichts mehr ausrichten und die Befragung von Emilie Lampner stand noch an. Also machten sie und Erika sich auf den Weg nach Heidelberg ins Bethanien Krankenhaus, um Hermann Weingarten bei der Befragung von Frau Lampner zu unterstützen oder, falls dies schon geschehen war, Klaus Remmer in der Uniklinik Heidelberg zu befragen. Seine erneute Befragung war wichtig, um sich ein Bild über sein Verhältnis zu Gerald Bohm machen zu können.

Würde Frau Lampner ansprechbar sein? Sie war immerhin

schon das zweite Mal innerhalb weniger Wochen im Krankenhaus.

Lynn hatte eine Woche Ermittlungen hinter sich. Für einen so komplexen Fall war das nicht ungewöhnlich lang. Aber sie fühlte, dass so etwas wie ein Ende in Sicht war. Besser gesagt hoffte sie es. Ihr Telefon klingelte und eine ihr unbekannte Nummer wurde angezeigt. Iris Stetter war am Apparat.

»Guten Morgen Frau Stetter. Ich habe Sie leider nicht zu Hause angetroffen.«

»Ich weiß, gestern hatte ich noch andere Pläne. Aber heute Morgen musste ich umdisponieren. Marc hat mich vorhin angerufen und mir mitgeteilt, dass er auf dem Weg zum Heiligenberg ist. Das macht er immer, wenn er Ruhe braucht.«

Lynn wusste es noch. Iris hatte es ihr vor ein paar Tagen erzählt. Oder waren es Wochen? Konnte nicht sein. Seit Sonntag ermittelten sie erst in Alsental. Wieso redete Iris so förmlich? … hat mir mitgeteilt? Vielleicht lag es an ihrem Beruf. Als Anwältin hatte man bestimmt eine Menge Floskeln für jede Lage.

»Und wann kommt er nach Hause?«

»Das weiß ich nicht. Es kann dauern. Heiligenberg heißt nämlich, dass er ziemlich lange unterwegs ist. Aber deswegen rufe ich nicht an.« Lynn hielt die Luft an. »Gerald hat mich vor ein paar Minuten angerufen und gefragt, wo er Marc finden kann. Er hat gesagt, er müsse dringend mit ihm reden. Ich habe Gerald mitgeteilt, wo Marc ist. Ich hoffe, ich habe keinen Fehler gemacht.«

»Was sollte daran falsch sein?«, fragte Lynn vorsichtig.

»Gerald schien ziemlich erregt. Und er war kurz angebunden. Normalerweise reden wir freundlich ein paar Worte miteinander.«

Lynns Magen fiel in eine Grube. Also doch! Was hatte sie nur übersehen? Wieso hatte sich dieser Mann so verändert? Und wie konnte er das so lange verheimlichen?

»Wir könnten Ihren Mann anrufen und ihm sagen, dass Herr Bohm auf dem Weg zu ihm ist«, sagte Lynn. Und dass er schnell verschwinden soll, setzte sie in Gedanken hinzu.

»Das ist ja das Problem«, klagte Iris Stetter. »Er hat sein Telefon ausgeschaltet. Was ist denn da los?«

»Wir sind auf dem Weg dorthin und überprüfen das. Ihr Mann soll sich dann bei Ihnen melden.«

»Passen Sie bitte auf«, sagte Iris zum Abschied.

Danach rief Lynn sofort Ulvi und Matthias an. Die beiden waren mit dem Einsatzteam schon in Bammental.

»Wir sind am Haus von Gerald Bohms Eltern. Aber er ist nicht hier. Niemand ist anzutreffen«, sagte Matthias.

»Ich weiß. Er ist auf dem Weg zum Heiligenberg. Dort gibt es eine alte Klosterruine.«

»Kenne ich. Das Sankt Michaels Kloster. Wieso fährt er dorthin?«

»Er hat bei Stetters zu Hause angerufen, um Marc zu sprechen. Es war keiner da. Danach hat er Stetters Frau mobil erreicht. Marc Stetter ist heute auf dem Heiligenberg und das hat sie Bohm mitgeteilt. Beide haben ihr Telefon ausgeschaltet.«

»Mist. Wir müssen so schnell wie möglich hin.«

Lynn hörte, wie beide während des Gesprächs ins Auto hechteten und losfuhren.

»Wir fahren mit unserem Einsatzteam dorthin«, sagte Matthias gehetzt. »Zwei Mann. In einer halben Stunde können wir da sein.«

»Wir kommen auch zum Heiligenberg. Seid vorsichtig.«

»Ihr auch.«

Lynn gab den Zielpunkt in das Navi ein. Achtundvierzig Minuten regulär. Und jetzt war auch noch stockender Verkehr. Erika schaltete Blaulicht und Martinshorn ein und preschte los.

»Die Route, die das Navi anzeigt, ist unbrauchbar«, sagte sie. »Wir fahren zur Waldschenke am Heiligenberg. Das dauert keine halbe Stunde. Von dort sind es nur noch dreihundert Meter durch den Wald bis zur Klosteranlage.«

Iris Stetter rief noch einmal an. »Er könnte auch am Fuchs-Rondell sein«, sagte sie. »Das ist auch auf dem Heiligenberg. Dort bleibt er, wenn er einfach nur Ruhe braucht.«

»Schöner Aussichtspunkt«, sagte Erika, als sie aufgelegt hatte. »Luftlinie nicht weit weg vom Kloster. Aber mit dem Auto wie auch zu Fuß dauert es gleich lang, um vom Rondell zum Kloster zu kommen. Etwa zwanzig Minuten.«

Lynn rief Ralf und Vera an und reichte ihr diese Information von Iris Stetter weiter.

»Ich schicke sofort eine Streife zum Fuchs-Rondell. Passt bloß auf! Keine Alleingänge!«, ermahnte sie Ralf wieder.

Der Verkehr wurde dichter und sie kamen nicht mehr so schnell voran. Trotz Signalanlage. Eine viertel Stunde später gab die Streife durch, dass sich am Fuchs-Rondell keine Personen befanden und dass sie weiterhin den Ort sichern würden.

Gerald Bohm stellte sein Fahrzeug nördlich der Klosterruine Sankt Michael am Straßenrand ab. Er hatte fünfundzwanzig Minuten von Bammental hierher benötigt. Schnelle Fahrt, dachte er nur. Er ging durch den Wald zu den alten Gemäuern hinüber. Wie lange war er schon nicht mehr hier gewesen? Mit den Zwillingen noch gar nicht. Und seine beiden Ältesten waren damals auch noch im Grundschulalter gewesen.

Das Wetter war schön. Zum ersten Mal seit einer Woche. Die kalte Luft ließ ihn befreit aufatmen. Eigentlich hätte er die Umgebung nur genießen können, fand er. Sollte er das jetzt wirklich durchziehen? Er blieb stehen und wog ab. Was, wenn er einfach nur das Wetter und die Aussicht genießen würde. Nein. Das hatte er sich nicht vorgenommen. Dafür war er nicht hier. Er ging weiter. Der Wald lichtete sich und die Klosterruine wurde vollständig sichtbar.

War Marc überhaupt hier? Ein anderes Fahrzeug hatte er noch

nicht gesehen. Aber da gab es ja noch den Wanderparkplatz und die Waldschenke auf der südlichen Seite der Anlage. Er betrat das alte Gemäuer am nördlichen Turm. Und dann sah er ihn.

Unterwegs von Bammental auf den Heiligenberg war ihnen nicht ein Fahrzeug begegnet. Die Signale hatten sie schon lange vor Erreichen der Klosterruine abgestellt. Sie mussten Bohm unvorbereitet antreffen. Gerald Bohm hatte seinen Van am Straßenrand abgestellt. Wollte er auf diese Weise schneller fliehen können? Es war niemand weit und breit zu sehen. Deshalb entschlossen sie sich zu viert den Weg zur Klosterruine einzuschlagen und den Zugriff zu machen. Was würde sie erwarten? Zwei Freunde, die diskutierten? Ein Streit zwischen Kontrahenten? Wenn ja, welcher Art? Wie schon zuvor mit einem Schlaginstrument? Kamen sie vielleicht schon zu spät?

Als sie auf den Turm zuliefen, hörten sie etwas gedämpft erregte Stimmen. Unverkennbar zwei Männerstimmen. Es war noch nicht zu verstehen, was gesprochen wurde. Die Geräusche kamen vermutlich vom südlichen Teil der Ruine, von der anderen Seite der Kirchengrundmauer, die von dem Gebäude noch erhalten geblieben war. Leise überlegten sie, ob zwei von ihnen um das Gemäuer herumgehen sollten. So würden sie von zwei Seiten kommen. Sie verwarfen aber den Plan.

Der Streit erweiterte sich in Gebrüll. Lange würde es nicht dauern bis zur Eskalation. Und Bohm hatte gezeigt, wozu er fähig war. So nahmen sie die Stufen in den nördlichen Eingang und näherten sich über den einst inneren Boden der alten Kirchenruine, für die beiden Kontrahenten unsichtbar durch die alten Mauerreste. Bohm und Stetter standen den Geräuschen nach zu urteilen südlich der alten Mauern und waren noch nicht zu sehen.

Als Lynn Deyonge und Erika Wagner an der Waldschenke

ankamen, sahen sie den Van von Marc Stetter. In diesem Moment meldete sich einer der Kollegen des Einsatzteams, das Ulvi und Matthias begleitete, über das Funkgerät an seinem Revers.

»Personen gesichtet. Streit eskaliert. Nähern uns.«

Das war die Nachricht an alle Streifen in der Nähe, dass es jetzt losging. Eine weitere Streife war laut Nachricht über den Funk in wenigen Minuten hier. So lange sollte Erika Wagner bei Stetters Van bleiben und nachkommen, wenn diese hier eintreffen würde. Lynn lief los Richtung Klosterruine. Sie lief gerade an der Thingstätte vorbei, als ihr Telefon vibrierte. Sie hatte es auf lautlos gestellt. Daher war es nicht zu hören.

»Jetzt nicht, Vera«, murmelte sie, ignorierte den Anruf und lief weiter. Die Klosterruine konnte nicht mehr weit weg von ihr sein. In der Ferne hörte sie erregte Stimmen. Das Vibrieren des Smartphones hörte auf. Kurz danach vibrierte es einmal kurz als Zeichen, dass eine Nachricht angekommen war. Die Mitteilung, dass jemand angerufen hatte. Wenige Sekunden später ein zweites Mal, dann ein drittes, viertes, fünftes Mal. Muss ja sehr dringend sein, dachte Lynn und hielt an.

Ulvi, Matthias und ihre zwei Kollegen vom Einsatzteam, Rüdiger Gerber und Johannes Hübner, waren geduckt bis zur südlichen Mauer der Kirchenruine vorgerückt und verließen den alten Kirchenboden über die südliche Treppe. Jetzt standen sie im ehemaligen Querschiff, immer noch verdeckt von einer Mauer. Matthias blieb ein paar Meter als Sicherung zurück. Die beiden Kontrahenten schienen direkt hinter der östlichen Mauer des alten Querschiffs zu stehen. Das Gebrüll war jetzt so laut, dass man die Stimmen nicht mehr unterscheiden konnte.

»… warum hast du mich ständig ausgebremst …«

»… warum hast du das getan …«

»… dich sollte ich jetzt gleich …«

Das war genug. Sie stürmten mit gezogenen Waffen hinter der

Mauer hervor. Bohm hielt seinen Gegner mit dem linken Arm auf Abstand und holte mit der rechten Hand mit einem Teleskop-Schlagstock aus. Damit hatte er Stetter wohl überrumpelt. Der hatte nicht damit gerechnet und wich einen Schritt zurück.

»Waffe weg!«, brüllte Matthias, der aufgerückt war und jetzt mit den Kollegen gleichauf stand.

Ulvi war mit zwei Riesensätzen bei Marc Stetter und zog ihn weg von Bohm, während Rüdiger und Johannes Gerald Bohm an den Armen und Schultern packten und auf den Boden drückten. Die Waffen hatten sie weggesteckt, als sie um die Mauer gebogen waren. Matthias hielt seine Dienstwaffe weiterhin auf Bohm gerichtet. Warum hatte der nicht mit dem Schlagstock zugeschlagen? Spielte er noch mit der Angst von Stetter, bevor er ihn erschlagen wollte? Egal. Gerald Bohm würde niemanden mehr umbringen. Er lag bäuchlings auf dem vertrockneten Grasboden. Zwei Polizisten knieten auf seinen Schultern und pressten dessen Hände auf den Rücken. Im nächsten Augenblick klickten Handschellen um die Handgelenke. Es war vorbei. Sie hatten ihren Täter.

Die Klosterruine kam durch die Bäume schon in Sichtweite. Lynn nahm ihr Smartphone zur Hand, um die Nachrichten zu lesen, die Vera ihr gerade geschickt hatte. Vor ihr erklang ein vertrauter Ruf.

»Waffe weg!« Das war die Stimme von Matthias. Danach war Ruhe. Sie schaute auf den Bildschirm ihres Smartphones. Vera hatte tatsächlich vier Nachrichten geschrieben. Die erste lautete »Melde dich«, die anderen enthielten jeweils nur ein Wort. Wichtig! Wichtig! Wichtig! Sie rief umgehend an.

»Hermann konnte Frau Lampner befragen. Sie hat ihm gesagt, dass ihr Stiefsohn ohne ihr Wissen ihr Auto geholt hat, als sie das erste Mal im Krankenhaus lag. Der Stiefsohn heißt Marc Stetter. Er ist der Gesuchte. Hörst du? Marc Stetter.« Sie schrie es jetzt fast. »Marc Stetter! Passt bloß auf!“

Lynn legte nicht auf, steckte das Telefon in die Tasche und rannte los. Die anderen schwebten in Lebensgefahr!

Rüdiger Gerber und Johannes Hübner standen jetzt vor dem liegenden Bohm. Ulvi hatte Stetter fest am Arm gepackt und hielt ihn von Bohm fern. Sie standen hinter den beiden. Matthias steckte seine Waffe zurück ins Holster. Plötzlich und unerwartet riss Stetter seinen linken Arm nach vorne und Ulvi strauchelte und stürzte zu Boden. Mit der rechten Hand hatte er unbeobachtet eine Waffe aus seiner Jackentasche gezogen und stand nun frei. Er schoss Rüdiger und Johannes in schneller Folge jeweils einmal in den Rücken. Beide stürzten nach vorne und rührten sich nicht mehr. Rüdiger lag auf den Füßen von Bohm, Johannes auf dessen Rücken. Matthias und Ulvi standen wie gelähmt da. Sie hätten nicht mehr überrascht sein können, wenn die Pistole sich von selbst aus der Mauer gelöst hätte und durch die Luft über den Platz geschwebt wäre. Die Starre von Ulvi dauerte nur einen Moment.

»Stetter, wir haben ihn doch!«, brüllte er. »Nehmen Sie die Waffe runter!«.

Stetter zielte nun auf ihn. Ulvi rappelte sich dabei auf und streckte leicht die Hände nach vorne.

»Gar nichts habt ihr!«, schrie Stetter und lachte hysterisch. »Aber jetzt ist Schluss! Gleich bin ich frei!«

»Marc! Lass es endlich!«, brüllte Bohm nach unten in den Waldboden. »Du bist aufgeflogen.«

»Halt die Fresse, Gerald! Du bist auch gleich dran.« Er zielte auf Ulvi.

Einige Meter vor Lynn krachten plötzlich zwei Schüsse. Sie musste die Gruppe gleich sehen. Die Mauern sah sie schon durch die Bäume. Im Laufen zog sie ihre Dienstwaffe und entsicherte sie. Dann sah sie Marc, der auf Ulvi zielte und schrie: »Du bist auch gleich dran.«

Der Zaun, der das Gelände umschloss, war etwa fünfzehn Meter entfernt. Die Gruppe war auf der anderen Seite. Sie schätzte die Entfernung auf etwa fünfundzwanzig bis dreißig Meter.

»Waffe runter!«, brüllte sie, so laut sie konnte. Ihr Atem ging stoßweise. Konzentrier dich, dachte sie. Stetter war für einen Augenblick abgelenkt und machte mit dem Kopf eine leichte Bewegung weg von Matthias und Ulvi Richtung Lynn. Das nutzte Ulvi, um sich zur Seite zu werfen. Aber das Ausweichen gelang nicht. Stetter schoss und Ulvi stürzte zu Boden. Er drehte sich blitzschnell zu Lynn um und zielte in ihre Richtung. Konzentrier dich, sagte sie sich wieder. Beide schossen fast gleichzeitig. Lynn spürte im gleichen Augenblick ein Brennen am Kopf und sah nichts mehr. Sie ließ sich auf die Knie sinken und befühlte ihre Augen. Ein warmes Rinnsal floss von ihrem Schädel die rechte Gesichtshälfte hinunter. Was dies das Gefühl, wenn man starb?

Als Ulvi zu Boden ging, zog Matthias seine Waffe. Im gleichen Augenblick krachten die Schüsse von Lynn und Stetter. Stetter taumelte rückwärts und stieß gegen die alte Mauer. Die Hand mit der Pistole presste er gegen die linke Schulter. Der Schmerz breitete sich explosionsartig durch seine Schulter aus und raubte ihm den Atem.

Nur noch einer. Reiß dich zusammen. Der muss weg. Dann noch Gerald und du bist frei. Da ist der Bulle. Was sagte er?

Matthias richtete seine Waffe auf den an der Mauer lehnenden Stetter. »Die Waffe weg«, brüllte er.

Marc nahm die Hand mit der Waffe von seiner linken Schulter und streckte den Arm aus. Er versuchte, die Waffe auf Matthias zu richten. Diesen Mann erreichte nichts und niemand mehr. Durch nichts würde er sich stoppen lassen. Matthias Tregnat gab einen Schuss auf die Körpermitte von Marc Stetter ab. Der Klang des Schusses war seltsam laut und hörte sich unnatürlich an. Er hallte blechern über die Lichtung und wurde vom Wald verschluckt. Hatte er gerade wirklich auf einen Menschen geschossen?

Endlich sind diese Schmerzen weg. Jetzt kann ich mein Ding durchziehen. Wird auch Zeit. Denn ich bin langsam müde.

Stetter stockte in seiner Bewegung. Der rechte Arm mit der Waffe sank neben seinen Körper. Die Pistole entglitt ihm und blieb neben seinem rechten Fuß liegen. Er sank auf die Knie und fiel dann mit seinem Oberkörper rücklings über seine Fersen nach hinten. Die angewinkelten Beine fielen nach links. Die rechte Hand war wieder nahe an der Waffe. Matthias zielte weiter auf ihn.

Na also. Jetzt habe ich dich gleich. Wenn ich nur nicht so müde wäre. Reiß dich zusammen. Weg mit ihm. Und mit Gerald. Dann bist du frei. Du willst dich doch nicht erwischen lassen! Du bist Napoleon!

Nach den ersten beiden Schüssen war Erika Wagner sofort losgelaufen. Dann fielen noch zwei Schüsse. Oder waren es drei? Als sie auf die Lichtung zusteuerte, sah sie Lynn am Boden knien und ihr Gesicht befühlen. Sie blutete stark am Kopf. Sie sah sofort, was passiert war. Das große Kaliber aus Stetters 44er-Magnum hatte einen Ast in Lynns Kopfhöhe an der Unterseite getroffen. Der Ast war abgestorben und das Holz war schon völlig vertrocknet. Die Unterseite des Astes war durch den Treffer förmlich explodiert und hatte Lynns Kopf mit großen und kleinen Holzsplittern eingedeckt. Kopfhaut, Gesicht und Augen waren verletzt. Lynn hörte Schritte auf sich zukommen und drehte sich erschrocken in diese Richtung.

»Kollegin«, sagte Erika halblaut und Lynn entspannte sich.

Matthias sah dem liegenden Stetter ins Gesicht. Dessen Lippen bewegten sich, als wollte er Worte formen. Wollte er ihm etwas sagen? Er vernahm ein Flüstern, verstand aber nicht die Worte. Marcs Lippen formten so etwas wie »…apo…«. Die Waffe weiter auf ihn gerichtet, ging er etwas näher an ihn heran und lauschte angestrengt. Dann verstand er Marcs Worte.

»Ich bin Napoleon«, sagte der.

Danach brachen sich seine Augen. Matthias sah auf den Brustkorb. Er senkte sich nur noch. Stetter bewegte sich nicht mehr. Von rechts kam eine Kollegin in Uniform auf den Zaun zu. Die Waffe hatte sie in der Hand. Er bedeutete ihr mit dem Kopf, auf Marc Stetter zu zielen. Dann schob er dessen Waffe mit dem Fuß ein Stück weg, bückte sich und legte den Sicherungshebel um. Anschließend kniete er sich vorsichtig neben ihn und fühlte seinen Puls. Da war nichts mehr. Marc Stetter war tot.

Erika nahm die Waffe in nur eine Hand und betätigte die Taste des Funkgerätes an ihrem Revers.

»Sechs verletzte Personen. Klosterruine Sankt Michael. Benötigen Rettung«, sprach sie hinein. Der Anblick war schrecklich für sie. Zwei verletzte Kollegen lagen auf einer verletzten Person in Handschellen. Ein weiterer Kollege wand sich zwei Meter weiter vor Schmerzen auf dem Boden. Sie zielte weiterhin auf die leblos an der alten Kirchenmauer liegende Person, neben der ihr Kollege Matthias Tregnat stand, aschfahl im Gesicht, fast ungläubig auf den vor ihm liegenden Mann starrend. Erika versuchte, ihr Zittern und das lähmende Gefühl wegzuatmen, so wie sie es immer in besonderen Situationen tat. Es gelang ihr aber nur teilweise. So behielt sie nur die an der Mauer liegenden Person im Visier. Der Augenblick versank in der Ewigkeit.

Matthias löste sich aus seiner Starre und steckte seine Waffe weg. Dann sah er Erika in die Augen und atmete vorsichtig tief durch. Ihrer beiden Blicke schweiften fassungslos über die am Boden liegenden Kollegen.

»Was ist mit Lynn?«, fragte Matthias, der seine Stimme als erster wieder erlangte.

»Die Kugel fuhr in den Ast und sie wurde von Holzsplittern getroffen. Augen und Kopfhaut sind verletzt.« Dann ging sie zurück zu Lynn, packte ein Tuch aus seiner Hülle aus, das sie aus der Jacke zog, und legte es ihr auf die Wunde am Schädel. Der Blutstrom war mittlerweile nur noch sehr schwach. Dann nahm sie Lynns Hand und führte sie zum Tuch.

»Drück es noch ein wenig an. Rettung ist unterwegs«, sagte sie.

Dann wandte sie sich wieder Matthias zu, der sich gerade von Ulvi zu den Kollegen umwandte. Die Kugel aus Stetters Waffe hatte Ulvis linken Oberarm getroffen. Er presste die Lippen zusammen. Sein Gesicht war schmerzverzerrt.

»Der Eingang ist ein paar Meter in diese Richtung«, sagte Matthias und deutete in westliche Richtung.

Erika rannte den Zaun entlang und stand kurze Zeit später neben ihm. Zusammen hoben sie vorsichtig ihre Kollegen von Bohm herunter und legten sie neben ihn. Rüdiger Gerber japste nach Luft. Er zog sie geräuschvoll ein. Auch in seinem Gesicht zeichnete sich der Schmerz ab. Johannes Hübner rührte sich nicht. Matthias fühlte seinen Puls. Er lebte. Die schusssicheren Westen hatten ihnen das Leben gerettet.

»Machen Sie mich endlich los!«, keuchte Gerald Bohm neben ihnen.

Matthias ließ sich neben ihm auf den Boden sinken.

»Erst wenn wir wissen, was hier alles gespielt wird«, sagte er zu ihm.

Gerald Bohm entspannte sich und fügte sich in sein Schicksal.

Matthias schaute sich erstaunt um. Wieso nahm er auf einmal diesen schönen Tag wahr? Durfte er sich überhaupt entspannen? Bei dieser Tragödie hier? Er sah Erika an und sie sah so aus, als ob sie sich ähnlich fühlte. Dann stand er auf und ging durch den Ausgang hinüber zu Lynn.

DER DARAUF FOLGENDE SONNTAG

Lynn Deyonge erwachte in völliger Dunkelheit. Reflexartig griff sie links neben sich. Aber ihre Dienstwaffe war nicht mehr da, wo sie sie hingelegt hatte. Der Untergrund fühlte sich auch anders an. So samtig. Außerdem kniete sie nicht mehr, sondern lag auf dem Rücken. Das Heben des Kopfes wurde mit einer Verstärkung der Kopfschmerzen und einem Anflug von Übelkeit quittiert. Bleischwer waberte etwas zwischen Augen und Ohren hin und her, was sich weder Hirn noch Gedanken zuordnen ließ. Der Kopf sank langsam zurück auf den weichen Untergrund. Es fühlte sich an wie ein Kopfkissen. Und dieser Geruch wollte sich keiner vertrauten Erinnerung zuordnen lassen. Alkohol und Sterilisationsmittel. War sie in einem Krankenhaus?

Langsam kehrten die Erinnerungen zurück. Ein Arzt hatte sich ihr vorgestellt und ihr mitgeteilt, dass sie an den Augen operiert werden müsse. Allerdings konnte sie sich an keinen geplanten OP-Termin erinnern. Die Seitenlage wurde ebenfalls mit einem mulmigen Gefühl im Magen beantwortet. Was war vor der Aufklärung durch den Arzt. Nichts? Konnte nicht sein. Sie war nur im Krankenhaus aufgewacht. Aber was war vorher geschehen?

»Rettung ist unterwegs«, hallte in Lynns Ohren nach.

Ein Unfall? Da war doch etwas. Ein Auto hatte sich überschlagen. Aber sie hatte davorgestanden. Mit einer Riesenwelle kamen ihre Erinnerungen vollständig zurück. Sie hatte auf jemanden geschossen und danach sofort das Augenlicht verloren. Genau. Marc Stetter hieß der Mann. Hatte sie ihn getroffen? Sie wusste es nicht. Der Anblick der vier am Boden liegenden Personen war wieder präsent. Wer waren die vier? Waren sie tot? Weshalb hatte sie geschossen? Sie war auf die Klosterruine Sankt Michael zugerannt und hatte gesehen, wie Stetter auf ihren Kollegen Ulvi Jähn geschossen hatte. Der war dadurch zu Boden gegangen. Sie musste stehen bleiben und brüllte Stetter zu, die Waffe fallen zu lassen. Näher konnte sie nicht heran, da auf dieser Seite der Ruine der Zaun das ehemalige Kloster vom Wald abgrenzte. Sie hatte auf Stetter gezielt, und versucht ihre keuchende Atmung zu beruhigen. Stetter fuhr herum und schoss in ihre Richtung. Sie gab ihren Schuss auf ihn fast gleichzeitig ab. Den anschließenden Schmerz an Kopf und Augen konnte sie fast noch fühlen.

Richtig. Der Arzt hatte ihr gestern Abend im Krankenhaus erklärt, dass sie durch Holzsplitter an Kopf und Augen verletzt worden war. Kurz danach kam sie auch schon in den Operationssaal. Die Übelkeit beim ersten Aufwachen kehrte in ihr Gedächtnis zurück. Sie hatte versucht, in ihren Augen zu reiben. Es fühlte sich nach schmerzhaft viel Sand an. Der Pfleger im Aufwachraum hatte verhindert, dass sie die Verbände auf den Augen entfernt hatte. Lynn befühlte ihre Augen. Die dicken Verbände waren immer noch da. Um Kinn und Kopf führte ein weiterer Verband, der einen dicken Tupfer auf der Fontanelle festhielt. Die Haare, die der Verband nicht einschloss, waren verklebt.

Eine Tür öffnete sich. Der dadurch entstehende Luftzug verstärkte den Geruch nach Sterilisationsmittel. Eine Person trat an ihr Bett.

»Guten Morgen. Ich bin Schwester Beate«, grüßte eine weibliche Stimme.

»Wie spät ist es?«, fragte Lynn. Ihre Stimme klang kratzig und ihre Zunge klebte wie eine klobige Rolle im trockenen Mund.

»Es ist sechs Uhr dreißig. Sie sind seit zehn Stunden bei uns.«

»Was ist mit meinen Augen?«

»Ich habe den diensthabenden Arzt informiert, als ich gesehen habe, dass sie aufwachen. Er wird gleich bei Ihnen sein.«

Sie wurde also beobachtet. Ein ungutes Gefühl beschlich sie. Was würde ihr der Arzt mitteilen?

»Habe ich mein Augenlicht verloren?«

Die Tür zum Krankenzimmer öffnete sich abermals.

»Doktor Schochner. Guten Morgen«, sagte eine müde männliche Stimme. »Sie haben Ihr Augenlicht nicht verloren. Wir mussten Sie aber operieren, da Holzsplitter in die Hornhaut Ihrer Augen eingedrungen waren.«

»Wie ist das passiert?« War sie nicht von Stetters Kugel getroffen worden?

»Eine Pistolenkugel hat anscheinend einen trockenen Ast getroffen, der dabei auseinandergesplittert ist. Holzstücke haben Sie an Augen und Scheitel verletzt.«

»Und was ist alles betroffen?« Langsam kehrten die Lebensgeister zurück.

»Wir haben Splitter aus der Hornhaut ihrer Augen entfernt. Das wird verheilen. In den nächsten Tagen wird es sich aber noch anfühlen, als hätten Sie Sand in den Augen.«

»Was ist mit meinen Kollegen?«

»Drei sind gestern in die Chirurgie eingeliefert worden. Näheres können bestimmt Ihre Kollegen erzählen, wenn sie heute wiederkommen.«

»Wiederkommen?«, wiederholte sie idiotisch. Die Müdigkeit zehrte schon wieder an ihr.

»Ja. Eine Kollegin und ein Kollege von Ihnen haben gestern Abend bis um zehn gewartet, bis die Operation vorbei war. Dann sind die beiden nach Hause gegangen.«

»Wissen Sie, wer da gewartet hat?«

»Nein. Tut mir leid.«

»Was ist mit dem Täter? Wurde er gefasst?«

»Auch dazu kann ich Ihnen nichts sagen«, wich Schochner aus. »Versuchen Sie noch ein wenig zu schlafen.«

Das musste er nicht extra erwähnen. Lynn dämmerte bereits wieder weg. Als sie erwachte, war es immer noch stockfinster. Allerdings drangen Geräusche vom Gang vor dem Krankenzimmer in den Raum. Ihr Mund war jetzt völlig ausgetrocknet. Nur die Benommenheit, die sie am Morgen noch gespürt hatte, war von ihr gewichen und sie fühlte sich schon besser. Sie ertastete ein Gerät über ihr und drückte den größten Knopf daran. Kurze Zeit später trat jemand in ihr Zimmer.

»Guten Tag. Ich bin Schwester Ildiko. Wie geht es Ihnen?«

»Die Augen fühlen sich an, als wäre Sand drin und ich bin am Verdursten. Sonst gehts mir gut. Wie spät ist es?«

»Kurz nach zwei. Ihre Bekannte wird sich freuen. Sie war schon einmal vor einer Stunde hier und wollte später wiederkommen. Gegen den Durst habe ich das hier.«

Lynn hörte, wie der Nachttisch bewegt wurde.

»Vor Ihnen ist der Tisch. Der Becher hat einen Deckel und ist mit Wasser gefüllt.«

Lynn musste schmunzeln. Wie hilflos man doch auf einmal war. Sie tastete nach dem Getränk und sog gierig die Flüssigkeit aus dem Becher. Das tat gut. Wie gut Wasser doch schmecken konnte. Sie fühlte sich wie neu geboren. Es klopfte an der Tür.

»Oh! Sie ist wach«, ließ sich Vera Hermsens vertraute Stimme vernehmen. »Wie geht es dir?«

»Noch ein bisschen lädiert. Aber es wird wohl alles wieder gut.« Ihre Stimme klang sicherer, als sie sich fühlte. »Was ist mit unseren Leuten?«

Eine kurze Pause trat ein. Vera schaute zu Schwester Ildiko. Diese bedeutete ihr mit der Hand, dass sie ihr die Entscheidung überließ, ob sie erzählen wollte oder nicht. Vera zog sich einen Stuhl ans Bett und setzte sich. Schwester Ildiko verließ das Zimmer. Lynn ahnte Schlimmes.

»Was ist los?«, fragte sie besorgt.

»Den Kollegen geht es entsprechend gut«, fing Vera an zu erzählen. »Ulvi wurde am linken Oberarm getroffen. Er hat einen Durchschuss.« Ihre Stimme vibrierte. »Er kann das Krankenhaus verlassen, sobald er sich wieder fit genug fühlt. Ich komme gerade von ihm. Ralf ist noch dort. Die beiden anderen Kollegen hatten schusssichere Westen an. Stetter hat beiden in den Rücken geschossen. Rüdiger Gerber hat eine Rippenverletzung. Johannes Hübner hat die Kugel in Höhe der Brustwirbelsäule getroffen. Der Schlag auf die Weste war so hart, dass er beim Aufwachen seine Beine nicht mehr spüren konnte. Der Arzt spricht von einer temporären Querschnittslähmung.«

»Was bedeutet das für ihn?«

»Na ja, im Gegensatz zu gestern kann er heute seine Beine schon wieder etwas bewegen und spüren.« Ihre Stimme vibrierte jetzt noch mehr. »Er hat richtig Glück gehabt.« Sie machte eine kurze Pause. »Du, ich glaube, ich sollte dir jetzt noch nicht alles erzählen. Du bist gerade erst aufgewacht.«

»Es wird mir schlimmer gehen, wenn ich mir über die Kollegen den Kopf zerbreche. Also was ist mit Katja und Herbert?« Das letzte Mal hatte sie die beiden beim Verlassen des XFU-Gebäudes gesehen. Das zerstörte Dienstauto auf dem Acker war ihr noch lebhaft in Erinnerung. Vera gab sich geschlagen und fuhr fort.

»Herbert hat Schürfwunden und Prellungen. Er ist schon wieder zu Hause. Katja hat eine Gehirnerschütterung. Im Moment ist sie nicht ansprechbar, weil ihr die ganze Zeit schlecht ist. Ihr Mann hat mir vorhin erzählt, dass sie richtig Glück gehabt hat. Das Wagendach war auf ihrer Seite eingeknickt und sie ist beim Überschlagen mit dem Kopf heftig dagegen geknallt.«

»Und was ist mit Bohm und Stetter?«

»Stetter ist tot. Nachdem er Rüdiger, Johannes, Ulvi und dich getroffen hatte, hat er seine Waffe auf Matthias gerichtet. Der hat dann einen Schuss auf ihn abgegeben. Daran ist er gestorben.« Sie holte tief Luft. »Du hast Stetter übrigens an der Schulter getroffen. Matthias sagte, dass der ihn sonst auch noch erwischt hätte.«

Lynn verspürte keine Genugtuung, als sie das hörte. Sie war nur froh, dass kein weiterer Schaden angerichtet worden war. Wieso hatte Stetter das getan? Vera hatte auch keine Antwort darauf.

»Wir hoffen, dass die weiteren Untersuchungen Aufschluss über seine Motive geben.«

»Und Bohm?«

»Sitzt in Untersuchungshaft, bis die Tatbeteiligung geklärt ist. Es sieht bisher so aus, als ob er an keiner der Taten beteiligt war.«

Was für eine Rolle spielte er dann? Bauernopfer? Es entstand eine Pause. Lynn fühlte sich mittlerweile völlig ausgelaugt. Der wenige Schlaf, die ständige Anspannung und ihre eigenen Verletzungen ließen ihre Kräfte schnell schwinden.

»Alles andere ist aber nur Spekulation«, fuhr Vera fort. »Die Häuser von Stetter und Bohm werden heute durchsucht. Danach wissen wir hoffentlich mehr. Und es müssen heute noch einige Besuche bei den anderen XFU-Mitarbeitern und deren Angehörigen gemacht werden.« Sie sah Lynn prüfend an. Die Gesichtsfarbe wich mehr und mehr. Das war jetzt anstrengend gewesen. »Ich glaube, für heute ist erst mal Schluss. Du ruhst dich jetzt besser aus.«

Lynn nickte. Als Vera sie verließ, schlief sie sofort ein.

DIE DARAUF FOLGENDE WOCHE

Lynn wurde am Donnerstag aus dem Krankenhaus entlassen. Am Mittwochmorgen hatte sie nach dem Abnehmen der Verbände die Augen noch eine Weile schonen müssen. Obwohl das Zimmer leicht abgedunkelt war, erschien es ihr in diesem Moment gleißend hell. Mittwochnachmittag hatte sie ihre Kollegen im Krankenhaus besuchen können. Johannes Hübner spürte mittlerweile alle Körperteile wieder. Die temporäre Querschnittslähmung hatte sich vollständig zurückgebildet. Katja Bobart erholte sich immer mehr von ihrer Gehirnerschütterung und stand kurz vor der Entlassung aus dem Krankenhaus. Die Entlassung von Ulvi Jähn war für Freitag geplant. Herbert Geisenstein und Rüdiger Gerber waren schon zu Hause.

Lynn ließ sich mit dem Taxi direkt in die Kriminalinspektion in Heidelberg bringen. Ralf Luber hatte für vierzehn Uhr eine Dienstbesprechung angesetzt, an der sie unbedingt teilnehmen wollte. Sie war zwar noch krankgeschrieben, aber die Ungewissheit über die letzten Ermittlungsergebnisse wäre schlimm für sie gewesen. Außerdem wollte sie ihre Aussage zum Fall machen, solange alles noch frisch im Gedächtnis war.

Sie wurde einigermaßen fröhlich von ihren Kollegen empfangen. Ralf Luber fand ihre Anwesenheit ein Unding und wollte sie direkt nach Hause schicken. Sie hörte ihn noch »… sollte erst mal fit werden …«, brummeln, als sie sein Büro wieder verließ. Matthias Tregnat deutete nur auf den Telefonhörer an seinem Ohr und machte ihr die Tür vor der Nase zu. Julian Hofmann und Sven

Sorge waren beide noch krank. Regina Serber und Kai Monsert waren bei einer Zeugenbefragung und würden erst zur Dienstbesprechung ins Büro kommen. Eben Polizeialltag.

Also ging sie zurück zu Ralfs Büro, um ihre Aussage zu machen. Vera Hermsen war mittlerweile ebenfalls eingetroffen. Nach der Aussage war noch Zeit, um mit Vera in der Kantine Mittag zu essen. Lynn wurde immer wieder erstaunt angeschaut, da der Bereich um ihre Augen noch, wie von einer Tätowierung, gesprenkelt war und der Verband bis zum Ziehen der Fäden auf dem Scheitel bleiben musste. Das Waschen der Haare um den Verband herum hatte ganz schön lange gedauert. Sie hätte nie gedacht, dass es so schwierig sein würde, das Blut aus den Haaren zu lösen.

Peter Nördner erschien ebenfalls zur Dienstbesprechung. Als sie den Raum betrat, konnte sie noch ein paar Worte mit ihm wechseln. Er hatte ihr mitgeteilt, dass er schon geplant hatte, eine Außenstelle in Alsental zu eröffnen, weil dort auf einmal so viel zu tun war. Matthias erschien wie immer zuletzt. Nacheinander trugen sie die bisherigen Ermittlungsergebnisse zusammen.

Es hatte sich herausgestellt, dass Marc Stetter einen Leihwagen in der Nähe von Mannheim geparkt hatte, in dem Bargeld, Schmuck und Uhren gefunden worden waren, die nach Aussage von Dorothea Gräbele aus dem Besitz ihrer Tochter Tanja stammen mussten. Auf Stetters Smartphone, das er im Van vor der Klosterruine Sankt Michael auf dem Heiligenberg bei Heidelberg zurückgelassen hatte, wurde eine geplante Route gefunden, die über Frankreich nach Nordspanien führte. Von dort wollte er sich wohl in ein entfernteres Land absetzen. In einem Messengerdienst konnte außerdem eine Kommunikation mit Tanja Gräbele wiederhergestellt werden. Der letzte Eintrag lautete, dass sie ihm etwas Wichtiges mitzuteilen hatte. Die Mitteilungen der Tage davor wurden zunehmend kühler, so dass man annahm, dass die Trennung von Marc und Tanja kurz bevorstand. Peter Nördner führte zudem aus, dass Marc der Vater von Tanjas ungeborenem Kind gewesen war. Laut Peter hatten außer Marc noch Emilie Lampner und eine bisher unbekannte Person den dunkelblauen Kombi von Frau Lampner benutzt.

Die Fingerabdrücke des Unbekannten konnten auf dem Lenkrad, der Fahrertür, der Heckklappe und auf dem Drehmomentschlüssel sichergestellt werden, der sich im Kofferraum des Kombis befunden hatte, als Lynn und Peter ihn vor der Autoverwertung in Alsental durchsuchten. Die Fingerabdrücke lagen zwar schon in den Datenbanken der Ermittlungsbehörden vor, konnten aber bisher keiner Person zugeordnet werden. Sie waren bei zwei Morden an Geschäftsleuten in Mannheim und Frankfurt in den letzten eineinhalb Jahren ermittlungstechnisch erfasst worden. Peter ging davon aus, dass es sich bei dem Unbekannten um den Mörder von Hans-Erich Lamers handelte. Unklar war allerdings, wie Stetter mit dem Unbekannten kommuniziert hatte. Weder in den Messengerdiensten auf seinem Smartphone noch in seinen beruflichen und privaten E-Mails konnte ein entsprechender Kontakt gefunden werden.

Eine Überraschung erlebten die Kollegen, die Iris Stetter, Familie Bohm, Peer Lindner, Christian Butterbrodt und Klaus Remmer besucht hatten.

Iris Stetter hatte sehr gefasst auf den Tod ihres Mannes reagiert. Die Ehe war schon seit geraumer Zeit am Ende. Über die Krise seien sie schon längst hinaus gewesen, hatte Frau Stetter zu Protokoll gegeben. Sie hatte auch bemerkt, dass ihr Mann eine Affäre hatte, war daran aber völlig desinteressiert gewesen. Sie wollte einfach nur noch ihre Ruhe vor Marc haben, da er sich seit zwei Jahren schon kaum mehr am Familienleben beteiligt hatte und sie natürlich merkte, dass er immer wieder Geldprobleme hatte, die er vor ihr versucht hatte zu verheimlichen. Darauf angesprochen, hatte er aggressiv reagiert und sie angebrüllt, so dass sie es schließlich aufgegeben hatte. Seine Beziehung zu einer anderen Frau war als logische Folge nur noch ein Fanal für das Ende der Ehe. Und Lynn hatte richtig geschlossen, als sie vermutete, dass die Umzugskartons nicht nur zum Umräumen innerhalb des Hauses bestimmt waren.

Bei der polizeilichen Durchsuchung wurden einige gepackte Kisten und Kartons entdeckt. Iris Stetter hatte schon ein neues Haus in Heidelberg entdeckt, das sie Anfang nächsten Jahres kaufen wollte. So lange hätte sie weiter in Alsental gewohnt. Nach diesen Taten wollte sie aber nicht länger dort wohnen bleiben und zog noch vor Ende des Monats in eine Souterrainwohnung im Haus ihrer Eltern ein. Iris hatte zuletzt Abscheu gehabt vor ihrem Mann, konnte ihn aber dennoch nicht mit den Taten in Alsental in Verbindung bringen. Rückblickend hätte sie es wissen können, hatte sie zu Protokoll gegeben. Lynn erinnerte sich noch einmal an ihre Worte, als sie und ihre Kollegin Erika Wagner auf dem Weg nach Heidelberg waren.

»Passen Sie bitte auf!«, hatte sie gesagt. Auf Marc aufzupassen, war nicht von ihr gemeint gewesen. So hatte sie – bewusst oder unbewusst – vor Marc gewarnt. Des Weiteren konnten die Finger-Teilabdrücke auf dem Wasserhahn im Badezimmer von Ursula Droste Marc Stetter zugeordnet werden. Die Spuren von Marc am Schreibtisch in Drostes Arbeitszimmer waren ebenfalls die frischesten. So konnte man davon ausgehen, dass er sie und ebenfalls Hertha Bauer umgebracht hatte.

Der Anschlag auf Lynn, Matthias, Katja und Herbert konnte Marc Stetter anhand der Spuren im Fahrzeug und auf dem Feld ebenfalls nachgewiesen werden. Seine E-Mails gaben leider keine genauen Hinweise auf die Taten. Weder die Beruflichen noch die Privaten. Nur eine Nachricht von Hans-Erich Lamers brachte ein wenig Aufschluss. Er hatte sie am Montag nach seinem Urlaub an Marc geschrieben und ihn darin um ein persönliches Gespräch gebeten. Was allerdings danach geschah, blieb weiterhin unklar. Die Waffe, die Marc Stetter benutzt hatte, war zwei Jahre vor der Tat als gestohlen gemeldet und illegal verkauft worden. Bei wem er die Pistole erworben hatte und auf welchem Weg, das blieb ebenfalls unklar. Zusammenfassend wurde festgestellt, dass diese Radikalisierung für einen Mann in Stetters Position erstaunlich war. Eigentlich erfolgreich im Beruf, hatte er durch seine Spielsucht und Affären sehr viel mehr Geld nötig, als er verdiente. Sein letzter Coup sollte ihm finanziell wieder auf die Beine helfen, war aber gänzlich misslungen und aus dem Ruder gelaufen.

Damit wurde Bohm als Nächstes in den Mittelpunkt der Besprechung gerückt. Er hatte vor drei Jahren zwar von einem Datendiebstahl erfahren, ihn aber gänzlich aus seiner Erinnerung verbannt, da er nie wieder in der Firma erwähnt worden war. Wie sich bei der Befragung von Peer Lindner herausstellte, hatte er Gerald Bohm seit damals ebenfalls im Verdacht zumindest daran beteiligt gewesen zu sein. Somit hatte er die komplette Abteilung unter Verdacht gestellt.

Bohm war dadurch von allen Informationen abgeschnitten gewesen, so dass er erst viel zu spät auf Marc als möglichen Täter gekommen war. Und dies auch nur durch einen Zufall. Marc Stetter hatte Lynn und Matthias erzählt, dass es heftige Streitereien zwischen Abteilungsleitern und Geschäftsführung wegen der großen Arbeitslast gegeben hatte, hatte aber nicht erwähnt, dass die schlechte Stimmung in der Abteilung immer wieder von ihm selbst geschürt worden war, indem er seine Mitarbeiter zu Protesten gegen die viele Arbeit angestachelt hatte. Das war Gerald Bohm natürlich aufgefallen. Unter anderem deswegen hatte er Marc zur Rede gestellt.

Bei der diplomatischen Herangehensweise Bohms wäre es vermutlich nicht zu dieser massiven Unzufriedenheit der Mitarbeiter gekommen. Und die Forderung der Geschäftsführung nach mehr

Arbeitsleistung hätte dann auch nicht so viel Unruhe im Betrieb geschürt. Bohm hatte zudem diejenigen Mitarbeiter seiner Abteilung befragt, die Ursula Droste regelmäßig besuchten. Dabei war herausgekommen, dass Stetter ständig Unruhe schürte. Außerdem hatte Gerald irgendwann den Verdacht, dass es nur Marc gewesen sein konnte, der Ursula Droste an jenem verhängnisvollen Sonntag vor eineinhalb Wochen besucht hatte. Er wollte ihn zur Sicherheit aber selbst noch einmal befragen und hatte ihn am Heiligenberg aufgesucht, nicht aber ohne eine Waffe mitzunehmen.

Bei der Unterredung mit Marc war es dann zum Streit gekommen. Während der darauf folgenden Handgreiflichkeiten hatte Bohm dann den Teleskopschlagstock gezogen, um Marc wieder auf Abstand zu bringen. Nicht auszudenken, was passiert wäre, wenn die Polizisten nicht in diesem Moment vorbeigekommen wären und den Kampf beendet hätten. Bohm war im Anschluss an seine eigene Aussage und der von Peer Lindner vor zwei Tagen wieder freigekommen. Er war an keiner der Taten auch nur im Mindesten beteiligt gewesen. Seine Integrität war unantastbar. Allerdings nahm er Peer Lindner übel, dass der ihm so wenig vertraut hatte, und hatte am Mittwoch bei XFU gekündigt. Das war eine Überraschung für Lynn. Aber vermutlich würde Peer Lindner ihm ein entsprechendes Angebot unterbreiten, um ihn als Abteilungsleiter zurückzugewinnen.

Klaus Remmer hatte ebenfalls einer Befragung zugestimmt. Auch er war an keinerlei Taten beteiligt gewesen. Seine Kündigung hatte er nach Peers Angebot wieder zurückgezogen, würde aber erst Mitte des kommenden Jahres wieder in die Firma zurückkehren. Vorausgesetzt natürlich, dass er bis dahin wieder fit war.

Christian Butterbrodt hatte wie Klaus Remmer nach Rücksprache mit seiner Firma einer Durchsuchung seiner E-Mails zugestimmt. Jeder Verdacht gegen ihn konnte dabei entkräftet werden. Bei der Befragung hatten er und Nicole Wehremann angegeben, dass sie Mitte nächsten Jahres Nachwuchs erwarteten. Das war endlich mal eine gute Nachricht in diesem ganzen Durcheinander.

Als Lynn in ihr Büro zurückkehrte, sah sie auf dem Schreibtisch ihre kleine Reisetasche, die Vera letzten Sonntag im AlsenInn abgeholt und ihr im Krankenhaus vorbeigebracht hatte. Dabei wurde ihr bewusst, dass sie seit mehr als einer Woche nicht mehr zu Hause gewesen war. So weit war Alsental doch gar nicht weg, oder? Ihr Privatfahrzeug, mit dem sie letzten Mittwoch nach Alsental gefahren war, stand noch auf dem Parkplatz des Hotels. Vielleicht könnte sie die Abholung des Wagens Ende der Woche, wenn sie wieder Autofahren durfte, mit einem netten Essen im AlsenInn verbinden.

Eigentlich hatte sie vermutet, dass sie nach der Entlassung aus dem Krankenhaus erst einmal in ein tiefes Loch fallen würde. Aber das Gegenteil war der Fall. Sie durfte zwar noch kein Auto fahren, fühlte sich aber unternehmungslustig. Also beschloss sie, in den nächsten Tagen die dringende Erkundung von Mannheims Quadraten nachzuholen.

In diesem Moment kam Vera herein und lud sie ein, erst mit ihr einen Kaffee zu trinken und sich dann von ihr in Mannheim absetzen zu lassen. Das musste man Lynn nicht zweimal sagen. Ruhe. Gemütlichkeit. Es klang wirklich zu verlockend.

DER DARAUF FOLGENDE, ABER WIRKLICH RUHIGE FREITAG

Wie startete man eine Stadterkundung? Man orientierte sich an den Straßen und Gebäuden. Nur hatten Straßennamen in Mannheims Innenstadt keinerlei Bedeutung, bis auf die Kunststraße und die Fressgasse. Wen interessierte es, dass die Planken eigentlich Heidelberger Straße hießen und die Breite Straße mit richtigem Namen Kurpfalzstraße? Adressen wurden in Mannheims Innenstadt nur nach Quadraten mit den umlaufenden Hausnummern angegeben; Straßennamen waren für die Adressierung von Post demnach völlig nutzlos.

Also startete Lynn Deyonge ihre Tour durch Mannheim dort, wo anscheinend Mannheims Anfang war. Nämlich am Quadrat A1. Es lag direkt gegenüber vom Schloss und beheimatete das Landgericht Mannheim. Sie stand also am Anfang der Breiten Straße, die eigentlich Kurpfalzstraße hieß, mit dem Rücken zum Schloss. Links von ihr begann A1. Damit gab es auch schon das erste Rätsel. Auf der rechten Straßenseite lag das Quadrat L1. Der Stadtplan brachte hier mehr Aufschluss. Auf der linken Seite wurden die Namen der Quadrate die Breite Straße entlang von A bis K vom Schloss bis zur Kurpfalzbrücke geführt. Der Neckar bildete also die Grenze. Dann wurden die Quadrate auf der rechten Seite vom Schloss her von L bis U bezeichnet und endeten ebenfalls an der Kurpfalzbrücke.

An der Breiten Straße startete das Quadrat jeweils mit der

Nummer eins und wurde senkrecht zu ihr mit fortlaufenden Nummern weitergeführt. An der Breiten Straße gab es also nur Quadrate mit der Nummer eins. Zum Beispiel B1. Das nächste Quadrat weg von ihr erhielt also die Nummer B2 und so weiter. So, wie sie angelegt war, war es in früherer Zeit wohl die Hauptgeschäftsstraße in Mannheims Innenstadt gewesen.

Die Breite Straße war viel komfortabler geplant als die senkrecht dazu laufenden Planken, die die Breite Straße zwischen den O- und den P-Quadraten schnitten und viel enger angelegt waren. Jetzt wurde Lynn auch klar, weshalb sie die Benennung der Quadrate der Planken anfangs so verwirrend fand. Die Planken starteten am Wasserturm mit den am weitesten von der Breiten Straße entfernten Quadraten, nämlich P7 und O7. Bis zur Breiten Straße wurden die fortlaufenden Zahlen bis auf eins heruntergezählt, also bis O1 und P1.

Auf der anderen Seite der Breiten Straße liefen die Planken natürlich durch zwei Quadrate weiter, die auf der linken Seite der Breiten Straße benannt wurden. Die Planken liefen hier zwischen D1 und E1 hindurch. Diese Quadrate wurden logischerweise weg von der Breiten Straße geführt und nur die fortlaufenden Nummern änderten sich, die bis D7 und E7 gingen.

Jetzt, als sie die Planken und die Breite Straße zu Fuß und mit viel Zeit ablief, wurden ihr die Benennungen und die Dimensionen der Stadt bewusst. Gestartet war sie am Schloss. Hier gab es neben dem Landgericht noch Kanzleien, Schreibwarengeschäfte und viele Privatwohnungen. Dieser Teil konnte mit dem Auto bis auf Höhe des Paradeplatzes in O1 befahren werden. Danach wurde die Breite Straße zur Fußgängerzone. Auf der anderen Seite der Planken führte die Breite Straße als Geschäftsstraße weiter. Auf der linken Seite kam in G1 der Marktplatz, wo Lynn ihre Begegnung mit der Marktfrau hatte, die ihr den Preis auf Monnemerisch nannte. Diese Zahl würde sie nicht vergessen. Egal in welcher Sprache.

Dreiedswonsischseschdsisch.

Also Dreiundzwanzigsechzig. Sie musste grinsen.

Die Planken der O- und P-Quadrate rechts von der Breiten Straße war die Haupteinkaufsstraße der Innenstadt. Hier gab es Modegeschäfte, Schuhgeschäfte, Juweliere, Lederwaren, Banken und viele Cafés. In den Planken der D- und E-Quadrate ging es etwas musischer zu. Hier waren das Zeughaus, in dem ein großes Museum eingerichtet war, und die Musikschule, die aber auch in anderen Quadraten Mannheims vertreten war.

Danach fühlte sie sich ein wenig müde und beschloss ein kleines Mittagessen in der Zentrale, ihrem Lieblingscafé, einzunehmen. Anschließend wollte sie sich auf den Weg ins Quadrat T6 machen und schauen, was von der Werkstatt des Karl Benz übriggeblieben war. Hier hatte er seinen ersten Motorwagen zusammengeschraubt und von hier war seine Frau Bertha zur ersten Überlandfahrt bis Pforzheim gefahren.

Auf dem Weg zur Zentrale vibrierte ihr Telefon. Es hatte eine Nachricht für sie empfangen. Lynn stöhnte auf. Die Kollegen wussten, dass sie noch nicht arbeitsfähig war. Also wer konnte das sein? Sie zog das Smartphone aus der Tasche. Eine nicht in ihren Kontakten gespeicherte Nummer wurde angezeigt, die ihr irgendwie bekannt vorkam. Sie öffnete die Nachricht und erstarrte. Das hatte jemand geschrieben, der an den letzten Ermittlungen als Kollege oder als Verdächtiger beteiligt gewesen war:

Mit dir bin ich noch nicht fertig, Deyonge.
Dich finde ich auch außerhalb von Alsental.

Nachbemerkungen des Autors

Das Dorf Alsental und die Firma XFU gibt es nicht. Das Psychosomatik II- und Yoga-Center entsprang ebenfalls meiner Phantasie. Auch die Personen – bis auf die historischen Persönlichkeiten – habe ich erfunden. Ähnlichkeiten oder Namensgleichheiten wären reiner Zufall und sind nicht von mir beabsichtigt. Da es aber in Mannheim einen Alsenweg mit einem bekannten Sportverein gibt, bin ich der Meinung, dass es eigentlich ein Dorf mit dieser Namensanlehnung geben müsste.

Die Orte in Heidelberg und den Stadtaufbau von Mannheim mit seinem wunderbaren Marktplatz gibt es wirklich.

Eine Ähnlichkeit mit lebenden Personen oder Mitarbeitern der Polizeidirektion Mannheim wäre rein zufällig und ist nicht beabsichtigt.

Das Geschehen um die Völkerschlacht bei Leipzig habe ich versucht, so detailgetreu wie möglich wiederzugeben; es geht hier aber hauptsächlich um die List des Oberkommandierenden Schwarzenberg und den Ritt des Széchenyi. Kleine Ungenauigkeiten bitte ich großzügig zu übersehen.

Ein riesiges Dankeschön gilt meiner Frau und meiner Familie. Außerdem danke ich den Menschen, die mir mit Geduld meine Fragen zur Kriminalpolizei und zur Rechtsmedizin beantwortet haben.

Vor allem danke ich meinen Testleserinnen Andrea, Claudia, Moni, Martina und Margit, die mir so viele Rückmeldungen und Hinweise zu Unstimmigkeiten in meinem Buch gegeben haben.

Zuletzt geht mein Dank an meine Professoren meiner Hochschule in Heidelberg für ihre Geschichten in den Informatikvorlesungen!

Besuchen Sie mich doch auf meiner Homepage
https://steven-braidford.de